제인 오스틴
무비 클럽

제인 오스틴
무비 클럽

〈오만과 편견〉에서 〈레이디 수잔〉까지
영화로 읽는 제인 오스틴

최은 지음

Jane Austen

북인더갭
BOOKintheGAP

사면이 책으로 가득한 당신의 서재를

어린 딸에게 활짝 열어주셨던,

영화를 좋아하시고 평생 글씨쓰기와 글쓰기를 즐기신

나의 아빠 최기채 님께 바칩니다.

읽고 또 읽고, 보고 또 봐도

오스틴을 완벽하게 이해할 수는 없기 때문에

결국 오스틴에 중독되고 만다.[1]

『올 어바웃 제인 오스틴』의 저자들은 책 말미에 "왜 오스틴 영화
인가?"라는 질문을 던지며, 오스틴의 작품들이 시대를 초월해서 계
속 영화로 만들어지는 이유를 스물일곱 가지로 나열했는데, 제일 마
지막에 위와 같이 답했다.

반면 북미제인오스틴협회 회장 엘자 솔렌더는 2002년, '제인 오
스틴의 세계'를 신실하고 진실되게 영화로 재창조하려는 시도에 대

---

1   캐롤 아담스 외, 『올 어바웃 제인 오스틴』, 함종선 옮김, 미래의 창, 2011, 195쪽.

해 이런 분명한 결론에 도달했다고 밝혔다. 한마디로 말해서 제발, "하지 마!"[2]

회장님에게는 안타깝게도, 제인 오스틴에 매료된 이들은 이후로도 20년 가까이, 그렇게 하지 말라는 일을 계속하고 있다. 이 책의 원고를 마무리할 즈음 눈치 없이 '워킹타이틀'은 또 새로운 버전의 〈에마〉(2020)를 내놓았다. 지난 작품들도 꾸준히 소환되고 있는데, 코로나19 사태로 작품 순환이 어려워진 2020년 현재 극장에는 다시 〈비커밍 제인〉(2007)이 걸렸고, 한때 넷플릭스 '지금 뜨는 영화' 리스트에는 〈클루리스〉(1995)가 가장 먼저 올라와 있었다. 마침 극장에서든 서가에서든 여성작가들의 여성 서사가 남다른 주목을 받고 있기도 하다. 지난 몇 년 사이, 〈콜레트〉(2018)와 〈메리 셸리: 프랑켄슈타인의 탄생〉(2017)이 개봉되었고, 에밀리 디킨슨을 다룬 〈조용한 열정〉(2016)과 루이자 메이 올콧의 작품에 작가의 삶을 새겨놓은 〈작은 아씨들〉(2019)이 새롭게 선을 보였다. 2020년에는 프랜시스 호지슨 버넷 원작의 〈시크릿 가든〉이 이 대열에 합류했다.

이 와중에, 제인 오스틴 영화책을 내놓는다. 원고를 마치며 헤아려보니, 원작과 각색 소설, 영화 등을 모두 포함해서 12권의 책과 26편의 영화와 드라마를 담은 책이 되었다. 출간된 모든 작품이 영화로 만들어졌고, 늘 새로운 버전의 이야기들이 어디선가 만들어지고 있는 이 작가의 생명력이 궁금했다. 그저 재미있고 좋아서 시작한 일이기도 한데, 영화를 공부한 사람으로서, 장르이론과 탈식민주의,

---

2. 커렌 조이 파울러, 『제인 오스틴 북 클럽』, 한은경 옮김, 민음사, 2006, 348쪽.

페미니즘, 작가론과 텍스트이론에서부터 관객성과 팬덤 현상까지, 학문하는 내내 매료되었던 영화와 대중문화 이론들을 이미지와 활자로, 또 살아있는 캐릭터로 만날 수 있었던 것은 뜻밖의 큰 행운이 었다.

이 책의 본문은 3부로 짜여 있다. 1부에서는 앤 해서웨이 주연의 영화 〈비커밍 제인〉(2007)과 함께 19세기 여성작가 제인 오스틴의 삶을 들여다본다. 첫사랑 톰 르프로이를 처음 만나던 시기부터 그와 헤어진 후 『오만과 편견』의 모태가 된 소설 「첫인상」을 쓰기까지의 제인 오스틴을 만날 수 있다. 영화는 제인 오스틴이 왜 비혼을 선택했는지, 작가로 살기로 결심한 것이 오스틴과 같은 19세기 여성에게 어떤 의미였는지 꼼꼼하게 다루어낸다.

2부에서는 제인 오스틴의 소설을 원작으로 하는 일곱 편의 영화들을 집중적으로 읽는다. 조 라이트의 〈오만과 편견〉(2005)을 시작으로 이안의 〈센스 앤 센서빌리티〉(1995)와 더글러스 맥그라스의 〈에마〉(1996), 로저 미첼의 〈설득〉(1995), 패트리샤 로제마의 〈맨스필드 파크〉(1999)와 존 존스의 〈노생거 사원〉(2007), 그리고 위트 스틸먼의 〈레이디 수잔〉(2016)까지다. 나는 흔히 쓰는 '원작에 충실하다'는 표현에 동의하지 않으며, 대사와 이야기를 그대로 옮긴 영화들이 최고라고 생각하지 않는다. 작품이 제작된 시기와 감독의 성향과 신념에 따라 재해석된 여러 버전의 제인 오스틴 영화들을 통해 이 점을 확인할 것이다.

원작 소설을 당대의 사극으로 재현한 2부의 작품들과 달리 3부에서는 원작을 현대적으로 각색한 영화들을 찾아보았다. 제인 오스틴의 여섯 장편이 캐릭터에 잘 녹아 있는 〈제인 오스틴 북 클럽〉(2007), 『오만과 편견』을 영국식 현대 로맨틱 코미디로 재창조한 〈브리짓 존스의 일기〉(2001), 같은 작품을 각각 발리우드 뮤지컬과 좀비영화로 탄생시킨 〈신부와 편견〉(2004)과 〈오만과 편견 그리고 좀비〉(2016) 등을 살펴본 후, 『이성과 감성』을 히스패닉 이민자 공동체의 이야기로 옮겨온 〈프롬 프라다 투 나다〉(2011)와 하이틴 무비 장르의 첨병이 된 현대의 『에마』 버전인 〈클루리스〉(1995)를 다룰 예정이다. 마지막으로, 제인 오스틴 팬덤 현상과 대중화된 오스틴에 대한 복합적인 논평을 담은 영화 〈오스틴랜드〉(2013)를 통해 오늘날의 시선으로 오스틴 당대의 관습과 원작 안팎의 인물들을 두루 소개하고자 한다. 이렇게 해서 우리는 제인 오스틴의 작품들이 눈으로 읽는 소설에서 체험하고 사유하는 대중문화의 세계로 이양되는 현상을 흥미롭게 목격할 것이다.

19세기 여성작가 제인 오스틴이 걸었던 관목 숲길 같은 좁은 길을 따라 출발했는데, 이 여정에서 라임 레지스 같은 바다를 만났고, 달고 쓴 열매로 가득하고 더러는 산딸기가 흐드러진 돈웰 애비 같은 기름진 땅을 만났다. 꽤 오랜 시간 끈질기게 붙들고 있던 프로젝트였지만 단 한 번도 지겹거나 지루하다고 느끼지 않았던 것에 새삼 놀라며 감사한다. 제인 오스틴과 그를 사랑한 구름같이 허다한 창작자들, 창조적 해석자들의 덕이다.

돌이켜보면 내 인생 두 차례의 칩거가 이 책을 만들었다. 이 직업은 아픈 가족의 돌봄제공자로 지내던 수년 전에 시작되어, 코로나 19가 프리랜서들의 발목을 단단히 붙들기 시작한 2020년 초에 초고가 완성되었다. '오스틴-영화 읽기'는 오래전부터 언젠가 꼭 해보고 싶었던 일이었지만, 이 두 시기의 오스틴은 나에게 더 특별했다. 나를 둘러싼 환경이 썩 달갑지 않았지만 그것을 달갑게 만드는 생명력과 사사로운 즐거움을 오스틴과 그를 창조적으로 다시 읽은 영화들로부터 얻었다. 그리고 함께 오스틴 영화와 책을 보고 강의를 들으러 와주신 청중으로부터도 같은 즐거움을 얻었다. 러디야드 키플링이 그의 단편소설 「제인아이트」^{Janeites, 제인 추종자들}에서 쓴 말을 떠올린다. "힘들 때 붙들 것으로 '제인'만한 것이 없다"였을 거다. 그러니까 키플링은 전쟁터 병사들 손에 오스틴을 들려주고 "아, 힘들 땐 역시 제인 오스틴이지!"라고 외치게 했다는 건데, 그가 왜 그랬는지 조금 알 것 같기도 하다.

하지만 꼭 힘든 시절이었기 때문만은 아니다. 오늘도 SNS를 기웃거리다가 생각한다. 무례함과 통렬한 직설과 목소리 큰 사람들만이 눈에 띄는 세상에 제인 오스틴은 오늘날 가장 그리운 작가가 되었고, 앞으로도 그럴 것이다. 수많은 목소리들 한가운데 우리가 이렇게 고단한 것은, 각자에게 각인된 신념과 가치들이 너무 크고 중한 나머지, 많은 사람들이 인간에 대한 예의와 예법을 잊었거나 잊기로 했기 때문은 아닐까. 누구도 가르치려 들지 않고 칼을 휘두르지 않으면서 조목조목 할 말은 다했던 오스틴이었다. 한계 속에서 더욱 예리하게 다져진, 결코 여유롭지 못한 중에 숨을 고르며 골라냈을 경쾌하고도 진중한 그의 언어가 전쟁 같은 일상을 살아가는 오늘의 독자들에게 훌쩍 가닿았으면 좋겠다. 그리고 잠시 너그러운 웃음을 짓게 되기를.

글쟁이로 살기로 결심했으나, 나와 주변이 드러나는 글쓰기는 여전히 조심스럽고 두렵다. 그럼에도 부끄러움을 무릅쓰고 이름 불러 감사를 표하지 않을 수 없는 이들이 많다.

책이 나오면 가장 기뻐하실 분들은 단연 부모님과 가족들이다. 특별히 매일 저녁 딸의 이름을 부르며 기도하시는 사랑하는 부모님 최기채님과 김길자님, 시부모님 이청자님과 고 박종주님께 감사드린다. '원고봇'을 자처하며 작업을 독촉하면서도 자주 불러내서 놀아준 좋은 친구 김진선, 더불어 살아온 시간보다 더 많은 날들을 함께하고 싶은 덕은동 공동체와 한영주, 최규창, 이경은, 박요한, 김한나, 김지웅, 채두리, 조경숙, 김승호 님의 지지와 응원에 늘 감사한다. 마음만은 이미 덕은동 주민이셔서 허물없는 벗 되어주신 조소희, 이웅배 님께 감사하고, 나의 부족함을 참아주고 채워주는 멋진 '모기영'(모두를위한기독교영화제) 동료 강도영, 박일아, 장다나 님에게 감사한다.

이런 모임을 만들면 누가 올까, 나만 좋아하는 것 아닌가 살짝 의심하면서 시작한 2016년 '제인 오스틴 영화 클럽'의 특별한 멤버들에게 감사와 함께 안부 인사를 전한다. 평일 저녁, 직장과 육아와 여러 버거운 일상을 뒤로하고 매달 초록리본도서관에서 함께 나누었던 1년 동안의 이야기들이 이 책의 기초가 되었음은 의심할 여지가 없다. 또한 책과 영화의 경험을 풍성하게 해준 여행, 오스틴의 나라에서 받은 사랑을 기억하고 감사한다. 박수련, 주상선님과 두 분의 특식한 아들들이 먼 길을 한걸음에 달려와 환대해주었다. 그런가 하면 대중강연을 마친 후에 찾아오셔서 "혹시… 쓰신 책이 무엇인지…?" 물어봐주시고 기다려주신, 그래서 책이 나오면 의심없이 가장 먼저 독자가 되어주실, 격려에 능하고 품이 넓은 청자님들께도 감사한다. 약속을 지키는 데 너무 오래 걸렸다.

좋은 인연으로 찾아와주신 북인더갭의 안병률 대표님, 김남순 실장님께 감사한다. 첫 책은 써야 하는 글보다는 쓰고 싶은 글들로 채우고 싶었던 바람을 두 분의 지지와 응원 덕에 이루게 되었다. 뒤늦게 고백하자면, '북인더갭'이라는 출판사 이름을 참 좋아한다. 사이를 잇고 경계에 서기를 지향하는 개인적인 성향 때문이기도 하지만, 승자들이 써내려간 굵직한 역사의 틈새를 사사롭고도 촘촘하게 산책하는 제인 오스틴에 대한 책을, 그것도 문학이 아닌 영화책을 내는 데 이만큼 어울리는 이름이 있을까 싶다.

그밖에도 선한 영향력을 나누어주신 내 인생의 선배와 스승들과 틈틈이 기억하고 책은 어떻게 되어가는지 물어주신 친절한 당신들께 감사한다. 베풂과 나눔에 늘 넉넉한 안지혜님, 좋은 스승이신 주진숙 선생님과 이승구 선생님, 꽤 오랜 인연으로 격려해주신 서울경제신문의 장선화 박사님, 매주 짧은 만남 가운데 좋은 자극과 활력이 되어주신 CBS 배재우 피디님과 송정훈, 신지혜 아나운서님께 감사한다. 머릿속에 수많은 이름들이 줄줄이 지나가지만, 요란 떠는 것도 같고 정작 본인들은 깜짝 놀라실까봐 부끄러워서, 모두 소리내어 나열하지는 못하겠다. 한분 한분 마음에 깊이 담아두고, 책을 들고 직접 찾아가는 것으로 글인사를 대신하려고 한다.

　마지막으로, 새 영국화폐가 발행되자, 서울의 은행 열 개를 뒤져 제인 오스틴의 얼굴이 새겨진 10파운드 지폐를 여러 장 구해다준 사랑하는 남편 박현홍님께 감사한다. 그로부터 일년 반쯤 후 그 지폐를 손에 들고 오스틴을 '쓰러' 떠났다. 런던과 바스와 초턴과 라임, 윈체스터에 동행해준 예쁜 딸 박새희양에게 감사한다. 그 겨울, 딸과 함께 제인 오스틴의 흔적을 따라 걸을 수 있었던 것은 내 인생의 큰 선물이었다. 그리고 진짜 마지막으로, 책을 쓰는 동안 가장 많은 시간을 책상에서 나와 함께 보낸, 그래서 자주 내 시선을 모니터로부터 강탈해간 사랑스러운 방해꾼들, 마리와 호두, 그리고 와니. 고맙다.

차례

일러두기

1. 본문에 사용된 영화 스틸사진은 연락이 닿는 한 저작권자의 허락을 얻고 사용하였다. 허락받은 이미지들은 다음영화(https://movie.daum.net) 또는 IMDB(https://www.imdb.com)에서 구해 사용하였다. 모든 스틸사진은 국내 저작권법에 따라 비평의 목적으로 사용하였음을 밝힌다.

2. 본문 중 영화 스틸 외의 사진은 저자가 제공한 것으로 저자에게 저작권이 있다. 다만 표지, 25면(상), 30면 사진은 ⓒ셔터스톡 사진이다.

3. 외국어 인명, 작품 등의 병기는 가급적 처음 나오는 곳에만 표기했다.

1부

비커밍 제인

제인 오스틴은 어떻게 그 '제인 오스틴'이 되었나

1장

제인 오스틴, 문학과 현실 사이

가족, 글쓰기의 시작

교구목사의 딸

영국 햄프셔^{Hampshire} 주 작은 마을의 교구목사 조지 오스틴^{George Austen}에게는 여섯 아들과 두 딸이 있었다. 제인 오스틴은 1775년 12월 16일에 그 중 일곱째 자녀, 둘째 딸로 태어났다. 글쓰기에 재능이 있었던 제인 오스틴은 가족과 지인들이 모인 자리에서 글을 낭독하고, 직접 쓴 희곡으로 형제들과 함께 연극을 공연하면서 어린 시절을 보냈다.

아버지 조지 오스틴에 따르면 제인은 열한살부터 완전히 새로운 글쓰기를 했고, 자기만의 문체를 지니고 있었다. 실제로 제인은 그 무렵부터 열여덟 사이에 대략 스물두 편의 이야기를 남겼다. 그 가운데는 중편소설 『레이디 수잔』과 단편소설들, 습작으로 남긴 역사 소설 등이 있다. 오스틴 목사는 일찌감치 딸의 작품을 출판사에 보냈는데, 출판사로부터 즉각 거절당한 소설 「첫인상」(1797)은 십수년 후 『오만과 편견』(1813)이 될 운명의 작품이었다.

19세기 들어 글을 쓰는 여성들이 많아지고 소설문학에서 여성작가의 존재감이 급부상하고 있었지만, 세상은 여전히 여성이 소설을 쓰는 일에 호의적이지 않았다. 그러나 다행스럽게도 이 재능 있는 소녀 작가에게는 가족의 든든한 지지가 있었다. 제인과 언니 카산드라(Cassandra)의 공식 교육은 1783년 옥스퍼드에서 콜리 부인이 운영하는 기숙학교에 잠깐 머물렀던 것과 버크셔 주의 레딩 수도원 여자 기숙학교에서 글쓰기와 문학을 익힌 1년 반가량이 전부였다. 아버지 조지 오스틴은 이후 직접 딸의 교육을 맡았다. 당시 교구목사의 연수입은 백 파운드 정도로, 대가족을 부양하기에 넉넉한 수준은 아니었으므로 조지 오스틴은 조그만 땅에서 나오는 농산물 수입과 개인교습으로 부족한 생활비를 보충했다. 따라서 집에는 늘 학생들이 드나들었고, 제인 오스틴은 작은 학교 같은 가정 분위기에서 자연스럽게 지적인 열망을 키웠다.

『제인 오스틴: 세상 모든 사랑의 시작과 끝』(Becoming Jane Austen)을 쓴 존 스펜스(Jon H. Spence)는 제인의 글쓰기 재능이 어머니로부터 온 것이라고 추측한다. 명망 있는 옥스퍼드 학자의 딸이었던 카산드라 리(Cassandra Leigh)는 3천 파운드의 지참금을 지니고도 가난한 교구목사와 결혼했다. 조지 오스틴은 당시에는 주목받지 못했던 직종인 의사 집안의 아들이었던 데다가 부모를 일찍 여의었는데, 3천 파운드는 카산드라 리가 더 나은 혼처를 찾거나 내키지 않을 경우 결혼을 선택하지 않고도 살아갈 수 있는 정도의 금액이었다.

오스틴 부부와 이 가족은 대체로 지적이고 감정을 잘 절제하는 성향이었지만, 어머니 카산드라는 유머와 남다른 에너지를 가졌던 것으로 보인다. 오스틴 목사의 제자들을 먹이고 돌보면서, 그는 학생들 각각을 주인공으로 한 시를 곧잘 지어서 어린 학생들의 생활과 학업에 활기를 더했다. 오스틴 부인이 쓴 이런 시가 있다.

> 네가 춤을 아주 잘 춘다고
> 보는 사람마다 말하더군.
> 가볍고 민첩하게 스텝 밟는 네 모습을 보고 말이야.
> 하지만 이것 보세요.
> 네 발을 기분 좋게 하려고
> 네 머리가 텅텅 비는 걸 모른 척할 거니?[1]

쾌활하고 센스 있는 시를 쓰는 여성이었지만, 홀로 늙고 병든 말년까지 그렇게 살기는 어려웠던 것일까. 아버지의 사망 후, 제인과 카산드라 자매는 불평을 늘어놓는 예민하고 쇠약한 어머니에 대해 자주 걱정스러운 편지를 주고받아야 했다.

---

1. 셀윈 편집, 「G.이스트 귀하에게 보내는 서간체 시」, 『시 모음집』, 26쪽. 존 스펜스, 『제인 오스틴: 세상 모든 사랑의 시작과 끝』, 송정은 옮김, 추수밭, 2007, 57쪽에서 재인용.

오스틴 가의 형제들: 목사이거나 군인이거나

『제인 에어』$^{Jane\ Eyer}$의 작가 샬롯 브론테$^{Charlotte\ Bronte}$는 1848년에 문학비평가 조지 헨리 루이스$^{George\ Henry\ Lewes}$에게 다음과 같은 편지를 보냈다.

내가 발견한 건 사진을 찍은 듯 정확한 초상화였어요. 평범한 얼굴, 꼼꼼하게 둘러쳐지고 잘 가꾸어진 정원의 깔끔한 경계석과 어린 꽃을 그린. 눈부시게 생생한 얼굴이 없고, 탁 트인 시골도 신선한 공기도 푸른 언덕도 아름다운 시냇물도 없는. 오스틴의 신사 숙녀들과 그들의 우아하고 답답한 집에서 함께 살 수는 없을 것 같아요.[2]

샬롯 브론테가 보기에 제인 오스틴은 열정을 모르고 지나치게 점잖으며 시적 재능이 없어서 위대한 작가로 인정할 수 없었다. 후대의 영국 비평가 레이먼드 윌리엄스$^{Raymond\ Williams}$는 제인 오스틴이 안전한 오솔길을 한가로이 거닐면서 울타리 밖으로는 전혀 시선을 두지 않는 작품들을 썼다고 비판하기도 했다.

그렇다면 어린 시절에 창작을 시작한 작가가 보일 수 있는 열정과 넓은 시야란 어떤 것이었을까? 그것을 결핍이라고 평가하는 것이 마땅한가?

18세기 말부터 19세기 초 젠트리 계층[3]의 일상과 정서가 오늘날까

---

2. 조선정, 『제인 오스틴의 여성적 글쓰기: 「오만과 편견」 새롭게 읽기』, 민음사 2012, 227쪽에서 재인용.

3. 영국의 계층으로 귀족은 아니지만 토지를 소유한 유산 계층을 일컫는다. 16세기 이후 귀족의 붕괴로 등장했으며 20세기 초까지 자본주의 발전의 핵심 계층으로 자리했다.

지 이토록 생생한 이미지로 남기까지는, 울타리 바깥에서 역사가 성큼성큼 달음질하는 동안 그 틈새를 촘촘히 메운 오스틴의 '한가로운' 산책이 있었다. 꼭 여성이라서가 아니다. 그리고 그 점이 오스틴 세계의 협소함을 의미하는 것도 아니다. 주변에서 일어나는 일들에 대한 관찰력과 애정이 남달랐던 그는 자신이 잘 알고 있고 가장 잘할 수 있는 이야기를 해보기로 했을 뿐이다. 실제로 제인 오스틴은 아주 잘해냈다.

오스틴은 자신이 잘 아는 계층의 사람들을 주요 소재로 삼았다. 특히 여섯이나 되는 남자 형제들은 오스틴 작품에 자주 등장하는 직업과 애정관계, 결혼과 상속에 대한 풍부한 에피소드와 영감을 제공했다.

큰오빠 제임스James는 아버지의 뒤를 이어 스티븐턴Steventon의 교구목사가 되었다. 다섯째 오빠 프랭크Frank와 동생 찰스Charles는 해군 장교였고, 오스틴과 가장 가까웠던 넷째 오빠 헨리Henry는 군인이었다가 목사가 되었다. 영화 〈비커밍 제인〉(2007)에서 둘째 오빠 조지는 청각장애인으로 묘사되었는데, 실제로 조지에게는 뇌병변 또는 지적장애로 추정되는 건강상의 문제가 있었고 그래서 줄곧 외가의 친척 집에서 생활했던 것으로 알려져 있다.

1805년 아버지가 사망한 후 오빠들과 동생이 모친과 누이들의 생활비를 보태겠다고 나섰는데, 가장 극적인 도움은 셋째 오빠 에드워드Edward로부터 왔다. 에드워드는 아버지의 사촌이었던 토머스 나이트Thomas Knight의 상속자가 되어 가드머셤Godmersham의 저택과 영지를 포함한 막대한 재산을 물려받았다. 나이트 부부는 신혼여행 도중 스티븐턴에 들렀다가 열두살의 에드워드를 처음 만났는데, 에드워드를 무척 좋아해서 자신들의 남은 신혼여행에 동행으로 삼기까지 했다.

부친 사망 후 약 4년 동안 바스Bath의 허름한 아파트나 친척, 친구의 집을 전전하던 어머니와 여동생들을 위해 에드워드는 1809년에 햄프셔Hampshire의 초턴Chawton에 있는 작은 집을 내주었다. 비로소 전업작가로 살 수 있게 된 제인 오스틴은 1817년 사망할 때까지 이곳에서 마지막 8년을 보내며 품고 있던 작품들을 드디어 '책'으로 손에 쥐게 된다.

|제인 오스틴을 '작가'로 탄생시킨 집 |

제인 오스틴이 태어난 곳은 햄프셔의 스티븐턴이지만, 그가 25년 동안 살았던 생가는 현재 보존되어 있지 않다. 대신 작가에게 자식과도 같았던 여섯 장편이 탄생한 초턴의 이 집을 사람들은 '제인 오스틴 하우스'라고 부른다. 나이트 가문의 상속자가 된 오빠 에드워드가 마련해준 이곳에서 제인 오스틴은 1809년부터 1817년까지, 8년 동안 글을 쓰며 생의 말년을 보낸다.

스티븐턴과 초턴 다음으로 오스틴이 가장 오래 머물렀던 곳은 바스다. 1801년 부친 오스틴 목사가 은퇴한 후 바스로 거처를 옮기기 전 제인 오스틴은 이미 두 차례(1797, 1799) 바스를 방문한 적 있다. 부유한 외삼촌과 오빠 에드워드가 초대해서 손님으로 머물렀는데, 당시의 제인 오스틴에게 바스는 사교계와 휴양의 도시였고 흥미로운 관찰거리가 많은 곳이었다. 하지만 정작 바스에 정착하게 되었을 때 제인 오스틴은 점점 초라하고 '작아지는' 경험을 한다. 조용하고 쾌적한 주거지에 위치한 시드니 플레이스와 달리 트림 스트리트는 당시 매춘부와 포주, 걸인들이 기거하던 빈민가로 알려져 있다. 오스틴 모녀는 트림 스트리트 집마저도 방 몇 개, 일부만

초턴에 있는 '제인 오스틴 하우스' 전경(상)과 앞뜰의 겨울 풍경(하)

오스틴 가족이 첫 3년 동안 살았던 바스의 시드니 플레이스Sydney Place의 집(좌)과
부친 사망 후 바스를 떠날 때까지 마지막으로 머물렀던 트림 스트리트Trim Street(우)

을 임대할 수 있었다. 쾌적하고 아늑한 주거지에서 시작된 오스틴 가족의 바스 생활은 이처럼 4년여 만에 도심 뒷골목의 빈민가에서 막을 내린다.

바스에서 제인 오스틴의 거주지가 어떻게 바뀌었는지 느린 걸음으로 뒤쫓다보면 아담한 정원과 독립된 공간을 갖춘 초턴의 작은 집이 그에게 얼마나 소중했을지 충분히 상상할 수 있다. 생의 마지막을 불태우며 오래된 글을 다듬어내고 새 작품들을 몰아쳐 써낼 수 있었던 비결까지도.

오스틴 남매들 중 작가로서 명성을 얻은 건 제인 오스틴뿐이었지만, 제임스와 에드워드와 헨리도 모두 글쓰기에 뛰어난 재능을 보였다. 옥스퍼드 수학 당시 제임스는 『로이터러』라는 주간신문을 발행했는데 헨리도 이 신문에 기고했고, 제인도 독자투고란에 가명으로 종종 참여했다. 한편 나이트의 후견으로 일찍이 넓은 세상을 둘러볼 기회를 얻었던 에드워드는 여행 중 경험한 일들을 일기 형식의 재치있는 글로 남겼다. 진중하면서도 신랄한 어법과 개성이 살아 있는 그들의 글은 오스틴 가의 남매가 부모로부터 나누어가진 것이 핏줄뿐이 아니었음을 알려준다.

오스틴의 주변 인물들은 그의 문체에도 영향을 미쳤던 것으로 보인다. 가족과 지인들이 지켜보는 가운데 가족들이 등장하는 연극이나 이야기를 발표했다면 어느 정도의 위장이나 가공은 필요했을 것이다. 다만 모두가 함께 웃고 즐기려면, 누구를 모델로 삼았는지는 알 수 있어야 했다. 오스틴 특유의 문체, 즉 반어법을 사용한 풍자와 위트 있는 문장들은 그렇게 갈고 닦인 것이라고 볼 수 있겠다. 누구인지, 어떤 사건을 암시하는지 눈치 채고 웃을 수 있도록 들춰내면서도 너무 노골적인 비난이나 조롱으로 들리지는 않도록 감추는 글쓰기의 쾌감을 오스틴은 어려서부터 깨우쳤을 것이다.

유머의 일종으로서 우스개가 지닌 공동체성을 이야기하면서 미국의 철학자 테드 코언^{Ted Cohen}은 "같은 것을 보고 함께 웃는다면 대단히 특별한 경험이며 어떤 것에 대해 누가 먼저랄 것도 없이 다 같이 웃는다면 그 자체로 놀랍고 소중한 일"[4] 이라고 말했다. 오스틴의 작품에는 가치 판단은 청자의 몫으로 남겨두되, 화자와 청자 사이에 모종의 공모관계가 필수인 이런 종류의 '게임'이 가득하다. 그중 최고의 소재는 오스틴이 가장 사랑했던 헨리 오빠와 사촌 언니 엘리자에게서 나왔다.

---

4. 테드 코언, 『농담따먹기에 대한 철학적 고찰』, 강현석 옮김, 이소, 2001, 6쪽.

헨리와 엘리자, 위태로운 연애의 결말

프랑스 귀족과 결혼해서 백작부인으로 불리던 엘리자 드 퓌이드 Eliza de Feuillide는 퍼그를 사랑했다. 그러고보니, 퍼그 종 강아지를 안고 다니는 귀부인은 오스틴 원작 영화에서 꽤 흔한 캐릭터다. 자유분방한 성격인 데다가 최첨단 유행의 나라 프랑스에서 건너온 이 언니는 제인의 어린 시절 선망과 동경의 대상이었다. 하지만 작가의 눈을 지닌 소녀에게 헨리 오빠와 엘리자의 도를 넘는 듯한 '장난'이 빤히 보여 혼란스러운 것도 사실이었다. 엘리자는 헨리보다 열 살 연상이었고 이미 결혼한 여성이었지만, 그들은 서로에게 사촌 이상의 친밀함과 관심을 드러냈다. 아직 열여섯이 채 못 되었던 헨리가 열정을 보이면 엘리자가 은근히 호응하는 방식이었다. 헨리보다 일곱 살이 많았던 큰오빠 제임스도 엘리자를 흠모했는데, 엘리자와 헨리, 제임스의 미묘한 관계는 어느 크리스마스 연극에서 배역을 나누고 공연을 준비하는 과정에서 노골적으로 드러났다.

헨리는 목사가 되려고 옥스퍼드에 다니고 있었지만, 엘리자는 헨리에게 목사직을 포기하고 군인의 길을 택하게 했다. 전기작가 존 스펜스는 이에 대해 옥스퍼드 학생과 연애하는 것은 귀족부인에게 명예였으나 목사와 연애하는 것은 도덕적인 비난을 피할 수 없는 일이었기 때문이라고 평한다. 헨리는 제대 후 은행을 경영하다가 파산하는데, 애초에 그가 은행 사업을 벌일 수 있었던 것도 엘리자의 재력과 인맥 덕택이었다. 제인 오스틴은 헨리가 목사가 되기를 바랐기 때문에, 엘리자의 이런 개입이 못마땅했다. 엘리자에 대한 제인의 감정에는 이처럼 어린 시절의 매혹과 자라면서 쌓인 경멸이 혼재되어 있었다.

프랑스혁명으로 귀족인 남편이 단두대에서 처형된 이후부터, 엘리자는 헨리를 훨씬 진지하게 대한다. 그는 미망인이 되어 법적으로 자유로워진 데다 프랑스로 돌아갈 수도 없게 되자 마침내 헨리를 남편으로 맞이했다. 당시 헨리는 약혼한 상태였지만, 천하의 엘리자에게 약혼녀의 존재가 큰 문제는 아니었다. 엘리자에게는 헨리와 함께한 비밀연애 십년의 역사와 만 파운드의 지참금이 있었다.

원하는 것은 반드시 얻어내고야 마는 여성이 주인공인 『레이디 수잔』은 바로 이즈음에 씌어진 작품이다. 제인 오스틴은 수잔(즉 엘리자)의 실상을 폭로하고 전도유망하고 매력적인 젊은 남성 레지널드(즉 헨리)가 그녀의 유혹에 넘어가지 않도록 소설을 구상했다. 그리하여 오스틴은 적어도 자신의 작품 속에서만큼은 오빠 헨리를 엘리자로부터 '구출해'냈다. 한편 현실의 엘리자와 달리 소설 속 수잔이 이미 재산과 지위를 다 잃은 젊은 여성이었다는 점에 주목해서 본다면, 이 경우 수잔은 여전히 『오만과 편견』의 샬롯이나 『이성과 감성』의 루시이기도 하다. 오스틴에게 엘리자라는 인물이 결코 단순하지 않았듯이, 엘리자를 모델로 한 레이디 수잔은 제인 오스틴의 작품 세계 내에서도 상당히 입체적이고 흥미로운 캐릭터다. '전도된 남녀관계'라는 점에서 특히 그렇다.

언니 카산드라

카산드라 오스틴은 팔남매 중에서도 제인에게 가장 큰 의지가 되는 존재였다. 『오만과 편견』의 제인과 엘리자베스, 『이성과 감성』의

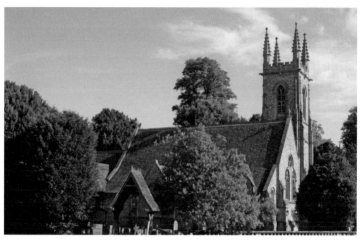

에드워드 소유의 초턴 하우스 영지 내에 있는 성 니콜라스 교회. 이 교회의 뒤뜰에
제인 오스틴의 모친 카산드라 리 오스틴과 언니 카산드라 오스틴이 나란히 묻혀 있다.

엘리너와 마리앤의 관계에서 두 살 터울의 자매 카산드라와 제인의
모습을 읽을 수 있다. 작품 속 언니들처럼 카산드라는 절제가 몸에
배어 있고 신중하며 헌신적인 여성이었다. 약혼자였던 톰 파울이 결
혼자금 마련을 위해 서인도제도로 떠난 지 얼마 안 되어 주검으로
돌아오자, 카산드라는 평생을 미망인 아닌 미망인으로 살게 된다.
톰 파울은 그녀에게 유산으로 천 파운드를 남겼다.

당대 결혼하지 않은 여성들이 택할 수 있는 길은 많지 않았다. 특
히 재산이 없는 젠트리 계급의 여성들은 하인보다 조금 위 계급인
가정교사로 생업에 뛰어들거나, 친척집을 전전하면서 어린아이들
을 돌보는 일을 맡아야 했다. 제인과 카산드라도 예외는 아니었다.
다만 집안 대소사를 챙기거나 아이들과 환자를 돌보는 일에 있어
서 카산드라는 제인보다 능숙했던 모양이다. 카산드라와 제인은 하

루라도 떨어져 있으면 거의 매일같이 편지를 주고받았는데, 이 경우 카산드라가 친척집으로 가고, 제인은 부모 곁에 머무는 일이 많았다. 제인이 방해받지 않고 글을 쓰도록 하려는 언니의 배려이기도 했다.

쉽게 동요하지 않고 감정을 절제하는 데 익숙했던 카산드라는 제인의 임종을 지키는 순간에도 담대했다. 1817년 7월 18일, 제인이 약 1년 동안 에디슨병으로 추정되는 병을 앓다가 치료차 떠났던 윈체스터에서 눈을 감을 때, 41세의 오스틴은 카산드라의 무릎을 베고 있었다.

|제인 오스틴의 초상화 |

제인 오스틴 생전에 그려진 유일한 초상화는 카산드라 오스틴의 작품이었다. 현재 영국의 국립 초상화 미술관National Portrait Gallery '리젠시 룸'Late 18th to Early 19th Century에 보관되어 있는 이 초상화는 제인 오스틴의 얼굴로 가장 널리 알려져 있다. 그런데 놀랍게도 이 그림의 크기는 손바닥만 하다. 유화가 대부분인 금장의 거대한 액자들 사이에서 찾아내기 힘들 정도로 작고 세밀한 이 초상화는 조도가 낮은 유리관에 보관되어 있어서 가까이 다가가야만 불이 밝혀진다. 마치 리젠시 시대의 화려한 영웅들에 가려져 있고 평범한 '신데렐라 판타지'에 감추어져 있어 가까이 들여다보고 헤아려보아야 비로소 가치가 드러나는 작가 자신의 운명처럼 신비롭다.

현재 10파운드 영국화폐에 새겨진 제인 오스틴의 얼굴은 카산드라의 작품을 바탕으로 제임스 앤드류스가 1869년에 그린 초상화를 활용한 것이다. 2002년에는 FBI 출신 예술가 멜리사 드링Melissa Dring에 의해 새 초상화가 등장했는데, 드링은 오스틴의 조카 캐롤라인 오스틴Caroline Austen의 증언을 참고하고 오스딘 가의 일

카산드라 오스틴이 1810년 경 연필과 수채화로 그린 초상화(좌)와
멜리사 드링이 2002년에 그린 초상화를 바탕으로 만든 밀랍인형(우)

굴들을 포렌식 기술로 분석해서 새로운 제인 오스틴을 그려냈다. 이 초상화를 기초로 제작된 제인 오스틴 밀랍인형과 멜리사 드링의 원작은 바스에 있는 '제인 오스틴 센터'Jane Austen Center에서 만나볼 수 있다.

하지만 홍조를 띤 볼과 총명한 눈매로 매끈하게 잘 복원된 얼굴이 수십 년 동안 동생의 곁을 지켰고 '작가'가 되기도 전에 동생의 얼굴을 남기기로 한 언니 카산드라의 섬세한 감각과 애정을 능가하지는 못하는 듯하다. 바스는 아마 이쯤해서 새로운 '오스틴 아이템'이 필요했을 게 분명하다.

취미로 글을 쓰지 않았다

누가 '얼마짜리'인가?

『오만과 편견』의 미스터 다아시는 팸벌리의 영지에서 년 1만 파운드의 수입을 거둬들인다.[5] 다아시의 여동생 조지아나는 지참금 3만 파운드의 신붓감이다. 협잡꾼 위컴은 다아시의 부친으로부터 천 파운드의 유산을 받은 것도 모자라, 성직 자리를 3천 파운드와 바꾸어 챙긴 후 탕진한다. 다아시의 친구 빙리의 연수입은 4천 내지 5천 파운드이고, 부친에게 물려받은 10만 파운드도 있다. '롱번'을 소유한 베넷 씨는 2천 파운드 '짜리'다. 『에마』에서 교구목사 엘튼이 에마에게 망신을 당하고 나서 곧장 구해온 신붓감 호킨스 양에겐 1만 파운드의 재산이 있었고, 『이성과 감성』의 페라스 부인이 두 아들 중 누구라도 인연을 맺었으면 했던 모튼 양에겐 3만 파운드의 지참금이 있었다. 앨런 부인으로부터 상속권을 박탈당하고 빚만 떠안은 윌러비는 사랑했던 마리앤이 아닌 5만 파운드의 재산을 지닌 그레이 양을 선택했다. 그레이 양은 '오스틴 월드'에 최고가로 등록된 상속녀였다. 반면 부친을 갑자기 잃은 마리앤은 네 가족이 연 5백 파운드로 생활해야 할 형편이었다.

오스틴의 작품에서 이런 종류의 숫자들은 끝도 없이 찾아낼 수 있다. 제인 오스틴이 모든 작품들에서 인물들을 소개하는 방식이 한결같기 때문이다. "이 사람은 무려 OO 파운드짜리랍니다." 인물을 묘사할 때 연봉이 얼마고 지참금이 얼마인지 항상 빠뜨리지 않아서 제인 오스틴은 속물적이라는 비난을 받곤 했다.

하지만 정말 그런가? 2백년 전 오스틴은 여성이었고, 작가였고,

---

5. 제인 오스틴 당시의 통화가치는 오늘날 약 60배로 환산할 수 있다. 1파운드를 약 1,500원으로 보았을 때(2020년 현재), 다아시의 연수입 1만 파운드는 60만 파운드, 즉 9억원이 넘는다. 하지만 다아시의 연수입이 당대 상위 100위권에 든다는 분석을 참고하자면, 실제 통용가치는 훨씬 깊을 것이다. Sue Wilkes, *A Visitor's Guide to Jane Austen's England*, Pen and Sword history, South Yorkshire; 2014, p. 87.

결혼하지 않았고, 넉넉한 지참금이 없었다. 재산이 없는 비혼 여성이 작가로 산다는 것은 단지 취미나 자아성취로 글쓰기를 즐기며 천상에 둥둥 떠 있을 수는 없는 환경을 의미했다. 그는 글을 써서 스스로를 먹여 살려야 했고, 언니와 노모와 함께 살아남아야 했다. 더욱이 작품에서 자주 오스틴이 주목했던 것은 결혼시장에서 여성이 어떻게 자신의 삶을 지켜내고 생존하는가의 문제이기도 했으니, 그것은 필수 정보였을 터이다. 그러므로 그가 속물적인 계산으로 사람에게 값을 매긴다는 비난은 부당하다.

흥미롭게도, 제인 오스틴을 아끼던 그의 가족들은 예상되는 이러한 부당한 평가를 미리 차단하고 싶었던 것 같다. 제인의 출판에 가장 깊이 관여했던 오빠 헨리는 제인의 사후에 "제인이 작가가 된 것은 전적으로 자신의 취향과 성향에 맞아서였다. 제인은 처음 글을 쓰기 시작할 때의 동기를 명예나 돈에 대한 욕심으로 흐려놓지 않았다"[6]고 썼다. 카산드라가 동생을 보호하기 위해 젊은 시절의 편지들을 파기했듯이, 즉 제인의 조카들이 앞다투어 써낸 오스틴 전기에서 제인 고모가 "천성 자체가 유순하고 화를 한 번도 내지 않는 행복을 누렸"[7]다고 그의 성품을 의심스럽게 미화했던 것과 유사하게, 헨리의 이러한 방어는 오히려 오래도록 오스틴의 진가를 가로막는 결과를 낳았던 것 같다.

제인 오스틴이 이른바 '속물적으로' 돈을 밝혔다고 해서 작가로서의 명예나 가치가 떨어지는 것은 아니다. 오히려 그 반대일 가능

---

6. 존 스펜스, 앞의 책, 277쪽에서 재인용.
7. 제임스 에드워드 오스틴 리의 서술. 존 스펜스, 같은 책 190쪽에서 재인용.

성이 크다. 돈과 재산의 가치에 대해 상세하게 서술함으로써, 작가로서 제인 오스틴은 중간계급 여성의 경제적 자립에 대한 열망을 성공적으로 표현했다. 당대 소설의 사실적인 경향과 함께 시대를 읽는 작가의 통찰을 증명했음은 물론이다.

A Lady, '저자' 되다

제인 오스틴은 여섯 편의 장편소설과 중편소설 하나, 단편과 미완성의 장편을 몇 편 남겼다. 제인 오스틴의 작품 중 데뷔작이라는 명예는 1811년의 『이성과 감성』에 돌아갔다. 흥미로운 것은 이때 이미 『오만과 편견』의 모태가 되는 작품 「첫인상」이 작가의 수중에 있었다는 점이다. 게다가 제인 오스틴은 『오만과 편견』이 최고의 작품이 될 것을 알고 있었다. 그는 후에 책이 나왔을 때, 이 작품을 "나의 사랑하는 자식"이라고 표현하기까지 했다.

그렇다면 오스틴은 왜 『오만과 편견』을 자신의 '첫 자식'으로 선택하지 않았을까? 『제인 오스틴의 여성적 글쓰기』의 저자 조선정은 완성되어 있던 세 편의 초고 중 "『오만과 편견』은 여주인공의 개성이 너무 강하고 『노생거 수도원』은 풍자가 지나쳐서 많이 팔리지 않을 것으로 내다봤기 때문에"[8] 『이성과 감성』을 선택했다고 설명한다. 반면 존 스펜스는 제인이 『오만과 편견』을 아껴두었던 거라고 말한다. '소포모어 증후군'이라고나 할까, 그는 첫 작품으로 성공한 작가가 곧바로 더 나은 작품을 내놓지 못하는 경우를 의식했다고 보았다. 스펜스는 오스틴이 『이성과 감성』으로 먼저 명성을 쌓은 후, 스

---

8. 조선정, 앞의 책, 125쪽.

스로 가장 아끼는 작품이면서 가장 대중적으로 인기가 있으리라 확신했던『오만과 편견』을 최대한 멋지게 세상에 내놓고 싶어 했을 거라 추측했다.

둘 중 어느 쪽 해석이라도, 오빠 헨리의 주장과는 달리 제인 오스틴이 취향과 취미를 따라 글을 쓰지 않았다는 사실을 보여주는 예로 충분하다. 다만 나에게는 존 스펜스의 견해가 더 타당해 보인다. '누구누구의 부인'이나 '누구누구의 어머니'가 아닌 전업작가로 남은 생을 살아가기로 했던 제인 오스틴이라면, 그런 종류의 절박함과 치밀함, 긴 호흡으로 작가로서의 생명력을 이어나가고 싶은 열망을 마땅히 지니고 있었을 것이다. 게다가 19세기의 영리한 작가 제인 오스틴에게서 돋보였던 것은 자신의 재능과 작품에 대한 확신뿐이 아니었다. 그에게는 뛰어난 '경영 마인드'가 있었다.

당시의 많은 여성작가들이 그랬듯이, 제인 오스틴은 익명으로 글을 썼다. 초판이 발간된『이성과 감성』의 저자는 '어느 부인'A Lady이었다. 기대했던 만큼은 아니지만 첫 책이 호평을 받고 팔려나가자 두번째 책『오만과 편견』(1813)에는 '『이성과 감성』의 저자Author'라는 이름을 붙였다. 세번째 책『맨스필드 파크』(1814) 때도 시은이는 '『오만과 편견』과『이성과 감성』의 저자'였다. 사람들은 그래서 여성인 그 저자가 누구인지 갈수록 궁금해하기 시작했고, 네번째 책이자 제인이 자기 손으로 만져볼 수 있었던 마지막 작품인『에마』(1815) 즈음에 이르면 제인 오스틴이라는 이름이 어느 정도 세상에 알려지게 된다. 제인 오스틴은 1816년『설득』을 완성한 후에 약 1년 정도 앓다가 사망해서, 나머지 장편들인『설득』과『노생거 수도원』

은 1817년 헨리 오스틴에 의해 유작으로 출판되었다.

작가로서 이름이 서서히 알려지기 시작했으나, 저작권 판매와 인세로 제인이 얻은 돈은 명성에 비하면 생각보다 많지 않았다. 『이성과 감성』은 헨리의 도움을 받아 사실상 자비로 출판했다. 『오만과 편견』은 110파운드에 저작권을 통으로 넘기는 조건이었고, 『맨스필드 파크』에 와서야 오스틴은 제대로 된 인세계약을 할 수 있었다. 사람들은 제인이 『오만과 편견』을 인세계약으로 하지 않은 것은 실수였다고 말한다. 당시 이 작품의 대중적 인기와 오늘날 『오만과 편견』의 명성을 생각하면 타당한 지적이다. 하지만 존 스펜스는 『오만과 편견』의 출간을 준비하던 그 시기, 대리인 역할을 하던 헨리가 아내 엘리자의 병으로 제인의 출판에 집중하기 어려운 형편이었음을 지적한다.

그런데 작가가 의도하지 않았을지 모르지만, 이 일은 제인에게 오히려 이로운 결과를 낳았다. 판권을 사들인 출판사는 홍보와 마케팅에 더욱 적극적이었을 것이다. 『오만과 편견』에 매료된 사람들은 저자가 썼다는 『이성과 감성』을 찾아 읽고 싶어 했고, 이는 자연스레 전작의 구매 또는 대여를 적극적으로 유발했다. 실제로 『이성과 감성』의 초판이 매진된 것은 『오만과 편견』이 출판된 이후였다. 인쇄문화가 발달했지만 아직 책값이 비싸서 책 한권을 손에 넣으려면 숙련된 노동자의 주급만큼을 지불해야 했던 당시에는 도서대여점의 확산과 그들의 구매력이 큰 활약을 했다. '팔리는' 작가가 된 제인 오스틴에게, 『에마』부터는 영국 최고의 출판업자 존 머레이가 출판을 자천해 나섰다.

제인 오스틴의 출판과 관련해서 가장 유명한 일화는 제인이 「수잔」의 판권을 크로스비 출판사에 10파운드에 팔았다가 10파운드에 되찾아온 사건이다. 크로스비는 광고에서 '근간'으로 이 책을 소개하기까지 했지만 수년이 지나도 책이 나오지 않자, 제인은 1809년 크로스비에 편지를 보냈다. 출판 의사를 재차 확인하고 여의치 않으면 다른 출판사를 알아보겠다는 내용이었다. 출판사에서는 「수잔」을 출판할 의무가 없으며, 다른 누군가가 출판한다면 고소할 거라는 답장을 보내왔다. 그런데 6년 전 그들이 구매했던 가격인 10파운드에 다시 판권을 사갈 것을 제안한 것은 정작 출판사 측이었다. 제인이 당장 그 제안을 받아들였던 것은 아니다. 「수잔」이 10파운드 이상의 가치가 있다고 믿었던 그는 1816년에야 헨리를 통해 10파운드를 주고 판권을 되찾아온다. 이때 제인은 『에마』까지, 이미 네 권의 유명 소설을 쓴 작가가 되어 있었다. 제인이 판권을 되사오면서 끝까지 자신이 바로 그 '오스틴'이라고 밝히지 않은 것은 한때 자존심에 상처를 입은 글쟁이가 세상에 복수하는 자신만의 방식이었다. 「수잔」은 제인 자신의 수정작업을 거쳐 사후인 1817년 『노생거 수도원』으로 출간되었다.

천하의 제인 오스틴도 이렇게 거절당했다. 그리고 일찍이 자신을 몰라봤던 이들을 성공한 후에 찾아가 천생 오스틴 스타일로 '빅 펀치'를 날렸다. 「수잔」의 판권을 구매했던 출판사가 작품을 묵혀두고만 있을 때, 분노를 표현하던 그 순간에도 제인은 위트를 잃지 않았다. 크로스비 출판사에 항의편지를 보내면서 그가 M.A.D.(화가 난)라는 이니셜로 서명을 해서 보냈다는 일화는 또다른 의미로 유명하다.

〈비커밍 제인〉에서 제인이 카산드라의 약혼을 축하하며 쓴 문장을 빌려와 말하자면, "그것은 적절한 방식이었다."

누군가 자신을 알아봐주기를 바라며 오늘도 세상 어느 한구석에서 자신만의 이야기를 쌓아가는 평범하고 소심한 이들에게 오늘날 제인 오스틴의 존재와 작품들은 작은 다독임이며, 우스개만큼의 통쾌함을 나누어주는, 어느 정도 '공동체적인' 위로다.

오스틴 시대의 영국

제인 오스틴이 살았던 18세기 후반부터 19세기 초는 영국과 유럽 사회의 격동기였다. 하층과 중간계급 남성들에게 신분상승과 안정된 수입을 보장했던 직업으로 군인들이 오스틴 소설에 그토록 자주 등장하는 것은 앞서 다루었듯이 남자 형제들의 직업을 모델로 삼은 결과이기도 하지만, 근본적으로는 미국의 독립전쟁(1775~1783)과 프랑스 나폴레옹 전쟁(1797~1815), 그리고 대영제국이 식민지로 파견하는 군인들의 수요가 급증했던 정치현실과도 관계가 있다.

또한 오스틴의 시대는 조지 3세의 정신질환으로 부친 대신 황태자가 통치하던 '리젠시'(섭정) 시대였다. 하지만 화려한 패션 취향과 낭비벽으로 유명했던 섭정 황태자에 대한 불만은 이웃 나라 프랑스의 대혁명(1789~1794) 지지 세력을 유발했고, 영국의 귀족과 지배계층은 프랑스에서처럼 단두대에서 처형될까봐 신흥 세력을 두려워했다. 영국은 안으로는 프랑스혁명의 정신이 유입되면서 촉발된 동요에 직면해 있고, 외부로는 프랑스와의 전쟁뿐 아니라 끊임없이 독립을 주장하는 식민지와의 전쟁까지 감당해야 하는 상황이었다.

계급구조에서는 중세 이래 여러 세기에 걸친 개혁과 사회변동의 결과로 부르주아라 불리는 신흥 자본가들의 부상이 두드러졌다. 제인 오스틴의 작품에서도 우리는 젠트리 계급의 위상과 일상의 묘사들로부터 영국 계급사회의 변동을 읽어낼 수 있다. 예컨대 공작, 후작, 백작, 자작, 남작의 위계로 구성된 귀족체계에서 하위 귀족인 남작과 그 아래 기사계급 사이에는 준남작 작위가 있다. 준남작은 전통적인 귀족이 아니면서도 귀족 명부에 이름을 올릴 수 있었는데, 『설득』에서 앤의 부친 엘리엇 경은 이 준남작 특유의 자부심으로 똘똘 뭉친 인물로 그려진다. 그런가 하면 『에마』의 나이틀리는 귀족 신분이 아니었지만, 영지 소유만으로 젠트리 계급에 편입된 대표적인 경우다. 농업과 농지개혁의 결과였다. 그는 마틴이라는 농부를 고용해서 농장 일을 맡기고 거기서 나온 수입으로 고위층의 삶을 누리는 인물이다. 『오만과 편견』의 빙리는 아직 다아시처럼 성직 임명권이 있는 영지를 소유하고 있었던 것은 아니지만, 장사를 통해 많은 돈을 번 부친으로부터 상당한 유산을 물려받아 조만간 영지를 구입할 계획이다. '신사(젠틀맨)'라는 말의 유래가 되는 당시 젠트리 계급은 이처럼 다소 넓게 펼쳐져 있었는데, 대개는 자신이 직접 일을 하지 않는 계층을 일컬었다.

경제적으로 이 시기는 영국 경제의 최전성기라고 불리던 빅토리아 시대(1837~1901) 이전의 시대이자 급속한 산업혁명(대략 18세기 말~19세기 전반)의 시대였다. 경제활동의 증가로 도시가 발달하고 신분상승의 기회와 여성의 교육 기회도 증대했다. 하지만 여전히 문화와 가치

관은 귀족사회의 전통 아래 있어서 모순과 혼란이 불가피했다. 그 대표적인 예가 상속제도와 여성의 혼인문제일 것이다.

'한사상속'이라고도 불리는 한정상속 제도와 유산은 『이성과 감성』, 『오만과 편견』, 『설득』에서 특히 중요한 이슈이고, 『맨스필드 파크』나 『에마』, 『레이디 수잔』, 『노생거 수도원』 같은 나머지 작품들에서도 기저를 이루는 기본적인 환경이다. 즉, 제인 오스틴의 모든 작품에서 상속문제는 곧 생존의 문제였다. 여성의 경우에는 특히 그러했다.

한정상속 제도를 가장 단순하게 말하자면, 재산을 분할하지 않고 한정된 자녀 한 명, 대개는 장남에게만 물려주는 법적인 제약이다. 장남 유고시에는 차남, 삼남 순으로 상속권이 유지되고 아들이 없는 경우에는 부계 친지 중 남성을 택하여 가문의 이름과 부동산을 물려주게 되어 있다.

이 법은 부친의 사망과 동시에 효력이 발생하므로, 재산이 넉넉한 귀족과 젠트리 계급은 아버지가 미리 딸들과 미망인을 위한 재산을 현금화해서 지참금이나 상속금으로 마련해두거나 모기지 형태로 일부 부동산을 묶어두어 이자를 받도록 함으로써 장남이 재산에 대해 전권을 휘두를 수 없도록 제동장치를 두기도 했다. 하지만 현금화할 수 있는 재산이 넉넉하지 않거나 『이성과 감성』의 대쉬우드처럼 미처 딸들과 아내를 위한 현금자산을 챙겨두지 못하고 갑자기 사망하는 경우가 문제였다. 젠트리 계급의 차남 이하 아들들은 그나마 자산가나 상류층에게 허락된 고등교육의 기회를 이용해서 목사나 군인이 되어 생계를 보장받을 수 있었지만, 딸들은 영락없이 남자 형제나 친척들의 선처를 구하는 신세가 되었다.

자칫 가문의 몰락을 불러올 수도 있기에 오히려 불합리해 보이기도 하시만, 영국 귀족사회의 특수성을 염두에 두자면 이러한 제도가 오래도록 유지되었던 까닭을 이해 못할 일도 아니다. 성 앞에 'de'나 'von'을 붙여 혈통으로 귀족 가문의 이름을 이어가는 프랑스나 독일과 달리, 영국사회의 귀족들은 '팸벌리 가의 다아시'처럼, 대개 영지와 함께 호명된다. 따라서 영지를 쪼개어 상속한다는 것은 혼인으로 결합과 확장을 도모하는 경우가 아니라면 가문의 세가 꺾일 수도 있는 일이었다. 따라서 자신의 직계가족이 피해를 보더라도 영지와 가문의 이름을 함께 넘겨 귀족으로서의 명예와 지위를 지키는 것이 더 중요했던 것이다. 그런 의미에서 영국의 귀족은 핏줄보다는 토지와 재산으로 유지되는 지주 그룹이었으며, 외견상 경직되어 있으면서도 융통성을 갖춘 계층이었다. 앞에서 보았듯이, 중간계급과 젠트리 계층의 귀족화가 가능했던 것도 이와 같은 맥락에서다.

영국의 귀족사회가 처음부터 이런 방식으로 작동했던 것은 아니다. 한정상속 제도는 노르만 왕조의 시조인 윌리엄 1세와 함께 11세기에 영국에 도착했다. 노르만족은 프랑스에 먼저 정착했다가 잉글랜드 정복전쟁을 일으켰는데, 이때 전쟁을 도운 북부 플랑드르의 귀족과 기사들에게 보상으로 영토를 나누어주었다. 당시 앵글로색슨 지주들을 제거하고 얻은 영지였다. 차후에 영지가 쪼개지거나 줄어들어서 전쟁유공자들의 가세가 위축되는 것을 방지하기 위해 윌리엄 1세는 한정상속을 명하여 법적 장치를 마련해주었다. 혈통이 상속의 중요한 기준이 되었던 앵글로색슨 시대를 지나 노르만족의 시대 영국은 이제 나눠가진 영지를 잘 지켜 정착과 통치기반을 확고히 하는 일이 중요한 사회로 진입하게 된다.

제인 오스틴의 작품들에서 일관되게 확인되는 것처럼, 이와 같은 상속제도의 가장 큰 피해자는 여성들이었다. 예컨대 내러티브의 중심에는 상속 예정자의 갑작스러운 방문(『오만과 편견』)이나 아버지의 임종(『이성과 감성』)으로 제 집에서 추방당할 위기에 직면한 여성들이 있다. 그런가 하면 그들의 주변에는 이미 터전을 잃고 몰락했거나 애초부터 지참금이라고는 엄두도 내지 못할 낮은 신분의 여성들이 맴돌고 있다. 『에마』의 베이츠 양이나 그녀의 조카 제인 페어팩스, 『이성과 감성』의 루시, 그리고 『설득』의 클레이 부인이나 스미스 부인과 같은 여성들이 그 예다.

제인 오스틴의 작품들을 신분상승과 결혼에 성공하는 신데렐라 스토리로만 이해하지 않으려면, 그래서 사회적인 의미와 오늘날까지도 유효한 통찰을 찾아내려면, 이 여성들을 제인 오스틴이 어떻게 다루는지 유심히 들여다봐야 한다. 예컨대 엘리자베스나 앤과 에마처럼, 남성들의 청혼을 거부하고 자존심을 지키는 주인공 여성들은 스스로 예외적인 선택을 통해 '주인공다움'을 획득할 수 있었다. 그렇다면 이야기 속의 다른 여성들은 어떤가. 소설의 주인공이 아닌 이들은 어쩌면 자신의 삶에서조차 단 한번도 주인공이 되어보지 못했을 여성들이다. 오스틴의 소설에 매료되었을 당대의 평범한 여성 독자들의 현실은 그들과 더 가까웠을 것이다.

근대 소설가 제인 오스틴

18세기의 '배운 여자'였던 제인 오스틴에게도 선택권이 많지는 않았다. 다만 제인은 '좁은 길'을 가기로 한다. 소설을 써서 먹고살 겠다고 결심한 것이다. 그런데 이 길이 당대 여성으로서 아주 예외 적인 선택은 아니었다. 버지니아 울프는 그의 유명한 에세이 「자기만의 방」(1929)에서 중산층 여성이 글을 쓰기 시작한 것은 십자군이나 장미전쟁보다 더 충실히 기술해야 할 역사적인 사건이라고 말했다. 도시화와 산업혁명의 영향으로 노동구조가 재편되면서 가사노동에서 자유로워진 중간계층 여성들에게 상대적으로 시간의 여유가 생겼고, 그들 중 돈벌이를 위한 직업으로 글쓰기를 택한 이들이 생겨났다.

여기서 '글'이란, 시나 편지, 일기가 아니라 '소설'이라고 보아야 한다. 그리고 무엇보다 '품행서'가 아니라는 것도 중요하다. 18세기 여성들에게 교육의 기회가 주어지고 책을 읽고 쓰는 일이 장려되었던 데 가장 크게 기여한 품목이 바로 이 품행서이기 때문이다. 주로 수도원에서 운영하던 기숙학교와 가정의 교육은 빅토리아 시대에 절정에 달했던 '가정의 천사'와 정숙한 여인 만들기에 집약되어 있었다.

이에 반해 소설이란, 사실적인 서술양식을 바탕으로 거리두기와 풍자정신을 담은 완전히 '새로운'novel 형식의 글쓰기였으므로, 소설의 작가가 남성이든 여성이든 기득권의 지지를 받을 만한 유형은 당연히 아니었다. 소설은 18세기부터 씌어지기 시작했는데, 영국 근대

소설의 기틀을 잡은 작가로 평가되는 헨리 필딩 ^{Henry Fielding, 1707~1754}의 경우도 작가 자신은 명문가 출신의 신사 계급이었음에도, 그 시절 헨리 필딩을 읽는 것은 천박하고 근본 없는 일처럼 인식되었다.

슈테판 볼만^{Stefan Bollmann}은 『여자와 책: 책에 미친 여자들의 세계사』에서 현대소설의 초창기부터 여성작가들의 약진이 두드러졌고, 1800년대 초반에 이르면 독자로서뿐 아니라 작가로서도 이미 남성들보다 앞서 있었지만, 곧 등장한 문헌학과 문예비평은 애써 이 사실에 침묵했다고 일침을 놓았다. 그가 보기에 여성이 소설에서 이룬 가장 큰 승리는 제인 오스틴이라는 이름을 빼놓고는 설명할 수 없었다.[9]

한편 영문학자 조선정은 17세기에 이미 글쓰기를 직업으로 삼은 최초의 여성 에프라 벤^{Aphra Behn, 1640~1689}이 있었고, 제인 오스틴 당대에도 고딕소설로[10] 최고의 주가를 올리던 앤 래드클리프^{Ann Radcliffe, 1764~1823}가 있었지만, 근대 소설가로서 제인 오스틴이야말로 "품행서의 권력에 저항하는 소설의 역습"을 이끌어낸 작가라고 평했다. "오스틴에 이르러 소설, 여성문학, 여성작가의 지위에 대한 인식은 대전환을 맞는다."[11]

---

9. 슈테판 볼만, 『여자와 책: 책에 미친 여자들의 세계사』, 유영미 옮김, 알에이치코리아, 2015, 161쪽.
10. 중세의 기괴하고 신비스런 분위기를 배경 삼아 초자연적이고도 공포스러운 사건과 인물을 창조해낸 소설의 양식. 18세기 후반에서 19세기 초반까지 영국에서 성행했음.
11. 조선정, 앞의 책, 73쪽.

|조지 왕의 광기 The Madness of King George, 1994 |

−감독: 니콜라스 하이트너 Nicholas Hytner

−출연: 나이젤 호손(조지 3세), 헬렌 미렌(왕비 샬롯), 루퍼트 에버렛(황태자)

영국, 109min.

조지 3세라 불리던 조지 윌리엄 프레더릭(1738~1820)은 스물두살인 1760년에 즉위하여 1820년까지 60년 동안 영국(그레이트 브리튼과 아일랜드 연합국)을 통치했다. 그는 재위 기간에 정신착란증세 또는 조현병으로 총 세 번 정도 큰 발작을 일으키고 위기를 겪는데, 결국 1811년부터 마지막 10여 년은 황태자였던 조지 4세가 섭정을 하게 된다. 『이성과 감성』을 시작으로 제인 오스틴의 작품들이 출간되던 오스틴 말년은 섭정 황태자의 통치 시기였다. 섭정 황태자는 제인 오스틴의 애독자로도 알려져 있다.

영화 〈조지 왕의 광기〉는 조지 3세의 발작 증상이 시작되던 시기를 중심으로, 오랫동안 왕위계승만을 기다리던 황태자가 기회를 잡아 암투를 벌이며 자신의 섭정을 종용하는 과정을 담고 있다. 오스틴이 작가로 성장했던 18세기 말 영국사회의 정세와 분위기를 만나볼 수 있는 이 작품에는 미국의 독립과 프랑스 전쟁으로 영국사회와 왕실이 혼란을 겪는 과정이 왕의 발병과 함께 희극적으로 재현되어 있다.

2장

글 쓰는 여자의 'Pride'

〈비커밍 제인〉이 읽은 제인 오스틴

| 비커밍 제인 Becoming Jane, 2007 |

–감독: 줄리언 재롤드 Julian Jarrold

–원작: 존 스펜스, 『제인 오스틴: 세상 모든 사랑의 시작과 끝』Becoming Jane Austen, 2003, 송정은 옮김, 추수밭, 2007.

–출연: 앤 해서웨이(제인 오스틴), 제임스 맥어보이(톰 르프로이), 줄리 월터스(오스틴 부인), 제임스 크롬웰(오스틴 목사), 로렌스 폭스(위슬리), 안나 맥스웰 마틴(카산드라), 매기 스미스(레이디 그리샴), 이안 리처드슨(랭글로이스 판사)

영국, 미국, 아일랜드, 120min.

글쓰기: 잠든 세상을 깨우는 이의 '노동'

멀찍이 아담한 저택이 보이는 정원에서 새소리가 들리고 글 쓰는 여인의 손과 펜이 화면을 가득 채운다. 다음 장면에서 카메라는 각 방을 돌아다니며 곤히 잠들어 있는 이들의 모습을 차례로 소개한다. 카메라가 다시 돌아온 거실에서 여인은 글을 쓰다 말고 피아노를 치기 시작한다. 깜짝 놀라 잠에서 깨어나는 사람들. 일요일 아침이다.

영화 〈비커밍 제인〉은 아침을 깨우는 제인 오스틴의 모습으로 조용하면서도 경쾌하게 시작한다.

아침을 경건하게 시작하는 것이 여성의 미덕이라는 오스틴 목사(제임스 크롬웰)의 뼈 있는 설교도 제인을 잠재우지는 못했다. 예배를 마치고 줄지어 이동하는 가족들의 뒤를 멀찍이 따르던 제인은 뾰로통한 얼굴로 호숫가를 지나면서 잔잔한 물의 표면에 작은 돌 하나를 툭 던진다. 고요한 세상에 돌멩이 하나만큼의 파문이 일어난다.

제인 오스틴의 글쓰기는 그런 것이었다고, 이제부터 그 이야기를 해보겠다고 영화가 말을 건네온다. 단지 투덜대는 불평이나 돌을 던지는 장난 같은 일만은 아니었다. 제인이 글을 쓰던 아침 장면에는 물동이를 이고 집안으로 들어가는 하녀가 있었다. 그는 제인이 피아노를 치기 시작하자 화들짝 놀라 계단에 물을 쏟기도 한다. 제인이 돌멩이를 호수에 던지던 순간에도 제인의 뒤편에서는 일꾼 둘이 곡괭이를 들고 일을 하고 있다. 글쓰기와 노동, 아침을 깨우는 일과 세상에 작은 파문을 일으키는 일을 번갈아 담은 풍경이다. 글 쓰는 여자로 살겠다고 결심한 제인 오스틴을 밀어주기에 이만한 시작이 있을까 싶다.

글쓰기가 어떤 면에서 제인에게 노동과 같았을까? 생애 가장 반짝거렸을 스무살 제인에게 주어진 몇 가지 선택의 기회들을 소개하면서, 앤 해서웨이 주연의 영화 〈비커밍 제인〉은 결혼이 아닌 직업으로서의 글쓰기를 선택한 제인 오스틴을 지지한다.

영화는 먼저 운명적인 톰 르프로이와의 만남을 소개한다. 그와 만나 사랑에 빠지고 헤어진 후 제인은 새로운 작품을 쓰기 시작한다. 후에 『오만과 편견』으로 개작되는 장편소설 「첫인상」이었다.

제인 주변에는 톰 르프로이 말고도 두 명의 남성이 더 있다. 부유한 가문의 상속자 위슬리(로런스 폭스)와 아버지 교구의 부목사 존 워렌(레오 빌)이다. 그중 위슬리는 제인에게 청혼하고 승낙을 받았다가 곧 번복당했던 해리스 빅 위더Harris Bigg-Wither라는 실제인물을 모델로 했는데, 그는 여섯 살 연하의 남성으로 오스틴과 친분이 있던 꽤 잘 사는 집안의 상속자였다. 위슬리의 막강한 이모 레이디 그리샴(매기 스미스)은 작은 정원이 딸린 초라한 집에 사는 제인이 연수입 2천 파운드에다 장차 그리샴 가의 재산을 상속받을 자신의 조카를 거절한 행태를 이해할 수도 용납할 수도 없다.

톰 르프로이의 후견인인 친척 랭글로이스 판사(이안 리처드슨)가 보기에도 제인이 못마땅하기는 마찬가지다. 그는 돌보아야 할 가족이 열 명이나 있는 가난한 톰이 넉넉한 집안의 신붓감을 만나기를 기대하고 있었다. 헌데 소설을 쓰는 여자라니! 톰이 제인과 함께 런던의 랭글로이스 집에 방문했을 때, 그는 제인에 대해 노골적인 거부감을 표했다. 게다가 마침 누군가 랭글로이스에게 편지를 보내 제인의 행실을 과장해 고발하며 훼방을 놓는다.

톰과의 사랑이 이루어졌으면 좋았겠지만, 제인은 현실적으로 톰이 감당해야 할 부담을 이해하고 그를 놓아준다. 반면 위슬리의 청혼을 거절하면서 제인은 스스로 작가로 살겠다는 결심을 굳힌다. 〈비커밍 제인〉에서 우리는 결혼으로 이어지지 않은 이런 만남들이 제인 오스틴의 작품들 안팎에 남긴 흔적들을 따라가게 된다.

최초의 비평가, 톰 르프로이

『오만과 편견』의 미스터 다아시가 그랬듯이, 영화에서 르프로이는 제인의 단조롭고 평온한 삶에 다소 무례한 모습으로 침투한다. 제인의 이웃 앤 르프로이의 집에 머물던 톰은 카산드라 오스틴(안나 맥스웰 마틴)의 약혼을 축하하는 자리에 불쑥 나타난다. 제인이 카산드라 커플을 위해 쓴 글을 소리 내어 읽고 있는데, 톰은 뒤늦게 들어와 낭송을 듣다가 꾸벅꾸벅 졸기도 한다. 게다가 부목사 존 워렌이 제인의 글에 대한 찬사를 늘어놓자 "대도시인들은 그런 자아도취적인 글에 감동을 받지 않는다"고 심드렁하게 대꾸한다. 어릴 적부터 칭찬에 익숙했을 제인으로서는 당황할 만했다. 제인은 방으로 돌아와 자신의 글이 적힌 종이를 찢어 불태우고 만다. 카산드라 오스틴 커플을 묘사했던 그 글에는 이런 말이 씌어 있었다.

"예법에 구애받지 않았으나 예법에 크게 어긋나는 것도 아니었다. 그것은 적절한 태도였지만… 그녀는 달갑지 않았다….”

이후 그들은 몇 번 더 마주친다. 산책길에서, 무도회에서, 그리고 서재에서. 대화를 나눌 때마다 자존심을 긁는 신랄한 표현이 오고가는데, 잘난 체하지 말라고 서로 타박을 하면서도 서로에게 점점 빠져든다. 다만 둘의 관계에서 긍정이든 부정이든, 받은 영향이 더 큰 쪽은 아무래도 제인인 것 같다.

“당신의 글에는 여성적인 성취의 한계를 넘어서는 의지나 정열이 보이지 않는다”고 톰은 말한다. 그는 즉흥적으로 돈내기 싸움에 뛰어들 만큼 무모하고도 과감한 열정을 지닌 사내였는데, 제인의 오빠 헨리는 친구인 톰을 바람둥이라고 불렀다. 서재에서 톰은 제인에게 자연과 동물세계의 정열을 아느냐 묻고, 여성으로서 제인은 경험이 부족해서 표현이 빈약할 수밖에 없다고 지적한다. 그러면서 톰은 제인에게 헨리 필딩의 『톰 존스』*Tom Jones, 1749*를 건네준다. 당대 저명했던 비평가 존스 박사가 충격적일 만큼 부도덕하고 타락한 책이라고 평했던 작품이다.[1] 실제로 톰 르프로이는 필딩의 작품을 좋아했던 것으로 알려져 있다.

톰과의 만남이 거듭되는 동안 제인의 글쓰기는 변했다. 적어도 영화에서는 그렇다. 여느 때처럼 카산드라에게 편지를 쓰던 제인은 톰에 관해 쓴 부분에 형용사가 너무 많다고 느낀다. 하여 뒤늦게 편지에서 형용사를 오려내는데, 구멍이 숭숭 난 편지는 마치 톰 르프로이가 제인의 삶에 남긴 '구멍'들에 대한 은유처럼 보인다.

---

1. “당신이 그토록 부도덕한 책으로부터 인용하는 걸 듣다니 충격이오. 당신이 그 책을 읽었다는 말을 듣는 것 자체가 유감입니다. 정숙한 부인이라면 절대로 입 밖에 내서는 안 될 말이기 때문이지요. 그보다 더 타락한 책을 나는 알지 못하오.” 서머싯 몸, 『불멸의 작가 위대한 상상력』, 권정관 옮김, 개마고원, 2010, 66쪽에서 재인용.

결국 〈비커밍 제인〉에서 톰 르프로이는 제인의 글과 삶에 남다른 열정과 과감하고 노골적인 풍자를 부추긴 최초의 비평가이자 첫 남자가 되었다. 이 둘의 관계가 마치 17년의 나이차가 있는 에마와 나이틀리의 관계처럼, 말하자면 '맨스플레인'manstplain2 형태로 재현된 것이 정당한 방식이었다고 생각하지는 않는다. 다만, 가장 너그럽게 이해하기로 한다면, 그것이 그 자체로 여성작가로서 제인 오스틴이 당대에 처했던 현실의 장벽을 재현하는 하나의 방법일 수는 있겠다.

제인의 탁월함과 발랄함이 현실의 장벽에 부딪히는 순간을 포착한 더 인상적인 장면이 있다. 젊은 남성들이 팀을 나눠 크리켓 게임을 하고 있다. 톰이 월등한 실력을 보이고 있는데, 제인이 갑자기 경기에 뛰어들어 톰이 던진 공을 보란 듯이 힘껏 쳐낸다. 제인이 승리를 이끌어냈고, 모두들 한껏 신이 나 있다. 헨리와 톰은 이제 수영할 시간이라며 냇가를 향해 거침없이 달린다. 헨리에게 내내 눈길을 주던 사촌언니 엘리자와 승리의 주역 제인도 곧 그들의 뒤를 따라 달리기 시작하는데, 두 남자는 곧 옷을 모두 벗고 물에 뛰어든다. 엘리자와 제인은 잠시 훔쳐보다가 쓸쓸하게 몸을 돌려 자리를 피하고 만다.

꼭 거기까지였다. 그들과 동등하게 '게임'을 할 수도 있고, 탁월한 실력으로 남성을 이길 수도 있었지만, 승리에 '도취'되어 그들과 함께 알몸으로 뛰어들어 최후의 축배를 드는 것만은 자유분방하기로 이름난 천하의 엘리자도 할 수 없는 일이었다. 제인은 더욱 그랬다.

---

2. 'man'과 'explain'의 합성어. 리베카 솔닛이 『남자들은 자꾸 나를 가르치려 든다』(김명남 옮김, 창비, 2015)에서 무엇이든 가르치고 설명하려드는 남성들을 가리키는 용어로 사용해서 널리 화제가 되었다.

아이러니의 작가, '아니에요'라고 말하는 여자

헨리와 엘리자 커플과 톰과 제인 커플이 런던의 랭글로이스 판사를 방문하러 갔을 때의 일이다. 삼촌(실제 인물은 톰 르프로이 아버지의 외삼촌이었던 벤자민 랭글로이스로, 톰에게는 할아버지뻘이었다)에게 제인을 소개하기 위한 방문이었는데, 랭글로이스는 백작부인의 칭호를 지닌 엘리자에게만 노골적으로 관대하다. 반면 엘리자의 재산에 대해 뼈 있는 농담을 던진 제인에게 판사는 돌연 정색을 하고 묻는다.

"아이러니를 즐기시나?!"

그러고는 이렇게 덧붙인다.

"아이러니는 웃는 얼굴로 빈정대는 거지."

덩달아 심각해진 제인이 답한다.

"아니에요. 아이러니는 모순된 진실을 결합시켜 새로운 진실을 말하는 장치예요."

제인과 랭글로이스의 이 팽팽한 대화는 자신의 문체에 대한 제인의 자부심 pride과 확신을 보여준다. 모순된 서술이나 잘못된 진술을 사용해 독자 스스로 진실을 판단하게 하는 것이 제인 오스틴의 아이러니가 지닌 결정적인 힘이라고 보았을 때, 가장 잘 알려진 아이러니의 문장은 『오만과 편견』의 첫 문장이다.

"재산깨나 있는 독신 남자에게 아내가 꼭 필요하다는 것은 누구나 인정하는 진리다."

영화 〈비커밍 제인〉은 마지막 부분에 이 문장을 그대로 인용하면서 멋지게 비트는 방식으로, 오스틴의 풍자를 영상으로 번역해냈다. 모든 사건이 마무리되는 지점에서 제인은 창가에 앉아 글을 쓰고 있다. 제인의 목소리는 자신의 첫 문장 "재산깨나 있는 독신 남자에게…"를 말하기 시작하는데, 이어지는 영상은 헨리와 엘리자의 결혼식이다. 여기서 "재산깨나 있는 독신 남성"은 곧 "재산깨나 있는 미망인 여성(엘리자)"이 되고, "아내가 꼭 필요하다는 것"은 곧 "남편(헨리)이 필요하다"는 의미가 된다. 그리하여 바로 "누구나 인정하는 진리"는 재산깨나 있는 여자에게 장가드는, 젊고 잘생긴 남자 헨리를 통해 전복되었다. 이와 같이 전도된 남녀관계를 우리는 〈레이디 수잔〉에서 다시 만난다.

헨리와 엘리자의 결혼식 장면은 두 가지 의미에서 탁월한 패러디가 되었다. 첫째는, 제인 오스틴 작품의 모든 결말에 대한 패러디이다. 모두가 알고 있듯이, 제인이 비혼을 택한 마당에 주인공의 결혼식으로 이야기를 마칠 수는 없으니, 헨리와 엘리자의 결혼식으로 제인 오스틴식 해피엔딩을 고수해낸 것이다. 둘째, 이와 같은 결말에 오스틴의 아이러니를 대표하는 문장을 결합하면서, 영화 〈비커밍 제인〉은 당대 결혼관습을 풍자했던 오스틴 소설의 문체와 문장을 영상으로 패러디했다. 서로 모순된 진실, 즉 음성과 영상이 충돌하는 이 장면에서 우리는 제인 오스틴에 가장 가까운 방식으로, 새로운 진실을 얻게 된다.

"그래도, 가능은 하겠죠?"

존 스펜스의 전기에 따르면 제인과 톰은 실제로 1796년 8월에 런던을 방문했는데, 영화는 여기에 상상의 에피소드를 추가했다. 아이러니에 관한 위의 논쟁 직후 톰과 제인은 당대의 여성작가로 큰 성공을 거둔 앤 래드클리프를 찾아간다.

"자아가 강한 아내는 짐이 되고, 명성을 얻은 아내는… 수치^{scandal}가 되죠."

1년에 천 파운드의 소득을 벌어들인다는 이 작가가 제인에게 말했다. 제인이 되묻는다.

"그래도… 가능은 하겠죠, 아내이자 작가로 산다는 건?"

"쉽진 않아요."

앤 래드클리프 자신은 결국 1790년대 중후반(제인과 만난 것으로 설정된 바로 이즈음이었다), 서른두살의 나이에 은퇴를 선택했다.[3] 영화에서 자신의 집을 나서는 앤과 톰의 뒷모습을 래드클리프 부인은 꽤 오래도록 지켜보고 서 있다. 애잔한 그의 눈빛에는 그들이 나눈 대화보다 많은 말이 담겨 있었다.

〈비커밍 제인〉이 앤 래드클리프를 직접 등장시켜 제인과 만나게 한 이유는 분명해 보인다. 톰 르프로이를 만나던 당시에도 제인은 이미 작가로 살아갈 생각이었으며, 결혼한다고 해서 글쓰기를 포기

---

3. 도널드 서순, 『유럽문화사1: 1800-1830』, 정영목 외 옮김, 뿌리와 이파리, 2014, 274쪽.

할 생각은 아니었다고 영화는 말한다. 작가로 살면서 결혼한 여성이 되는 것이 어렵긴 하지만 여전히 도전할 만한 일이라고 믿었던 것이다. 그런데 톰과 헤어지고 위슬리의 청혼을 수락했다가 다시 번복하는 과정에서, 이 '작가 되기'(비커밍 '제인')는 가능한 도전 차원의 문제가 아니라 절박하고 유일한 대안이 된다.

톰 르프로이와 헤어진 후 제인은 '작가 되기'와 '아내 되기'를 병행하는 것이 쉽지 않다는 것을 절감했을 것이다. 제인에게는 글쓰기에 재능이 있는 조카들이 여럿 있었다. 그들 중 패니와 애나라는 두 조카는 제인에게 자주 칭찬과 격려를 받았고, 제인은 두 조카에게 헌정된 글을 쓰기도 했다. 제인은 애나가 글을 쓰다가 결혼하고 아기를 낳고 키우다가 또 다음 아기를 갖고 키우기를 반복하다가 끝내 글을 계속 쓸 수 없게 된 것을 안타까워했다.

트란 안 홍^{Tran Anh Hung}의 영화 〈이터너티〉(2016)는 19세기에서 20세기, 영원^{eternity}처럼 이어질 것 같은 여성들의 결혼-출산-양육-상실(죽음)의 순환을 담담하고 처연하게 기술하고 있다. 18세기와 19세기는 더 심각했을 것이다. 샬롯 브론테의 경우 39세에 네번째 청혼을 받고 결혼했다가 결혼 9개월 만에 사망했다. 임신 중 지병으로 인한 사망이었다. 한편 도널드 서순은 앤 래드클리프가 순탄하게 작가생활을 할 수 있었던 것은 자녀가 없었고, 『잉글리시 크로니클』의 사주이자 편집인이었던 남편의 외조가 있었기 때문이었을 것이라고 짐작했다.

제인의 주변에도 목숨을 걸고 아이를 낳고 키우다가 자신의 생을 마감하는 여성들이 많았다. 프랭크 오빠의 아내인 메리 기브슨은 평생 아들 여섯과 딸 다섯을 낳았는데, 메리 기브슨이 여섯번째 임신을 했을 때, 제인은 "결혼이 단순히 여성으로 하여금 소설 쓰는 일을 불가능하게 만드는 것이 아니라, 언제든지 여성을 '가난한 동물'로 바꾸어놓을 수 있"다는 사실을 깨닫는다.[4] 셋째 오빠 에드워드의 아내 엘리자베스 브리지스는 17년 동안 11명의 아이를 낳았고, 마지막 출산 이후 서른다섯에 세상을 떠났다. 그는 열번째 아이를 임신하기 전까지는 한 아이를 낳고 다음 아이를 임신할 때까지 한해 전체를 쉬어본 적이 없었다. 남동생 찰스의 아내 패니 파머 또한 셋째 아이를 낳고 열 달 뒤에 마지막 아이 임신 중에 사망했다.

그러므로 제인이 어쩌면 마지막 기회였을 '재산깨나 있는 남자' 둘의 청혼을 거절한 것은 그녀의 삶에서 톰 르프로이가 사라진 이후 아내와 작가를 '둘 다 할 수 있다'는 믿음도 포기한 때문이었다. 동시에 그것은 '생존'을 위한 절박하고도 적극적인 선택이었다. 작가로서, 여성으로서, 작가인 여성으로서, 제인 오스틴은 '살기'를 선택했다. 영화의 제목이 〈비커밍 제인〉이 아닌 〈비잉 제인〉Being Jane이었어도 좋았겠다. 제인은 『맨스필드 파크』에서 패니를 통해 이렇게 말했다.

나는 남자가 여자의 승낙을 받지 못할 수도 있다는 것, 여성에게 사랑받지 못할 수도 있다는 사실을 모든 여성이 분명히 알아야만 한다고 생각해. 남자가 친절하면 친절한 대로 놔두는 거지. 남자가 세상의 모든 완벽한 것을 갖고 있든 말든 상관하지 말고. 나는 남자가 여자를 좋아하

---

4. 존 스펜스, 앞의 책, 333쪽.

게 되면 반드시 그 여자의 승낙을 받게 된다는 믿음이 생겨서는 안 된다고 생각해.[5]

패니 프라이스가 헨리 크로퍼드의 청혼을 거절한 후 에드먼드에게 했던 말이다. 크로퍼드의 누이가 패니의 거절에 대해 심하게 분노했기 때문이다.

〈비커밍 제인〉에도 여성이 거절할 수 있다는 사실을 인정할 수 없었던 두 여인이 등장한다. 네까짓 게 이런 결혼을 거절하면 어떻게 살겠다는 거냐고, 제인의 엄마와 레이디 그리샴이 한목소리로 제인을 다그쳤다. 3천 파운드나 되는 지참금을 갖고도 사랑 때문에 가난한 목사와 결혼한 제인의 엄마는 이렇게 말하며 르프로이를 반대했다.

"그래서 난 이렇게 감자나 캐고 있지! 사랑은 멋진 거지만 돈 없는 사랑은 아무짝에도 쓸모없어!"

자신의 조카가 거절당했다는 사실을 알게 된 그리샴 부인은 제인을 조롱하고 무시했다. 그러나 그들이 한목소리로 제인을 몰아세웠던 것처럼, 그들에게 답하는 제인의 목소리도 처음부터 끝까지 하나다.

"저는 글을 써서 돈을 벌 거예요."

---

5. 존 스펜스, 앞의 책, 247쪽에서 재인용. 소설 『맨스필드 파크』(시공사)에는 다음과 같이 번역되어 있다.
"상대방 남자가 아무리 사람들의 호감을 사는 사람이라 해도, 적어도 여자들 가운데 한 명에게서 인정이나 사랑을 받지 못할 가능성이 있다는 건 어떤 여자든 분명히 느낄 거라고요. 그 남자가 이 세상 온갖 완벽한 장점을 갖고 있다고 해도(우연찮게도 그의 쪽에서 먼저 좋아하게 된) 여자라면 누구나 그를 받아들일 거라고 정해놓아선 안 된다고 생각해요. 설령 그게 누구나 당연하다고 여기는 사실이라고 해도, 크로퍼드 씨가 누이들 생각처럼 온갖 장점들을 갖고 있다고 인정한다고 하더라도 그래요."(『맨스필드 파크』, 류경희 옮김, 시공사, 2016, 564-565쪽)

오스틴식 '해피엔딩'을 위한 변명

다행스럽게도, 돈을 벌겠다는 제인의 이 말을 위슬리는 그대로 받는다. 영화 말미에 위슬리는 글로 돈을 벌 거라는 제인의 주장에 관심을 보이며 권력자인 이모의 마차에서 내려선다. 이전에는 이모의 뒤편에 번번이 몸을 숨기던 그였다. 위슬리는 이제 제인의 거절을 이해한다고 말한다. "당신은 애정 없는 결혼을 할 수 없었을 뿐인 걸요. 저도 그것을 원하지 않아요. 제 돈보다 절 사랑해주기를 바라죠."

이것은 『오만과 편견』의 다아시의 마음이었을 것이고, 재산을 앞세워 결혼시장을 어슬렁거리는 남성들에게 작가가 꼭 해주고 싶었던 말이기도 할 것이다. 돈이 많다는 이유로 뭇 여성들의 사냥감이 되는 것은 남성에게도 자존심 상하는 일이었을 테니 말이다.

제인은 위슬리에게 이제 글을 쓸 거라고 말한다.

"제 주인공들은 여러 갈등을 겪은 후 원하던 모든 것들을 얻게 될 거예요."

전부 해피엔딩이 될 거라는 말이었다. 위슬리가 덧붙인다.

"하지만 현실은 다르죠. 착한 사람이 늘 행복하진 않아요."

위슬리의 이 말은 영화 초반 제인이 르프로이에게 했던 말을 생각나게 한다. 제인은 그때까지만 해도 해피엔딩을 부정하는 것 같아 보였다. 제인은 톰에게 말했다.

"현실에서는 못된 사람도 잘산다고요. 당신을 봐요. 소설은 세상의 진짜 얼굴을 보여줘야 해요. 소설의 역할은 인간 행동의 근원을 보여주는 거예요."

톰이 건네준 헨리 필딩의 소설 『톰 존스』를 읽고 난 제인의 생각이었다. 그는 필딩 작품에 도덕성이 결여되어 있는 것도 싫었지만, 권선징악의 결말은 더 못마땅했다. 세상의 진짜 모습이 아니라고 생각했기 때문이다.

그렇다면 제인이 위슬리와의 대화에서 해피엔딩을 쓰겠다는 이유는 무엇일까? 어려움을 겪고 나니 생각이 달라진 것일까? 판타지로 현실을 대신해야 할 만큼? 그보다는 위슬리와 제인이 각자 현실의 다른 측면을 보고 있었다고 말할 수 있겠다. 위슬리가 현실에서 보았다는 점이 '착한 사람이 늘 행복해지는 것은 아니다'였다면, 제인이 강조하고 싶은 것은 '악한 사람이 늘 벌을 받는 것은 아니다'일 것이다. 제인에게 중요한 것은 악한 사람들이 버젓이 살아가는 세상을 있는 그대로 그리면서도 모두가 행복하게 느끼는 이야기를 포기하지 않는 일이었다. 따라서, '해피엔딩'이면서도 평범한 '징악'은 아니어야 했다.

나쁜 사람이 늘 벌을 받지 않는, "현실을 있는 그대로 보여"주면서도 인물들에게 "원하는 모든 것들을 얻게" 만들 수 있을까? 이를테면 여기서 오스틴식 '해피엔딩'과 '권선징악이 아닌 결말'은 어떻게 서로 화해할 수 있을까? 이것이야말로 제인 오스틴의 '아이러니'다. 모순된 것들의 결합이라는 면에서 더욱 그렇다.

결국 제인 오스틴은 나름대로 그 일을 해냈다. 권선징악인 것 같으면서도 아닌, 하지만 미묘하게 모든 사람들이 각자 원하는 것을 얻어내는, 아이러닉한 해피엔딩이 제인 오스틴의 작품을 '현대적'이고 특별하게 만든다고 나는 앞으로도 내내 주장할 예정이다. 우리는 그 예를 제인 오스틴이 『오만과 편견』에서 난봉꾼 위컴을 다루는 방식부터 시작해서 『이성과 감성』에서 윌로비와 루시를, 『설득』에서 젊은 엘리엇을, 『레이디 수잔』에서 수잔을 그려내는 방식, 그리고 그 밖의 여러 인물들을 통해 찾아낼 것이다. 미리 말하자면, '오스틴 월드'에 악당은 없다. 악역이 있을 뿐이다. 그러니 전통적으로 '해피엔딩'에 필수적이었던 '징악'도 특별해질 것은 당연하다. 그들을 '원하는 삶 그대로 내버려두는 일' 이상의 징벌이 없다고 오스틴은 생각했던 것 같다. 그리하여 돈이면 돈, 결혼이면 결혼, 모두가 원하는 것을 얻고 '해피'해진다. 징벌 없는 것이 최고의 징벌인 셈이다. 그것은 또한 작가로서, 자신이 더이상 초라하고 비참해지지 않을 수 있는 도량의 실천이었다고 믿는다. 그것은 재산도, 기댈 남편이나 가문도, 변변한 지위도 없는 19세기 여성작가의 '프라이드'였음에 분명하다.

달갑지 않은 세상을 달갑게 만드는 상상의 힘

그렇다면 오스틴의 여성주인공들이 해피엔딩을 만나는 방식은 어떤가? 엘리자베스와 엘리너와 마리앤, 에마와 캐서린과 앤과 패니 프라이스의 경우는? 거의 대부분이 신분상승과 결혼으로 마무리되는 결말에 '신데렐라 스토리' 이상의 어떤 특별함이 있었을까?

제인이 톰 르프로이와 헤어진 후 「첫인상」 집필에 한창이던 시기,

언니 카산드라의 약혼자 톰 파울이 서인도제도의 산 도밍고에 도착한 지 얼마 되지 않아 황열병으로 사망했다는 전갈이 왔다. 톰 파울은 카산드라와의 결혼 자금 마련을 위해 떠났던 차였다. 슬픔 가운데 힘없이 누워만 있던 카산드라가 집필중인 제인에게 어떤 이야기를 쓰고 있느냐고 물었다.

"나무랄 데 없는 두 자매의 이야기."

그리고 이어 덧붙인다.

"자격에 비해 너무 많은 것을 갖고 태어난 두 남자도 나와."

영화 〈비커밍 제인〉이 읽은 『오만과 편견』은 어쩌면 엘리자베스와 제인의 관계가 현실에서 제인과 카산드라의 이야기가 되기를 바라는 마음, 또는 '나무랄 데 없는 두 자매'를 위로하는 마음이 담겨 있는 작품이었다. 사실은 다른 모든 작품들도 그렇다. 오늘날 우리가 결혼에 골인하는 것으로 오스틴 소설들의 전형을 비판하기는 쉽지만, 그 시대 여성 독자들에게 이 작품이 어떤 위로와 도전이 되고 어느 정도의 도발로 읽혔을지 가늠해보는 것은 간단한 문제가 아니다. 하지만 오스틴의 여성들이 자주 산책을 즐기듯이, 가능한 느긋하게 그들의 뒤를 밟아볼 수는 있겠다. 도전해볼 만한 모험이다. 다행히 우리에게는 오스틴 월드에 먼저 발을 들여놓은 영화와 '영화들'이 이렇게나 많이 있지 않은가.

그런데, 르프로이는 오스틴을 사랑했을까?

마치 팬서비스인 양, 영화 〈비커밍 제인〉은 느지막이 르프로이와 제인의 재회를 추진했다. 이제는 성공한 작가가 된 제인이 헨리와 엘리자 부부와 함께 어느 음악회에 참석했다. 앤은 그곳에서 중년의 르프로이와 우연히 마주친다. 그에게는 '제인'이라는 이름의 딸이 있었다(영화가 아닌 실제에서도 톰의 첫 딸 이름은 제인이었다). 제인이 제인에게 낭송을 부탁한다. 보통은 그렇게 하지 않지만, 그리고 자신의 이름을 밝히는 일을 무척 싫어했지만, 이날 나이든 제인은 어린 제인을 위해『오만과 편견』을 펼쳐들었다.

그의 지력과 성품은 자신의 것과는 다르지만 자신의 온갖 바람을 충족시켰을 것이다. 두 사람 모두에게 도움이 될 것이 분명했을 결합이었다. 자신의 편하고 활기 있는 태도로 그의 마음은 부드러워질 것이고 태도는 개선될 것이며, 그의 판단력, 지식, 세상에 대한 식견으로 자신은 매우 소중한 이익을 얻게 될 것이었는데.
그러나 지금은 이런 행복한 결혼을 해서 그들을 찬양하는 무리들에게 결혼의 행복이 진정 무엇인지를 가르쳐줄 수 없게 되었다.[6]

『오만과 편견』을 유명하게 만든 다른 많은 대사들과 명문들을 모두 마다하고 영화가 찾아낸 구절은 하필 이 부분이었다. 리디아가 위컴과 야반도주를 하는 바람에 사교계에서 베넷 가의 평판이 엉망이 될 위기에 처했던 부분이다. 뿐만 아니라, 자기 가족의 천박함에 대해 비수를 날렸던 다아시를 떠올리며, 이제 그와 맺어질 가능성은 전혀 없어진 거라고 엘리자베스는 생각했다. 마음으로 다아시를 완

6.『오만과 편견』, 윤지관 · 전승희 옮김, 민음사, 2003, 427쪽.

전히 포기하는 부분인 셈이다. 여기서 다아시였던 '그'는 제인이 이 부분을 낭송하는 순간 '톰'이 되었다.

이 실망은 잠깐의 것이었고 결국 다아시는 엘리자베스와 결혼하니 『오만과 편견』의 전체 내러티브에서 이 장면이 차지하는 비중은 그다지 크지 않다. 헌데 꽁꽁 숨어 있는 이 구절을 작가가 자신의 이름을 지닌 소녀에게 읽어주자, 그 장면은 남다른 의미로 되살아났다.

변호사로 성공하여 아일랜드 수석 재판관의 지위에까지 올랐던 톰 르프로이는 제인과 달리 천수를 누려 1869년 아흔세살의 나이로 세상을 떠났다. 말년에 톰의 조카가 그에게 제인 오스틴을 정말로 사랑했느냐고 물었단다. 그는 사랑한 것은 사실이지만 '소년의 천진난만했던 사랑'이었다고 대답했다 한다.[7] 제인 오스틴을 아끼는 독자로서는 내심 허탈해지는 답이 아닐 수 없다. 하지만 제인을 만난 후로도 70여 년 세월, 이미 잃어버린 것보다 잃을 것이 많고 이루어놓은 것도 많았을 90대 노인에게는 최선의 응답이었을 것도 같다. 그러니 영화가 제인 오스틴을 위로하듯이, 그저 함께 고개를 끄덕여볼밖에.

그래도, 첫 딸의 이름이 '제인'이라잖아……

그 이름이 영국에서 그다지 희귀한 이름이 아니라는 것쯤은 모른 체해보도록 하자.

---

7. 존 스펜스, 앞의 책 187쪽.

| 이터너티 Eternity, 2016 |

–감독: 트란 안 훙 Tran Anh Hung

–출연: 오드리 토투(발렌틴), 멜라니 로랑(마틸드), 베레니스 베조(가브리엘), 제레미 레니에(앙리), 피에르 델라돈챔프스(샤를), 아리에 워셜터(질)

프랑스, 115min.

"불현듯 삶의 무게가 지탱하기 어려울 만큼 버거웠다. 위태롭지 않은 것이 없었고 모든 게 덧없이 되풀이되었다." 영화의 보이스 오버 내레이션 중 한 대목이다.

소녀가 청혼을 받고, 예의상 한두 번쯤 거절했다가 받아들여 결혼해서 아이를 낳고 다음 아이를 갖고 또 낳는다. 그중 몇은 병으로 잃고 수녀원에 보내거나 군대에 보냈다가 거기서 병으로 잃고, 또 아기를 낳다가 잃고, 돌연 남편까지 잃는다. 그리고 자녀들이 그렇게 또 결혼해서 다섯 명, 열 명의 아이를 낳고 잃거나 떠나가는 것을 지켜보고 결국은 자신도 떠날 때를 맞이한다.

19세기와 20세기에 걸친 시기, 프랑스 중산층의 세 여성 발렌틴과 그녀의 며느리 마틸드와 외사촌 가브리엘에게 일어난 일들이다. 극한의 슬픔 속에서도 "여지없이 잠은 쏟아졌다"는 발렌틴의 경우처럼, 세상이 무너질 듯한 죽음과 숨가쁜 희열이 느껴지는 탄생의 순간에도 시간은 영원처럼 흐르고 있었다. 사람이 나고 자라고 사랑하고 죽는 것, 어느 하나 위태롭지 않은 것 없었던 시절, 그럼에도 찬란했던 여성들의 삶을 만날 수 있다. 〈이터너티〉를 보면서, 그 시절 조카들의 결혼생활과 올케들의 잦은 출산과 사망을 지켜본 작가 오스틴의 마음을 헤아려볼 수 있다.

2부

제인 오스틴 원작 읽기

3장

타인을 배제하지 않는 지성

제인 오스틴의 『오만과 편견』과 조 라이트의 〈오만과 편견〉

| 오만과 편견 Pride and Prejudice, 2005 |

-감독: 조 라이트 Joe Wright

-원작: 제인 오스틴, 1813

-출연: 키이라 나이틀리(엘리자베스), 매튜 맥퍼딘(다아시), 로자먼드 파이크(제인),

브렌다 블레신(베넷 부인), 도날드 서덜랜드(베넷 씨), 지나 말론(리디아), 캐리 멀리건

(키티), 주디 덴치(캐서린 영부인), 톰 홀랜더(콜린스 씨), 사이먼 우즈(빙리)

영국, 128min.

이웃 네더필드 저택에 부유한 젊은이가 세 들어오자, 베넷 가족이 살고 있는 작은 마을이 들썩인다. 게다가 이 마을에 군대가 주둔하게 되면서 다섯 딸들을 시집보내는 것이 인생 최고의 목표인 베넷 부인(브렌다 블레신)과 그의 어린 딸들인 리디아와 키티는 특히 흥분을 감추지 못한다. 무도회에서의 첫 만남 후 네더필드의 젊은 주인 빙리(사이먼 우즈)는 베넷 가의 큰딸 제인(로자먼드 파이크)을 연모하고, 빙리의 절친한 친구 다아시(매튜 맥퍼딘)는 둘째 엘리자베스(키이라 나이틀리)에게 마음을 두게 된다. 하지만 엘리자베스는 다아시의 오만한 첫인상과 그에 대한 엇갈리는 평판으로 인해 혼란을 겪는다. 더욱이 다아시가 제인과 빙리 사이를 갈라놓은 내막을 알게 되자, 엘리자베스는 다아시의 청혼을 거절하고 만다.

'오만함' pride 의 두 얼굴

그 남자의 오만과 그 여자의 편견(?)

이성과 감성, 오만과 편견, 그리고 설득. 제인 오스틴의 주요 소설들은 '개념어'를 제목으로 삼았다. 자주 대립항으로 묶이는 이 개념들은 오스틴의 작품 속에서 주인공들의 성격, 즉 캐릭터로 표현되곤 한다. 그렇게 생각하면, 『오만과 편견』에서 오만을 맡은 쪽은 단연 미스터 다아시일 것이다. 물론 편견은 엘리자베스의 몫이다. 그런데 정말 그럴까? 『오만과 편견』은 그래서 오만한 남자와 편견을 가진 여자가 만나 서로 사랑하는 이야기인가?

다아시의 '첫인상'이 오만함이었던 것은 틀림이 없어 보인다. 다아시와 위컴이 처음 마주친 자리에서 위컴을 무시하고 곧바로 말머리를 돌려 떠났던 행동도 무례했고, 무도회에서 엘리자베스가 "춤을 좋아하시나요?"라고 물었을 때 고개도 돌리지 않고 "아니오"라고 차갑게 내뱉는 모습도 거만했다. 다아시의 귀족 신분을 감안하더라도, 남녀 숫자가 기운 무도회에서 여성을 파트너 없이 방치하는 것은 예법상 신사로서 적합한 행동은 아니었다. 엘리자베스 편에서는 그의 오만한 첫인상에 대한 기억에 위컴의 거짓말과 모함이 더해지자, 곧 다아시에 대한 편견을 강화하게 되었다.

하지만 엘리자베스의 오만함도 만만치 않았다. 다아시의 이모인 캐서린 영부인(주디 덴치)이 다아시와 엘리자베스의 약혼 소문을 듣고 득달같이 달려왔을 때, 엘리자베스는 두 가문의 지위가 서로 동등하다고 주장한다.

"다아시 씨와 결혼한다고 제가 제 환경을 벗어나는 것이 아닙니다. 그는 신사이고, 저도 신사의 딸입니다. 그 점에서 우리는 동등합니다."

영화는 여기서 부인의 권위와 강압에 전혀 눌리지 않고 매섭게 쏘아붙이는 엘리자베스의 모습을 강조했다.

"(앞으로도 약혼 안 하겠다는) 그런 약속은 할 수 없습니다. 이제 그만 나가주세요."

가진 것이라고는 전혀 없고 상대적으로 낮은 계급에 속한 여성의 이런 태도는 특히 캐서린 부인과 같은 귀족의 눈에는 뭘 믿고 저리 오만한지 도무지 용납할 수 없는 모습이었을 것이다.

그런가 하면 편견에 관해서는 다아시도 자유로울 수 없다. 다아시는 엘리자베스와 제인의 성품과 미덕을 인정했지만, 그들의 가족과 여성의 애정에 대한 편견을 갖고 있었다. 그는 베넷 부인과 딸들이 재산을 노리고 사교계를 기웃거리는 것 같아 못마땅했다. 뿐만 아니라 제인의 과묵함과 신중함이 최소한 빙리가 제인을 사랑하는 것만큼 빙리를 사랑하지는 않는 증거라고 확신했다. 그가 보기에 제인과 빙리의 결혼은 자신의 친구 빙리에게는 손해였다. 하여 그는 그 둘이 헤어지기를 바라고 빙리에게 강력하게 조언했다. 편견이 '한쪽에 편향되게 보는 것'이라면, 다아시는 공정함을 빙자한 편향된 견해로 부당한 영향력을 행사한 것이 맞다.

주인공들을 매력적이지만 각자의 오만과 편견을 지닌 인물들로 설정하면서, 오스틴은 오만과 편견에 대해 뭔가 다른 이야기를 하고 싶었던 것 같다. 베넷 부인의 '작전'대로 제인이 비를 맞고 네더필드에 갔다가 감기에 걸려 앓아눕자, 엘리자베스는 제인이 걱정되어 네더필드에 찾아간다. 빙리와 다아시, 엘리자베스와 빙리의 여동생인 캐롤라인이 거실에서 함께 시간을 보내던 중 그들은 여성의 미덕과 각자의 성격에 대해 논쟁을 한다. 이때 엘리자베스는 냉소를 담아 물었다.

"그런데 다아시 씨, 오만은 미덕일까요? 결점일까요?"

오만과 허영: pride and vanity

원작 소설에서 다아시는 엘리자베스에게 이렇게 말했다.

허영은 진짜 결점입니다. 그러나 오만은…… 진정으로 뛰어난 지성

의 소유자라면 늘 그것을 잘 통제하기 마련이고, 그건 오만이라기보다는 자긍심이라고 해야 하겠지요.[1]

이에 앞서 동생 메리 베넷의 대사를 통해 제인 오스틴은 허영과 오만을 구분하는 친절한 설명을 덧붙여두었다.

> 오만은 우리 스스로 우리를 어떻게 생각하느냐와 더 관련이 있고, 허영은 다른 사람들이 우리를 어떻게 생각해주었으면 하는 것과 더 관계되거든. (31쪽)

작가는 여기서 'pride'를 두 가지 의미로 사용했다. 첫째는 거만한 태도나 자만심을 의미하는 오만함이고, 둘째는 지성과 뛰어난 정신으로 잘 통제되어 있는 자긍심, 즉 자존감이다. 우리말로 자존심과 자존감이 다른 것과 같은 이치라고 보아도 좋겠다. 'pride'를 어떻게 해석하고 번역하는지는 그래서 맥락상 선택의 문제가 된다. 자존감이 높은 사람이 자존심이 센 것은 아니고, 자존심이 센 사람이 자존감이 높은 것은 아니다. 오히려 반대일 가능성이 크다. 사실 자존감이 높은 사람은 자존심을 앞세울 필요가 없다.

---

1. 『오만과 편견』, 윤지관·전승희 옮김, 민음사, 84쪽. 이하 『오만과 편견』 인용은 같은 책이며 쪽수만 표기함.
 "Yes, vanity is a weakness indeed. But pride—where there is a real superiority of mind, pride will be always under good regulation." *Pride and Prejudice*, Jane Austen, Chiltern:UK, 2018, p.66. 민음사 버전을 포함해서 한국어 번역본은 대체로 자긍심 또는 자부심(시공사, 86쪽)과 자만을 구분하여 이 문장의 의미를 더 적극적으로 해석했다. 한편 시공사 버전(고정아 옮김, 2016)에서 'superiority of mind'는 '뛰어난 정신'으로 번역되어 있다.

조 라이트의 영화 〈오만과 편견〉은 이 거실 대화 장면에서 엘리자베스에게 바느질감 대신 책을 들려줌으로써 엘리자베스의 지성을 강조했다(원작의 이 장면에서 책을 읽는 쪽은 다아시다). 마침 영화는 베넷 부인이 주도하는 원작의 흥분된 분위기("여보, 네더필드 파크에 세 들 사람이 정해졌다는 소식 들으셨어요?") 대신 산책하며 책을 읽는 엘리자베스의 모습으로 차분하게 시작했다. 엘리자베스는 여기서 떠들썩한 가족들로부터 분리되어 잠시 관찰하는 입장으로 멈춰 서 있다가 곧 그들 가운데로 들어가 함께 어우러진다.

엘리자베스와 다아시는 둘 다 '프라이드'가 강했지만, 동시에 둘 다 자신의 허영과 '쓸데없는' 자존심을 깨닫고 반성할 수 있는 지성과 뛰어난 정신을 지녔다. 그들은 건강한 자존감으로부터 허영에 기댄 자존심을 떼어낼 수 있었다. 따라서 그것은 결과적으로 결점이라기보다는 그들을 돋보이게 하는 미덕이 되었다.

저항이 된 엘리자베스의 'pride'

누구 말이야?… 그럭저럭 봐줄 만은 하군. 그렇지만 내 구미가 동할 만큼 예쁘지는 않아. 그리고 난 지금 다른 남자들이 거들떠보지 않는 여자들을 우쭐하게 해줄 기분이 아니네. 자넨 돌아가서 파트너의 미소나 즐기라고. (20쪽)

첫 무도회에서 제인에게 호감을 느낀 빙리가 제인의 동생 엘리자베스도 예쁘고 성격이 좋아 보인다고 다아시를 부추기자, 다아시는

〈오만과 편견〉 오프닝 장면.
엘리자베스는 산책 중 책을 읽으며 잠시 멈춰 서 있다가 곧 가족들 한가운데로 들어가 어우러진다.

"내 타입은 아니네"라고 반응한다. 공교롭게도 엘리자베스가 이 말을 듣고 그에 대해 좋지 않은 감정을 갖게 된다. 하지만 딱 거기까지였다. 그것으로 엘리자베스의 자존감이 심각한 상해를 입은 것처럼 보이지는 않는다. 영화 〈오만과 편견〉에서는 이 장면에서 친구인 샬롯과 엘리자베스가 그들의 대화를 우연히 듣고 키득거리며 농담을 나눈다. 원작에서 오스틴은 엘리자베스가 자신의 지인들에게 이 일을 신이 나서 이야기했다고 기록하고 있다. "무엇이든 우스꽝스러운 일을 보면 재미있어 못 참는 활기차고 장난스러운 성격이었"기 때문이라고 가볍게 밝혔지만, 자신의 외모 품평을 듣고도 그것을 우스갯소리로 바꾸어 전할 수 있는 것은 예사로운 내공이 아니다. 게다가 평소보다 정성들여 꾸미고 나간 무도회장에서 벌어진 일이다.

『사랑은 왜 아픈가』를 쓴 감정 사회학자 에바 일루즈$^{Eva\ Illouz}$는 이 대목에서 다아시의 거만한 말에도 엘리자베스가 모욕을 느끼거나 낙담하지 않고 재치있게 대응할 수 있었던 것이 그녀의 흔들리지 않는 자존감과 자신감 덕분이었다고 단언한다. 다아시는 비록 매력적인 조건을 지닌 신랑감이었지만, "엘리자베스는 완전히 감정을 다스리면서 먼저 사랑을 바라보는 '자신'의 비전과 정의에 다아시가 동의하게 한 다음에야 비로소 자기감정을 드러낸다."[2]

한편 역사가이자 활동가인 리베카 솔닛$^{Rebecca\ Solnit}$은 엘리자베스의 '걷기'가 지닌 당당함에 주목했다. 제인 오스틴의 작품들에 등장한 걷기의 유형들과 목적에 대해 말하면서, 솔닛은 엘리자베스가 "산책이라는 점잖은 계급의 목가를 보행이라는 실용적 행위로 변질시켰다"[3]고 평했다. 그것은 곧 예법의 위반이었으며, 일종의 저항이었다. 솔닛은 엘리자베스가 언니 제인의 병간호를 위해 네더필드에 처음 방문할 때 3마일(약 5킬로미터)을 걸어서 간 부분을 예로 든다.

걷는 게 어때서요. 그럴 만한 이유가 있는데 거리가 문제겠어요. 고작 3마일인데요, 뭐.

영화는 이 장면을 원경으로 담았다. 커다란 나무 한 그루가 서 있는 너른 들판을 꿋꿋하게 걷는 엘리자베스의 모습이 멀리서 아주 작은 움직임으로 지나간다. 엘리자베스는 간혹 비틀거렸고, 한번쯤은

---

2. 에바 일루즈, 『사랑은 왜 아픈가』, 김희상 옮김, 돌베개, 2013, 54쪽.
3. 리베카 솔닛, 『걷기의 인문학』, 김정아 옮김, 반비, 2017, 161쪽. "걸어가는 사람이 바늘이고 걸어가는 길이 실이라면, 걷는 일은 찢어진 곳을 꿰매는 바느질입니다. 보행은 찢어짐에 맞서는 저항입니다." 같은 책, 11쪽.

초턴의 제인 오스틴 하우스 뮤지엄에서 알튼에 이르는 거리에는 오스틴이 당시 걸었을 법한 경로를 따라 마을을 걸을 수 있도록 곳곳에 '제인 오스틴 산책로 Jane Austen Trail'가 안내되어 있다.

삐끗하기도 해서 위태로워 보였다.

반면, 빙리의 누이들인 캐롤라인과 허스트 부인은 산발한 머리에 치맛단까지 진흙을 잔뜩 묻히고 들어온 엘리자베스의 흉을 보기에 바빴다.

3마일이나 되는 거리를, 아니 4마일, 아니 5마일, 아니 도대체 몇 마일이든 그렇게 먼 거리를 걸어오다니, 그것도 발목까지 진흙탕에 빠져가면서, 게다가 혼자서… 그런 독립심은 끔찍한 오만이야. 촌뜨기라 격식을 무시한다 해도 정말 너무했고. (53쪽)

엘리자베스는 걷기 자체를 즐겼을 뿐 아니라, 거리가 일마이고 예

'걷는 여자' 엘리자베스

법을 따지는 이들이 뭐라고 하든 상관없이 자신이 가야 할 길이라면 홀로 걸어서라도 가는 여성이었다. 그러고보면, 영화가 들판에서 책을 손에 들고 걷는 엘리자베스 이미지로 오프닝을 삼은 것은 그녀의 지성뿐 아니라 걷기와 '저항'이라는 측면에서도 탁월한 선택이었다고 하겠다.

　엘리자베스의 이런 모습을 다아시가 저항으로 인정하고 받아들였는지는 알 수 없으나, 최소한 다아시는 빙리 자매의 평가에 반대하고 그들의 뒷담화에 저항하는 것으로 엘리자베스 편에 서기로 한다. 캐롤라인에게 다아시는 운동 덕분에 엘리자베스의 매력적인 눈이 더욱 반짝이게 되었다고 응대했다. 타인의 시선에 종속되기를 거부한다는 점에서 엘리자베스나 다아시가 둘 다 허영을 멀리할 만큼의 자존감은 장착한 인물들이었음을 보여주는 에피소드다. 세상을 뒤집는 혁명적 사건은 아니지만, 자존감에서 비롯된 저항의 이미지로 소설과 영화 모두 구석구석 반짝인다.

반성하는 남자, 다아시의 'pride'

마침내 엘리자베스의 사랑을 얻은 후에, 다아시는 엘리자베스에게 자신의 오만함을 인정했다.

어린 시절에 옳은 것이 무엇이라는 가르침은 받았지만, 제 성격을 고치라는 가르침은 못 받았어요. 훌륭한 원칙들을 가지게 되었지만 오만과 자만심을 가지고 그것들을 실행했지요. (505쪽)

그리고 앞서 엘리자베스에게 청혼했을 때, 받아들여지리라 믿고 전혀 의심하지 않았다고 말하며, 그것이야말로 자신의 허영심이었다고 고백한다.

자신의 가문 혈족 외에는 천하다는 가치관을 배우고 익혔던 다아시가 귀족으로서의 자부심과 자존심을 버리고 진정한 자아존중감을 찾는다는 점이 핵심이다. 어떻게 이런 일이 일어날 수 있었을까? 다아시는 엘리자베스에게 당신이 아니었으면 자신은 영영 그렇게 살았을 거라고 말한다. 하지만 모든 것이 사랑의 힘이라고 간단히 말해버리면 충분하지 않다.

"신분도 높고 잘났으니까, 다아시 씨는 좀 오만해도 돼. 그럴 만해"라고 샬롯은 말했다. 그러나 어쩌면 엘리자베스는 누구나 묵인

하는 관습에 저항하며, "그거 알아요? 당신 진짜 오만해요"라고 다아시에게 말한 첫번째 사람이었을 것이다. 충격이었겠지만 타당한 그 지적을 다아시는 오래도록 곱씹고 고민했다. 그 와중에 위컴과 리디아의 도주 사건이 일어난다.

군대가 주둔한 곳으로 여행을 떠났던 리디아는 그곳에서 위컴을 다시 만났다. 도박빚 때문에 위컴은 탈영을 감행했고, 리디아는 그를 따라 야반도주를 한다. 이 일을 알게 된 다아시는 발 벗고 나서서 리디아와 위컴을 찾아내고 둘을 결혼하게 해서 문제를 봉합한다. 이때는 이미 엘리자베스에게 청혼을 했다가 거절당한 후였으므로, 이것이 엘리자베스의 환심을 사기 위한 호의였다고 보기는 어렵다. 게다가 그는 자신의 도움이 엘리자베스는 물론 아무에게도 알려지지 않기를 바랐다. 그렇다면 다아시는 왜 위컴의 빚을 갚아주고 장교직을 사주면서까지 이 철없고 부도덕한 커플을 도왔던 것일까?

가드너 부인은 엘리자베스에게 쓴 편지에서 그것은 다아시가 쓸데없는 자존심 때문에 자신이 일을 그르쳤다고 생각하기 때문이라고 말했다. 그는 그 일을 직접 바로잡고 싶어 했다. 과거에 위컴은 다아시의 여동생 조지아나와 야반도주를 계획했던 적이 있었다. 그때 조지아나는 열다섯살에 불과했는데, 위컴은 조지아나의 지참금 3만 파운드를 노리고 접근했다. 그것으로 다아시에게 복수하고 싶기도 했을 것이다. 조지아나가 다아시에게 털어놓아 계획이 틀어지자, 위컴은 조지아나에게 큰 상처를 입히고 떠나버렸다. 그후 위컴은 다아시를 모함하고 험담하기를 일삼았고 엘리자베스에게도 그렇게 했다.

후에 엘리자베스에게 쓴 편지에서 직접 밝히기는 했지만, 다아시가 이 일을 오래도록 함구했던 것은 자존심 때문이었다. 자신을 음해하는 위컴의 비열한 행동에 일일이 응대하는 것은 귀족으로서 자존심이 허락하지 않는 일이었다. 그와 똑같아지기 때문이다. 더욱이 그 일이 알려졌을 때, 심각하게 훼손될 조지아나의 평판과 가문의 명예도 문제였다. 다아시는 외부의 시선을 의식해서 진실을 덮는 방식으로 자신과 가문의 자존심을 지키려고 했다. 프라이드를 빙자한 허영이었다. 하지만 그 자존심이 사랑하는 여인과 그 가족에게 돌이킬 수 없는 상처를 입혔음을 알게 됐을 때, 다아시는 즉시 그 일이 자신의 잘못이라고 느꼈다. 그래서 사건을 수습하기 위해 기꺼이 몸을 움직였다. 그 일은 위컴과 리디아의 사건이기도 했지만, 자신의 사건이기도 했다. 이때야말로 귀족이자 신사로서의 명예와 자존심을 제대로 지켜낼 기회라는 것을 깨달았기 때문이다. 스스로에게 명예로운 것이 진짜 프라이드이기에.

다아시가 이 사실을 엘리자베스를 포함한 모두에게 비밀로 했기 때문에, 엘리자베스는 다아시의 진심을 더욱 신뢰하게 된다. 따라서 이 일은 엘리자베스가 다아시에 대한 편견을 마지막 한 가닥까지 없애는 계기이기도 했다. 다아시가 결혼을 허락해달라고 베넷 씨를 찾아왔을 때, 엘리자베스가 다아시를 얼마나 싫어했는지 알고 있는 부친이 엘리자베스를 걱정했는데, 엘리자베스는 드디어 이렇게 말할 수 있었다.

"아빠, 다아시 씨와 저는 정말 비슷해요."

오만은 편견을 낳았지만, 편견은 상대방에 대한 바른 정보와 지성으로 극복되었다. 상극인 것 같았던 '오만을 맡았던 남자'와 '편견을 맡았던 여자'는 그렇게 무사히 커플이 된다. 〈비커밍 제인〉의 주장에 따르자면, "모순된 진실을 결합시켜 새로운 진실을 말하는" 제인 오스틴의 아이러니가 여기서도 빛을 발했다.

다섯 커플, 다섯 종류의 사랑

닮은 것은 다아시와 엘리자베스뿐이 아니다. 작가는 혹시 "끼리끼리 만난다"는 전제나 믿음을 갖고 있었던 것일까. 『오만과 편견』에 등장하는 다른 커플들을 유심히 들여다보면, 당대의 여성과 사랑, 남녀관계에 대한 오스틴의 생각을 더욱 풍부하게 읽을 수 있다. 영화 〈오만과 편견〉은 이 점을 재치있게 담아냈다. 〈오만과 편견〉의 중심이 되는 커플들은 엘리자베스와 다아시, 빙리와 제인 네 사람이지만, 우리는 여기서 몇 커플을 더 추려낼 수 있다. 리디아와 위컴, 샬롯과 콜린스, 그리고 베넷 부부가 그들이다.

엘리자베스와 다아시의 경우는 우리가 이미 보았듯이, 오해와 편견에서 이해와 포용으로 향하는, 그래서 진정한 자아의 발견과도 연결되는 가장 중요한 만남이다. 나머지 네 쌍 중에서 제인과 빙리는 조심스럽게 만나 확신으로 향하는 관계다. 리디아와 위컴 커플은 자유분방하고 속물적인 남성과 철없는 또는 욕망에 충실한 여성의 만남이고, 샬롯과 콜린스의 경우는 서로의 필요에 의한 만남이라고 볼수 있다. 마지막으로, 베넷 부부는 포기와 공존의 한 유형이다.

작가가 가장 이상적으로 생각하는 만남이 엘리자베스와 다아시처럼 각자의 성장을 동반한 관계라는 것을 알아차리는 것은 어렵지 않다. 그렇다면 제인과 빙리의 관계는 어떨까?

제인은 비록 가진 것은 많지 않지만 당대 품행서의 가르침대로라면 가장 이상적인 신붓감에 속했을 것이다. 예쁘고 정숙한 데다가 자신의 감정을 절제할 줄 알았고, 쉽게 남을 판단하지 않는 신중함을 지녔으며, 감정과 의도를 쉽게 드러내는 경박함도 없었다. 뿐만 아니라 적당히 지적이되 이른바 '너무 똑똑해서 피곤한' 여성도 아니었다. 하지만 작가는 이런 이상적인 여성을 사랑의 위기에 처하게 만든다. 더욱이 그 원인의 상당 부분은 바로 그의 신중함에 있었다고 지적한다. "제인처럼 자신을 표현하지 않는 여성이 빙리처럼 귀가 얇고 우유부단한 남성을 만나면 어떻게 될까요?"라고 오스틴이 당대의 독자들에게 묻는 것처럼 보인다. 그는 여기서 남성이든 여성이든 표현하지 않는 사랑은 때로 위기를 맞는다고 지적한다. 영화 후반에 빙리로부터 드디어 청혼을 받고 난 후 제인은 빙리가 한때 자신을 떠나려 했던 일에 대해서 엘리자베스에게 이렇게 말한다.

"내가 관심이 없는 줄 알았대. 아마 그의 동생이 방해를 했겠지."

"브라보! 언니가 다른 사람을 안 좋게 얘기하는 거 처음이야."

여전히 여성의 절제가 미덕이던 19세기 초반에 제인 오스틴은 여성도 자신의 감정을 표현하고 정당하게 자신의 견해를 말할 수 있어야 한다고, 제인의 위기를 통해 역설한다. 이것은 〈설득〉의 앤과 웬트워스, 〈에마〉의 제인과 프랭크, 〈센스 앤 센서빌리디〉의 엘리너와 에드워드 커플에게도 동일하게 요청되던 태도였다.

한편 리디아와 위컴 커플은 가장 위험한 유형이다. 사기꾼과 철없는 여성의 만남이기 때문이다. 리디아가 위컴과 야반도주한 사건은 반드시 위컴이 리디아를 꼬드겼다고만은 볼 수 없는 형국이었다. 위컴은 어차피 도박빚 때문에 부대와 마을을 떠나야 했는데, 리디아가 덜컥 따라나선 것이었다. 위컴 편에서는 애초에 리디아와 동행할 생각도 아니었고 그를 책임지거나 결혼할 생각은 더더욱 없었지만, 리디아를 굳이 말리지 않았다. 게다가 다아시와 가드너 씨가 나타나 리디아와 결혼하는 조건으로 빚을 청산해주고 결혼식 비용 지불에 장교직까지 사주겠다고 했을 때는 결혼 자체를 거부할 이유도 없었다. 위컴의 속셈이야 어떠하든 목표했던 대로 열다섯 살에 결혼반지를 획득한 리디아는 한없이 행복하다.

베넷 부부의 경우도 적잖이 흥미로운 조합이다. 엘리자베스의 부친 베넷 씨는 엘리자베스와 제인의 미덕을 잘 알고 있고 베넷 부인을 포함하여 자신의 가족들의 천박함도 알고 있지만 주도적으로 리더십을 행사하거나 발전적인 방향을 제시하는 것은 애초에 포기한 듯 보인다. 그는 멀찍이 떨어져서 아내와 어린 딸들을 놀리는 데 익숙하다. 원작에서 제인 오스틴은 베넷 씨에 대해 이렇게 기록하고 있다.

그녀의 아버지는 젊고 아름다운 데다가 마음씨도 착해 보이는(젊고 아름다우면 마음씨도 착해 보이기 마련이니) 한 여인에게 반해 결혼하게 되었는데 막상 결혼해보니 머리도 나쁘고 마음도 꼭 막혀 있는지라 그

녀에 대한 애정은 결혼 초기에 진작 끝나버렸다. (328~329쪽)

열다섯살에 결혼반지를 끼고 나타난 막내딸을 반기는 베넷 부인은 엘리자베스에게 "딸 다섯을 가진 엄마는 다른 생각을 할 수가 없다"고 말한다. 오스틴의 작품들에서 딸의 결혼에 목매는 엄마와 무심하고 우스꽝스럽거나 무능력한 아버지 캐릭터는 비교적 일관되게 드러나는 성격이기도 하다. 당대 사회에서 책임 있는 존재였던 남성 가부장들이 제 역할을 하지 못하고 불합리한 풍습과 제도를 방치하는 태도에 대한 오스틴식 발언이자 풍자라고 할 수 있다.

마지막으로, 샬롯과 콜린스 커플은 좀더 자세히 들여다볼 필요가 있다. 샬롯과 같은 처지의 여성들은 오스틴의 작품에서 자주 등장하는데, 그들의 원형적 인물로서 샬롯은 현실에 타협할 수밖에 없었던 여성들의 입장을 적극적으로 해명하고 재해석한 캐릭터다. 샬롯의 이야기를 놓치지 않고 그에게 목소리를 부여한 것은 영화 〈오만과 편견〉의 가장 큰 미덕 중 하나라고 믿는다.

샬롯(들)의 선택을 응원함

베넷 가의 한정상속인 콜린스(톰 홀랜더)는 베넷 씨의 다섯 딸 중 하나를 아내로 삼으려는 소박하지만 원대한 뜻을 품고 베넷 가를 방문한다. 탐색 결과 엘리자베스가 최종 후보로 낙찰되었는데, 이 과정에는 평생 얼굴 한번 본 적 없던 친척의 부동산을 취하는 데 따른 부담감을 덜기 위한 나름의 선의도 포함되어 있었다. 따라서 다아시

콜린스는 엘리자베스에게 청혼했다가 거절당하자, 며칠 내로 샬롯과 약혼을 했다.
영화사에 가장 '찌질한' 청혼으로 기록될 만한 장면이다.

가 그랬듯이, 콜린스도 엘리자베스가 자신의 청혼을 거절할 것이라고는 전혀 예상하지 못했다. 기대했던 답이 돌아오지 않자 콜린스는 여성이 한두 번 거절하는 것은 당연하다고 말하며, 자신을 더 애타게 하려는 것이라면 이제 그 정도면 됐다고 충고한다. 영화사에서 가장 '찌질한' 청혼 장면으로 기록될 만한 이 에피소드에서 그는 정숙한 여성이라면 냉큼 청혼을 수락해서는 안 된다는 통념과 편견에 의지해서 엘리자베스의 단호한 답변을 무시했다. 반면 엘리자베스는 시쳇말로 자신이 '튕기는' 것이 아님을 분명히 한다. 제인 오스틴은 그 옛날에 엘리자베스를 통해 이미 이렇게 선언했다.

"No Means No!"[4]

21세기 관객들은 이 대목에서 꽤 통쾌하지만, 우리의 주인공은

---

4. 여성의 거절(No)은 분명한 거절(No)의 의미라는 뜻으로, 페미니즘의 주요 의제인 'No Means No Rule'(비동의 성관계에 대한 처벌)과 관련하여 자주 언급된다.

곧 당황스러운 상황에 직면한다. 샬롯이 콜린스 씨와 약혼했다는 것이다. 영화에서 샬롯은 엘리자베스를 찾아와 이렇게 말한다.

세상에, 그런 눈으로 보지 마, 리지. (…) 모두가 아름다운 사랑을 할 수는 없어. 난 편안한 집과 보호막이 필요해. (…) 나는 이미 스물일곱살이야. 돈도 없고 미래도 없어. 부모님에게는 이미 짐일 뿐이야. 그리고 겁이 나. 그러니까 날 판단할 생각은 하지 마, 절대로.

엘리자베스는 복잡한 심경에 휩싸인다. 비록 거절했을망정 자기에게 청혼했던 남자가 불과 며칠새 다른 여성에게 청혼을 했는데, 심지어 그 상대가 가장 친한 친구다. 샬롯은 엘리자베스와 결혼과 사랑에 대한 생각도 깊이 공유하던 사이였으므로, 그런 어리석은 선택을 했다는 것 자체에 엘리자베스는 실망한다. 그렇게 선택한 결혼으로 샬롯이 행복할 리가 없다는 확신은 그를 더욱 우울하게 할 뿐이다.

하지만 엘리자베스의 실망은 그다지 오래가지 않는다. 샬롯의 초대로 그들의 신혼집, 즉 콜린스의 목사관을 방문했을 때 엘리자베스는 곧 친구의 선택을 존중하게 된다. 샬롯은 건강에 좋다며 콜린스를 가능하면 정원으로 자주 내보내고, 티룸으로 이용하는 작은 방을 완벽한 자신의 공간으로 꾸며놓았다. 그것은 누가 보아도 '샬롯의 공간'이었다. 원작은 오스틴 당시의 가옥 구조와 함께 이 부분을 조금 더 친절하게 설명해두었다.

숙녀들이 지내는 방은 뒤쪽에 있었다. 처음에 엘리자베스는 샬롯이 평소 때 사용하는 방으로 식당을 겸한 넓은 응접실을 택하지 않은 것이 좀 이상하다고 생각했다. 그 방은 크기도 더 넓고 전망도 더 좋았다. 그러나 엘리자베스는 곧 그녀의 그런 결정에 충분한 이유가 있음을 알게 되었다. 만일 그들이 콜린스 씨의 방과 똑같이 쾌적한 방에서 지낸다면 콜린스 씨가 자기 방에서 훨씬 더 적은 시간을 보냈을 건 보나마나 뻔한 일이었다. 그러니까 그런 배치는 샬롯의 현명함을 말해주는 것이었다. (239쪽)

샬롯의 집에 처음 도착했을 때의 인상을 남긴 서술에서도 샬롯의 지혜를 읽을 수 있다.

모든 것이 깔끔하고 조화롭게 배치되고 정돈되어 있었는데, 엘리자베스가 보기엔 모두 샬롯의 솜씨였다. 콜린스 씨만 잊을 수 있다면 전체적으로 정말 아주 안락한 분위기였다. 그리고 샬롯이 정말로 그 분위기를 즐기는 것으로 봐서 콜린스 씨가 실제로 자주 잊혀지는 게 틀림없는 것 같았다. (225쪽)

샬롯의 나이에 주목해보자. 제인 오스틴이 해리스 빅 위더에게 청혼을 받고 수락했다가 번복했던 때가 바로 스물일곱이었다. 작가는 어쩌면 안락한 삶을 선택할 수 있었던 마지막 기회였던 그 시기로 샬롯과 함께 돌아간다. 그리고 샬롯에게 그가 행복할 수 있는 환경과 최소한의 조건을 마련해준다. 우리가 보았듯이 그것은 자신만의

샬롯의 방에서 엘리자베스는 친구의 선택을 존중하게 된다.

'공간'이었다.

버지니아 울프는 여성이 픽션을 쓰기 위해 필요한 것, 즉 작가로서 살기 위해 필요한 것은 돈과 자기만의 방이라고 말했다.[5] 제인 오스틴은 일정한 수입도 집중해서 글을 쓸 수 있는 자기만의 방도 없었던 작가였다. 후에 『제인 오스틴 회상록』을 쓴 오스틴의 조카 제임스 에드워드 오스틴 리는 자신의 고모에게는 독립된 서재가 없었고, 그가 쓴 작품의 대부분은 공동의 거실에서 온갖 종류의 일상적인 방해를 받으며 씌어졌다고 증언했다. 그는 응접실 작은 티테이블에서 글을 쓰다가 누군가 들어오면 재빨리 원고를 감추곤 했다. 스물일곱의 나이에, 어쩌면 마지막이 될지 모르는, 하지만 자신은 단호하게 거절했던 결혼의 기회를 샬롯에게 제공하면서 제인 오스

---

5. "내가 할 수 있는 일이라고는 고작해야 별로 중요해 보이지 않는 한 가지 의견, 즉 여성이 픽션을 쓰기 위해서는 돈과 자기만의 방이 있어야 한다는 의견을 제시하는 것입니다." 버지니아 울프, 『자기만의 방』, 이미애 옮김, 민음사, 2017, 10쪽.

제인 오스틴이 말년에 글을 쓰던 테이블. 『글쓰는 여자의 공간』(이봄, 2016)에서
타니아 슐리는 이렇게 썼다. "아마도 이것은 세계적인 명작이 쓰인 가장 작은 테이블일 것이다."

틴은 자신이 살게 되었을지 모르는 다른 종류의 삶을 상상해보았을
것이다. 샬롯이 만들어낸 자신만의 공간은 따라서 자신이 창조했지
만 작품의 주인공은 될 수 없었던 샬롯, 나아가 시대의 주인공이 될
수는 없었지만 한계 많은 삶의 자리에서 어떻게든 행복의 기운을 만
들어낸 당대의 여성들에게 건넨 위로이자 최고의 선물이었다. 우리
는 또다른 버전의 여러 샬롯들을 오스틴의 다른 작품들에서 계속해
서 보게 될 것이다.

그들의 '어리석음'을 어떻게 볼 것인가?

제인 오스틴은 주인공 엘리자베스를 내세워 사랑 없는 결혼은 어
리석은 일이고 여성이 남성들을 당당하게 거절할 수 있어야 한다고

주장했다. 또한 비혼으로 살면서 스스로 그 신념을 증명해내기도 했다. 하지만 오스틴은 작품 속에서 그와 같은 선택을 하지 않은 다른 여성들을 결코 비난하지 않았고 경멸하거나 무시하지도 않았다. 샬롯처럼 현명하게 자신의 행복을 스스로 일구어낸 인물에게만 사랑을 쏟은 게 아니었다. 엘리자베스는 자신도 그 천박함을 인정하지 않을 수 없었던 가족들의 경우, 이를테면 언니들의 미래까지 망쳐버릴 뻔했던 리디아의 비행, 키티와 어머니의 경박함, 메리의 눈치없음과 '4차원적인' 성격, 그리고 아버지의 무심함까지도 모두 끌어안는다.

〈오만과 편견〉의 두번째 무도회 장면을 조금 더 들여다보자. 여기서 엘리자베스와 가족들을 화면에 담는 방식이 특히 흥미롭다. 다아시보다 신분이 낮은 콜린스가 예법을 무시하고 다아시에게 다가가 먼저 말을 걸자 캐롤라인 빙리는 엘리자베스에게 새삼 그가 엘리자베스의 친척임을 상기시킨다. 이후 약 3분 동안 영화는 엘리자베스의 가족과 친척인 콜린스의 행보를 따라가는데, 콜린스에게서 출발한 카메라는 눈치없이 피아노를 독점하고 있는 메리와 그를 조심스럽게 말리는 아버지, 술에 취해 비틀거리는 리디아와 키티, 다리를 드러낸 채 흔들거리며 걸터앉아 제인과 빙리가 곧 결혼할 거라고 떠벌리는 엄마를 보여준다. 커팅 없는 길게 찍기 방식을 고수한 점이 인상적이다. 기둥과 벽을 넘나들고 앞으로 다가섰다 뒤로 물러서며 가족들을 따라다니던 카메라는 롱테이크 시퀀스 끝에 이르면 어두운 벽에 기대어 있는 엘리자베스의 난감한 모습 앞에 멈추어 선다. 막 지나온 무도회의 밝은 분위기를 생각하면 명암의 대조가 선명하다. "우리 가족은 누가 가장 속물적인지 서로 내기를 하는 것" 같다고 엘리자베스가 자조를 담아 말한다. 엘리자베스에게 가족은 몹시 부끄럽고 원망스러운 대상이 아닐 수 없다.

　하지만 영화는 이런 방식으로 엘리자베스를 가족들과 분리해내는 데 간단히 만족하지 않는다. 영화의 오프닝 시퀀스에서 엘리자베스는 조용한 산책에서 돌아와 집으로 돌아가기 전 잠시 멈추어 서서 미소를 머금은 얼굴로 집 안을 들여다본다. 그리고 나서 곧 들어가 자매들과 함께 어울린다. 그는 이렇게 가족과 자연스럽게 한 화면에 담긴다. 속물적이고 천박한 가족들로부터 자신을 분리하는 대신 그 안으로 녹아들어가 정직한 관찰자의 시선으로 남는 것, 그럼에도 불구하고 그들에 대한 애정과 웃음을 잃지 않는 것이 엘리자베스가 자신과 생각이 다른 '속물적인' 가족을 대하는 방식이었다. 오프닝 시퀀스와 무도회 장면처럼 길게 이어진 카메라의 움직임은 우리의 특출한 주인공을 평범하고도 부끄러운 가족들로부터 엄격하게 떼어내는 대신 이 가족을 자연스럽게 하나로 잇는 효과적인 장치가 되었다.

　판타지로나마 당대 여성들을 따뜻하게 보듬어 안았던 제인 오스틴 작품의 문체와 성격은 이렇게 영상의 언어와 사려 깊은 연출 스타일로 촘촘히 번역되었다. 오스틴에게는, 거리를 두고 관찰하고 풍자하되 비난의 칼을 휘두르지 않고 주인공들과 작가 자신을 자신이 못마땅해하는 그 세계로부터 분리해내지 않는 넉넉함이 있었다. 자유주의 페미니스트[6]였던 버지니아 울프가 보기에도 제인 오스틴의

---

6. 자유주의 페미니즘은 만인은 법 앞에 평등하다면 여성들도 법 앞에 평등해야 한다는 사상을 바탕으로 서구에서 시작된 것으로, 버지니아 울프와 시몬 드 보부아르 같은 여성주의 작가들의 입장이다. 자유주의 페미니스트들은 20세기 초중반, 여성도 남성과 동등한 능력을 갖고 있다는 점을 증명하기 위해 분투했다. 하지만 대개 백인 중산층의 교육받은 여

이러한 글쓰기는 여성이라는 자의식에 함몰되지 않고도 자연스럽고 맵시 있는 문체로, 즉, 남성처럼 쓰려 하지 않고 꿋꿋하게 여성적인 글을 써낼 수 있었던 작가의 역량을 드러내는 것이었다. 버지니아 울프는 이렇게 썼다.

그녀의 상황이 그녀의 작품에 조금이라도 해를 끼쳤다는 흔적은 전혀 찾을 수 없었습니다. 이것이 아마도 가장 놀라운 기적이었습니다. 여기 1800년경 증오나 쓰라림, 두려움도 없이 항의하거나 설교하지 않으면서 글을 쓴 한 여성이 있었지요.[7]

울프에게 제인 오스틴은 "작가의 마음이 모든 방해물을 다 태워버렸"다는 점에서도, 셰익스피어에 비견되는 작가였다.

버지니아 울프로부터 백여 년, 그가 극찬했던 제인 오스틴으로부터는 2백년이 지났다. 어떤 페미니즘도 완전할 수 없으니 '나쁜 페미니스트'일망정 페미니스트가 되는 것을 두려워할 일도 피할 일도 아니라고 독려하는 오늘날의 작가 록산 게이[Roxane Gay]는 이렇게 말한다.

그러나 페미니즘은 선택이기도 하다. 어떤 여성이 페미니스트가 되고 싶지 않다면 그 역시 그녀의 권리이기에 존중한다. 하지만 그녀의 권리를 위해 싸우는 것 또한 나의 의무이며, 나라면 하지 않을 법한 선택을 하

성들에 의해 주도되어 다양한 계층의 여성들의 입장과 인권문제를 포괄하지 못했다는 한계와 반성을 동반하기도 한다. (백소영, 『페미니즘과 기독교의 맥락들』, 뉴스앤조이, 2018, 36~42쪽 참조)

7. 버지니아 울프, 앞의 책, 104쪽.(강조는 인용자)

"자식과 헤어지는 일보다 슬픈 일은 없을 거야."
리디아를 떠나보내며 슬퍼하는 엄마를 엘리자베스가 뒤에서 가만히 끌어안는다.

는 여성들을 지지하는 것이 페미니즘의 근본 원칙이라고 믿는다.[8]

페미니즘뿐이겠는가. 록산 게이의 말에 따르자면, 제인 오스틴은 옳다고 믿는 일을 하는 사람들과 세상을 향해 목소리를 내는 모든 이들이 기억할 만한 하나의 원칙을 보여준 셈이다.

리디아가 위컴과 함께 집을 떠나는 영화의 장면을 떠올려본다. 엘리자베스가 허전해하는 모친 베넷 부인과 함께 창가에 서 있다. 딸을 하루라도 빨리 시집보내는 것이 생의 목표이자 절체절명의 사명인 듯 요란을 떨던 모친이었지만, 막상 리디아가 떠나자 자식과 헤어지는 일보다 슬픈 일은 없을 거라며 엄마는 훌쩍인다. 엘리자베스는 말없이 베넷 부인 뒤에서 어깨를 감싸 안는다. 당대의 모순을 끌

---

8. 록산 게이, 『나쁜 페미니스트』, 노지양 옮김, 사이행성, 2016, 16쪽.(강조는 인용자)

어안는 지성의 모습이었다. 매체를 넘나들며 수백 년 동안 대중에게 사랑받아온 제인 오스틴 작품들의 비결은 거기에 있었을 것이다. 타자를 배제하지 않는 지성이 오랜 힘을 지닌다. 그것은 오스틴이 증언하는 대로 편견을 극복한 '프라이드'가 지닌 힘이기도 하다.

| BBC 드라마 〈오만과 편견〉, 1995 |

－연출: 사이먼 랭턴 Simon Langton

－원작: 제인 오스틴

－각본: 앤드류 데이비스

－출연: 콜린 퍼스(피츠윌리엄 다아시), 제니퍼 일리(엘리자베스 베넷), 수재나 하커(제인 베넷), 크리스핀 본햄 카터(찰스 빙리), 엘리슨 스테드먼(베넷 부인), 줄리아 사왈라(리디아), 벤자민 윗트로우(미스터 베넷), 애드리안 루키스(위컴), 바바라 리 헌트(캐서린 부인)

－방영: 1995.9.24~1995.10.29 (6부작), BBC

영국, 327min.

1995년 방영된 영국 BBC 드라마 〈오만과 편견〉은 다아시(콜린 퍼스)와 빙리(크리스핀 본햄 카터)가 말을 타고 초원을 둘러보는 장면으로 시작한다. 잠시 후 산책을 하던 엘리자베스(제니퍼 일리)가 화면에 등장해서 멀리서 그들을 내려다보고 있다. 엘리자베스도 아니고 제인이나 베넷 가족도 아닌, 두 젊은 남자의 모습으로 시작했을 때 이미 이 드라마의 운명은 결정되었는지 모른다. 어쩌면 의도되었거나.

어떤 경우이든 드라마 〈오만과 편견〉은 콜린 퍼스를 디아시의 원형이자 세계적

바스의 '제인 오스틴 센터'에 있는 리젠시 티룸 (Regency Tearoom) 에 들어서면, 엘리자베스(키이라 나이틀리)나 제인 오스틴이 아니라 미스터 다아시(콜린 퍼스)의 얼굴이 가장 먼저 손님들을 맞이한다.

인 스타로 새로이 창조해내는 데 성공했다. 그리하여─흔히 연재물의 첫 회에서 여성들을 그렇게 '벗기'듯이─첫 회를 다아시의 목욕 씬으로 마무리한 드라마는 4회 마지막 부분 팸벌리 저택의 호수 장면에서 다시 그를 물에 빠뜨린다. 그를 보고 깜짝 놀라는 엘리자베스의 시점으로 흰 셔츠에 젖은 몸으로 다가오는 그를 보여주는 것이 중요하다. 그리고 거기서 곧바로 '끊고' 다음 회를 약속하기.

섭정 황태자가 통치했던 '리젠시 시대' 패션 양식은 장식적이고 우아하면서도 특히 남성의 몸매를 강조하는 스타일로 잘 알려져 있다. 오스틴 원작을 차용한 영화와 드라마들은 대체로 이 점을 매력적으로 이용했고, 콜린 퍼스의 이 장면들은 90년대 중반 이후 제인 오스틴의 팬이 된 많은 사람들 사이에서 '젖은 셔츠 신드롬'을 불러일으킨 것으로 유명하다. 다만 다아시 역을 맡은 콜린 퍼스의 인기가 전적으로 그의 몸매나 외모 때문이라고 말하는 것으로는 충분하지 않다.

앤드류 데이비스가 각본을 쓴 드라마 〈오만과 편견〉은 특히 후반부로 갈수록 다아시의 심경을 전하는 데 많은 공을 들인다. 리디아와 위컴을 돕게 된 배경을 설명하면서, 다아시는 자신의 오만함이 명백한 잘못임을 깨달았기 때문이라고 해명한다. 이런 장면들은 대개 원작의 대사와 편지 내용을 충실하게 전하는 방식으로 설득력을 얻어내는데, 두 시간짜리 영화에 비해 넉넉한 러닝타임을 확보할 수 있는 드라마이기에 가능한 일이다. 엘리자베스와 다아시의 매력으로만 보자면, 이 시대의 '엘리자베스'로서 키이라 나이틀리를 각인시킨 조 라이트의 영화 〈오만과 편견〉은 콜린 퍼스 주연의 드라마 〈오만과 편견〉의 여성 대응 버전이라고 보아도 좋겠다.

|20세기 할리우드의 〈오만과 편견〉, 1940 |

–감독: 로버트 Z. 레너드 Robert Z. Leonard

–원작: 제인 오스틴

–출연: 그리어 가슨(엘리자베스), 로렌스 올리비에(미스터 다아시), 메리 볼랜드(베넷 부인), 에드나 메이(캐서린 공작부인), 모린 오설리반(제인), 앤 루더포드(리디아), 에드먼드 그웬(베넷 씨), 브루스 레스터(찰스 빙리), 에드워드 애슐리(조지 위컴)

미국, 118min.

그리어 가슨과 로렌스 올리비에가 주연한 1940년 작 〈오만과 편견〉은 경쾌하게 시작한다. 원작 첫 문장의 서술대로 '재산깨나 있는 (젊은) 남자들'은 과년한 딸들을 둔 루카스 부인과 베넷 부인의 '먹잇감'이 되었고, 젊은 남녀도 서로를 탐색하기에 바쁘다. 제인 베넷의 캐릭터가 가볍고 활달한 것도 인상적이다.

원작의 이야기를 비교적 충실하게 따라가던 영화가 결정적으로 제 갈 길을 가는 순간은 캐서린 영부인이 등장하는 장면부터다. 캐서린 부인은 자신이 다아시의 모친인 언니의 재산관리인이라며, 다아시와의 약혼을 포기하지 않으면 다아시의 상속권을 박탈하겠다고 으름장을 놓는다. 이 대화에서 다아시가 위컴과 리디아를 몰래 도왔다는 사실이 (리디아가 아니라) 캐서린 부인에 의해 폭로되는데, 이로 인해 영부인은 다아시와 엘리자베스 커플에게 가장 고마운 존재가 된다. 설상가상으로, 다아시는 후에 캐서린 부인이 사신의 '특사'였다고 고백하기까지 한다. 캐서린 영부인은 주변에 온통 아첨하는 사람들뿐이어서, 처음부터 엘리자베스가 마음에 들었음에도 불구하고 모질게 대함으로써 엘리자베스의 진심과 성품을 시험해보았다는 얘기다. 다소 억지스럽다. 사정이 그렇다면 엘리자베스의 '주체성'이란 결국 캐서린 부인과 그에게 도움을 청한 다아시에게 종속된 결과를 낳게 되고, 어떤 면에서 이는 원작을 심각하게 훼손한 것이 아니겠는가. 1940년의 이 영화는 왜 굳이 그렇게 했을까?

우선은 원작에 대한 적극적인 해석으로 이해할 수 있을 것이다. 오스틴의 원작에서 다아시는 자신과 엘리자베스의 약혼 소문을 확인하러 갔던 캐서린 영부인이 모욕을 당하고 돌아갔던 다음날 곧바로 엘리자베스를 찾아온다. 캐서린 부인이 화를 내며 "그 여자가 당돌하게도 너와 결혼하지 않겠다고 끝까지 약속하지 않더라"는 사실을 알리자, 다아시는 아직 엘리자베스의 마음을 얻을 수 있을지 모른다는 일말의 가능성과 희망을 품고 엘리자베스에게 달려왔다. 결과적으로, 캐서린 영부인이 다아시에게 용기를 주고 그들의 관계를 도운 셈이었다. 영화는 이 부분을 직접적인 도움이자 심지어 의도되었던 것으로 묘사함으로써 캐서린 영부인과 다아시의 갈등, 즉 기존의 구조적 관습과 새로운 주장이 만들어낸 충돌과 균열을 성공적으로 봉합해냈다.

사실 원작에서 이 부분은 직접 칼을 휘두르지 않고도 캐서린 영부인(과 기존의 사회구조)을 '처벌하는'(속된 말로 '물을 먹이는'), 제인 오스틴 특유의 아이러니가 빛을 발하는 대목이었으므로 이러한 각색에 대해서는 아쉬움이 적지 않다. 19세기의 오스틴 독자들이 엘리자베스의 선택을 존중하고 받아들였다면, 1940년의 대중들에게 영화는 조금 더 나아간 그림을 보여주어야 하지 않았을까?

그럼에도 불구하고 그것이 실수나 비난받아야 할 '잘못'이 아닌 까닭은 그것이 바로 가장 대중적이고 동시대적인 언어로 번역되고 해석된 영화의 운명이기 때문이다. 영화가 최대한 도발하고 저항할 때조차도 그것은 대체로 당대 사회의 '어른들'이 용인하고 심지어 의도했다고도 주장할 수 있는 범주 안에 머문다. 따라서 이 영화의 각색은 1940년대 대중 관객들의 감정구조를 징후적으로 드러냄과 동시에 문학작품이 영화로 제작되는 것이 왜 단순한 각색이 아닌 번역이고 해석인지에 대한 훌륭한 예시가 된다.

한 가지 덧붙이자면, 1940년의 영화 〈오만과 편견〉은 친절하게도 베넷 가의 결혼한 세 딸들 외에, 남은 두 딸에게도 적절한 예비 신랑감들을 안겨주며 모두에게 완벽한 해피엔딩을 선사한다. 하여 영화의 마지막 대사는 베넷 부인의 몫으로 남겨졌다. "(딸) 세 명은 결혼할 거고, 두 명은 예약이네!" 그 시절 할리우드가 마땅히 했을 법한 일이다. 2백년 전 작가 제인 오스틴의 치열하고 처절했던, 하지만 쉽게 눈에 띄지 않는 도발들은 그렇게 1940년의 할리우드도 견딜 만한 온 가족의 해피엔딩 로맨스로 치환되었다.

4장

감성은 이성에 의해 통제되어야 하는가?

제인 오스틴의 『이성과 감성』과 이안의 〈센스 앤 센서빌리티〉

| 센스 앤 센서빌리티 Sense & Sensibility, 1995 |

−감독: 이안 李安

−원작: 제인 오스틴, 1811

−출연: 엠마 톰슨(엘리너), 케이트 윈슬렛(마리앤), 에밀리 프랑수아(마가렛), 앨런 릭먼(브랜든), 휴 그랜트(에드워드), 그렉 와이즈(윌러비), 젬마 존스(대쉬우드 부인), 엘리자베스 스프릭스(제닝스 부인), 해리엇 월터(패니), 제임스 플릿(존 대쉬우드)

영국, 131min.

잉글랜드 서섹스 지방 놀랜드의 헨리 대쉬우드 씨가 사망했다. 그는 죽기 전 외아들 존 대쉬우드(제임스 플릿)에게 부인과 세 딸들을 돌봐달라는 유언을 남겼다. 존은 사별한 첫 부인의 아들이고, 엘리너(엠마 톰슨)와 마리앤(케이트 윈슬렛) 그리고 마가렛(에밀리 프랑수아)은 그의 배다른 여동생들이다. 법적으로 딸들은 약간의 상속금만 받을 수 있을 뿐, 그들이 살던 저택을 포함한 대부분의 재산은 아들 존에게 돌아가도록 되어 있었다. 대쉬우드 씨의 유언을 못마땅해하는 존의 아내 패니(해리엇 월터)가 놀랜드의 새 안주인이 되면서, 갈 곳이 없어진 대쉬우드 부인과 세 딸들은 친척 존 미들턴 경의 도움으로 데본주의 작은 오두막Cottage으로 옮겨간다. 둘째 마리앤은 이곳에서 만난 존 윌러비(그렉 와이즈)와 사랑에 빠지고, 맏딸 엘리너는 패니의 남동생 에드워드(휴 그랜트)를 그리워한다. 브랜든 대령(앨런 릭먼)은 마리앤의 젊고 꾸밈없는 열정에 매료되지만 차마 다가가지 못하고 있다.

이성과 감성, 분별력과 열정 사이 어느 지점

제인 오스틴의 작품 중 처음으로 출간된『이성과 감성』에는 오스틴 자신의 경험이 원형처럼 담겨 있다. 이 작품의 최초 제목은 두 여성의 이름을 앞세운 '엘리너와 마리앤'이었는데『오만과 편견』이 그랬듯이, 두 자매 커플이 주인공이다. 그중 언니인 엘리너는 제인 오스틴의 언니 카산드라와 소설 속 엘리자베스의 언니 제인(『오만과 편견』)처럼 신중하고 사려 깊은 쪽이다. 반면, 마리앤은 '감성'을 맡고 있다.

오스틴 시대에는 '이성'sense이 분별력이나 지성과 논리를 의미했던 반면 '감성'sensibility은 열정이나 감상적인 것 또는 자유분방함과 관계있는 미덕이었다. 그런데 그 자유분방함이란 자주 성적인 욕망이나 충동을 암시하며 윤리적인 평가를 유도하는 것이어서, 행실의 부도덕함에 대한 판단과 억압으로 작용할 수 있었다. 더욱이 대체로 이성은 남성적인 것, 감성은 여성적인 것과 연결되는 분위기였다. 19세기 당시는 계몽주의와 이성의 시대가 기울고 개인적 감성과 열정을 옹호하는 낭만주의가 한창이던 시대였지만, 이런 관점은 좀처럼 변하지 않았다. 이 둘이 조화를 이루어야 한다고 인정하면서도 감성이 더 열등하고 따라서 길들여져야 할 어떤 것인 양 대하는 경향이 있었다. 조금 단순하게 말하자면, "이성(지성)이 감성의 도움을 받는다면 더 풍성해질 수 있다"고 말하는 반면 "감성(열정)은 이성의 통제를 받아야만 한다"고 주장한다고나 할까. 뭔가 대등하지 않다.

그렇다면 작가 제인 오스틴은 이성과 감성을 어떻게 보고 있었을까? 두 명의 여자주인공을 두 가지 미덕의 대표선수로 각각 내세운 이 작품에서도 우리는 연못에 작은 돌을 던지는(《비커밍 제인》) 작가의 '소심한' 저항과 균열을 읽어낼 수 있을까. 원작의 정신을 따라, 영화 〈센스 앤 센서빌리티〉도 그에 어울리는 일을 해냈을까.

그들의 두번째 사랑

위기에 처한 대쉬우드 가족

〈오만과 편견〉의 베넷 부인은 왜 그렇게 딸들의 결혼 문제에 조바심을 냈던가. 〈센스 앤 센서빌리티〉는 〈오만과 편견〉의 엘리자베스 가족이 가장 두려워했을 상황에서 이야기를 시작한다. 아내와 딸들에게 남길 충분한 현금을 마련해두지 못하고 가장이 갑자기 사망하는 최악의 상황. 어쩌면 실제로 나이 많은 아버지를 둔 오스틴 가족의 두려움이었을 것이고, 비혼을 선택한 제인 오스틴에게 주어진 엄연한 현실이기도 했을 것이다.

원작에 따르면 헨리 대쉬우드의 죽음은 그래서 더욱 안타깝다. 그는 놀랜드의 주인이 된 지 1년 만에 갑자기 세상을 떠났다. 그에게 놀랜드 영지를 물려줄 예정이었던 친척 노신사는 함께 살던 누이가 사망하자 법적 상속인인 헨리의 가족을 불러들였다. 그는 장수하며 죽을 때까지 헨리 가족의 보살핌을 받았다. 아들 존은 일찍이 생모의 유산을 받았고 며느리인 패니의 재산도 상당했기에, 아버지 헨리는 노신사의 재산을 상속받으면 현재의 부인과 딸들에게 넉넉한 재산을 남길 생각이었다. 하지만 막상 유언장을 열어보니, 야속하게도 노신사는 헨리 자신도 존도 아닌 존의 네살짜리 아들, 즉 헨리의 손자에게 재산 대부분을 묶어두었다. 모기지와 같은 금융제도를 이용해 한정상속자의 재산권 행사에 제한을 두는 일은 당시 드물지 않은 풍속이었는데도 노신사는 헨리의 딸들에게 각 천 파운드씩만 남겼고, 헨리에게는 그가 살아 있는 동안 재산을 관리할 수 있는 권한만을 부여했을 뿐이다. 헨리 대쉬우드가 오래 살아서 재산과 영지의 수익금으로 저축을 할 수 있었다면야 크게 문제될 일은 아니었지만, 운명은 그에게 그럴 만한 시간마저 허락하지 않았다.

슬픔과 절망이 가득한 이 위기의 순간에 힘을 발휘한 것은 엘리너의 이성이었다. 침착하게 남은 재산과 앞으로의 수입을 계산하고 지출을 줄일 방법을 찾고, 저택을 방문한 올케 패니를 친절하게 대하는 것은 모두 엘리너의 몫이었다. 반면 자신의 감정에 충실한 마리앤은 누가 뭐래도 슬플 때 슬픈 곡을 연주하고 싫은 건 싫은 티를 내고야 마는 성격이어서, 얄미운 올케에게 인사치레 하는 일 따위에는 전혀 관심이 없었다. 굳이 줄을 세우자면, 어머니인 대쉬우드 부인이나 아직 어린 마가렛도 마리앤 쪽이었다. 엘리너는 에마나 『설득』의 앤처럼, 오스틴 소설에서 현실감각 없는 가족을 대신해서 가계를 꾸려나가는, 여성들의 큰언니 격이다.

하지만 오스틴의 소설들이 대부분 그렇듯이, 여기서도 최악의 불행은 희망과 가능성을 동시에 품고 있다. 그리하여 엘리너는 물론이고 조심성 없어 보이는 마리앤까지도 서로에게 가장 어울리는 남성들을 인생의 가장 비참한 시기에 선물처럼 만나게 된다. 그 선물이란 두번째 사랑은 없다고 굳게 믿었던 마리앤에게 나타난 브랜든 대령과, 자신이 두번째 사랑이었다는 것을 알고 미리 포기했던 엘리너에게 찾아온 에드워드였다. 톰 르프로이가 떠나간 후 스스로에게 두번째 사랑을 허락하지 않았던 제인 오스틴 본인의 그리움과 회한이 묻어나는 것도 같다.

"동생분은 두번째 사랑 따위는 용납하지 않는 것 같습니다만."

"그래요." 하고 엘리너가 답했다.

"쟤(마리앤) 생각은 정말 낭만적이에요."

"혹 그런 두번째 사랑이 존재할 수 없다고 생각하는지도 모르지요."

감수성과 열정 커플, 브랜든 대령의 두번째 사랑

열일곱살 숙녀 마리앤 앞에 나타난 브랜든 대령은 처음엔 그저 이웃 아저씨에 불과했다. 플란넬 조끼를 입고 다니며 류머티즘 증상을 호소하는 그는 서른다섯살이었는데, 자매의 모친 대쉬우드 부인이 마흔 정도였던 것을 생각하면 그를 아버지뻘 어르신으로 대하는 마리앤의 태도가 지나친 것만도 아니다. 마리앤은 그가 아무리 재산이 넉넉한 독신이며 친절한 신사라 하더라도 젊은 여성의 연인이 될 수는 없다고 믿었다. 스물일곱 쯤 되는 여성이라면 모를까. 원작에서 그는 말한다.

스물일곱 난 여자라면…… 뭐 어울리지 않을 것은 전혀 없지. 편의를 위한 계약이니까. 세상 사람들도 그러려니 할 거야. 내 눈에는 그건 결혼도 뭣도 아니지만 말이야. 나한테는 상업적인 교환으로밖에 안 보여. 각자가 서로를 이용해서 이익을 취하려는 것이지.

(54쪽, 또 '스물일곱'이다. 제인 오스틴 자신이 해리스 빅 위더의 청혼을 거절하고 독신을 결심했던 때, 그리고 〈오만과 편견〉의 샬롯이 콜린스를 받아들이기로 했던 때의 나이다.)

더욱이 브랜든 대령은 첫사랑의 아픔을 극복하지 못한 경우인데, "어떤 사람이건 일생의 사랑은 단 한 번"이라는 좌우명을 갖고 있는

---

1. 『이성과 감성』, 윤지관 옮김, 민음사, 2015, 76쪽—이하 『이성과 감성』 인용은 같은 책이며 쪽수만 표기함.

마리앤의 관점에서 브랜든은 이미 열외일 수밖에 없었다. 대신 마리 앤에게는 윌러비가 있었다. 셰익스피어의 소네트를 열정적으로 암 송할 수 있고, 야생화를 꺾어 선물하며 빗속에서 다친 마리앤을 번 쩍 안아올려 구해주는 백마 탄 왕자님 존 윌러비. 그는 이미 자기 소 유의 집이 있었고 장차 앨런햄을 물려받을 상속자이기도 했다.

반면 브랜든은 마리앤을 본 순간 비극으로 끝난 옛 사랑을 떠올린 다. 젊은 날의 브랜든은 자유롭고 사랑스러운 여성 일라이자를 사랑 했다. 영화는 일라이자가 가난해서 브랜든의 부친이 결혼을 반대하 고 그를 군대에 보낸 것으로 브랜든의 과거사를 단순하게 언급한다. 하지만 원작의 사정은 오히려 반대에 가깝다. 파산 직전으로 경제적 인 곤란을 겪고 있던 것은 브랜든 가문이었다. 브랜든의 부친은 부 모를 일찍 여읜 일라이자의 후견인이었는데, 그녀는 열일곱에 브랜 든의 형과 결혼하여 형수가 되었다. 브랜든의 형은 일라이자의 재산 에만 관심이 있었을 뿐 관계에 충실하지 못했다. 형과의 결혼생활은 곧 파탄으로 끝나고, 일라이자는 방황하며 비참한 삶을 살다가 딸 하나를 남기고 생을 마감했다. 일라이자라는 이름을 그대로 물려받 은 그 딸을 브랜든이 후견인이 되어 돌보는 중에 그 아이마저 집을 나가 원치 않는 임신으로 미혼모가 된 상황이었다. 그런데 놀랍게도 아기의 아버지는 마리앤이 사랑하게 된 윌러비였다.

브랜든이 보기에 마리앤은 자신의 첫사랑 일라이자와 닮았다. 두 여성은 모두 거침없이 열정적이고 사랑스러운 상상력과 감성, 그리 고 세상물정 모르는 순수함을 지녔다. 그렇다면 브랜든은 이 어리고 순수한 여인이 열정 때문에 '타락하지' 않도록 잘 지키고 보살펴야겠다고 생각했던 것일까? 결국 제인 오스틴은 열정과 감성이란 경험과 연륜과 적당한 이성을 갖춘 브랜든 같은 남자가 곁에 있어서 견제하고 보완해주어야만 지지받을 수 있다고 말하는 것일까? 당대의 품행서와 교양이 그렇게 가르쳤듯?

브랜든이 오빠 같고 아버지 같은 마음으로 마리앤의 길들여지지 않은 열정을 불안하게 지켜보고 있었던 것은 틀림없어 보인다. 하지만 그가 마리앤을 있는 그대로 가장 깊이 이해하는 사람이었던 것도 분명하다. 시간이 지나면 마리앤도 정신을 차릴 것이고 좀더 이성적으로 판단하게 될 것이라고, 그렇게 되어야 한다고 주장하는 쪽은 오히려 마리앤과 가장 친밀했던 엘리너였다. 반면 브랜든 대령은 엘리너에게 다음과 같이 말하며 마리앤의 감성을 옹호한다.

그렇지만 젊은 시절의 편견에는 무언가 사랑스러운 것이 있어서 그걸 포기해버리고 좀더 일반적인 생각을 받아들이는 것을 보면 안타깝기는 합니다. (77쪽)

열정에 대해 오스틴이 가장 하고 싶은 말은 혹시 이것이 아니었을까. 예나 지금이나 브랜든은 마리앤과 같은 여성을 '길들이려' 하지 않는다. 그가 일라이자를 떠올리며 안타까워하는 것은 일라이자의 경솔한 행실이나 그가 지닌 감수성 자체가 아니라, 열정과 감성이 풍부한 젊은 여성의 순수함이 받아들여지지 않을 때 생길 수 있는 일들(예컨대 그중 하나가 일라이자의 방황이다)이었다. 그런데 당대의 예법과 풍속으로는 그 순수한 감성이란 단지 받아들여지지 않을 뿐 아니라 당연히 비난과 배제의 대상이었다. 브랜든은 그 당연함을 당연하게 여기지 않았던 남성이었다.

따라서 제인 오스틴이 브랜든에게 두번째 사랑을 허락하고, 두번째 사랑은 없다고 믿었던 마리앤에게도 두번째 사랑을 선물할 뿐 아니라 마리앤 자신이 바로 누군가의 두번째 사랑의 대상이 되게 한 것은 의미있는 도전이었다. 나는 그것을 '말괄량이 길들이기' 논리에 대한 작가의 영리하고도 소심한 저항으로 읽는다. 이를테면, 감성에게 가장 필요한 것은 그것을 통제할 이성이 아니라, 감성의 특별함을 알아봐주고 그대로 받아주는 성숙한 존재와의 만남이다.

〈센스 앤 센서빌리티〉에서 진중하고 과묵한 브랜든 대령은 마리앤을 처음 만났을 때 이미 마리앤의 남다른 감수성을 알아보았다. 브랜든은 마리앤이 피아노를 연주하며 노래하는 첫 순간부터 그 모습을 넋을 잃고 바라보았다. 영화 말미에 이르면, 이제 둘은 정원에 나란히 앉아 함께 시를 읽고 있다. 이 두 장면 사이에 영화는 상심한 맘으로 산책을 나갔다가 비바람을 만나 쓰러진 마리앤을 안고 집 안으로 들어오는 브랜든 대령의 모습을 넣어두었다. 그런데 이 장면은 앞서 마리앤이 윌러비를 처음 만났을 때의 장면과 대칭을 이룬다. 브랜든의 애정을 받아들이기 전까지, 마리앤에게 사랑은 열정이었고, 그것은 곧 윌러비의 존재 자체였다.

원작에서 윌러비는 장총을 들고 포인터 사냥개 두 마리와 함께 발목을 다쳐 쓰러져 있는 마리앤 앞에 쓰윽 나타나지만 영화는 윌러비를 굳이 백마에 태웠다. 그리고 윌러비와 브랜든 모두에게 공평하게 비바람을 도우미로 보낸다. 이렇게 해서 열정의 아이콘 윌러비는 서서히 브랜든으로 대체된다. 하지만 마리앤 자신이 상대방에게서 중요하게 여겼던 열정과 감성을 포기해야 할 필요는 없다. 마리앤으로 인해, 그간 상처와 신중함 속에 감추어져 있던 브랜든의 감성이 되살아나 그 또한 윌러비처럼 마리앤의 감수성에 어울리는 '백마 탄 왕자님'이 되어 있기 때문이다. 비록 여전히 플란넬 조끼를 입고 류머티즘을 호소하는 왕자님이긴 하지만.

분별력 커플, 에드워드의 두번째 사랑

마리앤의 위태로운 감성보다는 안정적으로 보이는 엘리너의 분별력과 이성을 알아본 사람은 당연히 에드워드일 것이다. 흥미롭게도 이안 감독의 영화 〈센스 앤 센서빌리티〉는 에드워드가 엘리너에게 처음으로 관심을 보이는 장면에 엘리너의 눈물을 심어두었다. 영화의 초반 마리앤의 피아노 연주를 들으며 훌쩍이는 엘리너를 향해 에드워드가 조용히 다가오고 있다.

침착하고 이성적인 엘리너에게 에드워드가 호감을 갖게 된 계기는 단정한 지성이나 사려깊은 말이 아니라 엘리너의 슬픔과 눈물이었다고 말하는 것 같다. 단, 그 슬픔은 정면이나 얼굴이 아닌 뒤통수와 정수리의 이미지를 하고 있다. 게다가 엘리너를 담은 화면은 자주 겹겹의 프레임으로 둘러싸여 있다. 그것은 복도의 벽과 기둥이나 문들이 만들어낸 닫힌 구도다. 엘리너의 감정에 다가서기 위해서 에드워드의 발걸음이 거쳐야 할 관문은 그렇게나 많았다. 그리고 마침내 그 관문들을 모두 통과해서 에드워드의 마음이 엘리너에게 닿았을 때, 엘리너는 드디어 큰 울음을 터뜨린다. 루시 페라스와 결혼한 상대가 에드워드가 아닌 그의 동생 로버트라는 사실을 알았을 때의 일이다. 그런데 그에 앞서 엘리너가 한 번 더 크게 오열했던 적이 있다. 마리앤이 사경을 헤매던 날 밤 엘리너가 마리앤의 몸 위에 엎드려서 울며 말한다. "난 너 없이는 할 수 없어!" 늘 감정을 통제하는 데 익숙했던 엘리너가 감성이 풍부한 마리앤에게 고백하는 말이다. 즉, 이성이 감성에게 말한다. "나 혼자는 안 돼."

한편 원작에서 미남이 아니고, 붙임성이나 매너가 별로 없다고 묘사되었던 에드워드는 영화에서는 어리숙해 보이려고 애쓰는 매력 덩어리 휴 그랜트로 둔갑해서 나타났다. 오스틴 소설의 광팬이라면, 지도책을 들고 서재에 숨어 있는 막내 마가렛을 모른 척해주었을 뿐 아니라, 마가렛을 밖으로 나오게 하기 위해 일부터 나일강의 위치를 엉터리로 말하던 휴 그랜트의 '센스' 있는 행동들에 오히려 화를 낼지 모르겠다. 실제로 한 오스틴 관련 단체에서 제인 오스틴의 원작을 훼손했다는 이유로 제작사 측에 항의 서한을 보내기도 했다. 남자주인공이 너무 잘생기고 매력적이어서 항의를 받다니. 〈센스 앤 센서빌리티〉는 그런 영화였다.

그에 비하면 영화 촬영 당시 이미 30대 중반이던 1959년생 엠마 톰슨은 19세인 엘리너를 연기하기에 너무 나이가 많은 것은 아닌가 싶기도 하다. 하지만 톰슨은 지적인 이미지와 뛰어난 연기로 엘리너의 본래 나이를 깜빡 잊게 만드는 데 성공했다. 캠브리지의 영문학도였던 엠마 톰슨은 이 영화의 각색과 시나리오에 참여하여 1995년 아카데미 각본상을 수상했다. 성숙하고 배려심 있는 이 큰언니는 오스틴이 창조하고 톰슨이 매만진 후 톰슨과 그랜트가 함께 되살려낸 캐릭터였다.

'끼리끼리 만난다'는 오스틴의 매칭 법칙은 여기서도 어느 정도 유효했다. 문제는 이들이 너무 늦게 만났다는 것. 마치 톰 르프로이가 친척집에 다니러 왔다가 오스틴을 만나 마음을 주고 총총 사라졌던 것처럼, 에드워드는 놀랜드의 누나집에 왔다가 엘리니의 마음을 흔들어놓고 한동안 다시 나타나지 않았다. 다만 톰 르프로이와 에드워드의 형편이 같지는 않았는데, 알고보니 에드워드는 이미 4년 전에 루시라는 여성과 약혼을 한 상태였다. 에드워드는 플리머스에 사는 프랫 씨의 집에 머물며 수학하던 당시 프랫 씨의 조카인 루시와 만나기 시작했고, 이후 몰래 약혼했다. 루시는 페라스 가문에 비해 확연히 기우는 가난한 집안의 딸이었다.

얄궂게도 루시는 엘리너에게 이 사실을 털어놓았고, 상처받은 엘리너는 에드워드에게 직접 사실 확인을 요구할 만큼 그와 가까운 사이는 아니었다고 스스로 마음을 다잡는다. 반면 에드워드는 뒤늦게 찾아온 '진짜' 사랑에 당황해한다. 그런데 이러지도 못하고 저러지도 못하는 에드워드를 뜻밖에도 루시 자신이 구원해준다. 약혼 사실을 들켜 에드워드가 상속권을 잃자, 고맙게도, 루시가 먼서 그를 차버린 것이다. 그것도 에드워드의 동생 로버트 페라스와 결혼하겠다면서. 이렇게 해서 에드워드는 풋사랑으로 만난 여성과의 약속을 먼저 깨지 않으면서도 우리의 주인공에게 상처를 입히지 않고 무사히 남자주인공의 본분을 다할 수 있게 되었다.

미남도 아니고 붙임성도 매너도 별로였던 에드워드 캐릭터는
휴 그랜트에 의해 '훼손'되었다는 평가를 받기도 했다.

휴 그랜트를 위한 변명

에드워드와 엘리너가 맺어지는 과정을 지켜보고 있자면 오스틴
이 남성의 신의를 얼마나 큰 미덕으로 생각하는지 알 수 있다. 엘리
너 같은 여성에게 어울리는 남자라면, 뒤늦게 진실한 사랑을 만났
다고 해서 첫사랑과의 약속을 쉽게 저버리는 사람이어서는 곤란했
다. 평범한 여성의 삶과 약자들을 늘 염두에 두었던 오스틴으로서
는 다른 여성에게 상처를 주면서 이루어진 사랑을 해피엔딩이라고
말하지는 않았을 것이고, 착한 엘리너 또한 그것을 반기지 않았을
것이다.

약혼 사실을 밝히지 않고 마음을 훔쳐가다니, 엘리너 입장에서 보
면 에드워드는 우유부단하고 솔직하지 못한 상대일 수 있었다. 영화

〈센스 앤 센서빌리티〉는 혹시라도 있을지 모르는 비난으로부터 그를 보호하려는 듯, 원작에는 없는 한 장면을 더 넣어두었다. 마구간에서 엘리너와 에드워드가 대화를 나누는 중에 그의 누나 패니가 끼어드는 장면이다. 에드워드가 막 프랫 씨의 집에서 공부하던 시절 이야기를 꺼내려던 참에 패니가 나타나 당장 본가에 가야 한다는 소식을 전한다. 처음부터 감추려던 것은 아니었고 에드워드가 이쯤해서 엘리너에게 과거를 고백하려고 했던 거라고, 영화가 나서서 변명해준 셈이다. 잘생기고 매력적인데 진실하기까지 한 에드워드였다. 타이밍이 좀 맞지 않았을 뿐.

여성이 선택한다

"여자 분은 이 문제에서 선택권이 없나보군요."

이 뼈있는 질문은 의외로 엘리너의 입에서 나왔다. 에드워드와 루시가 약혼했다는 사실이 폭로되자, 오빠 존 대쉬우드는 이제 모턴 양을 로버트와 결혼시켜야겠다고 말한다. 잠자코 듣던 엘리너가 존에게 여성에게는 선택권이 없는 거냐고 물었던 건데, 그것은 19세기 여성작가 제인 오스틴의 집요한 질문이기도 했다. 영화는 모턴 양에 대해 따로 언급하지 않지만, 3만 파운드의 지참금을 지닌 모턴 양은 원작에서 엘리너와 루시가 등장하기 전에 에드워드의 짝으로 지목된 인물이었다.

엘리너의 질문에 존은 그 무슨 어이없는 말이냐는 듯한 반응이다. 모턴 양으로서는 에드워드와 결혼하나 로버트와 결혼하나 별 차이가 없을 거라고 그는 확신하고 있다. 화가 난 어머니가 에드워드의 상속권을 박탈했지만, 이제 로버트가 장남 대우를 받게 되었으니 로버트와 결혼하면 되지 뭐가 문제냐고 그는 되묻는다.

뭐가 문제냐고? 모턴 양에게 선택권 또는 의사가 없다고 믿는 것 자체가 문제였다. 원작에서조차 모턴 양이 직접 등장하지는 않으므로 그의 생각을 알 방법은 없지만, 우리는 여기서 모턴 양과 정반대의 처지에 있던 한 여성에 주목해볼 필요가 있다. 다름 아닌 루시 스틸이다. 남성에게 의존하지 않고도 홀로 살아갈 수 있을 만큼 충분한 재산을 가졌으면서도 결혼에 있어서의 선택권을 인정받지 못했던 모턴 양과 가진 것 하나 없지만 스스로의 힘으로 원하는 결혼을 성취한 루시는 흥미로운 대조를 이룬다.

루시는 대다수의 관객과 독자들이 편을 들어줄 엘리너의 입장에서는 얄미운 정적이고 에드워드의 입장에서는 먼저 언약을 깬 배신자라고 보아도 할 말 없는 인물이지만, 그것이 루시가 가진 모습의 전부는 아니다. 변변찮은 가문의 시골 처녀 루시는 5년의 약혼기간이라는 시련을 겪은 끝에 결국 페라스 부인이 된 '지참금 없는' 여성이었다. 그는 1년에 한두 번밖에 약혼자를 못 만나는 상황에서도 끝까지 기다렸고 재촉하지 않았으며 경쟁자(엘리너)를 눈치껏 압박하여 스스로 제거했다. 뿐만 아니라 상대편, 즉 에드워드가 재산과 지위를 잃는 상황에 처해도 당황하지 않고 기회를 노리다가 결국 적당한 순간에 그를 '차고' 새 남자—가 가진, 하지만 본래 자기 것이 되어야 했을 재산과 지위—를 얻는 데 성공했다!

원작에서 오스틴은 루시가 어떻게 로버트 페라스의 마음을 얻었는지 간략하게나마 설명하고 있다. 로버트가 루시를 형으로부터 떼어놓으려고 찾아갔을 때, 루시는 그의 간곡하고 설득력 있는 설명에 넘어가는 듯, 하지만 아직은 결심이 필요한 듯 여운을 남기면서 마지막 만남과 확답을 지연시켰다. 눈물을 흘리며 동의하지만 내일 다시 찾아오게 만드는 방식으로, 루시는 그 남자의 허영심을 이용하여 자부심과 연민을 자극했고, 결국 성공했다.

더욱 놀랍게도 루시의 활약은 결혼에서 멈추지 않는다. 큰아들에 이어 둘째아들에게까지 뒤통수를 호되게 맞은 페라스 부인은 이제 자신에게는 아들이 하나도 없다며 이들 부부에게서 등을 돌리고 마는데, 이후에 루시는 시어머니에게 시쳇말로 '납작 엎드려' 빌었고, 그 결과 상당한 경제적 도움을 얻어낸다. 이로써 루시는 모욕을 참고 시누이에게 '복수'하는 데도 성공했다. 못된 시누이 패니는 영화 초반에 3천 파운드 유산을 아까워하며 남편의 배다른 자매들에게 인색하게 군 대가를 톡톡히 치렀다고 영화는 말한다. 마지막 엘리너와 마리앤의 결혼 장면에서 패니는 못마땅한 표정으로 어색하게 웃으며 하객들 사이에 묻혀 있다. 요컨대 패니는 재산 몇 푼 때문에 사려 깊고 매력적인 엘리너를 가족으로 맞기를 거부했다가 잔머리에서 한수 위이며 더 가난하고 더 골치 아픈 루시를 올케로 맞이하게 되었다는 이야기다.

이쯤 되면 루시를 약자로서의 생존본능을 가진 존재를 뛰어넘어, 제대로 지혜로운 여성으로 보아야 하지 않을까. 루시가 해피엔딩과 신분상승을 이루어낸 '신데렐라 스토리'의 주인공이라면, 그는 심지어 요정 할머니나 호박마차, 유리구두의 도움 없이도 왕자님을 찾아내어 스스로 공주가 된 부엌데기였다. 그것은 혹시 제인 오스틴이 자신을 포함하여 선택이라는 주체적 행위 자체에서 배제된 당대 여성들을 애써 위로하는 방식이 아니었을까. 하여 루시는 〈오만과 편견〉의 샬롯에서 한발 더 나아간 인물이 아닌가 싶어지는 것이다.

다만, 나름대로 통쾌한 이 복수극에도 뒤끝은 남는다. 제인 오스틴은 소설 말미에 루시의 결혼생활을 다음과 같이 정리했다.

그들(로버트 페라스와 루시)은 런던에 정착하였고, 페라스 부인한테서 매우 넉넉한 도움을 받았으며, 대쉬우드 부부와는 상상할 수 있는 최상의 관계를 유지하였다. 그리고 로버트와 루시 자신 사이의 잦은 가정불화뿐 아니라 패니와 루시 사이에 늘 존재하였던, 그리고 그녀들의 남편들도 한몫 거들었던 시기와 악의를 제외하자면, 그들이 화목하게 살아가는 데 초를 치는 것은 아무것도 없었다. (501쪽)

그래서 그들은 화목하고 행복했다는 이야기인가? 물론 아니다. 하지만 굳이 따지자면 그것은 '나름의 행복'이었을 것이다. 간절히 원하는 것은 얻었지만 그게 정말 행복인가, 되묻는 방식으로. 즉, 아이러니의 방식으로 오스틴은 당대 사회 결혼제도와 관습의 모순을 폭로한다. 하지만 엄밀한 의미에서 누구도 불행해지지 않았고 각자가 원하던 것을 얻었으며 누구도 처벌받지는 않았다. 앞서 다루었듯이 나는 이것을 '오스틴식 해피엔딩' 또는 '오스틴식 권선징악'이라고 부른다.

오스틴식 '해피엔딩'
: 아무도 불행하지 않고, 누구도 '나쁘지' 않았다

〈오만과 편견〉에서 우리는 이미 오스틴식 해피엔딩의 혜택을 받은 인물들을 목격했다. 천하의 바람둥이 위컴과 철딱서니 리디아 커플만 봐도 오스틴은 그들을 패가망신하게 내버려두지 않았다. 〈센스 앤 센서빌리티〉에서 우리가 만나는 비슷한 인물은 존 윌러비다. 그는 자신의 아기를 가진 일라이자를 버렸고, 그 사실이 들통나 앨런햄의 상속권마저 박탈당하자 이번엔 마리앤을 버리고 지참금 5만 파운드를 지닌 그레이 양(오스틴 월드를 통틀어 그레이 양은 최고가의 신붓감이다)을 선택했을 뿐 아니라, 그레이 양 앞에서 마리앤을 촌뜨기 취급하기까지 했다. 그리고 마지막에는 비밀스럽게 주고받은 편지와 사랑의 정표를 모두 되돌려 보냄으로써 마리앤을 비참함의 끝으로 몰아갔다. 이런 윌러비의 최후를 영화는 어떻게 그리고 있던가.

지극히 '오스틴 영화'스럽게, 〈센스 앤 센서빌리티〉는 두 커플의 결혼식으로 끝이 난다. 그런데 엘리너와 마리앤 커플의 행복한 결혼식 장면 도중에 영화는 윌러비가 말을 타고 달려와 언덕 위에서 결혼식이 열리고 있는 마을을 내려다보는 장면을 삽입했다. 몰락한 흔적은 없이 여전히 백마를 타고 있었고 여전히 말끔한 옷차림이다. 잠시 마을을 내려다보다가 말을 돌려 왔던 길로 쓸쓸히 돌아가는 윌러비의 모습이 영화가 알려주는 그의 '엔딩'이다. 그걸로 충분했다. 마리앤도 오스틴도 그의 처벌을 원하지는 않았기 때문이다. 오히려,

오스틴은 그가 이미 충분히 자기 벌을 받았다고 생각했다.

인물과 재능을 겸비한 위에 활달하고 정직한 성품까지 타고 났고 다정다감한 기질을 가지고 있던 한 남자가 너무 이른 독립과 뒤따른 게으름, 방탕, 사치의 습관으로 말미암아 그 정신, 성격, 행복에 돌이킬 수 없는 상처를 입게 된 것이다. 세상이 그를 무절제에 빠뜨리고 허영에 물들게 하였으며, 무절제와 허영이 그를 냉혹하고 이기적이게 만들었다. 허영심이 무절제를 제치고 죄스러운 승리를 구가하는 와중에 진정한 사랑에 빠지게 되었다면 무절제 혹은 그 소산인 궁핍이 나서서 그 사랑을 희생하라고 요구하였던 것이다. 그를 악으로 이끈 그 각각의 그릇된 성향이 마찬가지로 그를 벌로 이끌어갔다. (440쪽)

기꺼이 상처 입은 여성의 편에 섰지만, 오스틴은 남성이 입힌 상처와 그의 악행에 집중하지는 않았다. 그는 당대의 구조적인 모순을 볼 수 있었고, 그것을 폭로하는 데 더 관심이 많은 작가였다. 그래서 오스틴의 작품은 충분히 '현대적'이다. 고대 서사에서 흔히 악한 사람은 처음부터 끝까지 악한 인물이거나 운명을 그렇게 타고나서 결국은 처벌을 받는 식으로 문제가 해결되는 것과 달리, 현대문학에서 인물들은 훨씬 다양한 딜레마와 개인적이거나 사회적인 모순에 직면한다.

조금 더 생각해보자면, 원작에서 인용한 위 단락의 쟁점은 두 가지다. 첫째는 못된 윌러비여서가 아니라, 누구라도 그와 비슷한 환경에 처한다면 이기적이고 냉혹해질 수 있다는 것이고, 둘째는 그

백마를 탄 월러비가 엘리너와 마리앤의 결혼식이 열리는 마을을 언덕에서 내려다보고 있다.

렇다고 그의 악행을 벌하지 않을 수는 없는데, 따지고보면 그는 이미 자기 벌을 받았다는 점이다. 뒤늦게 정신을 차리고 진정한 사랑에 빠질 수는 있으나, 그때는 이미 자신이 상대 여성에게 어울리는 괜찮은 사람이 아닐 뿐 아니라 형편이 되지 않아서 어렵게 찾은 사랑을 포기(희생)할 수밖에 없기 때문이다. 마리앤을 사랑하게 되었을 때 월러비가 이미 사생아를 둔 무책임한 사기꾼에 빈털터리 빚쟁이 신세였던 것처럼 말이다.

　오스틴의 소설들에서 나를 자주 놀라게 하는 것은 이 두번째 통찰이다. 어쩌면 '정신 승리'일 수도 있겠으나, 여튼 오스틴은 사랑이 떠나가 상처 입은 존재들을 위로한다. '나를 버리고 떠나? 흠, 나 같은 여자를 차지할 수 없다니, 그게 바로 당신이 받는 최고의 벌이지!' 마리앤쯤이라면 이런 생각을 해도 좋지 않을까? 그러고는 그가 원하던 대로 젊고 돈 많은 여성을 만나 다시 흥청망청 살더라도 내버려두는 거다. 그런 남자가 당신의 자존감을 해치지 못하도록 격려하고, 그가 당신의 존귀함을 해칠 수 없다고 다독이는 것 같기도 하다. 어딘지 통쾌하지 않은가.

다만 이 경우에도 오스틴의 '뒤끝'은 어김없이 남아서, 윌러비로 하여금 기필코 사죄와 진심의 말을 제 입으로 뱉어내도록 한다. 원작에서 윌러비는 마리앤이 죽음에 임박했다는 소식을 듣고 엘리너를 찾아와 자신을 변명하고 용서를 구한다. 진실한 사랑이 없었던 것은 아니라는 서술이다. 영화에서는 훨씬 앞서 엘리너가 마리앤에게 이 소식을 전해주고, 마리앤이 그나마 위안을 얻는 것으로 다루었다. 마리앤은 여기서 윌러비가 최악의 악당은 아니라는 점을 확인한다. 그것은 마리앤 자신에게도 다행이었다.

그 사람이 떠나도 괜찮은 것은 괜찮은 거고, 잘못한 건 그대로 잘못한 거다. 미안한 일은 사죄를 하는 것이 맞다. 오스틴의 나쁜 남자들은 하나같이 그 점을 인정했다. 그래서 그들은 구제불능으로 '나쁘지는' 않을 수 있었다. 나는 이것이 제인 오스틴이 남성들에게 너그러워서가 아니라 자신의 인물들을 애정하고 보호하기 위해 터득한 방법이었다고 믿는다. 그것은 곧 자신의 독자이기도 한 동시대 여성들과 연대하고 그들을 다독이는 일이었다. 예컨대 마리앤의 경우처럼 내가 사랑했던 남자가 얼간이이고 천하의 난봉꾼에 나를 사랑했던 것조차도 아니었다면, 그를 사랑했던 나의 자존심은 심각한 훼손을 입을 뿐 아니라 그를 선택한 나의 판단도 잘못이었다는 것을 인정할 수밖에 없다. 늙은 바람둥이 피카소와 10년을 견뎌내고 살아남은survived[2] 프랑수아즈 질로가 피카소를 떠나며 "나는 내 사랑의

---

2. 제임스 아이보리의 영화 〈피카소〉(1996)의 원제는 "Surviving Picasso"다. 영화는 피카

노예였을 뿐 당신의 노예는 아니었다"고 못박았던 것도 그런 연유에서였을 것이다. 마찬가지 이유로 (이성을 맡고 있는) 에드워드는 신의를 지키는 남자여야 했고, (감성을 맡고 있는) 월러비는 최소한 마리앤을 진심으로 사랑했어야만 했다.

뒤끝 있는 작가 오스틴이 톰 르프로이와의 사건을 작품 속에서 그토록 다양한 변주로 곱씹으면서도 어떻게든 해피엔딩 스토리를 만들어내고야 마는 것도 어쩌면 이성과 감성을 동시에 지닌, 글 쓰는 여자의 '프라이드' 때문이 아니었을까. 우리는 여기서 프라이드란 타인을 깎아내리는 방식으로는 지켜지지 않는다는 작가의 믿음을 다시 확인하게 된다.

영화, 풍자를 풍자하다

페라스 부인(에드워드의 어머니)은 자그맣고 야윈 여성이었다. (…) 안색은 누렇게 떠 있었고, 이목구비는 작았고, 미모도 아니었고, 당연히 표정도 없었다. 그러나 천만다행으로 이마가 찡그려져 있어서 따분한 용모가 되는 불명예는 가까스로 피하였다. 그것이 교만과 심술궂음이라는 강한 성격을 거기에 부여하였던 덕분이다. (306쪽)

그러니까 못생긴 것이 낫다는 걸까, 따분하고 평범한 것이 낫다는 얘길까? 안 따분하니 못생겨도 괜찮다는 이야기인가? 칭찬은 아닌

___

소의 두 아들딸을 낳은 프랑수아즈 질로의 내레이션으로 진행되는데, 화가이자 작가인 프랑수아즈는 피카소의 수많은 여인들 중 죽거나 미치지 않고 스스로 피카소 곁을 떠난 유일한 여성이었다. 그는 '견뎠고', '살아남았'다.

어떻게든 시누이와 시어머니에게 갈 유산을 줄여보려고 패니가 수를 쓰고 있다(좌).
곧바로 "이런, 몹쓸 사람!"이라고 끼어드는 듯한 하녀의 먼지털이 '논평'(우)

것이 분명한 이런 서술에서 오스틴은 풍자와 아이러니를 담은 문체로 실소를 자아낸다. 또 '풍자'를 풍자하는 이런 문장도 있다.

그녀(레이디 미들턴)는 그들(엘리너 자매)을 전혀 좋아하지 않았다. 그들은 그녀 자신에게도 그녀의 아이들에게도 아부를 하지 않았기 때문에, 성품이 착한지도 믿을 수 없었다. 그리고 그들이 책 읽기를 좋아했기 때문에, 풍자적일 것이라고 생각하였다. 실은 풍자적이란 말이 무슨 뜻인지도 정확히 모르고 그러는 듯한데, 그러나 그게 뭐 대수는 아니었다. 흔히들 쓰고 있고 손쉽게 할 수 있는 비난이었다. (323쪽)

〈센스 앤 센서빌리티〉에는 이런 류의 풍자와 위트를 영화가 시각적으로 어떻게 표현했는지 살펴보는 즐거움이 있다. 오프닝 크레디트가 흐르는 도입부에서부터 영화는 이미 자신의 특별한 뉘앙스를 심어두었다. 존이 누이들에게 나누어줄까 생각한다는 유산은 3천 파운드에서부터 시작한다. 마치 거꾸로 경매를 하듯이 금액이 자꾸 내려가는데, 천오백 파운드는 어떨까, 연 백 파운드로 할까, 존이 슬 그머니 말하자, 패니는 그랬다가 대쉬우드 부인이 15년 이상 살면 우리가 손해 아니냐고 따진다. "사람들은 연금이 나오면 더 오래 사는 법이거든요." 패니가 이 말을 마친 다음 카메라가 그의 머리 위로 올라가는데, 위층에서 먼지를 터는 여성을 보여준다. 제3자의 '공교로운' 이 행위는 인색하고 꼴불견인 패니를 책망하고 비웃는 영화의 논평이 된다. 이에 앞서 유산을 놓고 아내와 이야기하는 내내 눈치를 보고 갈팡질팡하는 존 대쉬우드의 모습은 여러 개의 거울에 비추어진 이미지였다. 존은 지금 아버지의 유언과 아내의 인색함 사이에서 여러 개의 자아로 분열된 상태다.

엘리너가 하인들을 모아놓고 "여러분의 새 주인은 너그러운 분이에요"라고 말할 때도 영화는 논평을 더한다. 다음 쇼트에서 곧바로 패니는 마차 타고 놀랜드로 향하면서 "그들이 제발 빨리 나가주는 게 내 소원이에요"라고 말한다. 이렇게 말하는 새 주인을 너그러운 분이라고 이해하기는 예외 없이 어려울 예정이다. 적당한 거리를 두고 폭로된 모순된 두 가지 진술 앞에서 관객들은 아이러니를 포착하고 인물들을 비웃게 된다.

남의 일일 때는 얼마든지 너그러울 수 있지만, 막상 자신의 이익과 관련된 일에 사람이 얼마나 천박해지는지, 인간의 본성과 위선을 풍자하는 장면도 있다. 패니는 엘리너와 마리앤이 런던에 왔을 때 그들을 자기 집에 머물도록 초대하지 않는다. 행여 에드워드와 엘리

패니는 엘리너를 피하려다가 '강적' 루시를 만났다.
패니의 격려에 힘입어 약혼 사실을 털어놓았다가 루시는 코를 쥐어잡히는 수모를 당한다.

너가 다시 만나게 될까 염려해서였다. 적당한 핑계를 찾기 위해 패니는 시누이들 대신 루시를 집에 들였다. 그에게 루시는 전혀 경계의 대상이나 고려 대상이 될 수 없었기 때문인데, 루시는 패니의 호의에 감동해서 자신에게 약혼자가 있다고 털어놓는다. 그가 누구인지 몰랐을 때는 좋은 집안과 혼사를 맺을 자격이 있다고, 한없이 관대하게 루시를 격려해주던 패니가 막상 그 인물이 에드워드라는 고백을 듣고 나서는 마녀처럼 돌변한다. 영화는 패니의 얼굴 표정을 클로즈업으로 담았다가 갑자기 카메라가 뒤로 물러나도록 해서 우스꽝스러운 연극의 한 상면처럼 그려놓았다. 유난히 밝은 색감과 패니가 차려입은 원색 계열의 의상, 그리고 다소 과해 보이는 분장이 유쾌한 분위기를 더한다.

　모두가 각자의 이유로 삶에 충실하고, 악역은 있지만 악당은 없는 오스틴 월드는 이렇게 스크린을 만났다. 이안 감독의 〈센스 앤 센서빌리티〉는 1996년 아카데미 7개 부문에 후보로 지명되었고, 엠마 톰슨이 각색상을 받았다. 그해 골든글로브 최우수 작품상과 각색상, 베를린 국제영화제 최우수 작품상 등 수상 경력이 화려한 작품이다.

| BBC 드라마 〈센스 앤 센서빌리티〉, 2008 |

 –연출: 존 알렉산더 John Alexander

 –원작: 제인 오스틴

 –각본: 앤드류 데이비스

 –출연: 도미니크 쿠퍼(월러비), 해티 모라한(엘리너), 채리티 웨이크필드(마리앤), 댄 스티븐스(에드워드), 데이비드 모리시(브랜든), 재닛 맥티어(대쉬우드 부인), 루시 보인턴(마가렛), 린다 바셋(제닝스 부인), 클레어 스키너(패니)

 –방영: 2008.1.1. (3부작), BBC

 영국, 174min.

콜린 퍼스를 세계적인 스타로 만든 BBC 〈오만과 편견〉(1995)의 각본가 중 하나였고, 〈브리짓 존스의 일기〉(2001)의 각본을 썼던 앤드류 데이비스가 각본에 투입되었다. 앤드류 데이비스는 2007년의 BBC 〈노생거 사원〉에서도 각본을 맡았다. 3부작으로 방영된 2008년의 〈센스 앤 센서빌리티〉에서 엘리너는 그림을 그리고, 마리앤은 피아노를 친다. '이성'을 맡고 있는 엘리너에게 그림은 감정을 표현하는 언어다. 존 미들턴 경이 마련해준 바튼 코티지의 집에 도착했을 때 엘리너는 놀랜드를 직접 그린 그림을 벽에 걸어 그리움을 표한다. 그것은 단지 고향집에 대한 그리움만이 아니라 에드워드에 대한 그리움이기도 한데, 엘리너의 이런 마음은 에드워드가 루시와 결혼한 줄 알고 실망했을 때, 엘리너가 이 그림을 떼어내고 바튼 코티지 그림으로 교체하는 대목에서 더 분명해진다. 영리한 각색이다.

드라마 〈센스 앤 센서빌리티〉가 이안 감독의 영화와 가장 다른 점은 3부에서 두드러진다. 브랜든이 후견인으로 돌보고 있는 일라이자의 딸 베스(원작에서는 딸의 이름도 '일라이자'다)가 아기와 함께 있는 장면이 등장한다. 아기를 보면 윌러비가 돌아오지 않을까 묻는 베스에게 브랜든은 윌러비가 이미 5만 파운드의 재산을 지닌 그레이 양에게 갔다고 알려준다. 오스틴 원작의 영화가 맞는지 의심스러울 만큼, 1부의 오프닝이 뜬금없이 정사장면이었던 것이 의아했는데 여기서 그 의문이 해결된다. 일라이자의 딸과 아기는 원작에서도 직접 모습을 드러내지는 않지만, 시리즈 첫 에피소드를 정사장면으로 시작하여 주목을 끌게 한 이상, 드라마는 3부쯤에서라도 어떻게든 이들의 존재를 증명해야 했다.

이안 영화에서 생략되었던 다른 인물 중에는 루시 스틸의 언니 '앤'도 있다. 여기서 에드워드와의 약혼 사실은 앤 스틸의 말실수로 폭로된다. 원작에서는 루시가 환대받는 것을 보고 앤이 눈치 없이 솔직하게 털어놓는 상황으로 그려지는데, BBC 〈센스 앤 센서빌리티〉는 이렇게 해서 영악한 루시와는 달리 푼수 기질이 있는 앤의 원작 이미지만큼은 그대로 유지했다.

5장

사랑스러운 헛똑똑이

제인 오스틴의 『에마』와 더글러스 맥그라스의 〈에마〉[1]

| 에마 Emma, 1995 |

−감독: 더글러스 맥그라스 Douglas McGrath

−원작: 제인 오스틴, 1815

−출연: 기네스 팰트로(에마), 토니 콜렛(해리엇), 앨런 커밍(엘튼), 이완 맥그리거(프랭크), 제레미 노덤(나이틀리), 그레타 스카치(웨스턴 부인), 줄리엣 스티븐슨(엘튼 부인), 폴리 워커(제인), 제임스 코스모(웨스턴), 소피 톰슨(베이츠 양), 데니스 호손(우드하우스 씨), 필리다 로우(베이츠 부인)

미국, 영국, 120min.

---

1. 소설 『에마』의 제목은 영화와 드라마에서 〈엠마〉로 개봉, 출시되었다. 여기서는 편의상 '에마'로 통일하여 표기한다.

하이버리에 사는 우드하우스 씨(데니스 호손)네 둘째딸 에마(기네스 팰트로)는 중매가 취미지만, 정작 자신의 결혼에는 관심이 없다. 에마는 최근 자신의 가정교사였던 테일러 양(그레타 스카치)과 웨스턴 씨의 중매에 성공했고, 다음 커플로 교구목사 엘튼 씨(앨런 커밍)와 해리엇 스미스(토니 콜렛)를 지목했다. 그러나 엘튼은 해리엇이 아닌 에마에게 마음이 있었는데, 에마에게 구혼을 했다가 거절당하자 부유한 호킨스 양과 곧 결혼했다. 농부인 마틴은 해리엇을 좋아해서 친부를 모르는 사생아인 그녀에게 청혼했다. 그러나 에마는 둘이 서로 맞지 않는 짝이라 생각하고 해리엇이 마틴을 거절하도록 부추긴다. 어릴 적부터 에마를 지켜보고 애정을 키워가던 신사 나이틀리 씨(제레미 노담)는 그런 에마가 걱정스럽고 못마땅하다. 나이틀리의 우려는 전혀 근거 없는 것이 아니었다.

한편 고인이 된 웨스턴 부인의 아들 프랭크와 베이츠 양의 조카 제인 페어팩스가 하이버리에 방문하면서 새로운 애정 구도가 드러난다. 프랭크와 제인이 비밀리에 약혼한 사이였음이 밝혀지고, 에마는 해리엇이 자신을 구해주었다고 믿는 신사가 프랭크가 아닌 나이틀리였다는 사실을 알게 된다. 에마의 실수가 거듭되면서 웨스턴 부인을 마지막으로 에마의 중매인생이 끝나려는 찰나, 에마는 자신의 평생의 짝을 드디어 알아보게 된다.

미인이지 총명하지 부유하지 거기에다 안락한 가정에 낙천적인 성격까지 갖춘 에마 우드하우스는 인생의 여러 복을 한몸에 타고난 듯했고, 실제로 세상에 나와 스물한 해 가까이 살도록 걱정거리랄 것이 거의 없

었다.[2] (『에마』의 첫 문장)

이름이 곧 제목이 된 '원 톱'의 에마

중매가 취미인 젊은 여성이라니. 에마는 과연 예사롭지 않은 성격으로 창조되었다. 제인 오스틴은 『에마』를 가리켜 자기 자신말고는 아무도 좋아하지 않을 성격의 여성이 주인공인 작품이라고 말했다. 언뜻 에마가 오지랖 넓은 참견장이인 데다 착각에 빠져 실수를 연발하는 부잣집 아가씨처럼 보일 수 있기 때문일 텐데, 당시 소설 시장에서의 반응은 오스틴의 예상과는 달랐던 것 같다. 제인 오스틴의 마흔번째 생일 즈음에 출간된 이 작품으로 오스틴은 최고의 명성을 얻었다. 영국에서 가장 뛰어난 출판업자인 존 머레이가 자진해서 출판을 맡았고, 섭정 황태자에게 헌정되었다. 후에 조지4세가 되는 당시의 황태자는 오스틴의 팬이어서, 그의 전작을 저택마다 구비해 두었던 것으로 알려져 있다. 비평계의 전통과 오스틴 문학 연구자들 사이에서도 『에마』는 짜임새 있는 구조와 형식을 갖춘 가장 완성도 있는 작품으로 평가되곤 한다.

사라진(혹은 제거된) '엄마'들

오스틴 자신도 사람들에게 사랑받을 거라고 확신할 수 없었을 만큼, 에마가 오스틴의 다른 여주인공들과 다르다는 것만은 분명해 보인다. 우선, 에마는 부유하다. 아버지의 갑작스러운 사망을 걱정해

2. 제인 오스틴, 『에마』, 윤지관·김영희 옮김, 민음사, 2012, 9쪽, 이하 『에마』 인용은 같은 책이며 쪽수만 표기.

야 할 만큼 가난하거나 부양해야 할 가족이 많은 것도 아니다. 우드하우스 씨에게 아들이 없어 부친 사후에 부동산이 어떻게 될지에 대해서는 오스틴이 침묵하고 있으므로 알 길이 없지만, 하나뿐인 언니는 7년 전에 출가했고, 일찍 돌아가신 어머니 대신 에마는 12세부터 살림을 맡아 집안의 여주인 역할을 해왔다. 아버지는 사업이나 가사에 무심하고 오로지 자신의 건강에만 관심이 있었기 때문일 텐데, 에마 앞으로 3만 파운드의 상속금이 책정되어 있었고, 거기서 나오는 수입만도 연간 천오백 파운드에 달했다.

따라서 에마는 자신과 가족의 생계와 안락한 삶을 위해 결혼에 목맬 필요가 없는 여성이었다. 그는 결혼 생각이 전혀 없다고 공공연히 밝혔다. 해리엇이 그러다가 불쌍한 베이츠 양처럼 되면 어떻게 하냐고 걱정하자, 에마는 이렇게 답한다.

걱정 마, 해리엇. 난 가난한 노처녀는 안 될 테니까. 그런데 살 만한 사람들에게 독신이 경멸스럽게 보이는 것은 오직 가난 때문이잖아! 독신녀면서 쥐꼬리만 한 수입밖에 없다면야 우스꽝스럽고 불쾌한 노처녀가 되는 수밖에 없겠지! 아이들 놀림감이나 되고. 하지만 재산 많은 독신녀라면 늘 존경받고 어느 누구 못지않게 분별 있고 유쾌한 존재가 될 수 있어. 얼핏 보기에는 이런 구별이 세상의 공정과 상식에 어긋나는 것처럼 보일지 몰라도, 알고 보면 그렇지 않아. 수입에 쪼들리다보면 마음이 좁아지고 성격이 비뚤어지는 법이거든. 근근이 살아가는 사람들, 그리고 얼마 안 되고 대개는 열등한 사람들과의 만남에 만족해야 하는 사람들은 자기만 알고 꼬여 있기 쉬워. 베이츠 양한테는 물론 해당하지 않

는 이야기지만. (130쪽)

　공정하지 못하게 보일지 모른다는 단서를 달면서도 오스틴은 에마의 입을 통해서 이런 의견을 피력한다. 개인의 성격을 경제력이나 사회적인 형편과 연결시키는 서술은 우리가 종종 확인하는 오스틴 소설의 현대적인 면모 중 하나다. 본디 성격이 비뚤어지고 편협하고 꼬인 인물이 있는 게 아니라 사회적 조건이 사람들을 그렇게 몰아가는 현실을 관찰한 것인데, 특별히 여기서는 사회적 약자로서 보통의 '노처녀'가 견뎌야 하는 부당한 멸시와 편견에 대해 말한다. 에마의 당당함의 근원이 재산에 있다 한들 쉽게 그를 비웃거나 판단할 수 없는 것은 이런 이유 때문이다.

　이 모든 조건에 더해 에마를 특별하게 만든 또 한 가지가 있으니, 바로 어머니의 부재다. 에마에게는 『이성과 감성』, 『오만과 편견』에서처럼 다소 속물적인 소원을 품고 딸들의 결혼에 매달리는 엄마나 『맨스필드 파크』처럼 반면교사가 되는 엄마도 없을 뿐 아니라, 돌아가신 엄마 대신 결혼 문제에 깊이 간여하는 엄마 친구를 둔 『설득』과도 경우가 다르다. 생각해보면 우리의 주인공 에마가 자신의 독신을 주장하면서 동시에 타인의 혼사에까지 영향을 미치려면 성가신 엄마가 없어야 마땅했을 것이다.

　그런데 흥미롭게도 오스틴은 에마뿐 아니라 주요 등장인물들에게서 모두 엄마를 제거(?)했다. 사생아인 해리엇에게도 엄마가 부재한다. 세살 때 모친을 잃은 제인 페어팩스에게는 엄마를 대신할 베이츠 이모와 할머니가 계시지만, 그들에게 제인은 간섭하고 통제하기에는 너무 완벽하고 자랑스러운 존재다. 프랭크에게 엄마를 자처해온 외숙모 처칠 부인이 갑자기 사망하는 것만 보아도 그렇다. 상속권을 쥐고 있는 외숙모의 심기를 불편하게 할 수 없어서 약혼 사실을 숨겨야 했던 프랭크와 제인은 외숙모의 사망과 함께 공인된 연인이 된다.[3]

오스틴은 당사자들의 주체적인 선택을 강조하며 당대 결혼시장의 질서에 어떻게든 균열을 내고 싶었을 것이다. 『에마』에서 그는 철없어 보이는 젊은이들에게 이 일을 전적으로 맡겨두면 어떻게 되는지 한번 지켜보자고 제안한다. 하여 예민한 수다쟁이 엄마들을 무능하고 무심한 아버지의 등 뒤로 한사코 밀어 넣는다.

'어머님들, 잠시 빠져주실래요?'

"오염되지 않은 혈통과 지성을 지닌" 나이틀리

잔소리꾼 어머니가 없다고 해서 에마에게 '안전장치'가 없는 것은 아니었다. 37~38세의 신사인 나이틀리 씨는 16세에 에마가 태어나는 걸 지켜본 이웃 돈웰 애비의 주인이며, 에마를 꾸중하고 조언할 수 있는 거의 유일한 인물이었다. 하이버리의 많은 부분이 돈웰 영지에 속해 있으므로 재산 규모로 보아서 그는 에마의 하트필드

---

3. 『올 어바웃 제인 오스틴』의 저자들은 이 사건과 관련하여 "마니아 노트"에 위트 있는 상상력을 덧붙여놓았다. 가상의 '탐정 나이틀리'는 에마에게 프랭크가 처칠 부인 사망 전날 수상한 약물을 구입한 정황을 포착했다는 편지를 쓴다. 그가 보기에 제인 페어팩스도 이 살해의 공모자 같았다. 소위 '마니아'들의 세계에서 이처럼 제인 오스틴의 소설들은 다른 장르로 재창조되곤 하는데 우리는 3부에서 〈오만과 편견 그리고 좀비〉〈오스틴랜드〉와 같은 영화 등을 통해 이를 확인하게 될 것이다. 캐롤 아담스 외, 『올 어바웃 제인 오스틴』, 함종선 옮김, 미래의 창, 2011. 참조.

를 능가하는 부를 소유하고 있었다. 에마의 언니 이자벨라는 나이틀리 씨의 동생인 존 나이틀리와 결혼했다. 따라서 에마와 나이틀리는 사돈지간이기도 하다.[4] 형 조지 나이틀리가 결혼을 하지 않으면 이자벨라와 존의 아들인 헨리가 돈웰을 상속받게 되어 있으므로 에마는 어린 조카를 위해서도 그가 혼자서도 행복하고 자족하는 사람이라고 굳게 믿고 싶다.

오래지 않은 미래에 조카의 차지가 될 거라고 믿는 돈웰의 저택을 보며 에마는 "오염되지 않은 혈통과 지성을 유지하고 있는 진짜배기 향사층[5] 가문의 거처다웠다"(519쪽)며 흡족해한다. 다른 번역본에는 "오점 없는 혈통과 지력"(최세희 옮김, 시공사, 535쪽)으로 번역되어 있다. 그렇다면 어떤 혈통이 '오염'되었는가? 프랭크는 군인 출신인 아버지 웨스턴 가문보다 명망 있는 외가쪽 처칠 가에 입양되어 새로운 신분과 잠재적 혈통을 얻었다. 제인 페어팩스는 젠트리 계층인 목사의 손녀이고 군인의 외동딸이었지만 일찍 부모를 여의고 부친의 상사였던 캠벨 대령의 집에서 군식구로 자랐다. 이들의 형편을 생각하면 나이틀리의 '오점 없는' 혈통이 좀더 잘 이해된다. 그런데 해리엇 스미스의 경우는 더 비참하다. 에마의 눈에 해리엇은 귀족이

---

4. 현재 유통되고 있는 영상물들(DVD와 VOD파일)의 자막이 조지 나이틀리를 동생으로, 존 나이틀리를 형으로 번역해놓은 것은 심각한 오류다. 오스틴 작품에서 상속권의 중요성을 생각하면 해서는 안 될 실수인데, 독신인 나이틀리에게 재산권이 있다는 것은 에마나 나이틀리, 그리고 그의 어린 조카 헨리의 미래가 걸려 있는 문제이기 때문이다. 해리엇이 최종적으로 마음에 품었던 상대가 나이틀리 씨라는 사실을 알고 에마가 펄쩍 뛰었던 것도 가장 먼저는 '나이틀리 씨는 결혼하면 안 된다'는 믿음 때문이었다. 에마는 생각한다. "우리 헨리는 어떡하라고?!!"

5. '향사(鄕士, squire, esquire)'는 중세 유럽에서 기사 전단계인 '견습기사'를 의미했다. 이후 시대가 바뀌면서 귀족은 아니지만 영지가 있는 젠트리 계층의 한 계급으로 자리잡게 된다.

나 젠트리 가문의 비밀을 안고 태어난 사생아가 틀림없어 보였지만, 그래도 현재시점에서 그가 생부를 확인할 길이 없는 사생아 신분이라는 '오점'에는 변함이 없다.

돈웰의 나이틀리는 제인 오스틴이 이상적인 지배계급의 모델이라고 생각했을 법한 미덕을 두루 갖춘 인물이다. 그는 부유하고 자신감 있고 늘 소신 있게 행동했지만 필요에 따라 자신의 소신을 내려놓을 줄도 아는 인물이었는데, 특별히 약자들을 대할 때 가장 너그럽고 유연해졌다. 에마에게 매번 신사답지 못하다는 핀잔을 들으면서도 나이틀리는 마차 대신 말을 타고 다니기를 고집했다. 허식을 싫어하고 간편하게 혼자 다니는 것을 즐겼다는 건데, 그런 나이틀리가 어느날 무도회에 마차를 끌고 나타난다. 궂은 날씨에 베이츠 모녀와 제인의 이동을 돕기 위해서였다. 또 〈오만과 편견〉의 미스터 다아시처럼 본디 춤을 즐기지 않지만, 해리엇 스미스가 엘튼에게 무시당하고 홀로 방치되어 있을 때, 나이틀리는 기꺼이 해리엇에게 다가가서 춤을 청한다. 첫번째 무도회에서 엘리자베스와 춤추기를 거부했던 다아시와는 다른 모습이다. 에마도 나이틀리의 이런 신사적인 행동을 볼 때마다 진심으로 칭찬하고 더욱 존경심을 품게 된다.

신사로서 약자에 대한 배려와 따뜻한 성품을 드러내는 행동들이었으나, 나이틀리의 친절은 다른 한편으로 오해를 낳거나 사태를 복잡하게 만들기도 했다. 웨스턴 부인은 마차 사건으로 나이틀리가 제인을 마음에 두었다고 믿게 됐고, 해리엇은 무도회 춤 사건 이후 옹졸한 엘튼을 잊고 언감생심 나이틀리를 마음에 품게 되었기 때문이다.

하지만 나이틀리의 너그러움이나 약자들을 향한 감수성이 에마에게는 때로 상처와 공격이 되어 돌아왔던 것도 사실이다. 나이틀리는 자신의 관할 하에 있는 자작농 마틴이 해리엇에게 구애했을 때 그를 격려했고, 둘 사이의 방해꾼 역할을 자처했던 에마를 호되게 비난했다. 박스힐 소풍에서 에마가 베이츠 양을 불편하게 하는 농담을 던졌을 때 이런 갈등은 최고로 심각해졌다. 나이틀리는 베이츠 양이 에마보다 연장자이고 가난한 형편에 처한 데다가 점점 가세가 기울고 있지 않냐며, 에마가 그를 더 존중해야 한다고 꾸짖었다.

"잘못한 거야, 에마, 잘못했어." Badly done, Emma, badly done.

나이틀리의 유명한 대사다.

Mansplain: 나이틀리는 자꾸 에마를 가르치려든다?

'Man'과 'Explain'의 합성어인 신조어 '맨스플레인'Mansplain은 역사학자이며 문화예술 비평가인 리베카 솔닛을 통해 널리 알려진 개념이다. 솔닛은 자신의 책 『남자들은 자꾸 나를 가르치려 든다』Mansplain: Men Explain Things To Me 의 첫 장을 어느 파티에서 겪은 에피소드로 시작한다. 나이 지긋한 남성들이 대다수였던 자리에서 한 남성이 솔닛의 책에 대해 묻더니 곧 그 주제에 대한 흥미로운 책이 최근 출간되었다며 내용을 이야기하기 시작했다. 솔닛의 친구가 그 책이 바로 솔닛의 책이라고 세 번쯤 큰 소리로 말한 후에야 그는 가르치기를 멈추었다. 심지어 그는 책이 아니라 신간 리뷰를 읽었을 뿐이었다. 솔닛은 남성들의 수가 압도적인 학계에서 특히 이런 일은 비일

박스힐 소풍에서 에마가 베이츠 양에게 무례한 농담을 던지자, 나이틀리가 에마를 호되게 꾸중했다. 많은 경우 에마와 나이틀리는 대등한 논쟁을 벌이지만 이 장면에서 에마는 반박하지 못한다.

비재하다고 말한다.

오늘날의 관점에서 나이틀리가 매사에 에마를 바로잡으려고 하는 것은 '맨스플레인'의 전형으로 취급되기 딱 좋다. 실제로 얼마간은 그렇다. 다만 다른 시각도 가능하다. 영문학자 한애경은 돈 많고 유서 깊은 집안의 똘똘한 처자가 진정한 지배계급으로 거듭나고 성장하는 데 나이틀리가 바람직한 지배계층의 모델이 되어주었다고 해석한다.[6] 이 둘의 관계를 통해 제인 오스틴은 책임 있는 존재들이 약자들을 보호하고 존중하면서 진정한 '귀족성'을 발휘하는 모델을 보여주고 싶었을 것이다. 19세기 사회의 특수성을 고려하고 나이어린 여성과 나이든 남성이라는 구도를 잠시 밀쳐두고 생각하자면 타당해 보인다. 하지만 이러한 견해는 의도와 상관없이 제인 오스틴을 체제 순응적이고 계급주의적인 작가로 보는 비판들과 맥을 같이한

6. 한애경, 『19세기 영국 여성작가 읽기』, L.I.E, 2012, 66-87쪽.

다는 점에서 여전히 문제적이다. 더욱이 제인 오스틴이 자신의 여주인공들을 통해 집요하게 제기하는 젠더 문제를 지우는 결과를 낳기도 한다.

마치 그럴 줄 알았다는 듯이, 『사랑은 왜 아픈가』를 쓴 감정사회학자 에바 일루즈는 바로 이 문제에서 오히려 에마의 "놀라운 주체성"을 읽어낼 수 있다고 역설한다.[7]

일루즈는 이 부분이 나이틀리의 가부장제적인 통제본능과 에마에게 강요된 여성의 미덕에 대한 암호로 읽힐 것이 분명하다는 점을 인정한다. 하지만 당시 여성의 자아를 형성한 문화에 깊이 깔린 전제를 알아야만 이 문제가 제대로 이해될 수 있다고 일루즈는 주장했다. 이를테면, "도덕을 감정과 분리하는 것이 그들(18세기 여성들)에게는 불가능했다. 바로 도덕의 차원이 개인의 감정을 다스리며, 이로써 감정은 공공의 차원을 갖기 때문이다."(같은 책, 55쪽)

심리학과 도덕에만 초점을 맞춰 에마를 '길들여진' 말괄량이로 보는 것에 반대하면서, 일루즈는 도덕규범에서 자존감을 얻어내는 에마의 능력을 보았다. 〈오만과 편견〉의 엘리자베스가 그랬듯이, 에마는 나이틀리의 지속적인 '흠잡기'에도 쉽게 기가 죽지 않는 자존감을 지녔다. 흥분하거나 감정적인 반응을 하는 대신 자신의 정직한 판단에 따라 잘못을 수긍하고 상대의 도덕적 우월성과 주장의 타당성을 인정할 수 있었던 것이 19세기를 살았던 에마의 진짜 자존감이고 주체성이다. 그것은 누군가의 강요에 의해서가 아니라 스스로의 판단과 열망으로 자신의 욕구와 도덕규범을 일치하게 만드는 능력

---

7. 에바 일루즈, 『사랑은 왜 아픈가』, 김희상 옮김, 돌베개, 2013. 54쪽.

이었다.

애초에 에마는 자존감에 있어서 타의 추종을 불허하는 여성이었다. 나이틀리에 대한 사랑을 깨닫기 전에도 이 점은 비교적 분명해 보였는데, 에마 특유의 구김 없음과 자존감이 돋보이는 서술을 오스틴의 목소리로 들어보자.

그녀는 화가로서든 연주자로서든 자신의 기량에 대해 대단한 착각은 하지 않았으나, 다른 사람들의 착각까지 굳이 막을 생각은 없고 자신의 소양이 자주 과대평가된다고 해서 유감이라 여기지도 않았다. (67쪽)

비록 많은 경우 나이틀리가 옳았던 것으로 판명되긴 하지만, 에마가 나이틀리와 매번 거의 동등하게 자기주장을 펼치며 논쟁을 한다는 사실도 중요하다. 누군가는 에마와 나이틀리가 작품 전체에서 다투는 횟수가 일흔한 번이나 된다고 헤아렸다. 19세기의 젠더 위계와 둘의 나이차를 생각하면 과연 평범한 관계는 아니다.

더욱이 나이틀리는 마지막에 자신이 에마를 "교정하려고 했고, 매사에 가르치려고 했다"는 점을 인정하고 용서를 구하는 최고의 미덕을 보였다. 그에 앞서서는 해리엇에 대한 편견을 스스로 수정하면서, 에마의 말대로 엘튼 부인보다야 해리엇이 훨씬 교양 있는 여성이라고 해리엇을 칭찬하기도 했다. 19세기의 남성들에게 오스틴은 '미안하다' '내가 잘못했다'는 말을 기어이 내뱉게 만드는데, 가장 신사답고 분명하면서도 너그러운 나이틀리마저도 예외는 아니었다.

소위 '맨스플레인'에 대해 스스로 변명하기를, 나이틀리는 에마가 열세살 때부터 에마에게 애정을 품어왔다고 털어놓았다. 나이틀리로서는 복잡한 심경으로 8년 세월을 보냈을 것이다. 한편으로는 에마가 반듯하게 자라주기를 바라는 이웃 아저씨나 오빠 같은 마음으로 조언했을 것이고, 다른 한편으로는 그럴수록 에마에게 향하는 마음을 어른과 아이의 관계에 강하게 묶어두어야 했을 것이다. '아니지, 이 아이는 아직 어려. 어린애일 뿐이야.' 그렇게 이 아저씨는 에마의 미숙함을 더 힘써 찾아내야 하지 않았을까.

나이틀리는 뒤늦게나마 자신이 에마를 있는 그대로 인정하지 못하고 상처를 주었음을 깨달았다. 하여 남성도 잘못을 당당히 인정함으로써 (자존심이나 허영이 아니라) 진정한 자존감을 얻는 역설에 동참하고 '함께' 성장하는 오스틴식 서사는 여기서도 여전히 힘을 발휘한다. 맥그라스의 영화 〈에마〉에서 마침내 나이틀리가 남긴 말은 나이어린 여성 에마에게 최고의 찬사가 되었다.

"우린 둘이 있어야 완벽해지는 거야."

자신이 에마를 완벽하게 만들 수 있다는 환상 또는 완벽하게 만들어야겠다는 의무감이나 부담에서부터 자유로워지는 것이 바로 완전한 사랑임을 나이틀리는 깨닫게 되었을 것이다.

다만 더 많이 성장하는 쪽은 항상 여성이고, 이 경우 에마라는 점은 분명하다. 그건 이 소설이 미모와 지력을 갖춘 젊은 여성이 덕과 훌륭한 성품까지 갖추게 되는, 여성주인공의 성장담이므로 그렇다고 이해해두자. 인생의 주인공이 되는 것도 그런 것은 아닐까. 이미 모든 것을 갖춘 사람이 더 주목받기보다 더 성장하는 쪽이 주인공이 되는 세상이라면, 모두에게 비슷하게 기회가 주어지는 거라고 혹시 우겨볼 수 있지 않을까.

| 카메라의 위트 또는 작가적 개입 |

더글러스 맥그라스의 영화 〈에마〉는 에마와 나이틀리가 논쟁하는 여러 장면들을 재치있게 꾸며놓았다. 마틴이 해리엇에게 청혼했다가 거절당한 사건을 두고 두 사람은 활을 쏘면서 결혼과 남녀관계에 대해 격렬하게 토론한다. 에마와 나이틀리가 각각 옳은 소리를 한다 싶으면 화살은 과녁 중앙에 가깝게 꽂히고 활을 쏘는 쪽의 주장이 불리해질 때면 과녁 바깥쪽에 화살이 꽂히거나 아예 표적 자체로부터 벗어나고 만다. 이 경우 화살의 방향과 위치가 두 사람의 논쟁에 대한 작가적 개입 또는 논평이 된다.

온실에서 두 사람이 제인 페어팩스와 프랭크에 대해 이야기하다 교구목사 엘튼의 결혼 소식으로 넘어가는 장면에도 에마와 나이틀리의 심리가 잘 담겨 있다. 이번에는 편집보다는 카메라의 이동과 리듬이 눈에 띈다. 에마가 제인에 대해 이야기할 때는 앞으로 다가섰던 카메라가 프랭크에 대해 나이틀리가 못마땅한 듯이 말할 때는 뒤로 쓱 물러선다. 이때 둘 사이에는 화분을 놓는 받침대의 세로 기둥이 있어서, 두 사람은 한 화면 안에서 미묘하게 서로 분리되어 있다. 나이틀리가 엘튼의 소식으로 화제를 바꾸면 앞뒤로 움직이던 카메라가 우측으로 수평이동하면서 두 사람을 지켜보는 각도가 달라진다. 하지만 여전히 세로 기둥으로 인한 분리는 변함이 없다.

에마는 계급주의자?

아! 자기가 해리엇을 앞으로 끌어내지만 않았더라면! 원래 있어야 마땅한 자리에, 그가 그녀의 마땅한 자리라고 했던 그 자리에 그대로 내버려두었더라면! 그녀한테 어울리는 자리에서 행복하고 존경받는 인생을 누리게 해주었을 흠잡을 데 없는 청년과 결혼하지 못하게 자기가 나서서 막지만 않았더라면! (…) 그렇지만 해리엇은 전보다 겸손함도 조심성도 덜해졌다. (…) 아! 그 또한 자기 때문에 그리 된 것 아닌가! (…) 겸손했던 해리엇이 허영심을 갖게 되었다면, 그 또한 자신의 소행이었다. (599~600쪽)

에마가 장담해 마지않던 훌륭한 집안 핏줄이란 결국 이 정도였다! 아마도 많은 신사의 혈통만큼은 흠결이 없겠지만 나이틀리 씨, 혹은 처칠 집안한테, 심지어 엘튼 씨한테 어떤 연을 맺어줄 뻔했나! 사생아라는 오점은, 귀족 신분이나 부로 희석하지 않는 한 엄연히 오점으로 남았을 것이다. (698쪽)

『에마』에서 간혹 만나는 계급차별적인 문장들은 적잖이 당혹스럽다. 따지고보면 에마가 마틴과 해리엇의 결합을 그토록 반대했던 이유도 자신이 농부의 아내와는 친구가 될 수 없고 자연스럽게 왕래할 수도 없다고 생각했기 때문이다. 만약 그가 신분이 낮은 누군가의 집을 자유롭게 방문한다면 그것은 자선행위이며 구제의 목적을 지니고 있어야 했다. 에마가 보기에 부유한 자작농인 마틴은 가난해서 자신이 자선을 베풀어야 할 존재도 아니고 그렇다고 해서 서로 대등하게 사교활동을 함께할 수 있는 지위도 아니었다는 점이 문제였다.

따라서 에마가 지닌 계급의식 자체는 변명의 여지가 없어 보인다. 결국 커플들은 '끼리끼리' 맺어진다. 단, 여기서 '끼리끼리'란 〈오만과 편견〉이나 〈센스 앤 센서빌리티〉에서 보았던 성격이 아니라, 계급과 계층이었다는 점이 다르다. 귀족의 혈통이 아닌 상인의 사생아였던 해리엇은 농부 마틴을 만나고, 교구목사 엘튼은 바라던 대로 교양과는 상관없이 1만 파운드 재산을 지닌 여성을 만나고, 입양된 상속자 프랭크는 가정교사가 될 뻔한 고아 제인을 만났다. 그러니 하트필드의 여주인 에마에게 적합한 남성은 돈웰 애비의 주인 나이틀리였다. 마치 그것이 순리라는 듯이, 모든 것이 제자리를 찾아가 듯 자연스럽게 그들의 서열은 정리가 되었다.

한편 앤드류 데이비스가 각색한 1996년 ITV 드라마 〈에마〉와 2020년 워킹타이틀에서 제작한 영화 〈에마〉는 에마의 계급성과 그에 대한 비판을 의식한 작품해석으로 눈길을 끈다. 이 작품들에서 에마는 여전히 하인들의 헌신적인 서비스를 받으면서도 농부와 마을 주민들을 찾아가고 그들을 초대하는 일에 훨씬 적극적이다. 원작에서는 언급되지 않은 장면들을 삽입함으로써 이 각색 작품들은 어쩌면 당대의 계급주의 한계 안에 있던 19세기 오스틴을 각각 20세기(1996년)와 21세기(2020년)의 맥락으로 끌어와—일말의 급진성을 보존한 채—새롭게 이해해보려고 시도했다.

우리도 이 문제를 그 시절 사회의 문화적 관습과 규범이라는 맥락에서 조금 더 들여다보자. 19세기 여성의 지위를 언급하면서 영문학자 정미경은 제인 오스틴 시절 여성들은 이분법적 계급코드 속에 있었다고 서술한다. 에마와 같은 중·상층 계층의 여성들이 한 부류고, 스스로 생계를 책임져야 하는 노동계층의 여성들이 또다른 부류다. 중·상층 숙녀들에게 공적으로 허용된 '일'은 '자선'이었다. 즉, 예쁘지만 가난하고 신분이 불투명한 해리엇을 돕기 위해 결혼문제에 개입하는 것은 에마 입장에서 일종의 자선행위이자 흥미로운 '일거리'였다. 귀족의 사생아일 거라는 에마의 기대나 상상과 별개로 현실에서 해리엇은 제인 페어팩스처럼 결국 결혼 아니면 가정교사와 같은 노동에 투입되어야 할 하층계급의 여성이었다. 당대에도 여성주의적 관점에서의 '자매애'가 존재하지 않았던 것은 아니지만 대개 실제적인 도움이 되는 진정한 자매애는 같은 계급인 이웃 여성들 사이에서 발휘되는 미덕이었다. 반면 상류층과 중간계급 여성의 자선은 자주 그 진정성과 순수성을 의심받곤 했다. 당대의 자선이란 "에티켓, 드레스, 사교와 같은 우아한 의식과 함께 가족지위의 중요한 표지"(Pamela Corpron Parker)[8]라고 말할 수 있을 정도였다. 자선이라는 행위는 지배계급과 피지배계급이라는 분명한 범주 내에서의 관계였으므로, 그 자체로 계급사회에 대한 긍정과 체제 옹호를 전제로 한 것이기도 하다.[9]

그런 의미에서 에마가 당대의 계급주의에 머물렀다는 사실 자체보다 중요한 것은 어쩌면 자신이 해리엇에게 베푼 '자선'이 실제로 전혀 도움이 되지 않았다는 것(나이틀리는 그 사실을 예견하고 일찍이 에마에게 경고했다)을 깨끗하게 시인하는 에마의 태도일 것이다. 이 사건으로 에마는 해리엇의 허영심의 진정한 배후였던 자신의 허영을 보았다. 정확하게는 오스틴이 에마로 하여금 자신의 허영을 스스로 인정하고 반성하게 만들었다.

참아줄 수 없는 허영심으로 그녀는 모든 사람의 숨겨진 감정을 자기

---

8. 정미경, 『주목받지 못한 존재: 19세기 영국 노동계급 여성의 삶과 재현』, 한국학술정보(주), 2007, 97쪽에서 재인용.

9. 오스틴 시대 이후, 빅토리아 시대에 이르면 이 문제가 훨씬 모순적인 형태로 나타난다. 1834년에 제정된 '신빈민법'의 영향으로 공적 지원의 범위가 엄격히 한정되어, 영국 정부는 빈민구제에 사용되는 막대한 사회적 비용을 세금이 아닌 개인의 자선에 의해 해결하고자 했다. 따라서 정부가 개인에게 빈민구제를 전가하고 장려했다는 것은 결국 주요 세금원인 재산가와 지배계급의 세금부담을 덜어주는 것이기도 했다. 이와 동시에 여왕이 주재하는 '귀부인들의 왕실 자선 단체'(Ladies' Royal Benevolent Society)의 경우처럼, 자선행위 자체가 배타적인 계급과 지위를 나타내면서 사교계의 허식을 부추기기도 했다. (같은 책, 97쪽)

가 안다고 믿고, 용서할 수 없는 교만으로 모든 사람의 운명을 조정하겠 노라고 나섰다. 모든 점에서 착각에 빠져 있었음이 드러났는데, 그렇다 고 아무것도 안 한 것도 못 되니 곧 해악을 저질러왔다. 해리엇에게, 자 기 자신한테, 그리고 무척이나 두렵지만 어쩌면 나이틀리 씨한테도 재 앙을 몰고 왔다. 그 어떤 인연보다도 대등하지 못한 이 인연이 정말로 맺어진다면, 그 발단을 제공한 모든 비난은 그녀에게 돌아와야 마땅했 다. (598쪽)

이 점은 나이틀리의 '가르침'의 직접적인 영향이 아니라 그것과 별개의 과정을 통해, 즉, 자신의 욕구와 나이틀리에 대한 애정을 자 각함으로써 가능해진 성찰이었다. 그것이야말로 에바 일루즈가 이 야기했던 이 여성의 '놀라운 주체성'일 것이다.

더 나아가 제인 오스틴은 독자들에게 이런 에마를 한발 떨어져 지 켜보게 하고 얼마간 우습게 만들면서 특유의 풍자정신을 드러낸다. 이를테면 해리엇에게 신분이나 재산과 상관없이 더 나은 배필을 만 날 자격이 있고 충분히 그럴 수 있다고 격려했던 에마였지만 막상 그 상대가 나이틀리라는 사실을 알았을 때, 그리고 그때까지 알아보 지 못했던 나이틀리에 대한 자신의 감정을 깨달았을 때 에마는 해리 엇을 경솔하고 주제넘다고 생각하며 혼자 흥분한다.

왜 엘튼이나 프랭크는 되고 나이틀리는 안 되는가? 오스틴은 여 기서도 우리에게 인간 본성에 대한 한 가지, 불변하는 통찰을 제공 한다. 사람들은 나와 동떨어져 있고 내게 큰 상관이 없는 일에는 얼 마든지 너그러울 수 있다. 하지만 정작 누군가 '선을 넘어' 온다면,

그건 안 될 일이다. 조금 비약하자면, 터키 해변에 얼굴을 파묻은 어린 쿠르디의 시신에 연민하고 기부금을 보내지만 내 나라 제주에 상륙한 난민들은 내쫓고 싶어지는 것이다.

흥미롭게도 우리는 이런 비슷한 사고방식과 태도를 지닌 인물을 이미 우습고 한심하게 지켜본 적이 있다. 〈센스 앤 센서빌리티〉의 패니 대쉬우드 말이다. 패니는 동생 에드워드가 관심을 보이는 엘리너 대신 가진 것 하나 없고 별 볼일 없는 가문의 딸이었던 루시 스틸을 런던의 집으로 초대해서 루시가 오해할 정도로 극진히 돌봤다. 루시 같은 여성이 자신의 가문과 엮일 가능성은 전혀 없다고 믿었기에 가능한 일이었는데, 이를테면 그것은 일종의 자선 행위였다. 루시에게 지참금 없이도 얼마든지 좋은 집안에 시집갈 수 있다고 격려하던 패니는 루시가 약혼한 남성이 있고 그가 바로 패니의 동생 에드워드라고 말하자 루시의 코를 비틀어 쥐며 그를 내쫓는다. 이 장면은 이안의 영화 〈센스 앤 센서빌리티〉에서 가장 우스꽝스러운 장면으로 그려졌다. 실상 그들은 누가 보아도 비호감이었기에 비난하고 비웃어주기도 쉬웠다. 하지만 오스틴은 우리의 매력적인 주인공 에마에게도 비슷한 모습을 심어두었다. 세계의 모순을 읽고 침묵할 수 없었던 작가가 자신의 완벽한 작품세계에 새겨넣은 정직한 균열이다.

Why Not?!

오늘날의 시각으로 보자면 계급문제에 대해 썩 만족스럽지 못한 흔적을 남긴 〈에마〉였지만, 젠더 문제에서 보인 참신한 도전은 여전히 인상적이고 심지어 위로가 된다. 나이틀리가 에마에게 청혼하자, 에마는 감격해서 수락했다가 곧 안 되겠다고 말한다. 심약한 아버지를 떠날 수 없기 때문이었다. 나이틀리는 에마에게 "내가 하트필드에 들어와 살면 되지!"라고 간단히 답한다. 오랜 세월 에마 가족을 지켜보고 에마가 무엇을 걱정하는지, 에마의 최고 근심인 우드하우스 씨가 집밖에 나서는 것을 얼마나 두려워하는지 아는 사람만이 할 수 있는 답이었다. 데릴사위도 아니고, 자기 영지를 버젓이 갖고 있는 신사가 처가에 와서 까다롭고 예민한 장인과 함께 살겠다는 결단이 쉬운 일은 아니었을 것임에도, 나이틀리는 에마를 위해 그렇게 한다. 2백년 전 오스틴은 관습 따위 잘 모른다는 듯이, 천연덕스럽게 물었다. 결혼하면 왜 당연히 남편 집으로 가서 살아야 하죠? 친정에서 살면요? 안 될 거 있나요?

나이틀리는 더 나아가 어르신이 받을 충격과 상심을 고려해서 곧바로 우드하우스 씨에게 둘의 약혼을 알리러 달려가는 대신 기회를 노리고 전략을 세우기로 한다. 간신히 약혼 소식을 알리고 웨스턴 부부나 이자벨라 부부를 통해 계속 설득하면서 결혼을 기정사실로 여기게 하는 데는 성공했지만, 막상 거사를 감행하는 일은 쉽지 않았다. 그러던 중 얼마 지나지 않아 양계장 도난 사건이 일어난다. 웨스턴 부부의 양계장과 마을 주변에 도둑이 들어 칠면조들이 사라지는 일이 거듭되었던 것인데, 우드하우스 씨의 신경계에 경이로운 변화가 일어난 것은 아니었지만 "그 신경계가 평소와 다른 방식으로" 작동해서 불안증을 유발한 바람에 둘은 드디어 날을 잡을 수 있었다.

문득 사위가 들어와 살면 조금 더 안전해지지 않을까 생각하게 된 것이다.

아쉽게도 현재 유통되는 영상의 한국어 자막은 나이틀리가 하트필드에 와서 살기로 했다는 이 중요한 내용을 제대로 살리지 못했다. 나이틀리의 대사 "That will be my home, too."(하트필드가 우리 집이 될 거야.)를 "우리가 모셔오면 되지."로 옮겼기 때문이다. 이자벨라의 남편 존 나이틀리를 조지 나이틀리의 형으로 번역한 것만큼이나 아쉬운 번역이다.

'세계의 중심' 하트필드

맥그라스의 〈에마〉는 지구본처럼 빙글빙글 돌아가는 공 모양의 하이버리 마을 모형으로 시작한다. 에마의 아버지는 하트필드를 떠나면 곧 죽을 것처럼 구는 사람이었기에 에마는 언니가 사는 런던은 물론 가까운 휴양지인 박스힐조차도 나가보지 못했다. 그 덕에 에마에게 하이버리는 그야말로 세계의 전부였다. 그 안에는 나이틀리의 돈웰 애비가 있고, 웨스턴 부부가 사는 랜들스 저택이 있었다. 지구본인 줄 알았던 공이 에마가 그린 마을 모형인 것으로 밝혀지고, 웨스턴 씨와 테일러 양의 결혼 피로연 장면으로 이어지면서 영화는 시작되었다. 이 모형 그림의 일부는 시퀀스가 전환되어 하트필드나 돈웰 같은 장소로 이동할 때 다시 등장한다. 그리고 결말에는 지구본 속의 이미지들처럼 정지화면 내에 여러 커플들을 담은 그림들이 소개된다. 에마와 나이틀리, 웨스턴 씨와 웨스턴 부인, 엘튼 부부, 해리엇과 마틴이 각각 커플로 묶인 그림들이다. 프랭크와 제인 커플의 옆에는 베이츠 양과 베이츠 부인을 함께 그린 점이 특히 눈에 띈다. 어쩌면 제인 오스틴의 미래였을 수도 있었을 베이츠 양에게 영화는 조카 부부를 가족으로 남겨주었다.

"작은 마을의 파티에서는 누구와 함께 춤을 추느냐는 것이 가장 흥미로운 것이었다. 세상의 이치에 대해 확고한 신념을 가진 젊은 아가씨가 있었다." 영화의 시작을 여는 보이스 오버 내레이션이다. 이 목소리는 소설의 첫 문장과 일치하지 않지만, 에마가 '세상의 이치'를 잘 안다고 믿고 있음을 풍자적으로 알려온다. 따라서 하이버리를 에마의 소우주로 표현한 이러한 시작과 끝은 이중적인 의미를 갖는다. 우선, 자신이 세상의 중심이고 자기 사는 세상이 전부인 줄 알았던 에마가 사실은 하이버리라는 작은 공간의 주인공일 뿐이었다는 사실을 폭로한다. 지구본 모양 마을 모형이 이를 뒷받침한다. 하지만 이는 동시에 하이버리가 곧 세계의 축소판이라는 점을 역설적으로 보여준다.

어떤 비평가들은 제인 오스틴이 자신만의 세계에서 오솔길을 걸으면서 울타리 바깥으로는 한 번도 시선을 주지 않은 작가였다고 지적했다. 하지만 그래서, 그러면 어떤가? 그것이 내가 잘 아는 세계이고 내가 살아오던 곳인데, 그리고 세상의 진리와 세계의 질서를 잘 보여주는 곳이라면, 그 이야기를 또는 그 이야기'만' 하지 않을 이유가 있겠는가? 더욱이 그것이 내가 가장 잘할 수 있는 이야기라면 말이다.

| BBC 드라마 〈에마〉, 2009 |

-연출: 짐 오핸런 Jim O'Hanlon

-원작: 제인 오스틴

-각본: 샌디 웰치

-출연: 로몰라 가레이(에마), 조니 리 밀러(나이틀리), 마이클 갬본(우드하우스 씨), 루이스 딜란(해리엇), 탬신 그레그(베이츠 양), 블레이크 릿슨(엘튼), 크리스티나 콜(엘튼 부인), 로버트 바서스트(웨스턴), 조디 메어(웨스턴 부인), 루퍼트 에반스(프랭크), 로라 파이퍼(제인)

-방영: 2009.10.4.-10.25 (4부작) BBC

영국, 240min.

4부작인 BBC 드라마 〈에마〉는 특이하게도 에마의 어린 시절부터 이야기를 시작한다. 어머니가 사망하고 가정교사 테일러 양과 약제사 페리를 만나는 장면들이 초반에 삽입되었는데, 더 의미심장한 것은 엄마가 없는 것말고는 '행복해서 걱정거리랄 것은 없이 자란' 에마를 보여준 뒤, "다른 아이들은 그렇지 못했다"라고 말한다는 점이다. 물론 여기서 '다른 아이들'이란 제인 페어팩스와 프랭크 웨스턴이다. 두 아이 모두 하이버리에서 자랐고 어릴 때 어머니를 여의었다는 점을 언급하면서, 이 드라마는 에마와 다른 두 젊은이의 운명을 대조하고 있다.

프랭크의 경우는 마지막 에피소드인 4부에서 어린 시절이 다시 등장한다. 처칠 부인이 사망했을 때, 프랭크는 과거를 회상한다. 처칠 부인의 손에 이끌려 자신이 나고 자란 집을 떠날 때를 떠올리는 프랭크의 기억은 청회색으로 어둡고 우울한 빛을 띠고 있다. 각색을 맡은 샌디 웰치와 연출가인 짐 오핸런은 에마가 해맑고 너

그렇게 자란 것은 계급과 신분, 정확하게는 자신의 집에서 부친의 보호 아래서 자란 환경의 영향이었다고 말하고 싶었던 것 같다. 원작자인 제인 오스틴 식으로 말하자면, "오염되지 않은" 혈통과 가문의 덕이라고나 할까.

이 마지막 에피소드에서 에마가 부친 우드하우스와 나누는 대화를 들어보면 이 점이 조금 더 분명해진다. 에마는 아버지에게 이렇게 말한다. "언니와 저는 항상 우리가 행운이었다고 생각했어요. 제인 페어팩스와 프랭크 처칠에 비하면요. 우리는 멀리 보내지지는 않았잖아요."

에마는 집을 떠나면 곧 감기에 걸리거나 위험에 빠져 큰일나는 줄 아는 우드하우스 씨의 염려증 덕에, 그런 아버지를 여러 날 홀로 둘 수 없다는 이유로 하이버리를 벗어나 본 적이 없었다. 이자벨라가 아이를 다섯이나 낳는 동안 언니가 사는 런던에도 가보지 않았을 뿐 아니라 고작 7마일 떨어져 있는 관광지 '박스힐'까지도 소풍 한번 가본 적 없을 정도였다. 그런 에마의 이야기를 BBC의 〈에마〉는 결혼식으로 끝내지 않는다. 에마를 다시 하트필드에 묶어두는 대신, 바닷가로 신혼여행 보낸다. 2주 동안 존과 이자벨라가 아버지와 그의 양계장을 지켜주기로 했다. 이 드라마는 바닷가에 선 에마와 나이틀리의 원경 이미지를 마지막 장면으로 삼았다. 아버지를 떠나는 것을 평생 두려워하던 에마 앞에 완전히 새로운 세계가 열린 것처럼 보인다.

환하게 웃을 때 가장 매력적인 로몰라 가레이가 에마를 연기했다. 기네스 팰트로와는 또다른 느낌의 에마를 만날 수 있다.

| ITV 〈에마〉, 1996 |

–연출: 디아뮈드 로렌스 Diarmuid Lawrence

–원작: 제인 오스틴

–각본: 앤드류 데이비스

–출연: 케이트 베킨세일(에마), 마크 스트롱(나이틀리), 버나드 헵턴(우드하우스 씨), 사만다 모튼(해리엇), 프루넬라 스케일스(베이츠 양), 도미닉 로완(엘튼), 제임스 하젤딘(웨스턴 씨), 사만다 본드(웨스턴 부인), 올리비아 윌리엄스(제인)

–방영: 1996.11.24. ITV

영국, 미국, 107min.

앤드류 데이비스가 BBC 드라마 〈오만과 편견〉(1995)으로 큰 성공을 거둔 후 각본을 맡은 작품으로 케이트 베킨세일이 에마 역할을 맡았다. 앤드류 데이비스는 〈브리짓 존스의 일기〉(2001), 〈브리짓 존스의 일기: 열정과 애정〉(2004)의 각본과 BBC 〈센스 앤 센서빌리티〉(2008)의 각본을 맡았고, ITV의 〈노생거 수도원〉(2007)도 그의 각본이었다. 케이트 베킨세일은 이로부터 정확히 20년 후인 2016년 〈레이디 수잔〉에 수잔 역으로 오스틴 세계에 복귀한다.

이 버전의 〈에마〉에서 가장 돋보인 것은 에마의 계급관에 대한 '수정' 혹은 변명 같은 장면들이 자주 등장한다는 점이다. 에마와 나이틀리, 엘튼 부부와 프랭크와 제인 등이 박스힐 소풍을 가는 장면에는 하인들이 줄을 지어 파라솔이나 의자, 음식 상자 등을 나르는 이미지가 삽입되어 있다. 돈웰에서 딸기를 따는 일행 뒤에는 남자 하인이 한 사람씩 따라다니며 에마와 여인들의 낮은 의자를 옮기느라 진땀을 빼고 있다. 에마가 벗들과 한가로이 즐거운 시간을 보내는 동안 하층계급의 노동이 대조되는데, 이는 에마가 상류사회 여성임을 상기하는 것이면서, 귀족들의 한가함과 선행이란 노동계급의 헌신적인 봉사에 의해 가능한 것이라는 영화의 일침이기도 하다.

하지만 무엇보다 탁월한 해석은 결말 부분에 드러난다. 마무리 에피소드는 계급과 상관없이 에마와 나이틀리가 함께 어울리는 파티 장면이었다. 이 작품은 에마와 나이틀리의 결혼식으로 끝이 나지 않는다. 한해 추수를 기념하는 연회에서 나이틀리는 자신의 일꾼들과 마을 사람들이 모두 지켜보는 가운데 에마와 결혼을 발표하고, 굳이 자신이 내년에는 하트필드로 옮겨가 살 것이라고 밝힌다. 하지만, 그렇다고 해서 자신의 농부들과 인부들을 버리는 것이 아니며 농장과 현재 사업은 변함없이 계속될 것이고, 그들이 여전히 자신의 돌봄 아래 있을 거라고 말함으로써 그들에 대한 책임과 신의를 약속한다. 심약한 장인을 위해 처가에 들어가 살기로 한 좋은 남편과 좋은 사위로서의 모습뿐 아니라, 지배계급 신사로서 나이틀리의 위상과 책임까지도 고려한 것이다. "나의 에마를 위해!"라는 나이틀리의 건배사에 누군가가 "또 나이틀리를 위해!"라고 외친다. 이로써 나이틀리 영지의 주민들과 노동자들은 그에게 존경을 표한다.

지배층의 배려와 도량에 대해서라면 에마에게도 특별한 역할이 부여되었다. 원작에서 오스틴은 해리엇이 마틴과 결혼하면서 에마와 자연스럽게 멀어졌다고, 어쩌면 당연한 결과였다고 썼지만, 앤드류 데이비스 각색 버전에서 에마는 바로 이 추수감사 파티에서 마틴과 인사를 나누고 그가 애초에 상종하기 어렵다고 전제했던 마틴과 그의 가족들까지 모두 하트필드로 초대한다.

한편 소설 『에마』를 끝까지 읽은 사람이라면, 나이틀리와 에마의 결합에 웨스턴 씨의 저택 랜들스와 에마의 하트필드에서 칠면조 도둑들이 뜻밖의 '열일'중인 것을 알 수 있다. 그 덕에 우드하우스 씨가 사위와 하드필드에 힘께 사는 것의 장점을 인정하게 되기 때문이다. 원작을 고려한 ITV 〈에마〉는 양계장에서 도둑들이 닭을 훔쳐가는 장면으로 시작해서 추수감사 파티가 열리는 동안 또 양계장이 털리는 장면으로 이야기를 끝냈다. 나이틀리와 에마의 결혼식을 직접 보여주지는 않지만, 이로써 우리는 우드하우스 씨의 불안과 신경증은 계속될 것이고, 어쩌면 그 덕에 에마와 나이틀리가 곧바로 날을 잡게 될 것을 짐작할 수 있다. 앤드류 데이비스는 자신이 각색한 오스틴 작품들에 마니아들을 위한 서비스 같은, 뜬금없지만 의미심장한 장면들을 새겨놓곤 하는데, 이 경우는 양계장 도둑이 그 역할을 했다.

| 에마, 2020 |

−감독: 어텀 드 와일드 Autumn de Wilde

−원작: 제인 오스틴

−각본: 앨리너 캐튼

−출연: 안야 테일러 조이(에마), 자니 플린(나이틀리), 빌 나이(우드하우스 씨), 미아 고스(해리엇), 미란다 하트(베이츠 양), 조쉬 오코너(엘튼), 타냐 레이놀즈(엘튼 부인), 루퍼트 그레이브즈(웨스턴 씨), 젬마 웰런(웨스턴 부인), 앰버 앤더슨(제인), 칼럼 터너(프랭크)

영국, 124min.

2020년 영화 〈에마〉의 연출을 맡은 어텀 드 와일드는 사진작가 출신 감독이다. 주연 배우들은 패션모델로도 유명하며, 남자주인공은 가수인데 영화는 이 점을 영리하게 활용했다. 덕분에 우리는 나이틀리(자니 플린)가 바이올린을 연주하고 화음에 맞춰 듀엣으로 노래하는 장면을 감상할 수 있다. 나이틀리와 함께 연주하는 제인 페어팩스는 피아니스트이자 '버버리 걸'로 유명한 영국 배우 앰버 앤더슨이 연기했다. 보그의 모델이었던 주인공 안야 테일러 조이는 화려하고 맵시 있는 의상을 두루 소화하며 파스텔톤 밝은 화면과 항상 조화를 이룬다. 또한 '눈썹 없는 프라다 모델'로 불리곤 하는 미아 고스가 해리엇 스미스를 어리숙하면서도 개성 있는 캐릭터로 살려냈다. 동시대의 대중문화를 적극적으로 참조하면서, 21세기 〈에마〉는 시청각적으로 확실히 '진화'했다.

몇몇 위트 있는 장면과 설정이 특히 눈에 띈다. 나이틀리가 어렵게 사랑을 고백하는데, 갑자기 코피를 터뜨리는 에마라니! 에마의 피묻은 얼굴은 호러퀸으로 할리우드에서 입지를 다져온 안야 테일러 조이의 이미지에 기댄 익살이라고 보아도 좋겠다. 나이틀리의 경우, BBC가 탄생시킨 콜린 퍼스의 젖은 셔츠를 의식했던 모양이다. 급하게 옷을 갈아입으면서 나신의 뒷모습('사진작가'의 시선으로 보자면, 얼굴이 드러나는 앞모습보다는 확실히 매혹적이었을 것 같다)으로 첫 등장을 삼은 것은 좀 과했다 싶지만, 와일드의 〈에마〉가 19세기 '여신' 드레스와 코르셋에 닫힌 인물들의 몸을 자유롭게 풀어두고 싶었던 것은 틀림없어 보인다. 화려하고 격식을 갖춘 의상으로 늘씬하고 길쭉한 몸을 돋보이게 하는 틈틈이, 영화는 에마가 하녀들의 도움을 받아 품이 넉넉한 파자마 차림으로 갈아입고 편히 쉬는 모습을 자주 보여준다. 심지어 이 에마는 벽난로 앞에서 속치마를 걷어올려 엉덩이를 드러내기까지 한다.

하지만 그뿐만이 아니다. 21세기의 〈에마〉는 고백을 받고 코피나 터뜨리는 예쁘고 웃기는 처자로만 여주인공을 그리지 않았다. 1996년 케이트 베킨세일 주연의 〈에마〉가 그랬듯이, 안야 테일러 조이의 에마 캐릭터는 자신의 잘못에 책임지는 모습을 보인다는 점에서 '정치적으로 올바르고' 기특하기도 하다. 해리엇이 자신 때문에 마틴의 청혼을 거절한 것을 에마가 자책하자, 나이틀리는 자기가 마틴을 설득해서 다시 청혼하게 하겠냐고 말한다. '해결사'를 자처한 것인데, 에마는 단호하게 거절한다. "아뇨. 내가 할게요." 그리고 원작에는 없는 설정이 이어진다. 에마가 계급적인 관습을 깨뜨리고 농부인 마틴을 직접 찾아가서 선물 바구니를 전달한 것이다.

여기서 가장 인상적인 것은 에마가 자신의 방법대로 사과하고 선물공세로 환심을 사려 하지 않았다는 점이다. 에마가 마틴에게 건넨 선물은 에마가 직접 그리고 엘튼이 액자에 담아왔던 해리엇의 초상화였다. 에마는 오르골이 달린 액자를 제거하고 돌돌 말아 리본을 단 수수한 그림 그대로를 전달했다. 그리고 또다른 선물이 있었으니, 거위였다. 해리엇에게 호감을 보일 때 마틴이 거위를 선물했다는 이야기를 기억했다가, 에마는 투박하고 소박한 농부의 방식으로 자신의 마음을 전달했다. 원작에 없는 장면이지만, 원작의 결말에서처럼 여전히 여기서도 거위가 큰 역할을 했다는 것만은 기억해두자.

오스틴의 에마가 그랬듯이, 에마는 성숙하고 성장했다. 하지만 이 경우는 단지 반성하는 것이 아니라 책임지고 문제를 수습했고, 오스틴이 뛰어넘지 못했던 계급의식의 한계까지도 넘어섰다는 점이 의미심장하다. 마틴의 농가를 직접 찾아갔을 뿐 아니라 사생아인 해리엇의 친부가 상인인 것을 알게 되고 그가 방문하기로 했다고 해리엇이 알렸을 때, 에마는 해리엇의 친부와 가족들 모두를 하트필드로 초대하겠다고 말한다. 마지막으로, 나이틀리가 신혼살림을 돈웰이 아닌 하트필드에서 시작하기로 한 것도 〈에마〉는 다시 한 번 강조한다. 에마가 핵심을 정확히 짚어주었다. "독립적인 생활과 자기 집을 포기하겠다고요?" 책임지는 성숙과 내 이익을 포기하는 사랑. 2020년의 〈에마〉가 다시 읽어낸 『에마』의 결말이었다. 단, 이경우 (스스로의 잘못을) 책임지는 것은 여성이고, (사랑을 위해) 포기하는 것은 남성쪽이다.

기네스 팰트로와 더글러스 맥그라스가 창조한 에마가 확실히 매력적이기는 하지만, 그들의 작품이 제인 오스틴의 『에마』에 대한 유일한 해석이 되는 것이 바람직하지만은 않다는 것을, 안야 테일러 조이의 〈에마〉가 확인해주었다. 고전을 읽어내는 대중영화의 해석과 각색은 동시대의 정서와 맥을 같이하며 관객들에게 말을 걸 때 가장 독창적이고 재미도 있다. 개봉 직후 극장에서 크게 환영받지는 못했지만, 2020년의 〈에마〉는 적어도 기네스 팰트로 버전과 함께 진지한 독자들에 의해 꾸준히 언급될 것이다.

6장

마침내 '길 떠나는' 그녀
제인 오스틴의 『설득』과 로저 미첼의 〈설득〉

| 설득 Persuasion, 1995 |

−감독: 로저 미첼 Roger Michell

−원작: 제인 오스틴, 1817

−각본: 닉 디어

−출연: 아만다 루트(앤), 시아란 힌즈(웬트워스), 수잔 플리트우드(레이디 러셀), 코린 레드그레이브(월터 엘리엇), 피오나 쇼(크로프트 부인), 존 우드빈(크로프트 제독), 피비 니콜즈(엘리자베스 엘리엇), 소피 톰슨(메리 머스그로브), 주디 콘웰(머스그로브 부인), 펠리시티 딘(클레이 부인), 에마 로버츠(루이자), 빅토리아 해밀턴(헨리에타)

영국, 미국, 프랑스, 106min.

켈린치 홀의 준남작 월터 엘리엇 경(코린 레드그레이브)에게는 세 딸이 있다. 그중 막내 메리(소피 톰슨)는 인근 어퍼크로스의 향사鄕士 머스그로브 집안과 혼사를 맺었고, 첫째 엘리자베스(피비 니콜즈)와 둘째 앤(아만다 루트)은 부친과 함께 켈린치 홀에 살고 있다. 엘리엇 경은 자신의 외모 외에는 어떤 것에도 관심이 없고, 엘리자베스는 살림 규모를 줄일 생각이 없어서 가족의 빚은 늘어가고 있다. 결국 그들은 켈린치 홀을 세놓고 바스에 집을 얻어 지내기로 한다. 이웃 레이디 러셀(수잔 플리트우드)과 재정 담당 변호사가 엘리엇 부녀를 설득한 결과였다. 사망한 엘리엇 부인의 오랜 친구인 러셀 부인은 8년 전 앤이 가진 것 하나 없는 선원 프레데릭 웬트워스(시아란 힌즈)와 약혼했을 때 앤이 마음을 바꾸도록 설득하기도 했다. 그런데 켈린치 홀에 세들어온 크로프트 제독(존 우드빈)의 부인(피오나 쇼)은 바로 그 웬트워스의 누나였다. 상당한 재산을 지닌 해군 대령이 되어 8년 만에 돌아온 웬트워스는 자신에게 상처를 준 앤과 레이디 러셀에게 여전히 서운함과 분노의 감정을 품고 있다. 한편 앤은 이제 나이 스물일곱 싱글에 다른 가족들에게 늘 무시당하는 존재가 되어 있다.

로저 미첼 감독의 〈설득〉은 1995년 BBC에서 방영된 TV 드라마로, 같은 해 북미에서 극장 상영작으로 개봉했다.

『에마』의 거꾸로 버전?

재산이 넉넉한 에마가 애초 결심했던 대로 결혼하지 않고 나이가 든다면, 혹시 러셀 부인 같았을까? 제인 오스틴의 『설득』은 오스틴의 유작이고 사실상 마지막 완성작이다. 1815년 네번째 책『에마』가 출간된 다음에 씌어졌다. 중매쟁이 아가씨 에마가 타인의 연애사에 간섭하다가 제 짝을 알아보게 된 이야기가『에마』라면, 어쩌면 간섭당하는 해리엇과 같은 입장에 처한 인물이『설득』의 주인공 앤이라고 볼 수도 있겠다. 단, 앤은 해리엇처럼 분별력이 없거나 분수를 모르지 않아서 오히려 딱해진 경우이다. 러셀 부인은 앤을 이렇게 설득했다.

"너는 아직 열아홉살에 불과하고 똑똑하고 좋은 집안 딸인데, 열정 빼고는 가진 것이 아무것도 없는 선원과 결혼하는 건 안 될 일이다, 가문의 명예를 생각해서라도."

앤은 결국 수긍하고 만다. 상처를 받은 웬트워스는 바다에 나가 돌아오지 않는다. 그리고 8년 만에 앤을 만난 웬트워스는 지인들에게 심드렁하게 말한다. 앤이 너무 달라져서 못 알아볼 뻔했다고.

이 말은 전해들은 앤은 비참했을까? 전혀 아니라면 이상할 것이다. 하지만 방에 홀로 돌아와 거울을 보며 앤은 그 말("너무 변해버려서 못 알아볼 뻔했다!")이 정신을 차리게 해주었다고 생각하며 흥분과 감정을 가라앉힌다. 심지어 결과적으로 그 말이 그녀를 더 행복하게 해주었다고 원작은 전한다. 참으로 오스틴스럽지 아니한가.

설득과 충고 사이

설득이란, '상대편이 이쪽 편의 이야기를 따르도록 여러 가지로 깨우쳐 말하는 것'이라고 국립국어원 표준국어대사전은 정의한나.

오스틴의 『설득』은 엘리엇 경이 러셀 부인과 변호사, 그리고 앤의 설득을 받아들이는 장면으로 이야기를 시작한다. 더이상은 버틸 수 없으니 살림 규모를 줄여야 한다고 러셀 부인과 변호사가 엘리엇 경을 설득한다. 앤도 "빚은 진 사람이 갚는 게 맞지요"라며 그들이 거처를 옮겨야 할 합리적인 이유를 제시했다. 이들의 설득은 정당했다.

앤과 웬트워스의 결합도 어려움 끝에 마침내 정당성과 지지를 얻어낸 설득의 예다. 준남작 가문의 딸로서 앤은 1만 파운드 가량의 지참금을 받기로 되어 있지만, 현재로서는 아버지의 지불 능력이 심각하게 의심되는 상황이다. 반면 대령이 된 웬트워스는 재산을 2만 5천 파운드나 모아둔 일등 신랑감이 되어 돌아왔다. 러셀 부인이나 엘리엇 경이 앤과 웬트워스의 결혼을 반대할 이유가 더는 없었다.

한편 이 소설은 부당하게 느껴지는 어떤 설득이 거부되면서 끝이 나는 이야기이기도 하다. 8년 전 앤이 웬트워스의 청혼을 거절하도록 설득했던 러셀 부인은 이제 앤이 젊은 엘리엇과 결혼하기를 권한다. 젊은 엘리엇은 켈린치 홀의 차기 상속자로 지목된 인물이었다. 그는 지난날 큰딸 엘리자베스와의 정혼을 거부하고 상속권도 포기하면서 부유한 여성과 결혼했으나, 얼마 전 아내와 사별했다. 그런 엘리엇이 이제 다시 앤에게 접근해서 켈린치 홀의 주인 자리를 노리고 있다. 앤은 이번에는 누구의 설득도 듣지 않는다.

러셀 부인은 시종일관 확고한 생각과 부드러운 태도를 유지하는 설득의 대가였으나, "사회적 계급과 지위를 중시한 나머지, 지체 높은 이들의 결함은 제대로 보지 못하는 경향"[1]이 있는 사람이었다. 게다가 지위로서는 귀족에 미치지 못했던 기사계급의 미망인이었으므로, 준남작 가문에 대한 동경과 존경심이 있었다. 그런 러셀 부인이 지역사회에서 영향력 있는 여성으로 인정받게 된 것은 엘리엇 가문과의 친분 덕분이었다. 앤은 젊은 엘리엇과 결혼하라는 러셀 부인의 마지막 설득을 거절하면서, 첫번째 사랑을 떠나보내도록 강요했던 커뮤니티의 암묵적 관습과 계급질서를 거부했다.

그러면서도 앤이 러셀 부인의 개입을 원망하지 않는다는 점도 중요하다. 지난날의 결정에 대해 앤은 이렇게 정리한다.

"그건 아마도 결과에 따라 좋은 충고였는지 나쁜 충고였는지 가려지는 그런 경우였던 것 같아요. 물론 저라면 어떤 비슷한 상황에서도 그런 충고는 절대 하지 않을 거예요."(327쪽)

앤은 러셀 부인이 사회적인 제약에서 비롯된 사고의 한계를 지녔으며, 따라서 그것이 악의 없는 조언이었다는 점을 넉넉히 이해하고 있었다. 쉽게 타인을 탓하지 않는 앤의 모습에서 자신의 선택에 책임 있게 반응하는 한 여성의 자긍심을 엿볼 수 있다.

따라서 『설득』을 혹시 한 여성의 성장담으로 읽는다면, 앤이 정당하고 합리적으로 보이는 설득들 가운데서 부당한 무엇을 발견해나가는 이야기로 정리해볼 수 있겠다. 어떤 설득은 정당하고 합리적으로 보이지만, 사실은 타인의 인생에 대한 부당한 간섭일 수 있다. 러셀 부인은 열아홉살 앤의 미래를 걱정한 나머지 앤의 행복의 크기까지도 계산해내려고 했다. 더욱이 앤의 모친에 대한 우정이 과해서,

---

1. 제인 오스틴, 『설득』, 원영선·전신화 옮김, 문학동네, 2010, 19쪽. 이하 『설득』 인용은 같은 책이며 쪽수만 표기함.

친구가 안주인으로 있던 그 자리를 자기가 아끼는 친구의 딸이 차지하기를 바랐다. 그것이 러셀의 '충고'라는 그릇의 크기였다. 그 그릇이 우리의 앤을 담기에 충분하지 않았음은 물론이다.

러셀 부인은 여러 생각을 불러일으키는 인물이다. 지혜롭고 신뢰감을 주는 사람이 되고 싶은 바람은 때로 타인의 삶에 의미있는 흔적을 남기고 싶은 욕망과 만난다. 멀리 갈 것도 없다. 자유롭고 창의적인 딸아이를 보며 나는 이 아이가 '말을 잘 듣는' 아이였으면 어쩔뻔했나, 자주 생각한다. 내가 설득하는 그대로 따라서 최대로 잘 되어봐야 나만큼, 또는 내 수준에서 상상할 수 있는 그만큼의 사람이되는 것 아닐까? 만약 아이의 잠재력이 그 이상이라면, 나는 이 아이에게 무슨 짓을 하고 있는 것인가? 그런데 대개 아이들의 잠재력이란 우리 계산의 틀을 넘어서기 마련이다. 단지 우리가 계산 가능한미래를 포기하지 못하는 것일 뿐.

웬트워스로 말하자면, 8년 동안 러셀 부인과 앤을 원망하는 마음을 품고 있었지만, 앤을 다시 만나고 그의 사랑이 변하지 않았음을확인한 후에 그는 즉시 반성했다. 웬트워스는 러셀 부인보다 더 큰적敵이 있었던 것 같다고 앤에게 고백한다. 그것은 바로 자기 자신이었다. 해군 함대를 지휘하면서 재산을 상당히 모았을 때, 그는 즉시앤에게 돌아오지 않고 다시 바다로 나갔다. 자존심이 상했기 때문이었다. 쓸데없는 자존심이고 시간낭비였다는 점을 이제 와서 알게 된웬트워스는 반성하고 성장하는 모습을 보인다. 이로써 웬트워스도미스터 다아시나 에드워드처럼, 오스틴의 남성주인공으로서의 자격을 확보하게 된다, 반성하는 남자.

'듣는 사람' 앤의 미덕

앤의 가장 두드러진 자질은 사람들의 말을 귀담아듣는 능력이었다. 로저 미첼의 영화 〈설득〉은 앤이 어퍼크로스의 동생 집에 갔을 때, 메리와 그의 시댁 식구들이 제각기 앤을 붙들고 불평을 늘어놓는 장면을 재치있게 다루었다. 메리의 시어머니인 머스그로브 부인이 메리의 아이들이 버릇없다고 앤에게 불평을 하면, 다음 컷에서 곧바로 메리가 등장해서 머스그로브 부인이 아이들을 응석받이로 키웠다고 앤에게 험담을 한다. 또 자기가 아픈 데도 남편은 관심이 없다고 메리가 호소하면 바로 그 자리에서 메리의 남편 찰스가 메리의 엄살에 대해 하소연하는 장면이 이어진다. 언니 엘리자베스는 바스에선 앤이 필요없다고 말하며 떠났지만, 어퍼크로스에서 앤은 모두에게 환영받는 존재이다. 상대방의 말을 잘 들어주고 쉽게 충고하려들거나 말을 더하지 않으며, 들은 말을 다른 곳으로 옮기지 않는 신중함 덕분이었다. 모두가 알고 사랑하는 앤의 장점을 정작 가족들만 모르고 있었다.

연인이었던 웬트워스도 이 점에 둔감했고, 그 때문에 앤을 오해했다. 8년 만에 나타난 웬트워스는 머스그로브 가문의 딸들 중 하나인 루이자에게 마음을 주는데, 아마도 가장 큰 이유는 앤이 지니지 못한 결단력과 실행력을 루이자가 갖추었다고 생각하기 때문이었다. 루이자는 자매인 헨리에타 머스그로브가 신분이 낮은 찰스 헤이터를 좋아하면서도 올케 메리의 눈치만 보고 있을 내, 헨리에타의 손을 잡아끌고 헤이터네 오두막으로 향한다. 비탈길에서 주저없이 발을 내딛는 모습도 인상적이다. 웬트워스는 루이자에게 "당신은 참 결단력이 있는 사람이군요"라며 호감을 표현한다. 우유부단해서 남의 말에 쉽게 휘둘리는 사람은 매력이 없다는 말과 함께. 물론, 옆에 있던 앤을 의식하고 한 말이다.

하지만, 루이자의 '결단력'이 지닌 매력이란 꼭 거기까지였다. 웬트워스와 머스그로브 남매와 앤 일행이 라임으로 짧은 여행을 갔을 때, 루이자의 결단력은 목숨을 위태롭게 하는 위기를 낳았다. 산책에서 울타리를 넘을 때처럼 이번에도 루이자는 "나, 결심했어요!" I'm determined, I will! 라고 외치며 높은 계단에서 풀쩍 뛰어내린다.

루이자를 미처 붙들지 못한 웬트워스는 실행력 있는 결단의 경솔함과 위험을 보게 된다. 여기서 빛이 나는 것은 앤의 신속하면서도 신중한 결단력이다. 정신을 잃은 루이자를 두고 어쩔 줄을 몰라 모두가 당황했을 때, 앤은 무엇을 해야 할지 가장 빨리 결정하고 곧바로 움직이도록 사람들을 이끌었다. 앤은 라임 지역을 가장 잘 아는 하빌 대령을 의사에게 보내고 루이자에게 응급처치를 했다. 앤은 쉽게 움직이는 사람은 아니었지만, 움직여야 할 때라는 판단이 들면 누구보다 빠르고 정확하게 움직였다. 웬트워스는 여전히 경거망동하지 않으면서도 전보다 더 원숙해진 앤의 모습에 마음이 다시 요동했다. 그는 스스로 이를 감당할 수 없어 서둘러 라임을 떠난다. 루이자와도 멀어지기로 했음은 물론이다. 웬트워스도 이제 확실히 알았을 것이다. 자신을 증명하기 위한 결심보다 빛이 나는 것은 타인을 돌보는 신속한 결단력이다. 웬트워스를 향한 뼈있는 농담이었을까,

라임의 콥 항구 계단에서 뛰어내린 루이자는 곧 정신을 잃었다.

영화 〈설득〉은 루이자가 계단에서 뛰어내리며 외쳤던 대사를 그대로 앤의 몫으로 챙긴다. 앤은 마지막에 웬트워스의 청혼을 받아들이면서, 이렇게 외쳤다.

"I'm determined, I will!"

| 라임 레지스와 콥 계단 Granny's Teeth |

잉글랜드 남부 해안의 도싯Dorset 지방은 쥐라기 시대 공룡 화석과 여름철 해수욕장으로 유명하다. 이곳에 위치한 라임 레지스Lyme Regis는 로저 미첼의 영화 〈설득〉(1995)과 ITV 드라마 〈설득〉(2007)의 촬영지이자, 오스틴 소설의 주요 배경이었다.

오스틴은 1803년과 1804년에 가족과 함께 고향만큼이나 사랑한 라임 레지스에 머물렀다. 그는 소설 『설득』에서 "이곳에 와서 즉시 매력을 느끼지 못하는 사람이라면 아주 이상한 여행객이 틀림없다"고 썼지만, 이곳 사람들에겐 오로지 '제인 오스틴의 돌계단'을 보겠다고 한겨울에 이곳을 찾은 나야말로 가장 "이상한 여행객"이었을 것이다. 원래 유명한 화석과 여름 해수욕을 즐기다가, 이왕 온 김에 세인 오스틴의 계단도 찍고 가면 모를까.

〈설득〉에서, 루이자 머스그로브는 이 위험천만한 계단에서 펄쩍 뛰어내리며 외친다. "I'm determined, I will!" 루이자의 결단력이 경솔함으로 귀결되고 앤의 신중함이 위기관리능력으로 판명되면서, 이 장소는 위기와 깨달음이 공존하고 불행과 행운이 교차하는 현장이 되었다.

한나절에도 몇 차례씩 기후가 돌변하는 잉글랜드의 마법은 라임의 흐린 겨울 아침을 금세 청명한 화폭으로 바꾸어놓았다. 오스틴의 기준으로, 라임 레지스에서 "very strange stranger"가 되는 것이 쉬운 일은 아니다.

Granny's Teeth(할머니 이빨)라는 별명을 가진 계단. 영화에서 보았던 것보다 더 무심한 듯 도발적이다.
역사적으로 유명한 Cobb항구에 있어서 'The Cobb Steps'라고 불리기도 한다. 오른쪽은 위에서 본 모습.

콥 만The Cobb(좌)과 인접한 해수욕장(우).
제인 오스틴은 여기서 하루 한 시간 이상 산책을 하며 친구들과 대화하기를 즐겼다.

전쟁이 끝나고 그들이 돌아왔다—그 해, 1814년

『설득』은 제인 오스틴의 작품 중 시대배경을 분명히 밝힌 유일한 소설이다. 나폴레옹이 엘바섬에 유배되고 출전했던 해군들이 돌아오면서 본격적인 이야기가 시작되더니, 마지막에는 나폴레옹이 섬을 탈출해서 웬트워스와 그의 해군부대가 다시 전쟁에 출전한다. 따라서 이 작품은 1814년 여름부터 1815년 봄까지 1년여의 시기가 직접적인 배경이다. 나폴레옹의 이 전쟁은 1815년 6월 18일 워털루 전투에서 프랑스군이 패배함으로써 완전히 마무리되었다.

앞서 언급했듯이, 이 작품은 제인 오스틴 생전의 마지막 완성작이었고, 오스틴은 그 즈음 작가로서 이름을 알리기 시작했다. 따라서 『이성과 감성』이나 『오만과 편견』 또는 『노생거 수도원』과 『레이디 수잔』처럼 십대에 구상하고 초고를 완성한 작품들과는 다른 출발선을 지니고 있었다. 뿐만 아니라 『설득』은 어린 시절의 경험과 주변 인들을 주로 등장시킨 『맨스필드 파크』 같은 작품과도 사뭇 다르다. 아직 이름을 기입하고 활동하던 시기는 아니었지만 오스틴은 『설득』을 집필하던 당시 자신에 대한 여러 비평들을 충분히 접하고 있었다. 이제는 역사가 되었지만 오스틴 당시에는 '사건'이었던 현실의 이슈들과 전쟁을 직접 언급한 것은 작가로서 제인 오스틴에게 찾아온 몇 가지 변화와 의지의 표현 중 하나라고 보아도 좋겠다.

여성의 사랑이 왜 더 오래 지속되는지에 대하여

그 몇 가지 변화에는 남성과 여성의 문제에 대해 전보다 더 직설적인 화법으로 말하고 있다는 점도 포함된다. 웬트워스의 친구인 하빌 대령과 앤 엘리엇은 이런 대화를 나눈다.

"제 평생 여자의 변심을 거론하지 않는 책을 본 적이 없어요. 노래도 속담도 모두 여자의 변덕을 얘기하지요. 하지만 아마 당신은 이 모든 게 남자가 쓴 거라고 하시겠지요."

"아마도 그렇겠지요. 네, 그래요. 책에 나오는 예를 드는 일은 삼가주셨으면 해요. 남자들은 자기들 얘기를 할 수 있어서 어느 모로 보나 우리보다 유리했던 거지요. 높은 수준의 교육도, 펜도 남자들의 전유물이었어요. 책으로 뭔가를 증명하려는 건 안 될 일이지요."

"그럼 어떻게 증명해야 하나요?"

"결코 증명할 수 없을 거예요. 그런 문제에 대해 뭔가 증명할 수 있다고 기대하시면 안 되죠. 증거로 판가름할 수 없는 견해차이니까요. 어쩌면 남녀 모두 처음부터 각자의 성에 대해 편향된 시각을 가지고 있는 게 아닐까요. 자신이 속한 곳에서 일어나는 모든 일을 그 편향된 견해에 끼워 맞추며 사는지도 모르고요. 많은 경우에 아마도 우리에게 가장 강한 인상을 주는 그런 일들은 신의를 저버리거나, 해서는 안 되는 얘기를 하지 않고는 끄집어낼 수 없는 것들인지도 몰라요."(310~311쪽)

에마야 워낙 지기 싫어하는 걸로 유명하고, 엘리자베스도 자존심이 만만치 않아서 따박따박 따지곤 했지만, 이건 에마도 엘리자베스도 아닌, 앤이 하는 말이다. 조신하고 신중하기 이를 데 없고 말하기보다는 듣기 능력이 탁월했던, 그래서 설득하기보다는 설득당하던 앤이 아니었던가.

하빌 대령과 앤은 루이자와 벤윅의 약혼에 대해 이야기하고 있었다. 정확히는 그들의 '변심'에 대해서이다. 벤윅은 하빌 대령의 여동생인 피비와 약혼했지만 약혼 중에 사별해서 고통받고 있었고, 루이자는 웬트워스에게 애정을 구하고 있었다. 그런데 콥 계단에서의 사고를 계기로 루이자가 라임에 오래 머물게 되면서 벤윅과 가깝게 지내다가 둘이 전격적으로 결혼을 발표한 것이다. 사랑이 어떻게 그렇게 쉽게 변하는지, 하빌도 앤도 이해할 수 없기는 마찬가지였지만, 변심의 크기와 동기에 대해서는 두 사람의 생각이 달랐다. 그 '견해차'는 여성성과 남성성에 대한 생각의 차이에 근거한 것이었다.

앤은 남성의 감정이 더 강할지 모르나, 여성의 감성이 훨씬 더 섬세하다고 주장한다. 남성들은 밖에서 늘 해야 할 다른 일들이 있고,

온갖 위험과 고난에 노출된 삶을 살기 마련이므로 감정을 잊기 쉽다. 반면, 여성들의 감정은 집안에 갇혀 지내면서 더 집중되고 증가되는 경향이 있다. 따라서 훨씬 섬세하고 오래 지속된다. 하지만 앤은 남성들의 그런 성향을 비난하려들거나 단순 비교하여 폄훼하지 않는다. 오히려 남성들의 그런 강렬함에 여성들의 섬세한 감정까지 더해진다면 남성들이 너무 힘들 거라고 말한다. 더욱이 남성들의 강렬함은 상대적으로 남성들이 단명한다는 생물학적인 특성 때문에 지속되기 힘들다는 사실도 지적한다.

앤은 다음과 같은 말로 하빌과의 논쟁을 마친다.

제가 여자들을 위해 주장하는 특권이란—별로 시기할 만한 것이 아니니 탐내실 필요는 없어요—더이상 대상이 존재하지 않아도, 희망이 사라져버린 뒤에도, 여자는 남자보다 더 오래 사랑한다는 것입니다.

(312쪽)

그리고 이 말은 즉시, 곁에서 편지를 쓰며 이들의 대화를 엿듣던 웬트워스의 마음을 크게 움직였다. 그녀가, 아직 자신을 향한 사랑의 감정을 유지하고 있다!

하빌 대령과 앤의 대화는 여러 이유로 특별하다. 우선, 여기서 앤은 남성성과 여성성이 타고난 것이라는 관습적인 성별 이해에 반기를 든다. 대신 앤은 남성에 대한 생물학적이고 인구학적(남성의 수명이 더 짧다)인 이해를 지니고 있었고, 사회학적(여성의 빈약한 사회진출과 공적인 발언권)인 현상의 의미를 파악할 줄도 알았다. 성별로서의 섹스가 아니라 젠더가 문제이고, 감정의 문제가 심리학적인 문제이면서 동시에 사회구조의 문제라는 점을 지적하는 것이다. 누가 특별히 더 사랑하고 덜 사랑해서가 아니고, 여자라서 '갈대'인 것이 아니고, 갈대가 처해 있는 생태환경과 구조, 그리고 갈대에게 강요되는 관습적인 시선이 지닌 문제를 볼 수 있어야 한다고 주장하는 것이다. 아울러 갈대가 자신을 설명할 수 있는 언어를 지니지 못한 상황도.

『설득』에서 다루어진 여성성의 문제는 당대 지성으로서 오스틴이 시대정서에 무감하지 않았다는 사실을 보여준다. 여성과 남성의 문제를 남녀의 차이나 차별에 한정하지 않고 정치와 경제 등 사회의 구조적인 문제의 일부로 파악한 메리 울스턴크래프트의『여성의 권리 옹호』는 1792년에 발표되었다. 이 시기 울스턴크래프트를 비롯한 몇몇 영국 여성작가들은 남성비평가들이 그간 다루지 않았던 여성의 문제를 수면 위로 부각시키기 시작했다. 이 논지는 70여년 후 스튜어트 밀이『여성의 종속』(1869)을 출간했을 때에야 사회적으로 큰 반향을 일으킨다. 1810년대에 출간된 제인 오스틴의 작품들, 특히 1817년경에 쓰인『설득』은 이 방면에서 선구적인 통찰을 받아들이고 내러티브로 체화한 작품이라고 볼 수 있다. 슈테판 볼만에 따르면, 제인 오스틴은 16세에 울스턴크래프트를 읽었다.[2]

한편 앤은 지극히 우아하고도 단호한 방식으로 논쟁을 '끝장낼' 줄도 알았다. 그것은 옳고 그름의 문제, 즉 증명해야 할 명제나 진리가 아니고 견해차에 불과하다고 말하는 것으로 말이다. 그러니 누구도 여성에게 '여성성'을, 남성에게 '남성성'을 강요할 수 없다.

---

2. 슈테판 볼만,『여자와 책—책에 미친 여자들의 세계사』, 유영미 옮김, 알앤에이치코리아, 2015, 162쪽.

역사의 빈틈을 메우는, '사이' 글쓰기

앤의 아버지인 준남작 엘리엇 경 캐릭터와 그에 대한 오스틴의 묘사도 한번 들여다보자. 영화에서는 제외된 부분이지만, 소설은 준남작 엘리엇의 족보 사랑으로 이야기를 시작했다.

서머싯셔 켈린치 홀의 월터 엘리엇 경이 재미삼아 읽는 책은 준남작 명부뿐이었다. 그는 이 책을 읽으며 한가로이 시간을 때우기도 하고 울적한 기분을 달래기도 했다. (7쪽)

소설의 첫 두 문장이다. 뒤이어 오스틴은 준남작 명부를 직접 인용하여 보여준다.

켈린치 홀의 엘리엇

월터 엘리엇, 1760년 3월 1일 출생. 글로스터 주, 사우스 파크의 향사 제임스 스티븐슨의 영애 엘리자베스와 1784년 7월 15일에 혼인. 1801년 작고한 아내와의 사이에서 1785년 6월 1일 엘리자베스 출생, 1787년 8월 9일 앤 출생, 1789년 11월 5일 아들 사산, 1791년 11월 20일 메리 출생. (8쪽)

인쇄업자에 의해 새겨진 이 공식기록 옆에 엘리엇 경은 손글씨를 깨알같이 직접 써넣고 매일 들여다보며 뿌듯해했다. 그는 메리의 출생일 다음에 '1810년 12월 16일, 서머싯셔, 어퍼크로스의 향사 찰스 머스그로브의 아들이자 상속인 찰스와 혼인'을 써넣었고, '차기 상속인, 월터 경 2세의 증손, 향사 윌리엄 월터 엘리엇'을 써서 명부의 대미를 장식했다.

비록 허영심으로 시작된 일이었지만, 엘리엇 경은 은연중에 작가로서 제인 오스틴이 하고 싶었을, 또는 결국은 해낸 일을 임무로 부여받았다. 즉, '승자'인 남성들에 의해 씌어진 역사와 공적인 기록을 보완하고 친밀한 것으로 만들면서, 거기에 개인적으로 의미있는 사건들을 잔뜩 기록해넣는 것, 궁극적으로는 생략되고 배제된 존재들을 드러내는 일이었다. 적어도 오스틴은 자신이 무슨 일을 하고 있는지, 즉 소설쓰기란 무엇인지 정확하게 알고 있었을 것이다. 여성 작가로서 전쟁이야기를 배경으로 한 소설을 쓰면서 오스틴은 허영심 가득한 가부장 남성 엘리엇 경에게 보란 듯이 '사적인' 기록을 맡겼다. 그러고보면 엘리엇 경이 유독 피부와 화장이나 옷차림 같은 외모에 집착하는 것도 예사로운 일은 아니다. 당대 기준에서 나름의 '여성성'을 그에게 부여한 것이라고 본다면, 그것은 혹 풍자의 대가 제인 오스틴의 뒤끝 있는 비틀기였을 수도 있겠다.

가족의 확장

앞서 보았듯이, 〈오만과 편견〉의 샬롯, 〈센스 앤 센서빌리티〉의 루시, 〈에미〉의 해리엇이나 제인 페어팩스, 베이츠 모녀가 바로 그런 배제된 존재들이었다. 그렇다면 〈설득〉에도 그런 인물이 있을까? 물론이다. 스미스 부인과 클레이 부인은 둘 다 젊은 나이에 남편을 여의고 생계를 위해 누군가의 선의나 도움에 의존해야 하는 미망인들이었다.

먼저, 스미스 부인의 경우를 생각해보자. 영화 〈설득〉은 스미스 부인의 이야기를 상당 부분 축소해서 다루고 있지만, 내가 보기에 스미스 부인은 그보다는 더 대접받아야 할 이유가 있는 인물이다. 라임 여행을 마치고 바스에서 가족과 합류한 앤은 학창시절 친구였던 스미스 부인을 우연히 만난다. 스미스 부인은 남편과 재산을 잃고 병까지 얻어 현재는 바스에서 요양중이라고 했다. 하지만 요양이라기에는 너무 초라한 생활이었다. 남편 스미스 씨는 월터 엘리엇 경의 한정상속자인 젊은 엘리엇과 친분이 있어서 결혼 전부터 함께 어울려 다니며 상류사회의 사치와 여흥을 즐겼다. 결국 남편이 사망하고 난 후 스미스 부인에게 남은 것은 빚과 쪼들리는 생활, 그리고 서인도제도에 남아 있는 남편 명의의 작은 재산뿐이었다. 스미스는 유언에 엘리엇의 도움과 선처를 기대하는 대목을 넣었지만, 엘리엇은 이를 줄곧 외면했다.

그런데 앤을 만난 스미스 부인은 앤에게 절반의 진실만 말한다. 젊은 날 그들의 친분은 이야기했으나, 엘리엇이 그들의 유흥비용을 모두 친구 스미스가 부담하도록 부추겼다는 점이나 스미스의 재산이 식민지에 남아 있다는 사실, 더욱이 엘리엇은 부유한 여성과 결혼했으나 재산을 탕진하고 현재는 빚더미에 올라 있다는 사실은 전하지 않았다. 스미스 부인은 앤이 그와 결혼할지 모른다는 소식을 듣고도 처음에는 진실을 알리려고 하지 않았다. 앤을 통해 남편의 유언대로 엘리엇의 도움을 받을 수 있을 것이라고 기대했고, 다른 때와 달리 앤을 향한 엘리엇의 마음이 어느 정도는 진심이라고 믿었기 때문이다.

하지만 앤이 성심으로 자신을 대하는 것을 깨달은 스미스 부인은 결국 앤에게 엘리엇의 과거에 대한 결정적인 정보를 제공함으로 앤의 선행과 선의에 보답한다. 영화 〈설득〉에서는 스미스 부인이 젊은 엘리엇의 과거 비행을 앤에게 알리는 역할을 맡기는 했으나, 그 자신도 간병인이 전하는 소문을 듣고 이제 막 그 사실을 알게 된 것으로 되어 있다.

스미스 부인이 그나마 생각을 돌이켜 자신의 계산적인 인간관계를 반성하고 은혜에 보답하는 쪽이었다면, 클레이 부인은 스미스보다 훨씬 더 영악하고 집요한 쪽이다. '샬롯의 업그레이드 버전'이라고 칭할 만한 인물들 중 하나지만 실상 클레이는 지혜롭고 사려 깊은 샬롯보다는 계산과 공략에 능한, 루시에 가깝다.

켈린치 홀 변호사의 딸인 클레이 부인은 월터 엘리엇 경 주변을 배회하며 기회를 노리는 미망인이었다. 오스틴의 말마따나 "재산깨나 있는 남자에게는 아내가 필요하기"(『오만과 편견』) 때문이었다. 『설득』에서 오스틴은 (미망인인 레이디 러셀이 재혼하지 않고 혼자 사는 것은 당연하게 보았지만) "월터 경이 독신으로 계속 사는 데에는 설명이 필요하다"고 표현했다. 다만 클레이 부인의 눈앞에 젊은 엘리엇이 상속자 신분으로 나타났을 때, 그에게는 계산기를 다시 두들겨보아아 하는 상황이 생긴다. 클레이 부인이 엘리엇 경과 결혼해서 노후를 보장받으려면 아들을 낳아야 했다. 그렇지 않을 경우 결국 젊은 엘리엇에게 재산이 상속되어 클레이 부인은 다시 미망인으로 남을 가능성을 배제할 수 없다. 반면 젊은 엘리엇과 결혼하면 한정상속에 의해 재산을 물려받을 그의 곁에서 아마도 늙은 준남작보다는 상대적으로 더 오랜 기간 엘리엇 부인으로 살 수 있게 된다. 그런 이유로 클레이 부인에게는 엘리엇의 구애를 거절할 이유가 없었다. 또는 적극적으로 엘리엇을 사로잡아야 할 이유가 충분했다고 말할 수도 있겠다.

한편 엘리엇 쪽에서 생각해보아도 이 관계는 일종의 보험이었다. 엘리엇이 앤을 사랑했던 것은 사실이다. 하지만 보아하니 준남작 엘리엇 경의 곁에는 클레이 부인이 있었다. 선수는 선수를 알아보는 법이어서, 젊은 엘리엇은 즉각 클레이 부인이 자신의 계획에 차질을 가져올 수 있는 인물이라는 사실을 감지한다. 엘리엇은 곧 클레이 부인과 밀회를 갖기 시작한다. 스미스 부인의 증언에 따르면 앤에 대한 엘리엇의 애정이 진심이었으므로, 엘리엇의 목적은 오로지 클레이 부인을 준남작에게서 떼어놓는 데 있었던 것으로 보인다. 영화 〈설득〉은 애초에는 엘리엇이 앤도 자신과 같은 부류라고 착각하는 장면을 넣어두었다. 클레이 부인을 엘리엇 경으로부터 몰아내는 일에 대해 앤도 자신만큼이나 관심이 있을 것이라고 제멋대로 가정하고 이 남자는 앤을 떠보았다.

제인 오스틴은 엘리엇과 클레이 부인의 후기를 다음과 같이 기술한다.

행복한 가정생활을 위해 최고의 계획을 세워두었고, 사위의 권한으로 월터 경을 감시해 독신으로 남게 할 희망을 가졌건만 모두 어그러지고 말았다. (…) 그(엘리엇)는 곧 바스를 떠났다. 바로 뒤를 이어 클레이 부인 역시 바스를 떠났고, 다음엔 그의 보호 아래 런던에 자리를 잡았다는 소식이 들려왔다. 이로써 그가 이중의 계책을 꾸미고 있었으며, 한 교활한 여인 때문에 작위를 잃는 일만은 어떻게든 막을 작정이었다는 것이 분명해졌다.

클레이 부인은 자신의 이익보다 연정을 좇았다. 월터 경을 노리며 더 오래 계략을 밀고나갈 가능성을 버리고, 그녀는 이 젊은 남자를 선택했다. 하지만 그녀에겐 연정뿐 아니라 책략도 있었다. 따라서 지금으로서는 과연 두 사람 중 누구의 꾀가 최종 승리를 거둘지 알 수 없는 일이다. 그녀가 월터 경의 부인이 되는 것은 막았지만, 결국엔 엘리엇 씨 본인이 어르고 달래는 말에 넘어가 그녀를 윌리엄 경의 부인으로 만들지도 모르는 것이다. (332~333쪽)

둘 중 누가 최종 승리를 거둘지는 모른다고 너스레를 떨기는 했지만, 작가 오스틴은 미묘하게 클레이 부인을 부추기는 것처럼 보인다. 이쯤 되면 잔머리 왕자 엘리엇보다 차라리 클레이 부인이 고수라고 보아도 좋지 않을까? 오스틴식 권선징악이 여기서 다시 얼굴을 내밀었다. 젊은 엘리엇은 곧 자신의 행위에 합당한 '처벌'을 받는다. 즉 그는 앤과 같은 성숙하고 현명한 여성을 영영 잃는다. 대신 그의 곁에는 자기보다 한수 위인 클레이 부인이 남는다.

반면 앤에게 진실을 알린 스미스 부인의 선행은 충분한 보상을 받왔다. 웬트워스는 서인도제도에 있는 스미스 명의의 재산을 되찾는 일에 도움을 줌으로써 스미스 부인이 애초에 엘리엇에게 품었던 기대를 충족시켜주었다. 여성이 혼자 해외여행을 하는 일이 어려웠을 뿐 아니라, 행정적인 절차를 수행하는 데는 더 많은 어려움이 따랐던 시절의 일이다.

웬트워스가 스미스 부인에게 '해피엔딩'을 선사했다는 점은 보기보다 중요한 일이다. 제인 오스틴의 전작들에서 남성주인공들은 백마 탄 왕자님으로서 해결사를 자처해왔는데, 그들이 해결하는 일들이란 대개는 여성주인공의 가족이 처한 문제들이었다. 〈오만과 편견〉에서 리디아의 애정행각을 다아시가 수습했던 것처럼 말이다. 〈센스 앤 센서빌리티〉의 브랜든 대령도 마찬가지였다. 브랜든 대령은 에드워드에게 성직자리를 마련해줌으로써 처형인 엘리너와 에드워드 커플에게 안정적인 생활을 보장해주었다. 헌데 『설득』에서 웬트워스는 앤의 가족이 아닌 친구에게 도움을 준 것이다. 말년의 제인 오스틴은 가족의 영역을 확장하기로 한 것 같다.

주인공 중 누구도 자신의 가족들을 내치거나 무시하지 않는 오스틴의 다른 작품들을 생각하면, 『설득』이 앤의 가족들을 서술하는 방식은 다소 이례적일 만큼 냉정하다. 모든 사람들이 다 인정하는 앤의 다정하고 사려 깊은 성품을 알아보지 못하는 것은 물론이고 이들은 웬트워스의 이름조차 기억하지 못할 만큼 앤에게 무관심하기도 했다. 영화 〈설득〉은 한술 더 떠, 웬트워스가 앤과의 약혼을 발표하자, 언니인 엘리자베스와 부친인 준남작 엘리엇 경이 서로 얼굴을 마주보며 전혀 뜻밖이라는 듯 의아해하는 모습을 넣어두었다.

"앤이라구? 왜?!"

하여 너그러운 앤조차도 마지막에는 자신에게는 자랑스럽게 소개할 만한 가족이 없다고 한탄하는 것이다. 그나마 러셀 부인과 스미스 부인이 있어서 다행이라고, 그들을 유사가족으로 엮으면서 작가는 그렇게 기록했다. 준남작 명부나 공식 족보에는 기록되지 않을 이런 유의 돌봄 관계가 작가의 말년에 큰 위로가 되었던 것은 아닐까. 남성들에 의한 공식 역사의 틈새를 꾹꾹 눌러써 채운 오스틴의 깨알 같은 손글씨가 눈에 보이는 것도 같다.

그리하여, 갑판 위의 앤

〈설득〉의 주요 배경이 된 바스의 '제인 오스틴 센터'는 그곳이 〈설득〉의 촬영지라고 알리면서 샐리 호킨스가 주연한 ITV 〈설득〉(2007)의 소품과 정보들을 전시하고 있다. 주연배우의 스타성이나 작품자체의 흡인력으로 보아 센터가 ITV 버전을 미는 것은 어쩌면 당연한 일일 것이다. 그럼에도 불구하고 이 장에서 내가 로저 미첼의 영화를 주요 텍스트로 삼은 것은 순전히 영화의 마지막 장면 때문이다.

앤과 웬트워스가 약혼을 발표하자, 엘리엇 경과 엘리자베스가 의아해하고, 클레이 부인과 젊은 엘리엇이 의미심장한 눈빛을 교환하며 홀을 빠져나가는 시퀀스가 있다. 컷이 전환되고, 이제 앤은 창가의 동그란 탁자에 앉아 글을 쓰고 있다. 이전에 나폴레옹이 엘바섬을 탈출해서 웬트워스의 함대가 다시 출전하게 되었다는 소식이 있었던지라, 관습적인 재현에 의하면 이 장면은 누가 보아도 남편을

원작과 달리, 로저 미첼의 앤은 편지를 쓰며 기다리는 여인이 되는 대신 웬트워스와 함께 항해를 떠난다.

기다리며 편지를 쓰는 양갓집 평범한 아내의 모습이라고 할 만하다. 하지만 이것은 일종의 트릭이었다. 쓰던 글을 접고 앤이 일어나 바깥으로 나가는데, 그가 있던 곳이 집 안의 거실이 아니라 함대의 선실이었다는 것이 곧 밝혀지기 때문이다. 갑판으로 나온 앤은 돛이 있는 위쪽으로 올라가 웬트워스 곁에 나란히 선다. 그렇게 석양을 바라보며 출정하는 배와 그 위에 올라선 커플의 이야기로 영화는 앤의 길을 활짝 열어두었다.

이러한 결말은 영화 속 웬트워스와 앤 모두에게 특별하다. 우선 웬트워스 편에서, 이 장면은 그의 또다른 성장을 보여준다. 웬트워스는 앞서 하빌 대령과 그의 가족에 대해 이야기하는 장면에서 자신은 여성들을 배에 태우지 않는다고 말해서 누나인 크로프트 부인에게 혼쭐이 났다. 크로프트 부인은 결혼생활 15년 동안 대서양을 네 번 건넜고 동인도제도를 방문했으며, 코르크, 리스본, 지브롤터 등을 포함해서 영국 연안 여러 곳을 여행한 바 있다. 웬트워스가 선상의 생활이란 여성들에게 거칠고 불편할 뿐이어서 자신의 가족은 질대로 배를 태우지 않을 것이라고 말하자, 여성들이 배 위에서 호화생활을 기대할 만큼 분별없는 줄 아느냐고 이 누나는 동생을 나무란다. 잠시 머쓱해진 분위기는 곧 무마되었으나, 영화 〈설득〉은 이 부분을 잊지 않고 기억해두었다가, 마지막 장면에 앤을 배에 태우고 함께 항해를 시작하는 웬트워스의 모습을 담았다. 그것은 불편할까봐, 혹은 위험하니까 '보호'라는 명목 하에 행해진 관습적인 여성 억압을 역설적으로 폭로한다. 따라서 이 장면은 집에서 기다림으로 점철된 삶을 살아가는 여성에게 주어진 성장이고 성취일 뿐 아니라 남성 자신에게도 성숙을 의미한다.

한편 영화에서 이 장면은 스미스 부인이 혼자 항해를 할 수 없어서 서인도제도의 재산을 포기할 뻔했던 상황 또는 남성들이 전투에 나가고 사회적 활동을 하는 것과 달리 여성들이 집에만 있어서 감정이 더 오래 지속된다던 앤의 말과 묘하게 상응하는 결말이기도 하다. 흥미롭게도 제인 오스틴은 자신의 소설을 이렇게 끝맺음했다.

앤의 성품은 온유함 그 자체였고 그러한 성품은 웬트워스 대령의 사랑 안에서 진가를 드러냈다. 그의 직업만 아니었다면 그가 그토록 온유하고 섬세하지 않았으면 하고 친구들이 바랄 이유가 없었을 것이다. 언제 있을지 모르는 전쟁의 두려움만으로도 햇살 같은 그녀의 얼굴이 어두워져버릴 수 있었다. 앤은 선원의 아내라는 사실을 자랑스러워했다. 그러나 국가적인 중요성보다 가정적인 미덕으로 더 돋보이기도 하는 직업에 속한 탓에, 그녀는 마치 세금을 지불하듯 만약의 일을 걱정하며 살아야 했던 것이다. (334쪽)

샐리 호킨스 주연의 〈설득〉처럼 켈린치 홀을 되찾는다는 결말도, 소설 『에마』처럼 신혼여행을 떠나는 장면도, 심지어 그 밖의 오스틴의 소설과 영화에서 흔히 보이는 결혼식 행진도 없다. 단지 엄연히 존재하는 현실의 불안을 기꺼이 떠안기로 한, 강단 있는 한 여성의 선택이 있을 뿐이다.

요컨대 그의 마지막 집필작이었던 『설득』과 더불어, 제인 오스틴은 19세기 여성작가로서 자신의 위치와 부름에 한층 적극적으로 호응하는 듯 보인다. 로저 미첼의 영화 〈설득〉은 오스틴의 이런 변화를 훨씬 적극적으로 수용하고 상상을 더해 오늘날 더욱 의미있고 생산적인 결말을 만들어냈다. 하여 다시 이렇게 물어야 한다. 관습의 설득에 응하지 않고 자신의 선택으로 결혼을 '얻어낸' 2백년 전 여성들의 이야기를 이 시대에 다시 (영화로) 만들어내는 건 우리에게 무슨 의미가 있을까?

1995년, 20세기의 로저 미첼은 기어이 이 여성을 남편과 함께 배를 태워 더 넓은 세상으로 내보내는 결말을 택했다. 그 의중을 어느 정도 이어받기로 한다면, 오늘날 먼 길을 떠나는 남편을 상상하는 여성들은 이 이야기를 어떻게 각색할 수 있을까? 21세기, 여전히 많은 것이 불합리하지만 적어도 표면적으로는 여성이라서 여행을 하는 데 문제가 될 일은 없고 여성도 직업을 가질 수도 있으며 결혼상대를 선택할 수 있고 결혼이나 비혼 자체를 선택할 수 있는 이 시대에 말이다. 모르긴 해도, 모든 걸 버려두고 남편을 따라 훌쩍 배를 타는 결말은 아닐 것 같지 않은가?

| ITV 〈제인 오스틴의 설득〉 Jane Austen's Persuasion, 2007|

–연출: 애드리언 셔골드 Adrian Shergold

–원작: 제인 오스틴

–각본: 사이먼 부르케

–출연: 샐리 호킨스(앤), 루퍼트 펜리 존스(웬트워스), 앨리스 크리게(러셀 부인), 안소니 헤드(월터 엘리엇), 줄리아 데이비스(엘리자베스), 메리 스토클리(클레이 부인), 피터 와이트딘(크로프트 대령), 마리온 베일리(크로프트 부인), 아만다 헤일(메리), 제니퍼 하이암(루이자), 로사몬드 스테판(헨리에타), 스텔라 고넷(머스그로브 부인), 샘 하젤딘(찰스 머스그로브), 조셉 마윌(하빌 대령), 핀리 로버트슨(벤윅), 토비어스 멘지스(윌리엄 엘리엇)

–방영: 2007.4.1. ITV

영국, 미국, 93min.

원작이나 1995년 BBC 버전(로저 미첼 감독)에 비해 샐리 호킨스 주연의 〈설득〉은 주인공 앤을 상대적으로 더 생동감 있고 주체적인 인물로 그려냈다. 예컨대 첫

ITV 〈설득〉에서 샐리 호킨스(앤)의 의상(바스 제인 오스틴 센터 소장)(좌)
앤이 웬트워스의 고백 편지를 읽은 후 뛰어가던 바스의 거리, 로얄 크레센트(우)

장면에서 살림을 줄여 집을 세놓기로 결정하는 과정에서 레이디 러셀의 역할보다 오히려 앤의 설득이 돋보이는가 하면, 앤이 종종 글을 쓰는 모습으로 등장하고 카메라를 응시하면서 관객과 눈을 맞춘다. 덕분에 우리는 앤이 무슨 생각을 하는지 그의 목소리로 직접 들을 수 있다. "그(웬트워스)는 날 용서하지 않았다. (…) 심지 굳은 그. 반면에 갈대 같은 나…"

하지만 이런 샐리 호킨스도 '신데렐라'가 되는 것은 피하지 못했다. 배를 타고 웬트워스와 함께 새로운 항해를 시작하는 로저 미첼의 앤과 달리, 에드리언 셔골드가 연출한 앤은 결말에서 눈을 가린 채 마차에서 내려 결혼 깜짝선물을 받고 행복해하는 모습으로 등장한다. 그는 다시 켈린치 홀에 살게 되었고, 러셀 부인이 바라던 대로 이제 돌아가신 엄마의 뒤를 이어 그곳의 안주인이 될 것이다.

기분 좋게 끝나는 이런 결말을 말년의 제인 오스틴이라면 반기지 않았을 것 같기도 하다. 오스틴은 소심한 복수극 같기도 한 이 이야기를 여는 때처럼 해피엔딩으로 마쳤지만, 그 행복을 켈린치 홀을 사수하는 결말로 환원시키지는 않았다. 내가 속한 시공간, 나를 키워놓은 세계를 떠날 것인가 머물 것인가는 누구에게나 늘 어려운 숙제다.

ITV 〈설득〉은 라임 레지스에서 루이자가 뛰어내리는 장면을 'Granny's Teeth'가 아닌 콥 항구의 다른 계단에서 찍었다.

7장

영화가 차마 침묵할 수 없었던 것들

제인 오스틴의 『맨스필드 파크』와 패트리샤 로제마의 〈맨스필드 파크〉

| 맨스필드 파크 Mansfield Park, 1999 |

–감독: 패트리샤 로제마 Patricia Rozema

–원작: 제인 오스틴, 1814

–각본: 패트리샤 로제마

–출연: 프랜시스 오코너(패니 프라이스), 한나 테일러-고든(어린 패니), 조니 리 밀러
(에드먼드 버트램), 소피아 마일즈(수잔 프라이스), 빅토리아 해밀턴(마리아 버트램), 린제
이 던칸(버트램 부인 & 프라이스 부인), 해럴드 핀터(토마스 버트램 경), 엠베스 데이비츠
(메리 크로퍼드), 알렉산드로 니볼라(헨리 크로퍼드), 저스틴 와델(줄리아 버트램), 제임스
퓨어포이(톰 버트램), 쉴리아 기쉬(노리스 부인), 휴 보네빌(러시워스)

영국, 112min.

포츠머스에서 살던 패니 프라이스(한나 테일러-고든)는 작은이모 버트램 부인(린제이 던칸) 가족과 큰이모 노리스 부인(쉴리아 기쉬)이 살고 있는 맨스필드 파크로 더부살이를 떠난다. 무능한 남편을 두어 생활고에 시달리던 프라이스 부인(린제이 던칸)이 그간 소식을 끊고 지냈던 언니들에게 큰딸 패니를 보내기로 했기 때문이다. 맨스필드 파크는 준남작 토머스 버트램 경(해럴드 핀터)의 저택이었다. 버트램 부부에게는 무절제한 생활 때문에 부친과 늘 부딪치는 장남 톰(제임스 퓨어포이)과 목사 지망생인 둘째 에드먼드(조니 리 밀러), 부유한 러시워스(휴 보네빌)와 약혼한 큰딸 마리아(빅토리아 해밀턴)와 둘째딸 줄리아(저스틴 와델)가 있다.

열살이던 패니가 맨스필드 파크에 와서 이제 열여덟살이 되었다. 지적이고 총명하지만 소심한 패니(프랜시스 오코너)는 어릴 적부터 의지해왔던 에드먼드에게 연정을 품고 있으나, 에드먼드는 런던에서 온 메리 크로퍼드(엠베스 데이비츠)를 사랑한다. 한편 메리의 오빠 헨리 크로퍼드(알렉산드로 니볼라)는 패니의 성품과 매력을 알아보고 청혼을 했다가 거절당한다.

1999년 제작된 패트리샤 로제마의 〈맨스필드 파크〉는 제인 오스틴 원작의 영화와 드라마 중 가장 급진적인 다시쓰기를 시도한 작품이다. 그간 오스틴이 비판받았던 지점들을 조목조목 따져가듯 혹은 질문에 답하듯, 로제마는 자신의 '맨스필드 파크'를 건설했다. '영화로 쓴 오스틴 비평'이라고 보아도 좋겠다.

'글 쓰는' 패니 프라이스

패니의 모친 프라이스 부인은 워드 가의 셋째 딸이었다. 둘째 딸인 마리아 워드 양(버트램 부인)이 지참금 7천 파운드로 준남작 가문과 혼사를 맺은 후(통상 1만 파운드 이상은 되어야 가능한 결합이었다), 워드 가의 남은 두 딸들에게도 순조로운 혼삿길이 열릴 것으로 다들 기대하고 있었다. 하지만 정작 첫째인 워드 양은 제부의 친구인 연수입 1천 파운드 가량의 목사와 결혼했다가 자녀 없이 사별했고 패니의 모친 프랜시스 워드 양은 오로지 사랑을 좇아 해군 대위와 결혼했다. 그러나 군에서 남편이 장애를 입고 술에 의존하게 되면서 빈곤을 벗어나지 못하고 있다. 이 결혼으로 11년 동안이나 가족과 의절했던 프랜시스 워드는 또 임신해서 이제 곧 아홉이 될 자녀를 감당할 수 없게 되자, 언니들에게 도움을 청했다. 제인 오스틴은 워드 자매의 불행을 이렇게 기술했다.

그러나 이 세상에는 막대한 재산을 소유한 남자를 차지할 자격이 있는 아름다운 여자들의 수만큼 재력가 남자들이 존재하지는 않는 법이다.[1]

오스틴의 원작이 패니의 모친과 이모들의 이야기로 시작하는 것과 달리, 영화 〈맨스필드 파크〉의 첫 장면에서 패니 프라이스는 침

---

1. 제인 오스틴, 『맨스필드 파크』, 류경희 옮김, 시공사, 2016, 12쪽. 이하 『맨스필드 파크』 인용은 같은 책이며 쪽수만 표기함.

패니가 숙녀가 되기까지 8년여 세월을 영화는 책상에 앉아 글을 쓰는 패니의 모습으로 압축했다. 어린 패니가 그랬듯이, 숙녀가 된 패니도 카메라를 똑바로 응시하며 쓰던 글의 내용을 진술한다.

대에 누워 어린 동생 수잔에게 이야기를 들려주고 있다. 그러나 마차가 도착하고 패니는 곧 일어나 먼 여행을 떠난다. 홀로 마차를 타고 맨스필드 파크에 도착한 패니는 오래지 않아 자신이 버림받았다는 것을 깨닫고 눈물을 흘리는데, 사촌오빠 에드먼드가 나타나 다정히 위로한다. 에드먼드는 패니에게 넉넉한 종이를 구해다주었고, 패니는 이때부터 수잔에게 편지를 쓰고 이야기를 지어내며 맨스필드 생활에 적응해간다.

이처럼 당차고 활기찬 패니는 원작의 서술과는 사뭇 다른 모습이다. 오스틴이 묘사한 패니는 몸이 약할 뿐 아니라 예민하고 소극적이어서 일부러 관심을 주려고 마음을 먹어야만 눈에 띄는 아이였다.

나이에 비해 몸집이 작은 편이고 안색은 밝지 않았으며, 눈에 띄게 예쁘지도 않았다. 무척 겁이 많고 수줍음을 많이 탔으며, 주목받지 않으려고 움츠리기만 했다. 하지만 어색해하면서도 태도가 상스럽지는 않

았고 목소리도 예뻤다. 말할 때 짓는 표정도 귀여웠다. (25쪽)

영화 〈맨스필드 파크〉는 한나 테일러-고든과 프랜시스 오코너에게 패니를 맡김으로써 지적이고 생동감 있는 캐릭터를 만들어냈을 뿐 아니라, 패니에게 작가 제인 오스틴의 캐릭터를 덧입혔다. 열여덟의 패니는 에드먼드와 뛰어다니며 허물없이 장난을 하고 말을 타고 달린다. 패니가 현재 쓰고 있는 글 '영국의 역사'는 실제로 제인 오스틴이 16세이던 1791년에 썼던 패러디 역사책이다. 오스틴은 여기서 헨리 4세부터 찰스까지 영국 군주들을 익살스럽게 묘사했다. 패니가 수잔에게 이야기를 들려주고 서로 편지를 주고받는 이 설정은 제인 오스틴과 언니 카산드라의 관계와 닮았다. 원작에서 패니는 수잔이 아니라 한 살 터울의 오빠 윌리엄과 더 가까운 관계였지만, 영화는 윌리엄의 존재를 아예 생략했다. 부유한 청년 헨리 크로퍼드의 청혼을 받은 패니가 결혼을 수락했다가 다음날 바로 번복하는 사건도 소설보다는 제인 오스틴의 실제 삶—해리스 빅 위더의 청혼을 받아들였다가 다음날 거절한 사건—에서 나온 각색이다. 오프닝 자막은 이 영화가 제인 오스틴의 원작『맨스필드 파크』와 그의 편지, 일기들을 참고한 작품이라고 밝힌다.

『맨스필드 파크』는 오스틴의 가장 자전적인 작품으로 알려져 있다. 원작에서 이미 작가의 흔적을 충분히 찾아낼 수 있다는 얘긴데, 불장난처럼 아슬아슬하게 전개되는 연극 '연인들의 맹세'만 해도 그렇다. 오스틴은 자주 친지들과 모여 연극을 상연했다. 메리 크로퍼드의 독특한 매력도 오스틴의 사촌언니 엘리자를 연상시킨다. 메리는 런던 출신이면서 프랑스 배경을 갖는 엘리자처럼 도회적이고 매사에 당당하다. 이처럼 영화 〈맨스필드 파크〉가 작품 속에 작가 오스틴을 새겨놓은 것은 타당하기도 하고 적극적인 해석으로 환영할 만한 일이기도 하다.

하지만 다른 무엇보다 패트리샤 로제마의 〈맨스필드 파크〉를 특별하게 만든 것은 그간 제인 오스틴이 비판받아왔던 지점들 가운데 제국주의에 대한 침묵 또는 애매모호한 태도를 과감하게 폐기처분한 일이다. 제국주의와 노예무역, 식민지 사업에 관한 한 캐나다 출신 여성 감독인 패트리샤 로제마의 입장은 제법 단호하다. 근 2백년이 지난 후 오스틴의 작품을 영화로 만든다는 것은 이 문제를 덮어두고는 불가능할뿐더러, 그렇게 했다 한들 로제마에게는 의미 없는 작업이었을 것이다. 에드워드 W. 사이드의 표현을 빌리자면, 로제마는 "대위법적인 독해"[2]를 시도했던 것인데, 그는 스스로 제인 오스틴에게 "물어볼 자격이 있다"(같은 책, 183쪽)고 생각했던 것 같다. 어떻게 식민지에서의 폭력에 대해 그렇게 아무렇지 않을 수 있었는가하고.

제국주의자 제인 오스틴?: 원작이 침묵하고, 영화가 읽어낸 것

오스틴이 말하기를 멈추었던 것들

여러 비평가와 학자들이 지적하듯이, 제인 오스틴의 작품들에서 영국의 제국주의와 식민지에 관한 언급이 직접 등장하는 경우는 많

---

2. 에드워드 사이드, 『문화와 제국주의』, 박홍규 옮김, 문예출판사, 2005, 156쪽.

지 않다. 남성 등장인물들의 직업이 온통 목사 아니면 군인인 것에 비하면 의아한 일이다. 다만 본격적으로 제인 오스틴의 책이 출간되기 시작한 이후, 즉 그가 성년이 되어 쓴 작품인『맨스필드 파크』와 가장 마지막에 쓴『설득』에는 시대배경과 식민지에 대한 언급이 등장한다.

패니가 더부살이를 하는 버트램 가의 재산은 상당 부분 식민지 안티과에 있는 대규모 농장에서 취득된 것이다. 토머스 버트램이 안티과의 노예문제로 해결해야 할 일이 생겼다거나 톰을 데리고 안티과에 갔다가 톰이 먼저 귀국한 사실이 언급되기도 한다. 톰과 그의 방종한 친구 예이츠가 연극 공연을 주도했던 것은 버트램 경이 안티과에 가 있는 동안이었고, 버트램 경이 돌아옴과 동시에 공연 준비는 당장 중단된다. 그의 부재는 가정과 공동체의 '질서의 부재'를 의미했다.

『문화와 제국주의』에서 에드워드 W. 사이드는 특별히 이 부분을 언급했다. 연극을 반대했던 에드먼드마저 결국 질투 때문에(메리 크로퍼드 양의 상대역인 안홀트 목사 역으로 마을 청년 찰스 매덕스가 거론되고 있었다) 이 경박한 놀이에 동참하게 되고, 패니는 이 집에서 유일하게 버트램 경의 기준에 맞는 예법과 지조를 지키는 인물이 되었다. 사이드는 버트램 경이 맨스필드에 돌아와 했던 일, 즉 엄격한 규율로 주변을 정리하고 질서를 잡는 일을 서인도제도의 안티과에서 그대로 했을 거라는 사실을 어렵지 않게 짐작할 수 있다고 말한다. 가혹한 처벌이 용인되었던 식민지 노예제도를 생각하면, 그곳에서 버트램 경은 훨씬 무섭고 진인했을 것이다. 이와 같이 공간의 변형과 행동양식의 관계를 상상하고 배제된 서술까지도 염두에 두며 추론하는 읽기 방식을 가리켜 사이드는 '대위법적인 독해'라고 불렀다.

> 내가 '대위법적 독해'라고 부른 것은, 그것을 실천적인 견지에서 보면, 텍스트를 읽을 때 그 작자가, 가령 식민지의 설탕 대농장을 영국에서의 생활양식을 유지하는 과정에서 중요한 것으로 보여주고 있는 경우 어떤 문제가 숨어 있는가를 이해하면서 읽는 것이다. (…) 요컨대 대위법적 해독은 양쪽의 과정, 즉 제국주의 과정과 그것에 대한 저항의 과정을 고려해야 한다는 것이다. 이는 우리가 텍스트를 읽을 때 시야를 넓혀 텍스트로부터 강제로 배제된 것을 포함하는 것으로 가능하게 된다.
>
> (사이드, 앞의 책, 156~157쪽)

사이드는 어떤 부분에 대해서는 지나치리만큼 상세하고 섬세한 오스틴이 유독 서인도제도의 사업을 서술할 때는 스쳐 지나가는 식의 언급을 하고 만다고 지적했다. 이 심각한 언술의 불균형이 바로 제인 오스틴이 영국의 제국주의를 의식하고 있었다는 점을 방증한다고 본 것인데, 엄청난 인권유린과 폭력, 공포가 자행되는 공간을 서술하면서 이런 '무심한' 태도를 보임으로써 당대 지식인이자 작가인 제인 오스틴은 제국주의적 지배를 '자연스러운 것'으로 묵과했던 것이라고 사이드는 주장한다. 오스틴의 시대는 역사상 '제국주의 시대'라고 불리는 19세기 후반(1878년 전후 유럽 열강들의 '아프리카 쟁탈전'이 극심하던 시기를 시작으로 보는 견해가 많다) 이전이었기에, 사이드가 보기에는 이러한 오스틴식 서술이 오히려 문제적이었다. 실제로 오스틴 자신은 이런 '골치 아픈' 문제들 속으로 더 깊이 들어가지 않는다. 더욱이 이것은 어느 정도 의도적이었다고, 오스틴이 서술자의 자격으로 직접 출몰해서 밝힌다.『맨스필드 파크』마지막 장의 첫 문단은 이렇게 시작한다.

죄와 불행에 관한 상세한 이야기는 다른 사람의 펜에 맡기겠다. 큰 잘못도 없는 모든 사람들을 웬만큼 편안한 상태로 되돌리고 다른 문제도 조속히 매듭짓고 싶은 조바심이 드니, 나는 그런 불쾌한 주제에서는 되도록 빨리 손을 떼려 한다.(740쪽)

그러니 이런 문제들에 대한 집요한 추적은 이제 적극적인 독해의 수고를 감당할 의지가 있는 독자의 몫으로 남는다. 패트리샤 로제마는 그런 의미에서 제인 오스틴의 열혈독자였다. 그는 에드워드 사이드가 제안했던 것처럼, 오스틴이 침묵하거나 얼렁뚱땅 넘어가려 했던 지점들을 집요하게 찾아내서 상상으로 채우고 한껏 부풀려놓았다.

영화가 채워넣은 것들

패트리샤 로제마의『맨스필드 파크』각색은 예의 '언술의 불균형'에 주목한 결과로 보인다. 우선, 로제마는 제인 오스틴이 말하기를 멈춘 지점에 조금 더 머물러보기로 했을 것이다. 안티과에 함께 갔던 톰이 아버지보다 일찍 귀국했다고 쓴 원작의 간략한 문장들로부터 로제마는 둘 사이의 갈등을 추론해내고 의미심장한 질문을 끌어낸다.

톰은 안티과에서 무엇을 보았는가? 아버지 소유의 사탕수수 대농장이 지닌 물질적 가치였을까? 제국의 권위와 위엄이었을까? 아들을 대동하고 먼 길 떠난 아버지의 바람대로 그가 이제 정신 차리고 근면성실하게 살아야겠다고 결심하진 않았다. 오히려 톰은 방탕하다고 자신을 꾸짖던 버트램 경의 도덕성의 밑바닥을 보았다고, 로제마는 스스로 답했다. 그 결과는 철저한 환멸과 증오였다.

헨리 크로퍼드의 청혼을 거절한 패니는 버트램 경의 노여움을 사서 부모의 집이 있는 포츠머스로 쫓겨나다시피 갔다가 톰이 위독하다는 소식을 듣고 맨스필드로 곧 돌아오게 된다. 맨스필드 파크에 돌아와 사경을 헤매는 톰을 간병하던 밤에 패니는 충격적인 두 가지 사건을 만난다. 첫째는 헨리와 사촌언니 마리아의 정사를 목격한 것이고, 두번째는 톰이 그린 그림들을 발견한 일이었다. 특히 톰의 그림들은 맨스필드 파크 사람들이 누린 안정감과 도덕적 기준을 송두리째 흔들기에 충분했다. 난폭하고 잔인한 이미지들이 이어지는 세밀화들 가운데 검은 사람들에게 육체적 폭력과 성적 학대를 가하는 인물은 누가 봐도 버트램 경이었다. 안티과에서 톰은 도덕적인 규범 자체였던 아버지 버트램의 알몸과 민낯을 보았던 것이다. 그것은 신사의 나라 영국의 실체이기도 했다. 톰은 그것을 선명하게 그림으로 기록하고 마음에 새겨두었다. 톰이 앓게 된 열병은 따라서 톰의 고통이 만들어낸 히스테리이고 징후적인 질병이었을 것이다. 돌이켜보면, 로제마의 영화에서 패니가 맨스필드에 도착한 새벽에 가장 먼저 만난 사람도 노리스 부인이나 에드먼드가 아니라 톰 버트램이었다. 톰은 아마도 술에 찌든 채 창가에 걸터앉아 잠 못 드는 아침을 맞이하고 있었을 것이다.

톰의 분노와 충격이 극심한 몸의 고통과 고열로 표출되었다면, 그 반대편 극단에는 버트램 부인의 의욕상실과 무기력증이 있다. 그것은 혹 고통과 번민 끝에 도달한 체념과 현실회피였을까, 아니면 단지 중독이 만들어낸 판단 불가능 상태의 증상이었을까. 오스틴의 버트램 부인은 퍼그를 끌어안고 안락의자에 앉아 내내 졸다가, 어쩌다 번쩍 눈을 뜨고는 "나 안 잤다"고 말하는 준 노인으로 그려진 반면, 로제마의 버트램 부인은 아편 중독에서 헤어나오지 못하는 무기력한 귀부인으로 묘사된다. 영화에서 패니는 수잔에게 버트램 부인이 아편에 취해 늘 조는 거라고 말했다. 오스틴 시대로부터 불과 2,30년 후, 아편전쟁이 발발한다는 사실을 알고 있는 우리로서는 19세기 영국에 아편은 식민지 인도의 산물일 뿐 아니라 중국과 같은 아시아 국가들에 떠안긴 원죄와도 같다고 말해도 좋을 것이다. 20세기의 로제마는 이 점을 잘 알고 있었고, 무책임하고 무기력한 버트램 부인에게 제국이 눈감고 싶어 할 것이 틀림없는, 식민지의 상흔을 굳이 새겨넣었다.

여성의 삶과 노예의 삶, 그리고 새

패트리샤 로제마는 여기서 더 나아가 노예무역에 대해서도 적극적으로 발언한다. 패니 프라이스가 처음 맨스필드 파크로 떠나던 날 마차가 해안가를 지나던 중이었다. 어린 패니는 절벽 아래를 내려다보며 마부에게 묻는다. "저게 뭔가요?" 패니가 가리킨 곳에는 노예선이 해안가에 정박해 있었다. 마부는 선장이나 의사가 선물로 끌고 가는 노예들을 태운 배라고 알려준다. 시간이 흘러 패니가 다시 고향으로 향하던 길, 패니는 그곳에서 다시 절벽 아래를 내려다본다. 이번에는 그 자리에 아무것도 없다. 러닝타임 총 112분의 한가운데, 60분 지점에서 처음처럼 반복되는, 같지만 다르게 변주된 이미지다. 패니의 삶에서 무언가 다시 시작되고 있었다.

영화 〈맨스필드 파크〉의 내러티브에서 이 장면은 적어도 두 가지 의미를 지닌다. 노예선의 정박 여부는 우선 시대배경에 관한 정보가 된다. 150여 년 동안 노예무역을 지속해온 영국은 20여 년의 논쟁 끝에 1807년 의회에서 드디어 노예무역 폐지 법안을 통과시킨다. 따라서 영화가 고향으로 돌아가는 패니의 마차와 카메라를 잠시 멈추어 빈 항구를 보여주는 것은 노예무역이 이제 불가능해진 시대임을 암시한다. 식민지 노예들에게 자유를 향한 숨통이 트이게 된 것이다. 영국은 이후 1833년에 영국 전역의 노예를 해방하는 법령을 선포한다.

헌데 노예제도에 대한 로제마의 언급은 두번째 의미 때문에 더욱 중요해진다. 즉, 로제마의 〈맨스필드 파크〉는 여기서 식민지 노예와 제국의 여성을 나란히 두고 있다. 얼굴도 모르는 이모네로 더부살이하러 가는 길, 무일푼의 어린 패니는 노예로 끌려가는 것과 유사한 부자유와 비참함을 눈앞에 두고 있었다. 성년이 된 패니는 토머스 경이 패니를 위해 사교계 데뷔 무도회를 열자고 했을 때, 에드먼드에게 "네 아버지의 노예처럼 여기저기 끌려 다니게 될 거야. 여성들

포츠머스를 떠나던 날의 어린 패니와 그가 본 것(위),
그리고 다시 포츠머스로 향하는 길에 성년이 된 패니와 그가 본 것(아래)

의 어리석음이 매력이라잖아"라고 말하며 토머스 경의 인종차별적
이고 성차별적인 발언에 불만을 표하기도 했다. 여기서 식민지에서
팔려온 노예의 존재는 결혼시장에서 적당한 값에 팔릴 날을 기다리
는 여성의 삶과 미묘하게 만난다.

반면 비록 이모부에게 쫓겨나 맨스필드 파크를 떠나오긴 했지만
원치 않은 결혼을 거부하고 고향으로 돌아가는 패니의 마음은 잠시
나마 자유인의 상태였다. 패니를 배웅하면서 왜 떠나는 거냐고 묻는
에드먼드에게 패니는 울먹이며 이렇게 말했다. "가족에게 사랑받고
조건 없는 애정을 느끼고, 동등하다는 느낌을 갖고 싶어." 귀향길 노

예선의 부재는 따라서 패니가 잠시나마 누릴 평등과 자유에 대한 기대감이기도 하다. 그리고 헨리와의 혼인 문제에 관한 한 이 기대는 충분히 성취된 것으로 보아도 좋겠다.

헨리 크로퍼드는 패니가 고향집에 머무는 동안 찾아와 다시 한번 패니에게 진지하게 구애한다. 이때 헨리는 새를 날리는 이벤트를 시도했다. 이른 아침 패니의 집을 찾아온 한 소년이 패니 프라이스를 위한 것이라며 하늘을 향해 여러 마리의 비둘기를 날리는 장관을 연출한 것이다. 그리고 소년은 자신을 고용한 남자가 "찌르레기"를 언급했다고 말한다. 이것은 일종의 암호였다. 헨리 크로퍼드는 패니에게 갇힌 새의 은유를 담은 시를 읽어준 적이 있었다. 패니는 그 순간, 새장의 새처럼 갇힌 자신을 헨리가 날아오르게 해줄지 모른다고 꿈꾸었을 것이다. 마침 포츠머스의 부모 집은 패니에게 계급이나 빈부의 속박, 이모부의 강요로부터 자유로운 선택의 장소가 되어주었다. 패니는 여기서 비로소 누구의 눈치도 보지 않고, 즉 자유의지를 발동해서 헨리의 청혼을 수락한다. 그러나 그 선택이 자신의 마음까지 자유롭게 하지 못한다는 사실을 깨달은 다음날 아침, 또 다시 헨리를 거절하며 진정한 자유를 되찾는다. 맨스필드 파크에서였다면 상상도 하지 못했을, 패니로서는 드문 경험이었다.

새들과 관련해서 패니의 상황을 서술한 또다른 흥미로운 장면들이 있다. 영화의 마지막, 에필로그에 해당하는 부분이다. 안티과 노예 그림 사건이 있고 난 후 톰은 아직 투병 중이다. 버트램 경은 "미안하구나, 톰. 미안하다"라고 말하고, 창가에 서 있던 패니와 그의 시선을 대변하는 카메라는 곧 창밖으로 눈을 돌린다. 때마침 새떼가

크로퍼드 남매는 그들에게 어울리는 짝들을 만났고(좌), 버트램 가족들은 각자의 세계에 빠져 있다(우).
이 가족의 중앙에는 이제 패니 대신 수잔이 자리를 잡았다.

하늘 높이 날아오른다. 버트램 경은 자신의 잘못을 인정했고, 톰은 곧 회복될 것이며, 패니는 훌쩍 날아오른 저 새들처럼 마침내 억압으로부터 자유로워질 것이다.

카메라는 이후 이 철새 무리를 따라다니듯 그들과 함께 움직이고 하늘로 날아가서 다시 어딘가에 머물기를 반복한다. 이들이 멈춘 곳은 노리스 이모와 마리아가 함께 지내게 된 작은 집이나 헨리와 메리 크로퍼드 남매 커플이 있는 집의 뜰과 같은 장소였다. 카메라가 멈추면 인물들의 동작도 멈추는데, 농담 같은 내레이션과 함께 익살스러운 상황이 연출되곤 한다. 예컨대 각자의 파트너를 대동하고 넷이 만난 자리에서 "헨리와 메리는 그들과 잘 어울리는 상대를 만났다"라는 보이스 오버 내레이션이 흐르고, 인물들의 동작이 잠시 멈춘다. 이때 헨리와 메리는 화면 밖 먼 곳을 보고 있는 반면 그들의 연인들은 눈을 맞추며 서로를 유혹하고 있다. 로제마의 영화 〈맨스필드 파크〉는 이런 방식으로 제인 오스틴 원작의 위트와 풍자를 재치있는 카메라워크로 스크린에 옮겨 적었다.

'다른 선택'에 대한 상상

영화 〈맨스필드 파크〉의 캐스팅에서 가장 흥미로운 부분은 린제이 던칸이 연기하는 캐릭터 '들'이다. 패트리샤 로제마는 의도적으로 패니의 엄마인 프라이스 부인과 작은 이모 버트램 부인 역에 같은 배우를 캐스팅했다. 원작에서 오스틴은 패니가 오랜 시간이 지나 포츠머스 집에 돌아왔을 때, 어머니에게서 "버트램 이모를 눈앞에 떠오르게 하는 이목구비"를 보았다고 서술했다. "더더욱 사랑스러운 느낌을 풍겼다"고 덧붙이기도 했다. 영화는 둘의 '닮음'에 착안해서 두 인물을 모두 린제이 던칸에게 맡겼던 것인데, 로제마의 영화에서 패니의 어머니 프라이스 부인에게서 사랑스러움과 따뜻한 환대의 분위기를 발견하기란 쉽지 않아 보인다. 가난과 피곤에 찌들어 보이고, 지저분한 집안 살림은 이미 감당하기 어려울 만큼 방치되어 있을 뿐 아니라 생활고로 자식을 포기해야 했던 엄마의 죄책감까지 얹어진 우울이 그를 내리누르고 있다. 그런 패니의 엄마가 미모 하나로 준남작 가문에 시집간 이모 버트램 부인과 닮았다는 사실, 그리고 한때 언니를 따라 좋은 혼처를 만날 거라고 모두가 기대했다는 초반 오스틴의 서술을 참고하자면, 패니 엄마가 '가난한 해군과 사랑에 빠지지만 않았더라면…'이라는 상상을 가능하게 한다. 그랬더라면, 패니 엄마는 어쩌면 버트램 부인과 같은 삶을 살 수 있었을지도 모른다.

하지만 그런 가정에 대해 로제마의 입장은 비교적 단호하다. 그렇

패니의 엄마 프라이스 부인과 버트램 이모: 린제이 던칸의 1인 2역

게 해서 '좋은' 혼처를 만났다 한들, 우리가 앞서 보았듯이, "아편 중독에 빠져" 무기력한 버트램 부인과 같이 되지 않았겠나, 싶어지는 것이다.

영화는 원작에는 없는, 패니와 엄마가 딱 한 번 진지한 대화를 나누는 장면을 삽입해두었다. 헨리가 프라이스 가족이 사는 집에 찾아와 함께 식사를 하던 날 밤이었다. 고민하는 것처럼 보이는 딸에게 프라이스 부인이 다가왔다.

"부자가 부끄러운 것은 아니란다."
"부자가 된 과정이 중요하죠."
"명심해라. 나도 사랑해서 결혼했다."

모녀의 대화는 여기서 끝이 나지만, 패니의 엄마가 패니에게 '타협'을 요구했음을 확인하기에는 충분하다. 패니는 선택해야 했다. 닮은꼴의 자매, 엄마와 이모의 삶을 거리를 두고 바라보는 일이 필요했을지 모르겠다. 사랑 없는 결혼은 할 수 없으므로, 엄마와 같은 비참한 삶을 각오하고 헨리를 거절할 것인가, 어떻게 살지에 대한 고상한 질문은 접어두고 버트램 이모처럼 아편에 취한 듯 무기력하게 순응하고 침묵하는 삶을 살 것인가. 우리가 잘 알고 있듯이, 로제마의 패니는 (오스틴의 패니보다 훨씬 더 급진적으로) 차라리 톰 버트램의 길을 선택했다. 발작적인 고열에 시달릴망정 자신이 '본 것'을 기록하고 폭로하는 일을 택한 것이다. 패니는 톰과 같은 '남성'이 아니고 귀족도 아니어서, 내놓고 저항하고 반항하거나 심지어 아플 수 있는 형편이 못되므로 글을 쓰는 여성이 되기로 했다. 참으로 마땅해 보인다.

| 그들의 '행복'을 가능하게 한 것 |

다음 장면은 가장인 토머스 버트램 경이 장남 톰을 데리고 사업차 안티과로 가 있는 동안 평화로운 한때를 보내는 맨스필드 파크의 사람들이다. 악기를 연주하는 마리아와 줄리아 버트램 자매, 마리아의 약혼자 러시워스, 이때만 해도 마리아에게 공을 들이고 있던 헨리 크로퍼드, 그리고 조카들을 끔찍이 아끼는 큰이모 노리스 부인과 그들의 모친 버트램 부인. 이들은 모여 연주를 즐기고 있다. 그러나 한가롭고 다복해 보이는 이들 가운데 패니 프라이스는 부재한다.

패트리샤 로제마는 이 장면을 치밀하게 구성하면서 몇 가지 장치를 심어두었다. 첫째, 연주하는 버트램 자매와 감상하는 청중들을 창문 밖에서 카메라에 담았다. 표면이 매끄럽지 않은 19세기의 유리창은 마치 간유리처럼 초점이 흐린 이미지를 제공한다.

둘째, 카메라가 화면 왼쪽에 위치한 버트램 자매 쪽에서 오른쪽으로 패닝을 한

"이런 게 행복이야. 그렇지 않니, 퍽시?"

다. 이렇게 해서 자매의 연주를 즐기는 청중의 모습이 차례로 화면에 들어오는데, 흐리게 시작한 화면이 점차 또렷해지면서 초점은 이제 버트램 부인에게 주어진다. 이때 버트램 부인이 의미심장한 대사를 읊는다. "이런 게 인생의 행복이야. 안 그러니 퍽시?" 퍽시는 부인이 늘 안고 다니는 퍼그 종 개의 이름이다. 영화 전체를 통틀어 이 장면에서 버트램 부인은 가장 맑은 정신을 보였다.

셋째, 버트램 부인의 오른쪽 옆, 그의 등을 바라보며 시중을 들고 있는 검은 소년의 동상이 시선을 끈다. 노예 소년의 등장은 그들의 행복을 가능하게 한, 먼 나라에서의 폭력을 암시한다.

넷째, 이 평화로운 장면은 곧 불안정한 순간을 맞게 되는데, 위 네번째 그림에서 보듯이, 서인도제도에서 부친에게 얌전히 사업을 배우고 있어야 할 장남 톰이 이들의 세계에 뛰어들기 때문이다. 이제 초점이 분명해져 바깥에 시선을 두기에 충분해진 화면은 배경의 작은 창문 너머로 말을 타고 도착하는 톰을 포착한다. 늘 무언가에 취해 있던 버트램 부인이 이번에는 친절하게 고개를 돌려 관객의 시선까지 창밖의 인물을 바라보도록 유도한다. 톰의 도착과 함께 깨진 이들의 작은 평화는 다음 장면에서 곧 아버지는 어떻게 하고 혼자 일찍 돌아왔느냐고, 야단스럽게 톰을 채근하는 가족들의 질문으로 이어진다.

일련의 장치들은 맨스필드 파크에서 그들이 누리는 부와 평화로운 질서가 멀리 서인도제도에서의 질서 유지와 밀접한 관계가 있다고 은밀하게 주장한다. 톰의 갑작스러운 등장은 그 질서에 문제가 생겼다는 것(즉, 아버지와의 불화)을 의미했고, 이것은 후에 톰의 질병과 가족의 위기로 이어질 예정이다. 이 에피소드와 여기 쓰인 영화의 기법들은 불투명한 유리처럼 흐릿하고 모호하던 것이 분명해지면서 진실을 드러낸다. 그 진실이 무엇을 위협하고 무엇을 보상하는지 관찰 가능하게 한다는 점에서 이 장면은 마치 영화 〈맨스필드 파크〉 전체에 대한 은유와도 같다.

그것은 오스틴에 대한 '옹호'였을까?

패트리샤 로제마의 급진적인 해석과 각색은 원작의 내용에 충실한 영화를 기대하는 사람들에게는 상당히 당혹스러울 수 있다. 『각색 이론의 모든 것』을 쓴 린다 허천Linda Hutcheon은 로제마의 영화는 노예제에 대한 페미니즘적 비판과 탈식민주의 비판을 모두 첨가한 작품으로, 탈식민주의적 관점에 몰두한 나머지 원작의 맥락을 "심

각히게 변경시킨" 사례로 소개했다.[3]

　로제마의 각색은 우선, 각색자 혹은 창작자의 정체성이 작품에 의도적으로 개입한 정체성의 정치학으로 이해할 필요가 있다. 패트리샤 로제마는 캐나다 출신으로 레즈비언임을 일찌감치 공개했다. 1987년 데뷔작인 〈인어가 노래하는 것을 들었네〉I've Heard the Mermaids Singing로 이름을 알렸고, 퀴어 영화가 드물던 시기 레즈비언 영화 〈밤이 기울면〉When Night is Falling, 1995을 발표했다. 최근에는 전기가 사라진 세상에서 단둘이 초유의 재난을 극복하는 자매의 이야기를 다룬 SF 〈인투 더 포레스트〉Into the Forest, 2015로 호평을 받았다. 네덜란드 캘빈교도인 부모 밑에서 영화와 텔레비전을 금지당하면서 엄격하게 자란 로제마는 미국의 캘빈 칼리지에서 철학과 문학을 전공했다. 감독의 이와 같은 이력은 〈밤이 기울면〉에서 보수적인 신학교의 신화학 교수인 카밀(파스칼 뷔시에르)과 서커스단원 페트라(레이첼 크로퍼드)의 사랑 이야기에 영향을 주었을 것이다. 〈맨스필드 파크〉의 한두 장면에서 메리 크로퍼드가 패니에게 보이는 오묘한 시선("여자는 여자가 잘 알죠")도 종종 퀴어 감성으로 해석되곤 한다.

　제국주의에 대한 영화의 시각도 그렇다. 오스틴 시대인 18세기 말과 19세기 초는 캐나다가 영국의 식민지였던 시기였다. 따라서 캐나다인 로제마가 서인도제도에 대한 오스틴의 서술을 그냥 넘길 수 없었던 것은 자연스러운 일이다. 일본인이 쓴 1930년대의 소설에서 식민지 한국의 흔적을 읽은 한국인이라면, 충분히 불편할 수 있듯이.

　하지만 감독의 정체성과 별개로 오스틴의 작품 전체를 놓고 보

---

3. 린다 허천, 『각색 이론의 모든 것』, 손종흠 외 옮김, 앨피, 2017, 306쪽.

더라도, 어떤 면에서 영화 〈맨스필드 파크〉는 제인 오스틴에 대한 그간의 비판들에 대한 흥미로운 응답이라고 볼 수 있겠다. 이를테면 우리는 이렇게 물을 수 있을 것이다(또는 사이드식으로, 물을 "자격이 있다"). 지금까지 성실하게 살펴온 바에 따르면 제인 오스틴은 당대의 약자들과 여성들을 품는 글쓰기를 했던 작가인데, 약자들을 향한 그의 공감과 연민은 서인도제도 안티과의 노예들에게는 왜 작동하지 못했는가? 레이먼드 윌리엄스의 비판처럼, 과연 제인 오스틴은 복수의 다른 계급은 보지 못한 채, "스스로 하나의 계급에 속하고자 끝없이 노력하는 사람의 행동에만 관심이 있었던" 작가인가?

로제마의 영화가 이런 타당한 질문들 앞에서 제인 오스틴을 옹호하거나 변명하려는 의도를 지녔는지, 차라리 비판에 적극 가담하기로 했는지는 알 수 없다. 다만 그가 이런 비판을 의식하고 있었고 나름의 방식으로 다시쓰기를 시도했던 것만은 분명하다. 그렇다면 〈맨스필드 파크〉에서 로제마가 성취한 것은 무엇인가? 그것은 어쩌면 19세기 제국주의 시대 이전의 '제국'에 속한 사람으로서, 당대 시공간의 한계에 갇혀 있던 작가 자신을—마치 새를 날려 보내듯이—미래(20세기 영화 제작 시점)의 넓은 세상으로 날려 보낸 것이 아니었을까. 즉, 로제마는 오스틴의 원작이 마음에 안 들어서 비판적인 시각으로 '개작'을 했다기보다는, 당대 한계 속에서 오스틴이 차마 발언하지 못했거나 가볍게 다루어야 했던 것들에 대한 징후적 읽기를 시도했다고 말할 수 있을 것이다.

원작에서 말하지 않은 혹은 배제된 것들로부터 정말 말하고 싶었거나 반드시 말했어야 했던 것들을 추적해내는 일은 이제 영화의 해

독자로서 우리들의 몫이 되었다. 슬며시, 이렇게 물어보자. 19세기 초 샬롯이나 루시 같은 여성에게도 공감할 수 있었던 작가의 작품을 20세기 말에 영화로 만든다면, 최소한 노예제도에 대해서는 침묵하지 말아야 하는 것 아닐까? 제인 오스틴이 그 감수성 그대로 20세기에 글을 썼다면, 혹시 로제마처럼 '이렇게' 쓰지 않았을까?

그릇된 교육, 배신감과 최후의 보상

마지막으로, 19세기 여성으로서 패니의 캐릭터와 제국주의의 문제에만 집중하면 쉽게 눈에 띄지 않을 수 있는 부분에 대해 한두 가지 덧붙이려고 한다. 제인 오스틴은 토머스 버트램의 뒤늦은 깨달음과 후회를 전하면서 당대 귀족적 품행교육의 모순에 일침을 놓는다. 소설의 결말에서 버트램 경은 자신의 교육에 대해 반성하는 모습을 보인다. 버트램 부인은 매사에 무심할 뿐이고, 사실상 자녀들의 교육을 맡고 있는 이모 노리스 부인은 무조건 받아주는 입장이므로, 버트램 경 자신은 엄격하게 대하며 자녀들의 방종을 막아야 한다고 생각했던 것이 문제였다. 하지만 그보다 더 큰 문제는 절제되고 책임 있는 행동의 원칙을 가르치지 못했다는 점이다.

그들은 이론적인 종교 교육은 받았었다. 그러나 그 교육을 일상적으로 실행해보라는 요구를 받아본 적은 없었다. (…) 그는 두 딸을 착한 사람으로 만들 작정이었다. 그런데도 그의 관심은 명석한 머리와 태도에만 맞추어졌을 뿐이지 성품에는 맞춰지지 않았있다. (…) 그는 그런 석정 속에서, 값비싼 교육을 시키고 막대한 비용과 신경을 썼음에도 불구하고 딸들이 지켜야 할 첫번째 도리가 뭔지도 모르는 채 자라났고, 그 자신은 그 딸들의 성품과 기질도 제대로 몰랐다는 사실을 비참하게 절감했다. (744~745쪽)

영화에서 버트램 경은 패니가 처음 맨스필드에 온 날 마리아와 줄리아에게 예의 바르게 대할 것을 요구했다. 패니는 너희들처럼 예법을 잘 배우고 자란 아이가 아니니, 신경써서 잘해주어야 한다는 당부를 덧붙인다. 교양 있게 처신하라는 이 준남작의 훈계 저변에는 인간으로서의 존중보다는 경멸과 무시의 태도가 훨씬 견고하게 자리잡고 있었다. 어차피 패니는 너희들과 똑같아질 수는 없으니 우아하고 관대하라는 의미에 가까웠다. 이는 『오만과 편견』에서 다아시가 엘리자베스에게 부끄러워하며 털어놓았던 다아시 부친의 교육방식과도 같은 것이어서, 오스틴이 이 문제를 오랫동안 고민해왔다는 점을 알 수 있다.

『비커밍 제인, 세상 모든 사랑의 시작과 끝』을 쓴 존 스펜스는 『맨스필드 파크』의 주제를 이렇게 정리했다. "우리가 좋아하는 사람이 우리가 기대했던 것보다 못한 사람으로 나타났을 때 느끼는 배신감, 그렇게 될 수 있었는데 되지 못했을 때 느끼는 실망감"(306쪽).

버트램 경은 애지중지했던 큰딸 마리아 버트램에게 실망하고, 에드먼드는 메리 크로퍼드 양에게 실망했다고 말할 수 있다. 결국은 마리아와 함께 '내쳐진' 노리스 부인의 실망도 만만치 않을 것이다.

원작의 실망감을 이어받아, 로제마의 영화는 버트램 경에 대한 톰의 실망과 패니의 실망을 더 깊게 새겨둔 결과가 되었다. 물론, 원작과 영화는 모두 그 실망을 실망으로만 남겨두지 않고 더 좋은 보상을 제공함으로써 '오스틴스러움'을 공유한다. 우선, 에드먼드와 버트램 경에게는 아내와 며느리로서 패니를 얻게 된 것이 보상이었다. 하지만 역시 가장 큰 보상을 받은 최후의 승자는 패니 자신이었다는 사실에 로제마의 영화는 방점을 찍었다. 그리하여 에드먼드의 고백을 받은 패니는 그의 품에 안긴 채 카메라를 향해 의미심장한 웃음을 보낸다. 그리고 그는 이 모든 이야기를 (일단은 자비로 출간하고) "인세를 받는" 소설로 쓸 예정이다. 제인 오스틴이 그랬듯이.

| ITV 〈맨스필드 파크〉, 2007 |

-연출: 이언 B. 맥도널드 Iain B. MacDonald

-원작: 제인 오스틴

-각본: 매기 와디

-출연: 빌리 파이퍼(패니), 미셸 라이언(마리아), 플레이크 릿슨(에드먼드), 더글러스 호지(버트램 경), 젬마 레드그라브(버트램 부인), 헤일리 앳웰(메리), 조셉 비티(헨리), 제임스 다시(톰), 매기 오닐(노리스 부인)

-방영: 2007.3.18. ITV

영국, 120min.

2007년 3월에 ITV에서 방영된 드라마 〈맨스필드 파크〉는 패니(빌리 파이퍼)의 목소리로 시작되어, 속도감 있게 진행된다. 포츠머스의 집을 떠나는 어린 패니는 로제마 버전의 패니와 달리 처음부터 자신이 버려졌다는 사실을 알고 눈물을 흘리며 슬퍼한다. 이후 패니가 다시 집을 방문하거나 부모를 만나는 일은 없다.

원작에서는 패니가 헨리 크로퍼드의 청혼을 거절하고 부모의 가난한 집으로 쫓겨가듯 돌아가지만, 이언 B. 맥도널드가 연출한 드라마 〈맨스필드 파크〉는 버트램 이모 부부가 친지 방문을 위해 떠나고 에드먼드는 목사 안수를 위해 떠나는 식으로, 다른 인물들이 모두 맨스필드 파크를 떠나서 패니 혼자 남는 상황으로 바꾸어 놓았다. 혼자 남아 자신의 처지를 생각해보라는, 일종의 처벌이었다. 따라서 헨리가 다시 찾아와 구혼하는 곳도 포츠머스가 아니라 패니 혼자 지키고 있는 맨스필드의 저택이었다.

다만 영화가 생략한 윌리엄 오빠가 드라마엔 등장하여 그나마 패니가 원래 가족과의 관계를 유지하는 매개가 된다. 패니와 한 살 터울의 윌리엄은 가족 중 패니와 가장 친밀했고 자주 서신을 교환했다. 오스틴의 '왕자님'들이 종종 가족들의 곤란한 문제를 해결하는 데 도움을 주었던 것처럼, 〈맨스필드 파크〉에서도 해군이었던 윌리엄의 승진을 도운 것은 헨리였다. 비교적 순수한 의도로 베풀었던 다른 왕자님들의 호의와 달리 헨리가 윌리엄을 도운 것은 패니의 마음을 사기 위해서였을 텐데, 실제로 패니는 헨리의 배려에 감동한다. 맥도널드의 드라마는 윌리엄이 휴가로 맨스필드를 방문해서 함께 춤을 추며 즐거운 시간을 보내는 장면을 밝은 톤으로 연출했다.

반면 윌리엄 없는 로제마 버전에서 패니와 가족의 연결고리는 여동생 수잔이었다. 패니와 수잔과의 관계에 제인 오스틴과 언니 카산드라의 관계를 투영하고 오스틴이 원작 마지막에 썼던 것처럼 수잔에게 주어진 가능성을 강조하면서, 로제마는 자매애에 더 큰 의미를 부여했다.

원작이나 로제마의 버전과는 사뭇 달라진 버트램 부인의 역할도 흥미롭다. 오스틴의 버트램 부인은 패니를 계속 사신 곁에 둘 수 있다는 생각에 패니와 에드먼드의 결혼을 반겼지만 로제마의 버트램 부인은 매사에 무신경할 뿐이었다. 한편 맥도널드의 버트램 부인은 적극적인 조력자로 변신했다. 버트램 부인은 심부름을 시켜서 패니를 정원으로 내보낸 후 에드먼드가 패니를 따라가 청혼하도록 부추기면서, 마지막에 작지 않은 존재감을 드러낸다.

8장

패러디로 만난 고딕소설과 여성의 공포

제인 오스틴의 『노생거 수도원』과 존 존스의 〈노생거 사원〉¹

| 노생거 사원 Northanger Abbey, 2007 |

–감독: 존 존스 Jon Jones

–원작: 제인 오스틴, 1817

–각본: 앤드류 데이비스

–출연: 펠리시티 존스(캐서린 몰랜드), 제이 제이 페일드(헨리 틸니), 캐서린 워커(엘리너 틸니), 캐리 멀리건(이자벨라 소프), 리암 커닝엄(틸니 장군), 윌리엄 벡(존 소프)

–방영: 2007. 3. 25. ITV

영국, 미국, 아일랜드, 84min.

---

1. Northanger Abbey는 "노생거 수도원" 또는 "노생거 사원"이라는 제목으로 번역된다. 본 장에서 참고한 번역본 세 권 중 두 권(펭귄 클래식, 시공사)의 제목이 "노생거 수도원" 이어서 원작의 제목을 『노생거 수도원』으로 표기한다. 반면, ITV 영화의 국내 출시 제목은 〈노생거 사원〉이다.

몰랜드 목사에게는 자녀 열 명이 있다. 그중 맏딸인 캐서린 몰랜드(펠리시티 존스)는 집안이나 용모나 성품까지도 지극히 평범해서 누가 보아도 소설의 여주인공감은 아니었는데, 열다섯살 이후부터 제법 예쁘게 자라 이제 열일곱이 되었다. 부유한 이웃 앨런 부부는 앨런 씨의 통풍 치료를 위해 바스로 떠나면서 캐서린을 동행으로 초대한다. 캐서린은 매일 흥미로운 이벤트와 무도회가 열리는 바스에서 이자벨라 소프(캐리 멀리건)를 친구로 사귀고, 목사인 헨리 틸니(제이 제이 페일드)와 그의 여동생 엘리너 틸니(캐서린 워커)를 만난다. 캐서린은 곧 헨리에게 호감을 가진다.

한편 이자벨라의 오빠 존 소프(윌리엄 벡)도 주인공 캐서린에게 접근해온다. 헨리와 엘리너의 부친 틸니 장군(리암 커닝엄)은 존의 착각과 허세 때문에 덩달아 캐서린을 앨런 부부의 상속녀로 오해해서 자신의 저택 노생거 사원으로 캐서린을 초대한다. 한때 수도원이었던 그 성은 고딕소설 『우돌포의 비밀』에 빠져 있는 캐서린에게는 매혹적인 공포의 공간이었다. 갑자기 세상을 떠났다는 노생거의 안주인 틸니 부인과 틸니 장군 사이에는 비밀이 있는 것이 틀림없어 보였다. 그러나 캐서린의 무모하고도 솔직한 호기심은 곧 대가를 지불하게 된다.

오스틴의 변명: 유행이 지난, '수도원 괴담?'

이 소품은 1803년에 완성되어 즉시 출간될 예정이었다. (…) 주목해야 할 점은 13년이 지나는 동안 이 작품의 일부분이 비교적 시대에 뒤

떨어졌다는 사실이다. 그러므로 독자들에게 이 작품이 완성된 지 13년이 지났고, 작품을 쓰기 시작했을 때는 그보다 더 오래전이었으며, 그동안 장소며 예법, 책, 의견들이 상당히 변했음을 유념해주길 간청하는 바이다.[2]

1817년 제인 오스틴의 사후 출간된 책의 서두에는 이례적으로 오스틴 자신이 쓴 알림글이 실려 있다. 『노생거 수도원』은 제인 오스틴이 1803년에 크로스비 출판사에 판권을 넘긴 「수잔」을 그때 가격 그대로인 10파운드를 돌려주고 1816년에 되찾아온 작품이다. 오스틴이 직접 수정해서 출간을 준비하던 중 사망해 유작이 되었고, 『설득』과 각각 두 권으로 묶여 네 권짜리 세트에 포함되었다. 알림글의 서술대로 제인 오스틴이 『노생거 수도원』을 쓰기 시작한 것은 그보다 훨씬 전의 일이다. 비평가들은 대체로 이 소설을 1790년대 초반, 작가의 십대 시절 습작으로 보았는데, 당대 유행하던 여러 소설들의 짜깁기에 불과하다고 폄훼하기도 했다. 카산드라 오스틴은 이 작품이 대략 1798년에서 1799년 사이에 씌어졌다고 회고했다. 오스틴의 나이 23~24세 무렵이다. 『노생거 수도원』이 오스틴의 작품 중 가장 독특하지만 저평가되어왔던 데에는 혹시 이런 사정이 영향을 미쳤을지 모르겠다. 출판이 한번 좌절된 작품이고, 마치 작가 스스로도 확신이 없어 변명하는 것처럼 보이기도 하며, 주인공인 캐서린은 십대 소녀인 데다가 어떤 면에서는 미숙한 모습이다.

하지만 우리는 오스틴이 걱정하는 것이 작품의 완성도나 미숙함

---

2. 제인 오스틴, 『노생거 수도원』, 최인자 옮김, 시공사, 2016, 9쪽. 이하 『노생거 수도원』 인용은 같은 책이며 쪽수만 표기함.

이 아니라 작품 속에 언급된 "장소, 시기, 예법이나 책들, 의견들"이라는 점에 주목한다. "지금은 여러 가지가 많이 달라졌지만, 오래전에 쓴 작품이라는 것을 고려해주세요"라고 독자들에게 부탁한다는 것은 역설적으로 이 젊은 작가가 가장 시의적인 이야기로 독자들과 소통하는 일을 중요하게 여겼음을 잘 보여준다. 그는 당대의 독자라면 누구나 알아들을 수 있는 지명과 책과 인용들을 사용했을 것이다.

실제로 『노생거 수도원』은 오스틴의 작품들 중 집필 당시의 풍습과 사건, 상품이나 책 제목들을 가장 구체적으로 담고 있다. 작품의 주요 배경인 바스를 예로 들자면, 『노생거 수도원』의 바스는 『설득』의 바스보다 훨씬 상세하다. 캐서린이 헨리 틸니와 만나는 초반 장면에서 헨리가 캐서린에게 말한다.

"'킹 씨의 소개로 매우 매력적인 젊은 남자와 춤을 추었다…' 저는 당신이 (일기장에) 이렇게 쓰면 좋겠습니다."

여기서 '킹 씨'는 1785년 로어 사교장의 예식 담당 지배인으로 임명된 제임스 킹을 말한다(31쪽). 바스에 드나들던 사람들은 그가 비치해둔 방명록에 이름을 써서 자신들의 도착 소식을 알리곤 했다. 킹 씨의 역할을 사람들이 알고 있었던 것은 물론이고, 바스의 사교장이 어퍼 사교장과 로어 사교장으로 나뉘어 있는 것도 바스를 알고 있었던 대중이라면 익숙하게 그려볼 수 있는 구조였을 것이다.

캐서린이 "런던에서 곧 충격적인 게 나올 거라고 들었다"고 말하는 장면도 있다. 캐서린은 곧 새로운 공포소설이 출간된다는 뜻으로 한 말이었는데, 엘리너는 이 말에서 세인트 조지 광장에 모인 3천 명의 폭도를 떠올린다. 이는 1780년 가톨릭 신자에 대한 차별을 철폐하는 법안이 통과되자 이에 항의하며 일어났던 고던 폭동을 말한다. 런던 시내에서 일어난 이 폭동은 18세기 영국의 가장 큰 소요사건이었다(146~147쪽).

가장 눈여겨볼 만한 것은 역시 책들의 제목이다. 제1권의 5장에서 오스틴은 젊은 아가씨들이 소설을 즐겨 읽으면서, 누군가 물으면 "그저 소설일 뿐인 걸요"라고 말하며 부끄러워한다고 썼다. 『세실리아』, 『카밀라』, 『벨린다』 등이 그런 책들이다. 『세실리아』와 『카밀라』는 18세기 후반에 가장 인기있었던 프랜시스 버니의 소설들이고, 『벨린다』는 마리아 에지워스가 1801년에 쓴 소설이다. 이 작품들은 모두 경험이 없고 약점이 있는 여주인공이 어른들의 세계로 입문하면서 마주치는 위험을 다루고 있다. 매릴린 버틀러는 이 점을 환기하면서, 만일 독자들이 18세기 소설 세계에 대해 막연하게라도 인지하고 있다면 『노생거 수도원』의 완전히 새로운 면을 보게 될 것이라고 단언했다.[3]

물론 『노생거 수도원』을 이해하기 위해 이것들을 모두 찾아 읽어야 할 필요는 없다. 언급된 소설들의 특징을 추려내서 비트는 작업을 이미 작품 속에서 작가가 충분히 해냈기 때문이다. 다른 소설들보다 훨씬 자주 인용되는 『우돌포의 비밀』도 그렇다. 1794년 출간된 앤 래드클리프의 고딕소설 『우돌포의 비밀』은 『노생거 수도원』에

---

3. 매릴린 비틀러, 「작품 해설: 제인 오스틴의 작품세계와 『노생거 수도원』」, 제인 오스틴, 『노생거 수도원』, 임옥희 옮김, 펭귄클래식코리아, 2009, 350쪽.

총 8차례 이상 직접적으로 등장하는데, 암시적인 언급까지 포함하면 실제는 훨씬 더 많다.

오스틴은 출간 당시로부터 길게는 20여 년 전에 유행했던 문화와 대중서사를 19세기 초반의 독자들이 낯설어하지 않을까, 또는 자신의 소설이 시대에 뒤처진 작품으로 보이지 않을까 걱정했던 것 같다. 프랑스혁명 이후 고딕소설의 유행은 변화를 겪고 있었다. 사람들은 이제 억압을 표현할 실제적인 언어를 얻었고, 억압을 벗어날 현실적인 가능성에 기대도 갖게 되었다. 즉 성*에 감금된 희생자와 악당 같은 은유나 낡은 장치를 벗어날 수 있었던 것이다. 더욱이 당대 최고의 인기를 누렸던 고딕소설가 앤 래드클리프도 1790년대 중반 이후에는 더이상 작품을 쓰지 않았다. 오스틴의 작품은 이 책을 쓰던 그 당시의 독자들이 이해하기 좋은 것이었고, 작품과 독자의 '공모관계'도 그때라면 훨씬 밀접했으리라 오스틴 자신도 생각하고 있었다.

다만 문학과 역사 연구의 업적이 쌓이고 여러 문헌들을 참조하는 것이 전보다 용이해진 지금, 우리는 18~19세기에 대한 그간의 연구들을 찾아볼 수 있고, 따라서 작가의 말과 당대의 언어를 그때보다 오히려 잘 알아들을 수 있는 환경을 갖추고 있다. 1994년에 매럴린 버틀러는 이렇게 썼다. "이제는 『노생거 수도원』을 있는 그대로 인정할 때이다. 말하자면, 이 작품이야말로 야심만만하고 혁신적인 작품이며 허구 자체를 지적으로 조롱하는 소설이라는 점을 인정할 때가 된 것이다."(버틀러, 앞의 글, 339쪽)

하물며 TV영화 〈노생거 사원〉이 방영된 2007년 즈음은 더욱 그러했다.

전형적이지 않은 소설, 부끄럽지 않은 소설 읽기

『노생거 수도원』은 어떤 방식으로 "허구 자체를 지적으로 조롱"하고 있을까? 이 소설은 재치있게도 두 가지 장르를 교차하면서, 그리고 소설 텍스트와 소설 읽기의 경계를 넘나드는 방식으로 허구를 뛰어넘는다. 앞서 언급한 18세기 소설들로 구분하여 말하자면 『노생거 수도원』은 프랜시스 버니와 마리아 에지워스의 소설처럼 여성 주인공의 이름을 제목으로 한 세태소설(『노생거 수도원』의 처음 제목은 「수잔」이었다. 그 사이 '수잔'이라는 제목의 다른 소설이 출간되자, 오스틴은 주인공의 이름을 '캐서린'으로 수정했다)이기도 하고, 『우돌포의 비밀』 같은 고딕소설이기도 하다. 제인 오스틴은 세태소설과 고딕소설을 풍자하고 패러디하면서 당대 사회와 문학으로 일종의 게임을 즐긴다.

총2부로 되어 있는 이 책의 구성을 장소를 중심으로 다시 나누어 보자면 '풀러턴(캐서린 가족이 사는 곳)-바스-노생거 사원-풀러턴'의 구조다. 하지만 대부분의 사건이 이루어지는 장소는 바스와 노생거 사원이고, 바스에서 캐서린과 이자벨라가 하는 대화는 상당 부분 당대의 고딕소설에 대한 것이다. 고딕소설들의 내용은 캐서린이 노생거를 향해 마차를 타고 가는 길에 이르면 점점 현실에 가까운 이미지를 남긴다. 어떤 면에서 이 소설은 소설에 대한 소설이고 소설 쓰기와 소설 읽기에 대한 논평이다. 오스틴은 당대의 소설과 독자들을 옹호하면서도 조금 '다른' 소설을 쓰고 싶었던 것 같다.

소설 『노생거 수도원』은 이런 문장으로 시작한다.

어릴 적 캐서린 몰랜드를 본 사람이라면 누구도 그녀가 여주인공이
될 운명이란 생각은 하지 않았으리라. (13쪽)

첫 문장부터 오스틴은 캐서린을 '소설의 여주인공'으로 명시하면
서 작가로서의 자신의 위치를 드러낸다. 소설 전반에서 이런 작가적
인 개입은 자주 발견된다. 지위나 외모, 성격이나 기질, 가정형편을
보아도, 캐서린은 오스틴의 다른 여주인공들과 다르다. 헨리와 캐서
린이 처음으로 논쟁하는 장면에서 그들은 일기쓰기에 대해 대화하
는데, 캐서린 자신의 말에 따르면, 그는 당대의 젊은 여성들에게 기
대되는 것처럼 꼼꼼하게 일기를 쓰는 여성이 아니었거나 최소한 시
시콜콜한 것들을 기록하면서 "평이한 문체를 만들어내는"(32쪽) 여
성이라는 이미지를 거부했다. 소설의 여주인공을 소개하면서 여주
인공으로서의 자질이나 전형성이 별로 없었다는 평가로 시작하는
자의식적인 서술은 이 작품 전체를 통과하는 오스틴의 전략이다.

하지만 젊은 아가씨가 여주인공이 되려고 할 때면, 이웃 40가구가 심
통을 부려도 막을 수 없는 법이다. 반드시 무슨 일이든 일어나서 그녀
앞에 남자주인공이 등장하기 마련인 것이다. (19쪽)

이 '무슨 일'이란 바스에 함께 가자고 앨런 부부가 캐서린을 초대
한 일이다. 이 여행에서 캐서린은 '노생거'의 차남인 헨리 틸니를 만

난다. 앨런 부인을 소개하는 대목에도 오스틴은 당대 소설의 전형적인 인물을 패러디한다. 앨런 부인은 당시 소설에 자주 등장하는 젊은 여주인공의 부유한 친척이나 이웃의 후견인 역할이다. 그들이 대체로 여주인공들의 불행에 일조하는 상투적인 방식들을 나열하면서 오스틴은 이렇게 썼다.

이제 앨런 부인을 좀더 자세히 소개하는 게 좋을 듯싶다. 그래야만 앞으로 부인의 행동이 어떤 식으로 작품에 전반적인 불행을 일으키는지, 그리하여 마지막에 이르러 부인이—경솔함 때문이든, 천박함 혹은 질투심 때문이든 간에—캐서린의 편지를 가로채거나 그녀의 평판을 망쳐놓거나 문밖으로 내쫓거나 해서, 가엾은 캐서린을 완전히 절망적인 비참함 속으로 빠뜨리는 데 어떻게 일조할는지 독자들이 판단할 수 있을 것이다. (22쪽)

물론 여기서 우리의 주인공 캐서린이 자애로운 앨런 부인 때문에 곤란해지거나 불행해지는 일은 없다. 한편 소설 읽기에 대한 오스틴의 논평은 훨씬 직접적이다.

두 사람은 비와 진창에도 아랑곳하지 않고 만나서 방에 틀어박혀 함께 소설책을 읽었다. 그렇다. 소설책이다! 나는 소설가들이 흔히 따르는 쩨쩨하고 졸렬한 관습을 따르지 않을 것이다. 모욕적인 비난으로 자신이 하는 작업을 깎아내리고 스스로 적의 무리에 합세하는, 그러니까 소설 작품들에 가장 신랄한 형용사를 붙이고 자신의 여주인공에게는 절대 읽는 것을 허락하지 않음으로써 최고의 적들과 연합하는 짓은 하지 않을 것이다. (…) 슬픈 일이로다! 소설의 여주인공이 다른 소설의 여주인공에게서 후원을 받지 못한다면, 대체 어디서 지지와 보호를 받을 수 있을까? 나는 이걸 인정할 수 없다. 한가하게 공상이나 늘어놓는다는 비난은 평론가들에게 맡기도록 하자. 이제는 신문들조차 불평하는, 닳아빠진 쓰레기 같은 문장으로 새로 나온 소설들마다 찢고 까부는 것도 내버려두자. 우리 소설가들은 서로를 저버리지 말자. 우리는 이미 상처받은 몸이다. 우리가 생산하는 작품은 세상의 어떤 문예 활동보다 더 폭넓고 진솔한 기쁨을 제공해주지만, 어떤 종류의 글쓰기도 이렇게 비난받은 적이 없었다. (45쪽)

오스틴은 여기서 '소설 나부랭이나 읽고 있는' 자신의 평범한 독자들에게 연대의 손을 내민다. 소설을 경멸하는 당대의 분위기는 도널드 서순이 잘 기록해두었다. 그에 따르면, 여성들이 자극적이고 변덕스러운 독서 습관에 빠지기 쉽다는 생각은 아주 일반적이었고 대개는 줄거리에 조바심을 내며 읽게 되는 소설이 그 주범이었다. 페미니스트 작가의 대모격인 메리 울스턴크래프트마저도 『여성의 권리 옹호』(1792)에서 소설가들을 박대하는 글을 남겼다. 그는 "인간의 본성에 관해 아는 것도 거의 없으면서 진부한 이야기들을 지어내고, 하나같이 취향을 타락시키는 그런 감상적인 허튼소리로 저속한 장면들을 시시콜콜 묘사하여, 일상의 의무를 저버리고 딴생각을 하게 만드는 어리석은 소설가들의 망상"을 비판했다.[4]

---

4. 도널드 서순, 『유럽문화사 I: 1800-1830』, 정영목 외 옮김, 뿌리와 이파리, 2012, 230쪽에서 재인용.

하지만 제인 오스틴은 이와 같은 비평 풍조를 비판하고 소설가로서의 자부심과 자의식을 드러낸다. 그는 소설을 읽고 쓰는 일을 부끄러워하거나 경멸할 필요도 없고 스스로 폄훼할 이유도 없다고 밝힌다. 그 태도가 얼마나 단호하고 명료한지 이 부분만을 발췌해두면 마치 선언문처럼 읽힐 정도다. 뿐만 아니라 소설 속에서 헨리가 래드클리프의 고딕소설을 최고로 여기고 『우돌포의 비밀』을 좋아하는 남자라는 사실은 캐서린을 크게 안심시킨다. 그 덕에 헨리에 대한 호감도가 높아졌음은 물론이다. 반면 존 소프는 "앤 래드클리프 소설이라면 모를까, 『우돌포의 비밀』 따위는 읽을 가치가 없다"고 말함으로써(그러니까 그는 앤 래드클리프도 『우돌포의 비밀』도 알지 못했다) 애당초 저급한 지적 수준을 들키고 만다. 따라서 영화 〈노생거 사원〉에서 캐서린이 『우돌포의 비밀』을 불태우는 장면은 불필요했거나 적잖이 못마땅한 것이었다. 후에 다시 언급하겠지만, 오스틴 자신은 결코 그렇게 쓴 적이 없고, 아마 그럴 생각도 없었을 것이다.

대중소설 읽기와 쓰기를 옹호하면서, 작가로서 제인 오스틴은 상투적이고 관습적인 서술이 가로막고 있는 "훨씬 더 폭넓고 진솔한 기쁨"을 찾아, 틀을 깨는 모방과 창조를 선보이고 싶었던 것 같다. 오스틴은 집필 당시 최고의 인기를 누리던 앤 래드클리프와 고딕소설이라는 장르를 패러디함으로써 이를 실천했다.

| 고딕소설과 여성 |

"황폐한 성을 배경으로 할 것, 수많은 방문이 늘어선 기다란 복도가 있고, 칼에 찔리고 목이 졸린 노부인을 포함해 아직 피가 흐르는 시체를 적어도 세 구 이상 등장시킬 것, 몇몇 도적들과 희미한 소리와 끔찍한 소음을 더할 것." 1798년의 한 잡지는 작가 지망생들에게 훌륭한 고딕소설을 쓰는 비법을 이렇게 알렸다(도널드 서순, 앞의 책, 281쪽).

최초의 고딕소설인 호레이스 월폴Horace Walpole의 『오트란토 성』(1764)에서 폭군 만프레드는 난데없이 나타난 무쇠 투구에 의해 상속인인 외아들을 처참하게 잃는다. 부당하게 취한 가문의 지위와 재산을 지킬 욕심으로, 만프레드는 결혼식 당일에 약혼자를 잃은 며느리 이사벨라를 자신이 취하겠다고 결심하고 아내 히폴리타와 딸 마틸다를 모질게 대한다. 수도승인 제롬은 신의 저주를 경고하며 이를 막으려고 애쓰는데, 우연히 사건에 말려들어 이사벨라의 도피를 돕게 된 젊은 농부 프레데릭은 마틸다를 사랑하게 된다. 『오트란토 성』은 초자연적인 계시와 환상, 기적, 가문과 출생의 비밀, 수도원과 수도승, 원치 않는 강제 결혼과 억압당하고 감금되는 여성, 기사도 같은 고딕소설의 전형적인 모티프들의 모태가 되었다. 삐걱거리는 계단과 비밀 통로, 지하 동굴과 놀풍, 수상하고 커다란 궤짝과 녹슨 경첩처럼, 공포를 유발하는 시청각적 이미지들도 풍부하게 동원되었다.

고딕소설은 여성들에게 특히 인기가 많았다. 무엇보다 이 이야기들에는 폭압적인 전제군주 아래 억압받는 여성들, 그들을 구하는 수도승과 기사의 등장과 로맨스, 권선징악의 결말이 빠짐없이 등장해서 여성 독자들의 환호를 받았다.

소비뿐 아니라 생산자 수도 여성이 압도적이었다. 호레이스 월폴의 『오트란토 성』이 나온 1764년부터 반세기 동안 영국에서만 4,500~5,000종의 고딕소설이

앤 래드클리프(1764-1823)

출판된 것으로 추산되는데, 대부분이 여성작가의 작품이었다(같은 책, 276쪽). 가장 유명했던 고딕소설가는 『숲속의 로맨스』(1791), 『우돌포의 비밀』(1794), 『이탈리아인』(1797)과 같은 작품들을 남긴 앤 래드클리프였다.

고딕소설은 해석의 관점에 따라 진보적인 장르가 될 수도 있고 보수적인 장르도 될 수 있었다. 구시대의 압제와 공포를 다루면서 환상과 신비에 의존했다는 점에서 문학적인 퇴보로 읽히는가 하면 당대의 혁명에 대한 공포와 함께 새 시대에 대한 기대감을 표출하는 문학으로 평가되기도 한다. 래드클리프는 이러한 고딕소설의 특징을 효과적으로 활용했던 작가로 알려져 있다. 그는 과거로 회귀하는 모습이지만 진보적인 입장을 취하고, 초현실적인 세계를 긍정하지만 합리적인 이해를 고수했다.[5]

여성주의적인 시각에서도 고딕소설에 대해서는 여전히 양가적인 해석이 가능하다. 『오트란토 성』에서 남성 전제군주들은 자신들의 이기심과 욕망을 위해 서로 쉽게 공모하고 결탁해서 여성들에 대한 억압과 착취를 정당화하는 반면, 히폴리타

---

5. 최주리·권수미, 「숭고한 인간본성의 회복: 앤 래드클리프의 고딕적 상상력」, 『영국 고딕소설: 공포와 일탈의 상상력』, 한국근대영미소설학회, 신아사, 2015, 59쪽.

와 마틸다와 이사벨라는 결정적인 순간에 이성과 이타심을 동원해서 양보하고 서로 위로하며 문제를 해결해나간다. 이들이 결국 초자연적인 신비와 남성들의 기사도에 의존해서 구원받을 수밖에 없다는 점에서 환상문학의 한계를 답습하는 것은 사실이다. 억압받는 현실의 여성 독자들이 상상의 해결에 의존해서 현실의 모순으로부터 도피하고, 헛된 공상에 빠지게 한다는 비난이 가능한 지점이다. 하지만 여성들에게 가해진 폭력과 부당한 억압이 폭로되고 고발된다는 점에서 전복적인 장르로 읽힐 수도 있다. 1970년대 페미니스트 비평가들은 이 점에 주목해서, 고딕 장르를 남성의 권력과 여성의 예속을 상징하는 형식으로 이해했다.

정신분석학과 페미니즘 문화비평의 영향을 받은 영화 장르연구는 여기서 더 나아가 호러영화가 지닌 전복적인 성격에 주목한다. 한 시대의 공포영화는 당대의 정상성과 비정상성을 가르는 잣대를 제공한다고 보는데, 장르 이론가 로빈 우드 Robin Wood는 공포영화를 '억압된 것들의 귀환'으로 설명했다. 공포영화에 등장하는 괴물 같은 존재는 곧 그 사회가 '괴물(비정상)'로 규정하는 억압된 것들이 두렵고 강인한 존재로 형상화된 것이라고 보는 시각이다. 예컨대 한국의 전통적인 공포영화에 등장하는 귀신들은 거의 여성들이었는데, 그들은 모두 사연이 있고 한을 지닌 여인들이었다. 지난날 한국의 여성들이 처했던 억압적인 상황이 괴담의 형태로 부유하다가 기록된 작품들이 상당하다.

고딕소설을 패러디한 『노생거 수도원』

전반부에서 틈틈이 언급되던 로맨스 고딕소설은 이제 후반부에 이르면 더욱 적극적으로 패러디된다. 블라디미르 나보코프는 일찍이 "풍자란 하나의 교훈이고, 패러디는 하나의 게임"이라고 말했다.[6] 린다 허천은 이를 받아들여 풍자는 도덕적·사회적인 관점을 갖고 개선하려는 의도를 지닌 것으로 이해한다. 반면 패러디는 그보다는 자유로운 유희에 가깝다. 그리하여 "패러디는 모방의 한 형식이지만, 항상 패러디된 작품을 희생시키는 것이 아니며, 아이러닉한 전도에 의한 모방"으로 "비평적 거리를 둔 반복"이다(같은 책, 14쪽). 허천이 보기에 "메리 셸리, 에밀리 브론테, 샬롯 브론테 그리고 다른 여성작가들과 함께 오스틴은 패러디를 적개심을 없애면서 사회를 풍자하기 위한 효과적인 문학적 매개물로 사용했다."(같은 책, 75쪽)

앤 래드클리프의 고딕소설을 패러디한 『노생거 수도원』은 이에 대한 좋은 사례다. 중반 이후 캐서린은 그간 독서와 대화, 상상의 주제였던 고딕소설의 세계로 직접 들어간다. 노생거 수도원으로 향하는 마차에서 헨리와 캐서린이 나누는 대화는 그 서막이었다. 헨리는 래드클리프의 두 소설 『우돌포의 비밀』과 『숲속의 로맨스』를 섞어 지어낸 이야기로 캐서린을 놀린다. "그렇다면 '책에서 읽은' 그런 건물에서 풍기는 모든 공포와 맞설 준비가 되어 있나요? 심장은 튼튼한가요? 스르르 열리는 판자나 태피스트리를 보고 기절하는 건 아니겠죠?" 헨리의 말에 캐서린은 잔뜩 긴장하면서도 호기심을 감추지 못한 표정으로 호응한다. 헨리는 캐서린이 관례대로 성의 별채에 묵게 될 것이며, 수상하고 오래된 옷장이며 서랍을 뒤적이다가 비운의 여주인공이 남긴 일기 뭉치를 발견하게 될지도 모른다고 겁을 준다.

캐서린은 이후 자신의 숙소에서 정말로 커다란 옷장과 침대 옆의

---

6. 린다 허천, 『패러디 이론』, 김상구·윤여복 옮김, 문예출판사, 1998, 129쪽에서 재인용.

궤짝을 발견하고 놀라는데, 거기에는 누렇게 바랜 종이 뭉치가 들어 있다. 노생거에서의 첫 밤은 캐서린에게 공포체험이었다. 더욱이 그는 틸니 부인이 갑자기 사망해서 엘리너가 임종을 지키지 못했고 시신을 보지도 못했으며 틸니 장군이 부인의 방 출입을 엄격히 금지한다는 사실을 알게 된다. 캐서린은 이제 이 커다란 저택이 큰 비밀을 품고 있다고 확신한다. 틸니 장군은 고딕소설에 흔히 등장하는 봉건적 군주이고, 엘리너는 연인을 두고 원치 않는 결혼을 해야 하는 영주의 딸이며, 어딘가에 틸니 부인이 감금되어 있거나 최악의 경우 장군에 의해 살해되었다고 상상하게 된 것이다.

하지만 고딕소설의 관습에 의한 모든 기대는 곧 보기 좋게 배반된다. 낡은 종이 뭉치는 세탁물 목록과 영수증으로 밝혀지고, 헨리의 해명에 의해 틸니 부인에 대한 캐서린의 짐작은 과도한 망상이었음이 드러난다. 오스틴은 소설의 말미에 엘리너의 결혼 소식을 전하면서, 그 세탁물 목록이 엘리너 연인의 하인이 부주의하게 흘리고 간 것이었다는 친절한 설명을 덧붙이기도 한다. 여기서 오스틴은 어느 정도 앤 래드클리프의 소설 스타일을 따르고 있다.

래드클리프는 자신의 소설에서 표현된 초자연적인 현상에 반드시 자연의 이치에 맞는 해명을 덧붙였던 것으로 유명하다. 『우돌포의 비밀』에 대해 캐서린과 이자벨라가 흥분해서 이야기하는 '검은 장막' 장면이 대표적인 예다. 이 장막 뒤에는 폭군 몬토니에 의해 살해된 우돌포의 안주인 로렌티니의 시신이 있으리라 예상되었고, 실제로 구더기가 가득한 시신이 나타나기도 한다. 하지만 래드클리프는 소설의 결말에서 이것이 부패 중인 시신을 본뜬 밀랍인형이었고,

세속적이었던 우돌포의 이전 주인을 위해 죽음을 학습하는 도구로 만들어졌다는 설명을 친절하게 덧붙였다. 호레이스 월폴이 『오트란토 성』에서 유령이나 환상과 같은 현상을 그대로 신비의 영역으로 남겨두었던 것과는 다른 방식이다. 이는 래드클리프 작품의 특징이자 신비주의를 배척하는 반가톨릭 프로테스탄트였던 작가의 정체성을 드러내는 것이며, 향후 고딕소설의 향방을 설명하는 요인들이기도 하다. 래드클리프 이후 고딕소설은 메리 셸리의 『프랑켄슈타인』과 같은 이성과 과학의 영역으로 진화한다. 이성과 감성의 조화에 늘 관심을 두었던 제인 오스틴으로서는 래드클리프식 접근이 더 매혹적이었을 것이다.

하지만 오스틴의 『노생거 수도원』은 래드클리프를 모방하는 데 그치지 않았다. 고딕소설의 관습을 활용해 오스틴은 자신의 시대에 대한 논평을 남긴다. 마차가 노생거 수도원 가까이 들어서자, 캐서린은 다소 실망한 눈치를 보인다. 자신이 상상했던, 뾰족한 첨탑과 장엄함을 지닌 고성의 이미지와 노생거 수도원의 분위기는 사뭇 달랐기 때문이다. 캐서린이 장군의 안내를 받아 성의 내부를 구경할 때 실망은 조금 더 구체적으로 서술된다. 장군은 수도원 내부를 현대적인 취향의 호화 가구들로 가득 채웠고, 육중한 조각이 새겨진 커다란 벽난로 대신 연기가 덜 나는 '럼퍼드식' 개량 벽난로를 설치해두었다. 이 벽난로는 소설이 완성되기 불과 몇 년 전에 생산된 제품으로 당시로서는 최신식 설비였다(207쪽).

매럴린 버틀러는 틸니 장군이 개량주의자라고 지적했다. 그에 따르면 틸니 장군은 낭비벽이 있는 부유한 지주로, 18세기부터 각종

저술에서 풍자와 비판의 대상이 되었던 부류였다. 실제로 1790년 전후 영국에서는 이국적인 현대식 건축물들이 늘어나고 이에 따라 수도원의 유적지와 산림이 훼손되는 일이 많았다. 이를 둘러싼 논쟁이 활발하게 진행되고 있었으므로, 유명한 논문과 저작들을 통해 오스틴도 이 점을 알고 있었다고 버틀러는 주장한다. 확실히 오스틴은 전통적인 고딕소설에 나오는 봉건군주이며 이기적이고 포악한 틸니 장군에게 개량주의자라는 '악덕'을 하나 덧붙인다. 이렇게 해서 제인 오스틴은 공포에 대해서는 이성적이고 현대적인 해석을 옹호하면서도 18세기 문명에 대해서는 전통적인 가치를 옹호하는 자신만의 '고딕소설'을 써내려갈 수 있었다.

존 존스의 〈노생거 사원〉과 캐서린의 성장

존 존스의 TV 영화 〈노생거 사원〉은 캐서린이 유아세례를 받는 장면으로 시작한다. 태어날 때부터 주인공다운 모습이라고는 없었던 이 딸이 점점 자라 어느새 열 명이나 되는 형제자매의 맏이가 되는 시간을 영화는 롱 테이크로 처리했다. 아기를 안고 있는 캐서린 엄마와 아빠, 그리고 세 명의 아들이 좌측에서 우측으로 나란히 걸어가는데 사실상 편집점인 커다란 나무 뒤를 지나서 이들이 다시 모습을 드러낼 때, 아기였던 캐서린은 형제자매 대열의 뒤편에 선 큰딸이 되어 아기 바구니를 끌며 걷고 있다. 여전히 아기를 안고 있는 엄마의 품에는 캐서린의 막내 동생이 있다. 소녀가 된 캐서린이 뛰어다니는 장면도 이와 유사하다. 열살 남짓 된 캐서린이 뛰어다니는

데, 흔들리는 화면으로 카메라가 캐서린의 뛰는 발을 잡았다가 다시 얼굴로 올라갔을 때는 '꽤 예뻐진' 열다섯살 소녀가 되어 있다.

〈노생거 사원〉은 이처럼 재치있는 영상언어로, 이 작품이 캐서린의 성장영화가 될 것임을 초반에 밝혀둔다. 이 밖에도 두어 가지 이미지를 사용해, 캐서린의 성장이 단순히 키가 자라고 나이를 먹는 것이 아니고 여인으로 성숙한다는 암시를 남긴다. 예컨대, 천방지축으로 형제들과 공을 차며 뛰어 놀던 캐서린은 영화 말미에는 더이상 뛰어다니지 않는다. 앨런 부부가 찾아왔을 때처럼 혼자 풀밭에 숨어 고딕소설에 빠져 있지도 않고, 어린 동생들의 잠자리를 돌보며 가사에 보탬이 되는 큰딸이면서 자상한 큰언니 몫을 해내고 있다. 캐서린의 여동생은 돌아온 언니에게 묻는다. "캐서린, 왜 이렇게 얌전해진 거야?" 캐서린은 에마가 그랬고 〈센스 앤 센서빌리티〉의 마리앤이 그랬듯이, 이제는 즉흥적인 감정에 빠지는 대신 조금 더 차분하게, '생각'을 하는 아가씨로 자라게 될 것이었다.

영화는 캐서린이 더이상 '우돌포' 따위의 공상에 빠져 사는 아이가 아니라는 점도 분명히 알려준다. 영화 초반에 몰랜드 부인은 젊은 아이가 고딕소설에 너무 빠져 있어 걱정이라고 말하고, 몰랜드 씨는 젊은 여성이 책을 읽는 것이 해가 되면 얼마나 되겠느냐고 되물었다. 반면 캐서린이 바스 여행을 마치고 돌아온 후에 몰랜드 부인은 딸이 혼자 마차 여행을 할 수 있을 만큼 자랐다는 점이 기특하고 자랑스럽다고 말하는데, 캐서린은 "저는 제가 전혀 자랑스럽지 않아요"라고 답한다.

이 장면의 바로 다음 컷은 개시린이 혼자 사신의 방에 있을 때, 책

앨런 부부를 만나기 전 고딕소설을 탐독중인 캐서린(좌)과
여행에서 돌아와 『우돌포의 비밀』을 불태우는 캐서린(우)

을 꺼내 벽난로에 던지는 모습으로 연결된다. 앤 래드클리프의 『우돌포의 비밀』이었다. 캐서린은 이즈음 자신이 쫓겨날 만한 잘못을 했다고 믿고 있었다. 틸니 장군을 아내 살인자로 의심했던 사실을 헨리가 장군에게 말했을 것이라고 생각한 것이다. 스스로 '성장'을 증명하면서 마치 다시는 그와 같은 공상에 빠지지 않겠다고 다짐이라도 하는 양, 캐서린은 『우돌포의 비밀』의 화형식과 함께 자신의 철없던 시절에 스스로 단절을 선언한다. 화형된 이 책은 이자벨라와 친구가 되게 해주었고, 헨리와 마음 통하는 대화와 농담의 매개가 되어주었으며, 노생거에 가는 길을 설레게 만들어주던 책이었다. 그런데 이젠 자신을 성에서 내쫓기게 만든 원흉이기도 했다.

하지만 마지막에 책을 불태우는 행위는 영화를 캐서린의 성장담으로 완성하기에는 유용했을지 모르나, 로맨스 고딕소설에 대한 오스틴의 모순된 매혹을 담아내기에는 충분하지 않은 선택이었다. 제인 오스틴 자신은 캐서린으로 하여금 고딕소설 읽기를 포기하거나 반성하도록 쓰지 않았을 뿐 아니라, 우리가 앞서 보았듯이, 앤 래드클리프가 제인 오스틴에게는 반드시 폐기해야 하거나 '극복'해야 할 선배였던 것만도 아니었기 때문이다.

공포영화의 패러디: 초자연적인 공포에서 설명 가능한 공포로

오스틴의 원작이 고딕소설에 대한 패러디라면, 영화 〈노생거 사원〉은 어떤 면에서 공포영화에 대한 패러디이다. 소설이 바스를 중심으로 한 세태소설에서 고딕소설 풍으로 넘어가는 것은 중반 이후, 캐서린이 노생거 수도원으로 들어가면서부터다. 이전에는 『우돌포의 비밀』과 같은 고딕소설들이 자주 언급되면서 주인공들의 성격을 설명하고 대화의 소재를 끌어오는 정도였다.

반면 〈노생거 사원〉은 캐서린의 상상을 영상으로 재현하면서 초반부터 공포영화 장르의 관습들을 차용한다. 예컨대 열일곱살 예쁜 숙녀로 자란 캐서린이 홀로 책을 읽으며 공상에 빠져 있는 부분에서 캐서린은 책의 여주인공이 되어 자신을 구하러 온 기사를 만난다. 앨런 부부와 바스로 떠나는 마차 안에서도 책을 손에 든 캐서린은 젊은 여성이 먼 길을 떠날 때 만날 수 있는 모험을 상상하며 들떠 있다. 갑자기 습격한 남자가 앨런 부부로부터 자신을 납치하는 상상이었다. 바스의 무도회장에서 헨리를 만난 후부터는 미지의 기사가 헨리의 얼굴을 하고 나타나 자신을 구출해준다. 수도원에 갇힌, 흰 옷만큼 순결한 캐서린은 그렇게 자신의 '기사'와 운명적인 사랑에 빠진다.

노생거를 방문하기 전부터 상상 장면을 통해 공포 장르의 분위기

노생거에 도착한 캐서린은 자신이 상상했던 그대로라며 흥분을 감추지 못한다.

를 차용했던 영화는 캐서린과 헨리의 마차가 노생거 수도원에 도착하면서부터 본격적으로 공포영화의 패러디에 돌입한다. 신식 문물이나 가구들을 통해 틸니 장군을 '개량주의자'로 묘사했던 오스틴의 서술이 생략되었고, 따라서 노생거가 생각보다 고풍스럽지 않은 것에 캐서린이 실망한 기색도 없다. 오히려 캐서린은 노생거 수도원 건물을 처음 보았을 때, 자신이 상상했던 것과 똑같다며 좋아한다. 상상했던 그대로 그곳에는 커다란 옷장과 낡은 궤짝과 수상한 종이 뭉치, 덜컹거리는 창문과 비밀스러운 계단과 방이 있었다. 하지만 우리가 알고 있는 것처럼, 그것들은 모두 합리적으로 설명 가능한 것들이었다.

설명 가능한 공포 중 압도적인 존재는 역시 틸니 장군이었다. 소설 『노생거 수도원』 마지막에 오스틴은 이 부분을 이렇게 직접 서술했다.

어쨌든 캐서린이 틸니 장군을 살인자나 아내 감금자로 의심했던 것도, 알고 보니 그의 성격을 심하게 왜곡했거나 그의 냉혹함을 크게 과장한 게 아니었다. (315쪽)

다행스럽게도 영화는 오스틴이 원작에서 그랬듯이, 캐서린의 오해가 완전히 근거 없지는 않았다고 위로한다. 헨리는 마지막에 캐서린을 찾아와 사랑을 고백하면서 아버지의 악행과 '괴물성'을 인정한다.

우리는 어머니가 아버지의 차가움과 잔인함으로 서서히 죽어가는 것을 목격했어요. 아버지는 돈 때문에 결혼했어요. (…) 흡혈귀나 살인은 없었지만 분명히 범죄는 있었어요. 마음과 영혼을 죽이는.

아들 헨리가 보기에도 틸니 장군은 폭군이고 고딕소설이나 호러 영화의 괴물과 악당만큼이나 나쁜 사람이었다.

도대체 우리 영국을 어떻게 보느냐, 지금 이 시대에 그런 극악한 범죄가 가능하다 생각하느냐고 캐서린을 한심하게 여겼던 것과는 달라진 모습이었다. 단지 생각했던 것만큼의 부자가 아니라는 죄로 젊은 여성을 쫓아낸 부친의 탐욕과 위선을 보고 헨리는 치를 떨었을 것이다. 11시간이나 마차를 타고 가야 하는 거리를 하인도 없이 혼자, 그것도 전세 우편마차를 태워서 보낸 것은 신사답지 못했을 뿐아니라 상식과 예법에도 심각하게 어긋나는 일이었다. 제인 오스틴

앨런 부부와 함께 바스로 떠나던 마차에서 공상에 빠지는 캐서린(위), 그리고 집으로 돌아오는 길에 소녀가 현실에서 만난 공포(아래). 캐서린이 성장한 것처럼, 공포에 대한 해석도 '진화'했다.

은 18세기 초 자신의 작품 속에서 1970년대 이후 페미니즘 문화비평이 당대의 공포문학을 폭넓게 해석하는 것과 같은 방식의 합리적이면서도 '현대적인' 해석과 논평을 제시했다.

그러므로 세상에서 가장 무서운 것은 인간이다, 초자연적인 현상이나 짐승이 아니라. 영화는 이 점을 캐서린이 우편마차를 타고 집으로 돌아가는 새벽, 함께 마차를 탄 승객들의 그로테스크한 모습을 통해 간접적으로 다시 표현한다. 무표정하고 굳은 얼굴로 캐서린을 노려보는 그들은 먼 길을 홀로 여행하게 된 젊은 여성에게 공포 자체였다. 처음 바스로 떠날 때와 같은 독서나 공상의 도움 따위는 전

허 필요없는 형편이었나.

공포영화의 전통과 문법으로 옮겨와 생각하자면, 이는 '인격의 공포'라고 할 수 있다. 찰스 데리 Charles Derry는 공포영화의 하위 범주를 악마적인 것의 공포, 아마겟돈의 공포, 그리고 인격의 공포로 나누었다.[7] 고딕소설의 전통적인 범주로서, 악마적인 힘의 존재를 상정하고 윤리적이고 형이상학적인 문제의식을 드러내는 것이 악마적인 공포영화라면 현대에서 이 장르는 악령 들린 아이들 이야기 같은 형태로 재현된다. 아마겟돈의 공포는 주로 과학기술과 세계의 불화를 다루는 영화들로 프랑켄슈타인의 괴물에서 유래해서 오늘날 SF 장르의 디스토피아 세계관과 연결되는 경향이 있다. 마지막으로 인격의 공포는 알프레드 히치콕의 〈사이코〉(1960)에서 시작되었다고 찰스 데리는 지목한다. 공포의 원천이 멀리 떨어져 있는 괴물에게 투사된 외부의 것이 아니라 '인간' 그 자체라는 관점이다.

찰스 데리의 구분은 지나치게 반영론적이라는 비판을 받기도 하지만, 현대사회의 폭력과 억압에 대한 대중의 정서적인 반응을 설명하는 데는 얼마간 유용하다. 더욱이 영화 〈노생거 사원〉을 캐서린의 성장담으로 보아도, 여행의 시작과 끝이 담긴 마차 장면의 의미는 각별하다. 캐서린은 여행을 떠날 때보다 돌아올 때 더욱 성숙해져 있었다. 마찬가지로, 악마적인 공포를 '불태우고' 인격의 공포로 안전하게 귀가하면서 고딕에서 출발한 공포 장르는 여주인공과 함께 진화하고 성숙했다.

---

7. 이순진, 「장르1-공포영화: 공포영화의 쾌락과 전복성」, 『영화로 보는 현대사회: 영화에 대한 13가지 테마』, 중앙대학교 예술대학 영화학과 엮음, 소도, 2002, 64-65쪽.

오스틴식 풍자로 마무리하기

제인 오스틴의 작품 중 유일하게 판타지적인 요소가 전면에 드러난 소설이지만, 『노생거 수도원』은 여전히 오스틴식 로맨스이고, 아이러니의 향연이며, "Why not?"의 도전이다.

처음 만난 날로부터 열두 달도 안 돼서 결혼을 치러서 그런지, 냉혹한 장군 때문에 끔찍하게 오래 기다려야 했었음에도 불구하고 두 사람은 전혀 상처받은 것 같지 않았다. 스물여섯살과 열여덟살의 나이에 완벽한 행복을 시작한다면, 꽤 훌륭한 일이 아닐 수 없다. 솔직히 나로서는 장군의 부당한 훼방이 그들의 행복을 해치기는커녕, 서로를 더 잘 알게 하고 애정을 더 돈독하게 함으로써 어쩌면 행복을 키웠다는 확신이 든다. 그렇다면 이 작품이 과연 부모의 독재를 권장하는 것인지, 아니면 부모에게 불복종하면 보상을 받는다고 하는 것인지, 이 문제는 누구든 관심 있는 독자의 판단에 맡기도록 하겠다. (320쪽)

소설의 마지막 단락을 제인 오스틴은 이렇게 썼다. 헨리가 청혼하러 왔을 때 몰랜드 부부가 제시했던 유일한 조건은 틸니 장군의 허락을 받아오라는 것이었다. 헨리는 부친과 이미 의절할 각오로 크게 다툰 후였으므로 쉬운 일은 아니었다. 그래서 이 커플은 장군의 마음이 바뀔 때까지 기다리고 있었는데, 그 사이 장군의 마음이 너그러워질 수 있는 유일한 사건이 발생한다. 재산과 지위가 낮아 부친이 반대했던 엘리너의 연인이 뜻밖의 상속을 받게 되어 신분에 변화가 생긴 것이다. 외동딸 엘리너가 자작부인이 되면서, 틸니 장군은 헨리에 대한 집착을 내려놓는다. 제인 오스틴의 다른 작품들처럼, 결국 모두가 나름의 방식으로 행복해졌다. 폭군인 악당 틸니조차도.

영화는 결말 부분을 상세히 살리지는 않았다. 보이스 오버 내레이션을 통해 헨리가 아버지와의 관계를 포기하고 결혼을 강행했으며 이후 엘리너도 약혼자의 상속으로 행복하게 결혼한다고 밝히는 게 전부였다. 더욱이 캐서린이 헨리를 먼저 좋아했다는 점, 헨리가 캐서린의 꾸밈없는 애정에 뒤늦게 반응했다는 사실을 직접 표현하지도 않는다.

비록 지금은 헨리가 그녀를 진심으로 좋아하지만, 그녀의 뛰어난 성품을 좋아하고 그녀의 집안을 진정으로 사랑하지만, 사실 그의 애정이 고마운 마음에서 비롯되었음을 솔직히 고백하지 않을 수 없다. 다시 말해서 오로지 그를 향한 캐서린의 각별한 애정에 설득당해서 그녀를 진지하게 생각하게 되었다는 것이다. 이런 상황은 로맨스에서는 처음 있는 일이며, 여주인공의 품위가 끔찍하게 손상된다는 점은 나도 인정하는 바이다. 만약 이게 평범한 삶에서도 새로운 일이라면, 터무니없는 상상을 펼친 책임은 전적으로 작가인 나의 몫이 될 것이다. (310쪽)

오스틴은 이런 일이 현실에서 터무니없지 않다는 사실을 아이러니하게 표현했다. 가슴앓이를 하면서도 내색해서는 안 된다는 규범에 묶인 당대의 평범한 여성 독자들에게 여성이 감정을 먼저 드러내도 괜찮다고, 어떤 남성들에게는 그것이 고마운 일일 수 있다고 다독이는 것도 같다. 심지어 그것을 고마워할 줄 알고 솔직하게 고백하는 남성이 멋지다고 부추긴다.

조숙해진, 하지만 집에 돌아온 후에도 우울한 감정을 여전히 숨기지 못하는 캐서린은 몰랜드 부인에게 헨리를 사랑한다고 말하며 울음을 터뜨렸다. 패러디 호러를 경유한 천생 로맨스 영화 〈노생거 사원〉은 서툴지만 사랑스러운 캐서린의 감정을 옹호하면서 그에게 오스틴의 여주인공으로서의 매력과 예정된 왕자님을 제때 배달하는 것으로 이야기를 무난하게 마무리했다. 다만 21세기 로맨스 영화로서, 조금 더 과감하게 말했어도 좋았겠다. '우돌포'를 불태우는 대신, 젊은 여성의 호기심과 상상력과 설렘은 죽음이나 감금으로 처벌받아야 할 것이 아니라 그 감수성을 읽어내는 기사의 멋진 사랑으로 보답받아 마땅하다고, 오스틴처럼 말이다. 먼저 '티가 나는' 사랑을 해서 품위가 좀 손상되면 어떤가. 게다가, 오스틴은 자신의 여주인공에게 로맨스를 이루는 대신 틸니 가의 유산 따위는 포기해버리라고 부당하게 (또는 과도하게) 요구하지도 않지 않던가.

|BBC 드라마 〈노생거 사원〉, 1987|

−연출: 질 포스터 Giles Foster

−원작: 제인 오스틴

−각본: 매기 와디

−출연: 캐서린 슐레징어(캐서린 몰랜드), 피터 퍼스(헨리 틸니), 로버트 하디(틸니 장군), 구기 위더(앨런 부인), 조프리 채터(앨런 씨), 캐시 스튜어트(이자벨라 소프), 조나단 코이(존 소프), 잉그리드 레이시(엘리너 틸니), 그렉 힉스(프레드릭 틸니), 필립 버

드(제임스 몰랜드)

　-방영: 1987.2.15. BBC

　영국, 미국, 88min.

　BBC 버전의 〈노생거 사원〉은 2007년의 〈맨스필드 파크〉 ITV 버전을 각색한 작가 매기 와디가 각본을 맡은 작품이다. 〈맨스필드 파크〉보다 20년 전에 제작되었다.

　이 작품은 나무 위에서 홀로 책을 읽으며 공상의 나래를 펼치는 캐서린을 통해, 우리의 주인공이 얌전하고 마냥 지적인 숙녀는 아니라는 점을 미리 밝히고 시작한다. 게다가 수시로 삽입되는 캐서린의 공상 장면과 책의 삽화는 『노생거 수도원』의 다른 버전에 비해 더 직접적으로 기괴한 이미지로 채워져 있다. 어떤 꿈 장면에서는 앨런 부인이 자기 손가락을 꿰매는 엽기적인 행동을 보이기도 한다.

　이야기가 아직 본격적인 공포 분위기로 진행되기 전에, 그러니까 영화의 초반부터 캐서린 부모의 목사관 뒤뜰에는 공동묘지 비석들이 의미심장하게 나열되어 있고, 캐서린은 바스로 떠나는 길에 노생거 사원을 먼저 지나친다. 영화가 바스에서의 모임과 사교계를 다루는 방식도 독특하다. 뜻밖에 캐서린은 헨리의 동생 엘리너 틸니를 온천탕에서 처음 만난다. 당대에 바스는 사교모임의 중심지이면서 로만 바스Roman Bath로 유명한 온천 휴양지이자 관광지였다. 이 사실을 토대로 영화는 사람들이 마치 실내 홀을 걷는 듯 물속을 걸어다니는 당대의 온천 문화를 흥미롭게 재현해두었다. 이 밖에도 헨리와 엘리너 틸니 남매와 캐서린이 보트를 타고 뱃놀이를 하는 장면들을 삽입해서 원작 소설의 배경을 적극적으로 시각화해서 보여주었다.

　하인들의 역할과 중매쟁이 후작부인 등 틸니 장군 주변 인물들의 폭을 넓힌 것도 인상적이다. 노생거 수도원에 간 캐서린이 이웃들과 사교활동을 하는 동안 흑인 소년 하인이 캐서린을 끌고 바깥으로 나가 곡예를 하고, 캐서린을 시중드는 하인들은 종종 '주인님' 틸니 장군의 과거 애정생활과 정부에 대한 의미있는 진술들을 털어놓는다. 그들은 부지중에 주인공에게 정보를 전달하고 중요한 역할을 하는, 당대의 로맨스 고딕소설에서 하인들이 했던 것과 동일한 역할들을 부여받았다. 그들을 통해서, 그리고 캐서린이 본의 아니게 엿듣게 된 헨리와 엘리너의 대화("더는 못 참겠어!")를 통해, 캐서린은 노생거에서의 생활이 자신이 상상한 것보다 훨씬 공포스럽고, 틸니 남매가 불행하게 살고 있다고 더욱 확신하게 된다.

하지만 여기서도 캐서린은 『우돌포의 비밀』을 불태우고 만다. 그것도 울면서 북북 찢어서 난로에 던져 넣는다. 다만 그 시점이 캐서린이 틸니 부인의 방에 몰래 들어갔다가 헨리에게 들킨 직후였다는 점, 그러니까 그가 집에 돌아오기 전 노생거에서였다는 점이 존 존스의 버전과 다르다. 그 이상한 책들이 당신을 이렇게 만들었느냐고 헨리가 비난하자, 곧바로 자신의 방에 들어와 캐서린이 찢어낸 장에는 여주인공을 구출하는 기사 그림이 있었다. 이전에 헨리에게 애정을 품게 된 캐서린이 헨리를 생각하며 읽었던 바로 그 장면이다. 따라서 여기서 이 행위는 소녀의 성장이나 고딕소설에 대한 부정이라기보다는 사랑이 깨진 데 대한 슬픔과 자책의 표현이었다고 볼 수 있다.

9장

'바람둥이' 레이디 버전

제인 오스틴의 『레이디 수잔』과 위트 스틸먼의 〈레이디 수잔〉[1]

| 레이디 수잔 Love and Friendship, 2016 |

–감독: 위트 스틸먼Whit Stillman

–원작: 제인 오스틴, Lady Susan, 1794

–출연: 케이트 베킨세일(수잔), 클로이 세비니(알리시아), 자비에르 사무엘(레지널드), 엠마 그린웰(캐서린), 저스틴 에드워즈(찰스 버논), 톰 베넷(제임스 마틴 경), 모르피드 클락(프레데리카), 젬마 레드그레이브(드코시 부인)

아일랜드, 프랑스, 네덜란드, 미국, 93min.

---

1. 본 장에서 참고한 시공사 원작의 제목은 『레이디 수전』이고, 위트 스틸먼의 영화 Love and Friendship의 제목은 〈레이디 수잔〉으로 번역되어 개봉했다. 여기서는 영화제목을 따라 '수잔'으로 통일해서 표기한다.

넉 달 전 남편과 사별한 레이디 수잔(케이트 베킨세일)은 영국 최고의 요부로 소문이 나 있다. 삼십대 중후반의 나이에도 스물다섯 이상으로는 보이지 않는 미모와 매력적인 화술, 교태 없는 친화력으로 수잔은 단숨에 남자들의 마음을 사로잡는다. 그러니 남편의 오랜 병치레도 수잔의 사교계 활동을 막지는 못했다. 어느날 이러한 레이디 수잔이 시동생 찰스 버넌(저스틴 에드워즈)이 살고 있는 처칠을 방문하겠다고 편지를 보낸다. 과거에 찰스와 캐서린 버논(엠마 그린웰)의 결혼을 반대했던 일로 인해 캐서린은 형님인 수잔에게 서운한 감정이 남아 있다. 반면 캐서린의 남동생 레지널드 드코시[2](자비에르 사무엘)는 수잔에게 호기심을 보인다. 젊은 레지널드는 곧 수잔에게 매료되어 그에 대한 악평이 모두 근거 없다고 믿게 된다.

사별 후 랭포드에 정착해서 잘 지낸다던 수잔이 시골마을인 처칠에 온 것은 랭포드에서 또 한바탕 스캔들을 일으켰기 때문이다. 준남작인 맨워링이 수잔과 바람을 피운 사실이 들통난 것이다. 맨워링의 여동생 마리아 맨워링으로부터 제임스 마틴 경(톰 베넷)을 떼놓은 것도 수잔이었다. 수잔은 제임스 마틴을 자신의 열여섯살 난 딸 프레데리카(모르피드 클락)의 남편감으로 점찍었기 때문이라고 밝혔다. 하지만 사윗감 제임스와 수잔이 염문을 뿌린 것도 사실이다. 돈 많고 미련한 남자야말로 최고의 신랑감이라고 믿는 수잔과 달리 제임스의 멍청함이 싫었던 프레데리카는 엄마의 의사를 알게 되자 기숙학교에서 탈출을 시도한다. 한편 수잔의 계획대로 수잔에게서 프레데리카로 대상을 옮긴 제임스는 처칠까지 찾아와 프레데리카의 애

---

2. 시공사 원작에는 '드 쿠르시'로 표기되어 있다.

정을 구한다.

서간체 소설 『레이디 수잔』

『레이디 수잔』은 제인 오스틴이 18세이던 1794년에 집필한 중편 소설이다. 1871년 제인 오스틴의 조카인 제임스 에드워드 오스틴 리가『제인 오스틴 회상록』2판에 「레이디 수잔」과 「왓슨 가족」, 「샌디턴」 원고의 일부를 수록하면서 본격적으로 세상에 알려졌다. 한국에서는 영화 〈레이디 수잔〉이 개봉하던 2016년에 제인 오스틴 사망 200주년 기념으로 출간된 오스틴 전집에 포함되었다.

서간체 소설인『레이디 수잔』은 송신자와 수신자가 다른 총 41편의 편지글과 짧은 결말(에필로그)로 이루어져 있다. 여기에는 7명의 송신자(화자)와 7명의 수신자(청자)가 등장한다. 이 7명의 화자들은 수잔, 알리시아, 캐서린, 레지널드, 프레데리카, 드코시 경, 드코시 부인이다. 수잔 버넌이 시동생인 찰스 버넌에게 처칠 방문을 알리는 편지를 시작으로 수잔이 자신의 친구인 알리시아에게 쓴 편지와 알리시아가 수잔에게 쓴 편지, 찰스 버넌의 아내인 캐서린 버넌이 자신의 어머니에게 쓴 편지 등이 연이어 수록되어 있다.

여러 필자가 편지를 주고받는 서간체 소설은 다중목소리의 서사 방식을 따른다. 더욱이『레이디 수잔』의 경우처럼 송신자와 수신자가 한두 사람으로 한정되지 않은 편지글의 조합에서는 화자들 모두가 각자의 시점과 주장을 내밀하게, 가장 사적인 방식으로 전달한다. 이 경우 각각의 목소리는 진정성을 표방하지만 동시에 편견에 노출되기 쉽고, 면대면 대화에 비해 인물들 사이에도 적당한 거리감을 보장한다. 이는 각 화자의 시점이나 의견이 주관적이며 단편적일 수 있다는 것을 독자들이 애초에 감안해야 한다는 뜻이다. 따라서 진실에 대한 최종 판단의 책임과 권리는 독자들에게 있다.

이를테면 레이디 수잔은 첫번째 편지에서 예의를 갖추어 찰스 버넌에게 자신의 형편과 캐서린과 조카들에 대한 애정을 전했는데, 이 편지의 진정성은 두번째, 친구인 알리시아에게 보내는 수잔의 솔직한 편지에 의해 곧 배반된다. 랭포드에서 맨워링과 사귀다가 들통이 났고, 그래서 시골인 처칠이 지긋지긋하지만 어쩔 수 없는 선택이라고 이 친구에게는 털어놓기 때문이다. 하지만 같은 편지에서 제임스 마틴 경과 '잠깐' 놀아난 것이 순전히 프레데리카의 장래를 생각한 모성애 때문이었다고 주장하는 대목에 이르면, 이 또한 곧 의심을 불러일으킨다.

이처럼 다중목소리를 지닌 서간체 소설에서는 우선 논리적인 순서와 시간 순서를 정리해가며 스토리를 이해하는 일과 가치판단과 인물의 성격에 대한 이해를 위해, 독자들이 소설 독해의 주체가 되도록 초청된다. 따라서 주요 관찰자나 작가의 선시적인 시점을 사용해 작가가 최종 권위를 지니는 일반적인 소설들에 비해 현대적인 서술방식이기도 하다.

슈테판 볼만은 서간체 소설과 함께 소설의 기술은 뉘앙스의 기술이 되었다고 평가했다. 세련된 서신 문화의 특징으로 여겨진 모든 특성을 소설이 받아들였다는 것인데, 즉 독자들은 이제 인물들의 감정의 동요를 세련되게 분석하고 정확하게 관찰하게 되었고, 모든 사회계급과 내적으로 친밀해질 뿐 아니라, 가장 본질적으로 내밀한 가슴의 정열을 알게 되었다. 볼만은 또 이렇게 썼다. "동시대의 독자들은 소설 주인공들의 편지를 다름 아닌 자신들 주변에서 돌아다니는 우정과 사랑의 편지로 읽어도 되었다. (…) 편지를 쓴 사람이 많을수록 일은 복잡해지고, 표현은 더 관점이 풍부해지고, 작가의 소설 기교도 더 커졌다."[3]

여러 사람이 쓴 편지로 된 다중목소리 서사로서『레이디 수잔』에 등장하는 인물들을 목소리 크기에 따라 정리하자면, 레이디 수잔〉캐서린〉알리시아〉레지널드 순이다. 41편의 편지글 중 수잔이 알리시아에게 쓴 편지(12회)가 가장 많고, 그 다음이 캐서린이 자신의 어머니 드코시 부인에게 쓴 편지(11회)였다. 수잔의 목소리는 친구 알리시아에게 보내는 편지에서 가장 솔직하게 드러난다. 반면, 수잔에 대한 합리적인 해석은 주로 캐서린이 모친에게 보내는 편지에 담겨 있다. 캐서린은 지혜로운 여성으로, 수잔의 속내를 가장 근접하게 간파하고 대응하는 거의 유일한 인물이며 주변 인물들에 대한 예리한 관찰자다.

이처럼『레이디 수잔』에서 인물들의 관계와 상황파악의 주도권은 항상 여성들에게 주어져 있다. 일기와 더불어 수다스러운 여자들의 소일거리로 적합해 보였던 편지글이 오스틴의 펜 끝에서 풍자와 아이러니의 결정체가 된 것이다. 흥미롭게도 오스틴은 문제의 발단이 된 맨워링 경에게는 목소리를 전혀 부여하지 않았다. 소설 전체에 최초의 원인을 제공한 인물인데도 불구하고 말이다. 더욱이 시

---

3. 슈테판 볼만,『여자와 책: 책에 미친 여자들의 세계사』, 유영미 옮김, 알에이치코리아, 2015, 61쪽.

동생 찰스와 제임스 마틴의 목소리도 없다. 연애 이야기가 주된 내용이지만 정작 연애편지는 단 한 통이라는 점도 남성들이 소외된 이 소설의 특징을 잘 보여준다. 연인들 사이의 편지, 즉 수잔과 레지널드의 편지 교환도 두세 차례에 불과한데, 그것도 30번째 편지에서 처음으로 등장할 뿐 아니라, 그중 두 번씩은 싸우는 내용을 담은 편지다.

| 서간체 소설과 다중목소리의 충돌 |

최초의 서간체 소설은 1740년 새뮤얼 리처드슨Samuel Richardson, 1689~1791이 쓴 『파멜라』Pamela: or, Virtue Rewarded였다. 새뮤얼 리처드슨은 인쇄업자였는데, 그는 편지 쓰는 일에 자신없는 독자들을 위해 견본 편지집을 발간했다. 소설 『파멜라』는 자신의 가치와 매력을 잘 아는 젊은 하녀 파멜라가 자신을 농락하는 주인으로부터 스스로를 잘 지켜내고 결국 청혼을 받아내서 신데렐라가 되는 이야기다. 이 책은 발간 즉시 프랑스어로 번역되었고 수많은 모방작과 번역작을 낳을 만큼 큰 인기를 끌었다.

이후에 리처드슨은 또다른 서간체 소설 『클라리사』The History of Sir Charles Grandison: In a Series of Letters, 1747~1748를 발표했다. 전작에서는 파멜라가 쓴 편지가 대부분이었지만, 『클라리사』는 다중목소리를 적극 도입한 경우였다. 주인공인 클라리사와 러블레이스, 그들의 친구들인 애너 하우와 잭 벨퍼드가 각각 편지를 주고받으면서 네 인물의 관점에서 이야기가 진행된다. 폭력적인 러블레이스와 희생자인 클라리사의 목소리를 담은 편지가 독자들에게 전달될 때, 두 사람의 편지로 인해 독자들은 사실의 충돌뿐 아니라 세계관의 충돌을 경험한다.

도널드 서순에 따르면, 작가가 클라리사를 옹호하는 것은 의심의 여지가 없지만, 당대의 대다수 독자들은 난폭한 구혼자 러블레이스 편을 들었다. 소설이 출간된 18세기는 러블레이스를 자유로운 정신과 계몽주의의 상징으로 이해하고, 클라리사를 전통을 고집하는 인물로 볼 수 있는 시대였다. 반면, 클라리사가 남성과 똑같은 권리를 요구한다는 점에서 근대적이고, 러블레이스는 귀족의 특권을 신봉하므로 전근대적이라고 볼 수도 있다.

도널드 서순은 이처럼 상반되는 독해가 가능한 원인을 서간체 소설 특유의 서사구조에서 찾는다. "주요 등장인물이 자기 행동의 이유를 설명할 수 있는 소설의 구조 덕분에 독자는 그 안에서 자유롭게 자신이 원하는 것, 곧 도덕성, 기독교, 평등의 요구, 여성에 대한 새로운 태도, 개인주의를 볼 수 있다. 작가 자신이 그런 모순을 체현한 이였다. 리처드슨은 혁명적인 소설을 쓴 신앙심 깊은 기독교인이었다."[4]

영화 〈레이디 수잔〉에는 찰스 버넌의 이런 대사가 있다. "마음의 의중은 모른다. 우린 마음이라는 악기만 갖고 있지 진정 그게 뭔지 모르는 거야." 레이디 수잔이 제임스 마틴 경과 결혼했다는 소식을 듣고 레지널드 드코시가 천하의 레이디 수잔이 어떻게 그런 "뇌가 콩알만 한" 남자와 결혼할 생각을 했는지 이해가 안 된다며 놀라자, 버넌이 했던 답이다. 그러고나서 그는 그 대사를 곧 루소Jean-Jacques Rousseau, 1712-1778의 『신 엘로이즈』Julia: Or, the New Eloisa에서 인용한 거라고 밝힌다.

1761년에 발간된 장 자크 루소의 『신 엘로이즈』는 당대의 유명한 서간체 소설이었다. 여기서 루소는 여러 인물의 편지들 속에 자신의 자연주의적인 철학과 교육, 삶의 방식을 모두 담아냈다는 평가를 받는다. 수잔과 제임스의 어울리지 않는 결합을 설명하는 문장이기도 하지만, 위의 구절은 〈레이디 수잔〉을 위한 변명이자 서간체 소설을 향한 작은 오마주였다.

---

4. 도널드 서순, 『유럽문화사1: 1800-1830』, 정영목 외 옮김, 뿌리와 이파리, 2014, 262쪽.

스크린에 담긴 '그 언니'의 치명적인 매력

2016년 제작된 위트 스틸먼의 영화 〈레이디 수잔〉은 각색자의 재치가 돋보이는 작품이다. 도입부에 영화가 등장인물들을 소개하는 부분이 있다. 인물들이 잠시 행동을 멈추고 정지화면이 되면 그에 대한 소개가 자막으로 등장한다. "레지널드 드코시: 캐서린의 젊고 잘난 동생", "맨워링 경: 치명적인 매력의 남자" "루시 맨워링: 그의 부유한 아내"와 같은 설명이다. 제임스 마틴 경의 경우 프레데리카와 함께 선 장면에 붙은 "제임스 마틴 경: 안 내키는 구혼자"에 이어 이례적으로 성격을 설명하는 한줄 소개와 혼자 찍힌 한 커트가 더해졌다. "살짝 잔망스러움."

그들의 포즈는 대개 허세 가득한 모양이거나 우스꽝스럽게 과장되어 있어 인상적이다. 가벼운 분위기의 음악과 따뜻한 색감을 더해, 영화는 초반부터 이 영화를 '즐겁게' 보아줄 것을 관객들에게 요청한다. 실제로 〈레이디 수잔〉은 제인 오스틴 원작 영화 중 가장 코믹한 작품이 되었다.

하지만 〈레이디 수잔〉이 특별한 것은 단지 그뿐이 아니다. '악녀'로 등장하는 『레이디 수잔』의 수잔 버넌은 오스틴의 다른 작품들에서는 볼 수 없는 유일한 여주인공이다. 돈을 따라 애정의 대상을 바꾸고 사랑을 가볍게 여기는 역할은 대개 남성의 몫이었을 뿐 아니라, 남성들 중에서도 그런 사람은 한 번도 주인공의 자리를 차지할 수 없었기 때문이다. 그런 의미에서 이 작품은 드물게 '전도된 남녀

관계'를 관찰할 수 있는 흥미로운 연애담이다.

그렇다면 '레이디 수잔'이라는, 이 독특한 인물을 어떻게 이해할 것인가. 서간체 소설이어서 작가의 전지적 시점에 기댈 수 없고, 주변 인물의 관찰뿐 아니라 수잔 자신의 진술도 백 퍼센트 믿을 수 없다면, 인물들에게 적당한 거리감을 두는 방식의 연출이 필요했을 것이다. 영화 〈레이디 수잔〉은 이 일을 꽤 성공적으로 해냈다.

오스틴의 원작에서 캐서린의 관찰에 따르면, 수잔 버넌은 죽어가는 남편을 두고 사교계를 누볐으며 미망인의 신분으로 귀족 유부남과 부자 청년을 동시에 사귀었다. 하나뿐인 딸의 교육에는 전혀 관심이 없었고 어서 빨리 '처분해'버리고 더 자유로워지고 싶었다. 딸을 부유한 제임스 마틴 경에게 시집보내겠다고 생각하고 그를 점찍었으면서도 딸에게 넘기기 전에 잠깐 그를 데리고 노는 일도 마다하지 않았고, 레지널드와 약혼을 진행하는 동시에 맨워링과도 밀회를 즐겼다. 원하는 것은 반드시 얻어내고야 마는 레이디 수잔은 객관적인 진술만으로도 도덕적인 문제가 있어 보일 뿐 아니라 오늘날의 기준으로 생각해도 무조건 옹호하기는 어려운 인물이다. 문제는 이런 인물이 영화의 '원 톱' 주인공이라는 점이다.

제인 오스틴은 차마 미워할 수 없는 매력을 지닌 이런 독특한 캐릭터를 한 사람 알고 있었다. 1장에서 이미 소개했던, 사촌언니이면서 올케인 엘리자 드 푀이드였다. 엘리자는 오스틴이 가장 좋아하는 오빠를 유혹한 부도덕한 여인이면서 자유분방함이 매력인 신여성이었고, 동시에 프랑스혁명이라는 거대한 역사의 흐름에 희생된 망명자이자 비운의 주인공이었다. 소설에서 엘리자의 이미지는 이 여러 모서리들을 맴도는 어느 지점들로부터 수잔에게 조심스럽게 이양되었다. 대개는 다양한 인물들의 서로 어긋나는 평가들에 따라 진실이 번복되면서 새로운 진실로 이야기는 진행된다. 물론, 이 연애담의 독자들이 '진실'에 관심이 있다는 전제 하에 말이다.

영화 〈레이디 수잔〉에서 엘리자 드 퓌이드의 이미지는 수잔 버넌과 알리시아 존슨, 두 여인에게 적절하게 분배되어 있다. 수잔의 경우, 그가 끝까지 자유로운 영혼일 수 있는 근거가 수잔 자신의 매력과 능력에 집중되어 있다면, 그의 단짝친구 알리시아 존슨의 경우는 '미국인'이라는 알리바이를 갖는다.

검은 것을 희다고 해도 믿어지는 여자

딸 프레데리카가 제임스와의 결혼이 싫어 학교를 탈출한 후, 수잔이 프레데리카를 심하게 나무랄 때의 일이다. 수잔은 딸에게 십계명 중 네번째 계명이 뭐냐고 묻는다. 프레데리카가 "안식일…"이라고 답하려다 망설이는데, 수잔은 곧 '세상에, 그것도 몰랐느냐'고 딸을 다그친다. "네 부모를 공경하라"가 네번째 계명이라고 수잔은 훈계한다(실은 제5계명임). 수잔이 '그렇다'고 하면 누구나 '그렇군' 하게 된다. 겁에 질린 십대 소녀는 오죽했을까.

레지널드에게 보낸 초기의 편지에서 캐서린은 수잔 버넌에 대해 이렇게 쓴다.

형님의 외모가 아름답다는 이야기는 늘상 들었지만, 칭찬하고 싶은 마음은 별로 없었어. 하지만 균형미와 광휘, 우아함까지 겸비한 보기 드문 미인이라고 생각지 않을 수가 없어. 형님은 너무나 상냥하고 솔직하고 심지어 다정해서, 우리 결혼을 늘 반대해왔다는 사실을 모른 채 처음 만났다면 아주 친한 친구라고 착각했을 거야. (…) 형님은 영리하고 호감을 주는 사람이야. 대화가 술술 풀리게 온갖 세상 지식을 알고 있고 언어도 잘 구사하니 말도 청산유수지. 그래서 가끔 검은색도 흰색으로 착각하게 만들 지경이야…[5]

검은색도 흰색으로 착각하게 하는 수잔의 화술과 자기중심성은 그밖에도 여러 곳에서 확인되는데, 그중 백미는 레지널드와 다투는 장면이다. 찰스 삼촌과 캐서린 숙모에게 말하지 말라고 엄마가 입단속을 시키는 바람에 혼자서 끙끙 앓던 프레데리카는 레지널드에게 자신의 처지를 털어놓고 도움을 청한다. 레지널드란 인물이 엄마에게 그나마 영향력이 있을 것 같아서였다. 착한 레지널드가 수잔에게 딸의 문제를 이야기하자 수잔은 버럭 화를 냈고, 레지널드는 처칠을 떠나 당장 부모님 집으로 가겠다고 말한다. 수잔은 일단 레지널드를 달래서 그를 다시 주저앉혔다. 하지만 제멋대로 응석을 부린 딸에게도 화가 나고 딸의 말을 믿고 주제넘은 간섭을 시도한 레지널드에게도 화가 난 수잔은 그들 모두를 벌해야겠다고 결심한다.

내 딸의 무례함과 누구나 잘 믿는 그(레지널드)의 성격, 둘 다 하나같이 당황스러워. 감히 엄마한테 불리한 말을 한 딸을 어떻게 믿는단 말이야! 내가 그렇게 했다면 다 그럴 만한 동기가 있었다고 믿어야 하는 거

5. 제인 오스틴, 『레이디 수전 외』, 이봉지·한애경 옮김, 시공사. 2016, 21~22쪽. 이하 『레이디 수전』 인용은 같은 책이며 쪽수만 표기함. 강조는 인용자.

그가 생각했던 벌이란, 프레데리카를 하루빨리 제임스 마틴에게 시집을 보내는 일이었다. 레지널드에 대해서는 아직 두 가지 선택지가 있었다. 결혼을 해서 두고두고 괴롭히든지, 아니면 당장 헤어져서 쓴맛을 보여주든지.

두 사람을 벌하기 전에 수잔은 스스로에게 일단 '보상'을 하기로 한다. 시골에 틀어박혀 둘에게 시달린 지난 10주에 대한 보상이 필요하다며, 런던에 가서 짧은 방탕을 즐기기로 한 것이다. 런던에서 수잔은 다시 맨워링을 만났고, 맨워링 부인은 알리시아 존슨네 집으로 찾아와 하소연하며 통곡한다. 그 바람에 마침 수잔의 심부름으로 알리시아에게 편지를 전하러 온 레지널드가 그 사실을 알게 된다. 레지널드를 알리시아에게 보내놓고 수잔은 그 시각 맨워링과 밀회를 즐기고 있었다. 영화에서는 알리시아에게 "곧 맨워링이 나를 만나러 올 시각이니 레지널드를 최대한 붙들고 있으라"고 쓴 수잔의 편지를 레지널드가 직접 읽고 충격을 받는다. 마치 "이 편지를 들고 간 그 사람을 죽이시오"라고 쓴 여왕의 밀령 같지 않은가. (원작에서는 그렇게까지 직접적으로 묘사하지는 않았지만.)

레지널드가 수잔에게 화를 내고 당장 수잔을 떠나도 전혀 이상하지 않을 상황이었지만, 화가 잔뜩 나서 달려간 레지널드에게 수잔은 뜻밖의 선수를 쳤다. 수잔이 먼저 파혼을 선언한 것이다. 밀봉한 사적인 편지까지 읽으면서 자신에 대한 신뢰를 저버린 남자와 일생을 함께할 수 없다고 수잔은 도리어 화를 냈다. 그간 자신이 어떤 오해를 받아왔고 말하기 좋아하는 사람들이 얼마나 자신을 모함하는지 그렇게 밝혔음에도 불구하고 자신보다 다른 사람들의 말을 믿었으니, 신뢰를 먼저 깬 것은 레지널드라고 수잔은 또 우겼다. 게다가 맨워링을 은밀하게 만난 것은 하인들의 눈과 입을 막기 위해서이고, 자신은 맨워링을 달래 아내에게 돌려보낼 예정이었다고 강하게 주장한다. 적반하장의 이 상황에서 가련한 레지널드가 할 수 있는 일이란 가능한 빨리 수잔을 떠나고 모든 것을 잊는 것뿐이었다.

수잔은 그런 여자였다. 수잔이 정색을 하고 우기면 십계명의 5계명도 4계명이 되고, 남의 연인을 가로채 바람피운 것도 딸을 위한 모성애가 되며, 상대를 골탕 먹이려고 제멋대로 약혼을 미루는 일도 최근에 미망인이 된 귀부인으로서 도덕적 의무감을 지키는 일이 된다. 검은색이 흰색이 되는 것처럼.

미국인 망명자, 알리시아 존슨의 실용주의적 도덕관

수잔이 늘어놓는 대다수 궤변의 수신자이면서 그것을 강화하는 역할은 늙고 돈 많은 존슨 씨와 결혼한 알리시아 존슨에게 주어져 있다. 알리시아는 수잔의 논리에 동조하고 "역시 네가 한수 위"라고 늘 그를 부추기면서도, 조언과 직언을 아끼지 않는 인물이기도 하다. 영화에서 수잔은 레지널드에게 알리시아가 미국인다운 무례함이 없고 솔직한 여자라고 소개한다. 원작에서 알리시아는 미국인이 아니라 시골출신 여성이었다. 여기서 알리시아의 남편 존슨 경은 수잔 버넌을 계속 만나면 영영 시골에서 살겠다고 자꾸 엄포를 놓는다. 오스틴은 그 정도 시술로 그치고 있지만, 영화는 알리시아의 국적을 명시하고 몇 가지 설명을 더했다.

특히 그를 미국인이며 '망명자'라고 소개한 자막이 인상적이다. 수잔은 알리시아에게 네가 만약 코네티컷으로 돌아간다면 머리가 죽이 벗겨질 것이 뻔하다고 동정했다. 알리시아는 "독립전쟁에서 영국의 편을 들어 박해를 받고" 영국으로 왔다. 미국의 입장에서는 식민지 조국에 해를 끼친, '매국노'라는 뜻이다. 따라서 그에게 코네티컷으로 보내버리겠다는 남편의 협박은 단지 지루한 시골에 감금되는 문제가 아니라 생존의 문제였다.

머리가죽을 벗길 정도라고 믿어지는 미국인의 야만성과 '예의 없음'은 예법을 중시하는 영국의 가치와 명백하게 대립되는 의미를 지닌다. 하지만 예법에 얽매이지 않으므로 실용적이고 합리적일 수 있다는 점도 영화는 놓치지 않는다. 알리시아는 수잔의 애정행각을 부추기면서도 동시에 수잔에게 정신을 똑바로 차리라고 훈계한다. 레지널드와 헤어진 수잔이 이제 딸을 징벌할 차례라고 말하며, 제임스 마틴과의 결혼을 서두르겠다고 말할 때였다. 알리시아는 수잔에게 마틴 경 같은 신랑감을 왜 딸에게 넘기느냐고, 너는 이제 어떻게 할 셈이냐, 처칠에 빌붙어 여생을 보낼 거냐고 묻는다.

"나는 남에게 빌붙어 사느니, 다시 결혼해도 지금의 남편 존슨 경을 택할 거야."

알리시아가 마지막에 덧붙인 이 말은 원작에는 없지만, 사실상 두 여인의 처지를 가장 진솔하게 표현한 것이다. 따라서 수잔이 제임스 마틴의 영지 '마틴데일'을 종착지로 택한 것은 적어도 영화에서는 알리시아의 영향이었다고 보아야 할 것이다. 원작에서도 물론 알리시아가 제임스와 결혼하기를 부추기는 대목이 있다. 다만 원작에서는 마리아 맨워링이라는 연적이 제임스와의 결혼을 장담하며 런던으로 오고 있었기 때문에 신랑감을 뺏기지 않으려면 서두르라는 의미였으므로, 비장미라고는 전혀 없었다.

요컨대 레이디 수잔의 미국인 친구 알리시아는 도덕적으로 비난받을 만한 생각을 갖고 있지만(흥미롭게도 알리시아 자신의 애정생활에 대해서는 소설도 영화도 침묵한다. 의외로 영화에서 알리시아는 꽤 얌전하게 영국의 귀부인을 연기하고 있는 것처럼 보인다), 가장 실용적이고 현실적인 대안을 제시하는 인물이기도 하다. 수잔의 국적이야 어쩔 수 없지만, 영국의 예법과 전통적 가치가 옹호되는 한, 수잔의 단짝 알리시아는 식민지 미국 출신이어야 했다. 제인 오스틴 원작이 시대에 둔감하다는 비판을 의식한 각색일 수 있겠으나, 무엇보다 '망명자'라는 알리시아의 신분은 그가 지닌 태도와 도덕적 기준이 어느 정도 생존과 관계되어 있다는 점을 상기시킨다는 점에서 중요하다.

"친구를 보면 그 사람을 안다"고 영화에서 수잔이 제 입으로 밝혔듯이, 수잔과 알리시아는 다르지만 비슷한 형편에 있는 미망인-망명자 조합이며, 거슬러 올라가자면 애증이 교차하는 오스틴의 사촌언니 엘리자 드 쾨이드의 분신들이기도 하다. 하여튼 영화는 수잔의 자유분방함과 그에 대한 가치판단을 여러 가지 이유로 미국인 친구의 편에 슬며시 밀어놓았다. 얄미울망정 배척할 수 없는 우리의 여주인공 레이디 수잔은 우아하게 사랑을 쟁취하는 모습이어야지, 설령 실제 처지가 그렇다 하더라도, 구차하게 생계와 생존을 걱정한다는 인상을 주어서는 안 될 것이었다.

생계형 바람둥이: "결코 배고프지 않으리"

결국 수잔은 딸 대신 자신이 제임스 마틴과 결혼했다. 하지만 악명 높은 레이디 수잔답게, 그는 정부 맨워링도 포기하지 않았다. 돈 많은 아내에게 이혼당하고 갈 곳이 없어진 준남작 맨워링은 수잔과 마틴의 결혼식 몇 주 전부터 마틴데일에 식객으로 거주하게 된다. 눈치 없고 기본적인 상식도 없는 마틴은 사냥 친구도 되고 말이 통하는 벗이라며 맨워링을 높이 평가한다. 더욱이 결혼식 다음날 아침 수잔이 임신한 것 같다고 말하자, 마틴은 기뻐서 어쩔 줄을 모른다. 마틴이 알리시아에게 이 사실을 전달하는 장면에서 그는 우스꽝스럽게 조롱된다. 태아가 제임스 마틴의 아이일 가능성은 전무하지 않겠는가. 모든 것을 알고 있는 알리시아는 어이없는 웃음을 지을 뿐이다. 관객인 우리도 그렇다.

부인 사별 직후에 계략을 세워 준남작 가문의 앤에게 접근했던 『설득』의 젊은 엘리엇을 떠올려보자. 마리앤을 사랑하지만 앨런햄의 상속이 좌절되자, 곧바로 상속금 5만 파운드의 그레이 양에게 가버렸던 『이성과 감성』의 윌러비와 『오만과 편견』의 바람둥이 위컴은 어떤가? 레이디 수잔의 계산된 애정행각과 바람기에는 그들의 이미지가 오롯이 담겨 있다. 이를테면 수잔은 '레이디 윌러비'일 수도, '레이디 엘리엇'이나 '레이디 위컴'일 수도 있는 인물이다. 그런 의미에서 제인 오스틴이 수잔에게 자신이 원하던 대로 멍청하지만 돈 많은 남자(마틴)를 남편으로 허락하되 진짜 괜찮은 남성(레지널드)

을 잃게 하는 식으로, 완전히 패망하지 않는 결말을 택한 것은 비교적 일관성이 있다.

하지만 수잔이 여성이라는 것은 단지 전도된 남녀관계로만 설명할 수 없는 다른 영역을 포함한다. 이를테면 수잔은 자신이 여성이기 때문에 자신의 행동이 도덕적으로 더 비난받을 거라는 사실을 잘 알고 있었다. 다시, 알리시아에게 쓴 수잔의 편지를 훔쳐보자.

"(맨워링이) 이 시골로 따라와서 근처 어딘가에 자기 신분을 숨기고 머물게 해달라고 자꾸 졸라대잖아. 당연히 거절했지. 자기 처지나 세상 여론을 잊고 처신하는 여자들은 세상에서 절대 용서받지 못하니까." (46쪽, 강조는 인용자)

더욱이 알리시아가 제임스 마틴과 결혼하라고 조언하기 훨씬 전에 수잔은 자신의 입으로 마틴과의 결혼을 옹호하는 말을 한다. 영화에서 레지널드가 어떻게 딸을 저런 바보에게 시집보낼 생각을 하느냐며 안타까워하자, 수잔은 이렇게 말한다.

"당신처럼 부유한 사람들은 도덕심과 자부심을 유지할 여력이 되시겠지만 가난한 아가씨가 견뎌야 할 고충의 깊이를 알게 되신다면 제임스 마틴 경이 달리 보이실 거예요."

어쩌면 이 말은 수잔이 레지널드에게 늘어놓은 온갖 궤변과 입에 발린 말들 가운데 가장 진솔하고 정직한 말이었을 것이다. 레이디 수잔은 자신도 모르게 자신의 단짝 알리시아 존슨의 편에 서면서, 쾌락과 방종을 포기할 수 없었던 오스틴의 전형적인 남자 바람둥이들과 거리를 둔다. 남성은 남성이라서 젊은 날의 혈기로 쉽게 용서가 되지만 여성은 여성이라서 도덕심을 강요받는 이 세상에 대한 풍자가 아니었을까.

그러므로 레이디 수잔의 본질은 윌러비나 엘리엇보다는 차라리 형이 상속권을 박탈당하자 동생에게 옮겨갔던 『이성과 감성』의 루시 페라스나 『설득』에서 늙은 엘리엇의 불확실한 아내가 되느니 상속자 엘리엇을 선택한 미망인 클레이 부인에 가까울 수 있다. 루시와 클레이 부인이 미모와 교양을 타고 났다면, 그리고 자신의 미모가 큰 자산이라는 것을 수잔만큼 자각할 수 있었다면 혹시 '레이디 루시'와 '레이디 클레이'로 거듭날 수 있었을까.

요컨대 레이디 수잔은 '생계형 바람둥이'라는 새로운 해석이 가능하다. 원작을 따라 영화가 치명적인 매력의 요부인 이 여주인공에게 발랄한 연민을 살짝 끼얹어둔 덕이다. 영화에서 프레데리카의 결혼식날 레이디 수잔(버넌)이 끝으로 한 말은 그래서 의미심장하다.

"버넌은 결코 배고프지 않으리!"

제임스 마틴: 남자의 '멍청함'은 유죄!

원작에서 목소리가 배제된 레이디 수잔의 두 남자를 조금 더 들여다보자. 영화가 소개한 바에 따르면, 맨워링 경은 '치명적인 매력'을 지니고 있으면 되고, 마틴의 경우는 '잔망스러움'이 드러나야 할 텐데, 아무래도 마틴의 잔망스러움과 멍청함을 대사 없이 표현하기란 쉬운 일이 아니었을 것이다. 하여 마틴은 영화에서 그 누구보다 수다스럽다. 반면, 마틴의 텅 빈 수다와 대조적으로, 맨워링 경은 영화 첫 장면에 등장하여 마지막까지 자리를 지키면서도 단 한마디의 말도 하지 않는다. 오스틴이 그랬던 것처럼, 영화도 그에게 그저 '멋짐'을 연기하게 했을 뿐이다. 그의 치명적인 멋짐에는 말이 필요하지 않았다는 이야기인데, 이는 곧 그의 입장이 중요하지 않다는 의미이기도 하다. 그는 준남작이지만 아내의 재산으로 부를 누리고 있었고, 레이디 수잔에게 반한 나머지 수잔이 가는 곳마다 쫓아오고 싶어 했다. 게다가 아내와 헤어진 후 자신의 이름을 물려주지 못할 사생아의 생부가 되었으며, 수잔의 정부로 남는 것도 마다하지 않았다.

적어도 이런 결말은 원작보다 영화가 가혹했다. 맨워링은 그나마 수잔의 애정을 차지했지만, 제임스의 경우가 특히 그렇다. 원작의 에필로그에 해당하는 '결말'에서는 제임스와 레이디 수잔의 결혼 소식으로 이야기가 끝이 난다. 그리고 오스틴은 새신랑이 된 제임스 경이 어리석은 지난날보다 더 가혹한 운명을 맞이했을 것이고, 언젠가는 세상 모든 사람들이 그를 불쌍히 여기게 될 것이라는 암시를 남겼다. 영화는 바로 그 제임스가 불쌍해지는 상황을 상상으로 만들어낸 것인데, 그 '언젠가'는 그리 오래 걸리지 않았다. 그는 어쨌든 처음부터 끝까지 너무 해맑아서 비웃음을 피할 수 없는, 불쌍한 인물이다.

흥미롭게도, 제임스 마틴 경은 수잔이 그에게 저지른 악행에 대한 비판을 상쇄할 만큼의 강한 '멍청함'을 지녔다. 영화에서 수잔은 마틴이 "물론 솔로몬은 아니지만"이라는 말로 자주 그의 멍청함이 그다지 큰 단점이 아니라고 주장하는데, 그것은 당연히 그가 연소득 1만 파운드의 영주라는 전제 하에 그렇다. 그냥 멍청한 남자와 달리, 돈 많고 멍청한 남자는 수잔과 그의 단짝 알리시아에게는 최고의 신랑감이었다. 하지만 그렇더라도 운문과 시가 다른 것인 줄 알고, 십계명이 12계명이라고 믿고 있다가 열 계명이라고 하자 깜짝 놀랄 뿐더러(그는 "두 개나 덜 지켜도 된다니 잘 됐다"고 말하며 해맑게 웃었다), 새로운 농사법에 관심이 많다면서 정작 콩을 콩이라고 부르지도 못하는 지경에서는 모두가 두 손 두 발을 들고 만다.

단지 멍청함만이 문제가 아니었다. 제임스 마틴은 도덕적인 기준도 형편없다. 특히 여성에게 부당한 편견을 지녔음이 드러나는데, 가장 기본적인 계율인 십계명도 모르는 것은 차치하고, 그는 "남자들의 바람기는 생물학적으로 어쩔 수 없지만, 여자들의 바람기는 부도덕한 것"이라고 확신에 차서 이야기하는 사람이었다. 하필 그 말을 한 상대가 알리시아였고, 수잔이 임신한 아이의 친부가 맨워링인 것을 암시하는 말을 스스로 내뱉은 직후여서 제임스는 더욱 우스꽝스러워진다. 이처럼 제임스의 말과 행동은 자주 풍자의 대상이 되고 "저런 남자라면 당해도 싸지"라는 인상을 남긴다.

결국 겉보기에 영화는 '해피엔딩'이 되었다. 제임스는 원하던 수잔을 아내로 얻었고, 수잔은 경제적인 안정과 정부(맨워링)까지 얻었다. 하지만 작가가 "언젠가는 세상 모두가 불쌍히 여길 것"이라고 예언했던 이 남자 제임스는 영화가 끝나기 전에 불쌍함을 이미 다 이루었다. '여자들의 바람기는 죄'라고 거침없이 말하는 제임스에게 맨워링과 수잔의 아이를 제 자식인 양 키워야 하는 것은 원작에 더해 영화가 새겨넣은 일종의 처벌이었다. 이렇게 해서 수잔의 악덕은 경제적인 이유와 미망인이라는 사회적인 지위, 그리고 교양과 미모라는 미덕으로, 이 모든 것들에 더해진 상대 '피해자'의 멍청함으로 상쇄될 수 있는 반면, 제임스의 악덕이 되는 두 가지, 그 자신의 멍청함과 도덕적 편견은 그의 경제력으로도 상쇄하기 어려울 뿐 아니라 오히려 경제력과 사회적 지위 때문에 더욱 처벌받아 마땅한 것이 되었다.

작가의 연민이 향하는 곳

세상 모든 사람들이 제임스를 불쌍하게 여기거나 말거나, 제인 오스틴은 별 관심이 없어 보였다. 대신 오스틴은 결말에서 "나 자신은 맨워링 양만 동정한다고 고백한다"고 썼다. 알리시아가 수잔에게 경고했듯이, 맨워링 경의 동생 마리아 맨워링은 제임스 마틴 경과 결혼하겠다는 의지를 갖고 런던에 왔던 모양이다. 그런데 값비싼 옷들을 장만하느라 향후 2년 동안 가난에 시달렸을 뿐 아니라 그 노력을 하고도 자신보다 열 살이나 더 많은 레이디 수잔에게 신랑감을 빼앗겼으므로 불쌍한 처지가 되었다는 것이다. 농담 반 진담 반인 작가의 이 말을 영화가 곧이곧대로 받지는 않았다. 영화에서 마리아 맨워링은 영화가 시작할 때 랭포드 장면에서 처음이자 마지막으로 단 한 번 우는 얼굴로 등장할 뿐이다.

영화가 값싼 동정이 아닌 진지한 연민을 보낸 대상은 뜻밖에 프레데리카라고 해야 할 것이다. 제인 오스틴은 원작에서 프레데리카와 레지널드의 결합을 단지 '희망'으로 남겨두었을 뿐이다. 레지널드의 엄마와 누나는 레지널드가 실연에 상처받고 상심해서 곧바로 누군가에게 마음을 줄 여유가 없다고 믿었다. 심지어 레지널드는 여성들을 증오하게 되었다. 드코시 부인은 자연스럽게 레지널드의 마음이 열려 프레데리카가 기회를 얻게 되기를 응원하겠다고 캐서린에게 썼다.

하지만 영화는 여기서 더 발전시켜 둘의 결혼식으로 이야기를 마무리한다. 오스틴의 작품세계를 참조하자면, 충분히 그럴 만한 각색이었다. 프레데리카의 엄마인 레이디 수잔이 더 나은 상대를 찾아서, 또는 남자를 벌하기 위해 결혼을 거절하거나 파혼하는 데 반해 프레데리카는 "돈은 많지만 멍청한 남자와 사랑 없이 결혼해서 안주하기보다는 차라리 학교 선생이 되겠다"는 확고한 의지를 갖고 있었다. 이 소녀는 〈오만과 편견〉의 엘리자베스 베넷 또는 〈맨스필드 파크〉의 패니 프라이스, 〈설득〉의 앤, 그리고 결국은 〈비커밍 제인〉의 제인 오스틴 자신과 가장 닮은 캐릭터였다.

프레데리카가 레지널드와 결혼하고 드코시 가문의 사람이 된 것은 레지널드 자신뿐 아니라 시부모인 드코시 부부와 시누이 캐서린 덕분에 더 큰 축복이 된다. 레지널드와 결혼하기 전에 이미 찰스와 캐서린 버넌 부부는 조카를 가족으로 맞아들였다. 홧김에 딸을 런던으로 데려가버린 수잔으로부터 착한 프레데리카를 지켜내기 위해 그들 부부는 런던을 일부러 방문했다. 유행성 감기를 핑계삼아 버넌 부부가 간청하자, 그들의 뜻에 못 이기는 척하며 레이디 수잔은 프레데리카가 6주 동안 처칠에 머무는 것을 허락한다. 이후 예의상 한 번 정도 체류 연장을 허락하는 편지를 보내고 차츰 편지가 뜸해지더니 수잔은 두 달이 지나고부터는 아예 딸과 연락을 끊었다. 이 엄마는 계획적으로 딸을 자신의 책임으로부터 떼어낸 것이다.

사실상 버림받은 딸은 영화에서 '신데렐라'로 화려하게 부활했다. 그러므로 방치된 소녀 프레데리카가 레지널드의 사랑을 얻어내는 영화 〈레이디 수잔〉의 결말은 제인 오스틴의 원작보다 더 오스틴스러운, 큰 위로였다. 숙부인 찰스 버넌이 "어머니가 대견해하시겠구나"라고 말하자 프레데리카가 답한다.

"전부 어머니 덕이죠. 어머니의 노고가 없었다면 이런 행복도 없었어요."

딸을 업신여겼던 엄마 수잔을 알고 있는 관객들과 공모한 뼈있는 농담이었다. 동시에 이것은 오스틴의 『노생거 수도원』에 대한 패러디이고 오마주이기도 하다. 그 책의 결말에서 작가는 틸니 경의 '부당한 훼방'과 '독재'가 헨리와 캐서린의 애정을 돈독하게 했다고 확신했다. 마치 프레데리카가 여기서 말하는 것처럼.

완벽한 해피엔딩은 그렇게 만들어졌다. 희대의 바람둥이 레이디 수잔이 여성이라는 '약점'에도 불구하고(또는 그것을 이용하여) 원하는 것을 얻어낸 것만으로는 충분히 '해피'하지 않을 수도 있을 관객들을 위한 서비스였다. "마리아 맨워링 말고는 아무도 안 불쌍해"라고 너스레를 떨었던 제인 오스틴의 풍자 너머로, 작가의 연민이 향하는 시선을 영화가 정확하게 읽어냈기에 가능한 결과였을 것이다.

|제인 오스틴의 시|

영화 〈레이디 수잔〉은 레지널드 드코시와 프레데리카 버넌의 결혼식에서 레지널드가 시를 읊고 프레데리카가 노래를 하는 장면으로 끝이 난다. 하여 제인 오스틴의 시와 함께 이 장을 마무리하는 것도 좋겠다. "연민에 부치는 시"는 제인 오스틴이 17세 무렵에 쓴 시로, 18세에 쓴 『레이디 수잔』과 비슷한 시기의 작품이다.

연민에 부치는 시 Ode To Pity(1972) 6

1

Ever musing I delight to tread

The Paths of honour and the Myrtle Grove

Whilst the pale Moon her beams doth shed

On disappointed Love.

While Philomel on airy hawthorn Bush

Sings sweet and Melancholy, And the thrush

Converses with the Dove.

사색에 잠겨 나는

명예의 길과 관목 수풀을

즐거이 걷네.

---

6. 출처: https://englishliterature.net/jane-austen/ode-to-pity. 이 시는 『제인 오스틴과 19세기 여성 시집』(박영희 편역, 봄날에 여성주의 문학, 2017)에 번역 수록되었다. 여기서는 이 책에 실린 제목을 그대로 사용하고 전문은 새로 번역했다.

창백한 달이

낙담한 사랑에 빛을 비추는 동안

나이팅게일은 공허한 산사나무 덤불에서

달콤씁쓸하게 노래하고, 개똥지빠귀는

비둘기와 이야기를 나누네.

2

Gently brawling down the turnpike road,

Sweetly noisy falls the Silent Stream

The Moon emerges from behind a Cloud

And darts upon the Myrtle Grove her beam.

Ah! then what Lovely Scenes appear,

The hut, the Cot, the Grot, and Chapel queer,

And eke the Abbey too a mouldering heap,

Cnceal'd by aged pines her head doth rear

And quite invisible doth take a peep.

조용한 냇물이 큰길을 따라

부드럽게 다투어 흘러내리고

달은 구름 뒤에서 모습을 드러내

관목 수풀에 빛을 쏟아내는구나.

아! 그때 드러나는 아름다운 광경이여,

오두막, 직은 집, 동굴과 교회당이

기묘하게 보이네.

늙은 소나무들 사이에 감추어져 잘 보이지 않는

썩어가는 풀더미 같은 수도원도 머리 들어

이 아름다운 광경을 살짝 엿보는구나.

3부

장르영화로 다시 씌어진
제인 오스틴

현대적으로 각색된 작품들

10장

"제인이라면 어떻게 했을까?"

〈제인 오스틴 북 클럽〉과 오스틴의 여섯 장편

오스틴처럼 주변 인물들에 관심을 보이는 현대 작가들을
생각해보다가 문득 그게 바로 시트콤에서 공통적으로 사용하는
장치라는 생각이 떠올랐습니다.
오늘날 오스틴이 「엘리너 쇼」를 쓴다고 상상해보세요.
엘리너는 도덕적으로 탄탄한 주인공이고
나머지 사람들은 자신들의 엉망진창인 삶의 문제를 들고
그녀의 뉴욕 아파트에 드나드는 거죠.[1]
—『제인 오스틴 북 클럽』에서, 그릭의 말

---

1. 커렌 조이 파울러, 『제인 오스틴 북 클럽』, 한은경 옮김, 민음사, 2006, 67쪽.

| 제인 오스틴 북 클럽 The Jane Austen Book Club, 2007 |

-감독: 로빈 스위코드 Robin Swicord

-원작: 커렌 조이 파울러, 『제인 오스틴 북 클럽』(2004)

-출연: 캐시 베이커(버나데트), 마리아 벨로(조슬린), 에밀리 블런트(푸르디), 에이미
브렌너먼(실비아), 휴 댄시(그릭), 매기 그레이스(알레그라), 지미 스미츠(대니얼), 케빈
지거스(트레이)

미국, 106min.

새크라멘토에서 품종견 사육장을 운영하는 조슬린(마리아 벨로)은
가장 아끼는 개를 잃었고, 30년 단짝 친구 실비아(에이미 브렌너먼)는
남편 대니얼(지미 스미츠)과 이혼을 했다. 서로의 상심한 마음을 달래
기 위해 그들은 새 일을 시작한다. 제인 오스틴의 장편소설 여섯 권
을 함께 읽고 토론하는 북 클럽 결성하기다. 한 달에 한 번, 여섯 사
람이 각각 한 작품씩을 맡아서 자기 집에서 모임을 주도하는 방식이
다. 조슬린 대부의 전처인 버나데트(캐시 베이커)와 그가 제인 오스틴
영화 상영회에서 만난 프루디(에밀리 블런트), 조슬린이 개사육 세미나
에 갔다 만난 그릭(휴 댄시), 그리고 실비아의 딸 알레그라(매기 그레이
스)가 이 모임에 합류한다. 그릭은 북 클럽의 유일한 남성이고, 알레
그라는 레즈비언이고, 프루디는 유일한 기혼자다.

제인 오스틴을 사랑하는 사람들의 이야기답게, 아슬아슬한 도덕
적 줄타기와 선량한 선택과 그 누구도 소외되지 않는, 모두가 행복
한 결말이 기다리고 있을 것이다.

시작은, 누구에게나 있을 수 있는 일들

주차티켓을 뽑아야 하는데 애매한 위치에 차를 세우는 바람에 팔을 한껏 뻗어도 손이 닿지 않아 민망해본 경험이 있는가? 그러다가 티켓을 떨어뜨려 결국은 차바퀴 밑에 기어들어가다시피 해서 찾아내야 했던 경험은? 음료수 자판기에 지폐를 집어넣는데 자꾸 토해내서 기계 앞에서 마구 성을 내본 경험은? 쇼핑을 마치고 나오는데 이유 없이 도난경보기가 울려 가방 속 물건을 꺼내 보여야 했던 경험은? 그런데 혹시 그곳이 속옷 매장이었다면?

영화는 이렇게 시작한다. 모두가 〈제인 오스틴 북 클럽〉의 주인공들에게 일어난 일들이다. 딱히 집중해서 그들의 표정을 클로즈업 하지도 않고 그들 각자에게 카메라가 오래 머물지도 않으면서, 그러니까 주인공이 아닌 평범한 새크라멘토 시민들과 동등한 비중으로, 영화는 알레그라와 대니얼과 프루디와 조슬린의 일상에서 가장 난감하고 황당한 순간들을 다른 사람들의 당황스러운 상황들 속에 흩어놓았다. 무심하고 심드렁하고도 경쾌하게.

누구에게나 일어날 수 있지만 피했으면 싶은 이 경험들의 끝에는 조슬린의 애견 장례식과 실비아의 이혼이라는 중대 사건이 있다. 북 클럽 사람들의 '이야기'가 그렇게 시작되는 셈이다. 제인 오스틴도 그랬다. 그의 작품들은 대부분 최근에 위기를 겪었거나 언제라도 위기가 닥칠 수 있는 상황이거나 이미 곤란해진 여성들의 이야기로 시작한다. 『이성과 감성』과 『맨스필드 파크』와 『오만과 편견』과 『설득』이 그랬듯이.

그들 각자의 제인 오스틴

조슬린의 『에마』,

실비아의 『맨스필드 파크』,

그릭의 『노생거 수도원』,

버나데트의 『오만과 편견』,

알레그라의 『이성과 감성』,

그리고 프루디와 그들 모두의 『설득』

최고의 견종을 생산하기 위해 가장 좋은 유전자의 결합을 좋아하는 조슬린은 중매가 취미인 에마를 닮았다. 누군가를 사귀어본 적이 없지는 않지만 한 번도 사랑을 해본 적이 없다는 것도 비슷하다. 조슬린은 심지어 고교시절 자신의 남자친구 대니얼을 실비아에게 넘겨주기까지 했다. 지금은 얼마 전 우연히 만난 젊은 남자 그릭을 실비아와 맺어주는 일에 신이 나 있다. 둘이 나이차가 좀 나기는 하지만 딱히 신경쓸 일은 아니었다.

실비아는 『맨스필드 파크』를 가장 좋아한다. 에드먼드가 돈 많고 세련된 메리 크로퍼드와 사랑에 빠지는 것을 지켜보아야 했던 패니의 상실감은 남편을 변호사에게 빼앗긴 실비아의 마음과 같다. 패니가 헨리의 청혼을 거절해서 포츠머스의 집으로 쫓겨갔을 때 자신의 고향집이 세상에서 가장 낯선 공간이 되었던 것처럼, 대니얼이 떠난 집에서 실비아는 고통스럽다. 다른 멤버들이 패니의 밋밋함과 온순

함을 못마땅해할 때도 실비아는 패니야말로 가장 도덕적인 사람이라고 항변한다.

공상과학 소설을 좋아하는 그릭은 고딕소설을 좋아하는 『노생거 수도원』의 캐서린이다. 그릭은 북 클럽의 유일한 남성이자 유일한 '제.알.못'(제인 오스틴을 알지 못하는 사람)이다. 제인 오스틴의 책이라고는 단 한 권도 읽어보지 않았지만 조슬린이 권하는 책이라면 무엇이든지 읽을 준비가 되어 있다. 게다가 그는 『노생거 수도원』의 캐서린이 푹 빠져 있었던 『우돌포의 비밀』을 읽은 남자였다. 조슬린에게 그릭은 자신이 좋아하는 SF 소설을 권해주는데, 그 책들이 여성작가들의 작품이라는 점도 앤 래드클리프를 연상시킨다. 교외의 주택가에 살고 있는 그릭은 자신의 집에서 북 클럽이 열리는 날 우돌포와 노생거의 분위기가 나는 유령의 집처럼 꾸며 멤버들에게 공포체험을 제공했다. 그렇게 북 클럽의 여성 멤버들은 덩달아 캐서린이 되었다.

여섯 번이나 결혼했던 버나데트는 아직도 '나만의 다아시'를 기다리고 있다. 버나데트의 주장에 따르면, 그는 오스틴의 작품들에 나오는 모든 종류의 연애를 다 해보았고 한번쯤 더 결혼할 의향이 있다.

아빠 대니얼이 바람나 집을 나간 후 엄마네 집에 들어와 살게 된 알레그라는 엄마인 실비아와 자신이 마치 엘리너와 마리앤처럼 서로 다르다고 생각한다. 자신의 슬픔과 열정에 충실한 알레그라는 마리앤이 그랬던 것처럼 사랑에 배신당한 후 좌절한다. 스카이다이빙과 암벽타기에서 연거푸 부상을 당해 두 번이나 병원신세를 지는 것도 마리앤의 처지와 비슷하다. 그리히여 알레그라의 순시인 『이싱과 감성』 북 클럽은 알레그라의 병실에서 모인다. 첫번째 부상에서 '윌러비 같은' 코린을 만나고 두번째 부상 덕에 새로운 연인과 맺어지는 것도 꼭 마리앤 같다.

고등학교 불어선생 프루디는 농구와 비디오 게임에 빠져 살며 '오스틴'이 텍사스의 도시인 줄로만 아는 남편 딘이 그저 한심하다. 그래서일까, 제자인 트레이에게 점점 빠져들고 만다. 북 클럽의 마지막이자 제인 오스틴의 마지막 집필작이었던 『설득』에 이르면 조슬린은 실비아에게 더이상 애인을 넘겨주지 말기를, 실비아는 대니얼에게, 딘은 프루디에게 각각 두번째 사랑에 빠질 기회를 허락하기를, 서로가 서로를 설득하고 설득되는 일이 벌어진다.

꼼꼼히 파헤치자면 〈제인 오스틴 북 클럽〉의 어떤 인물이 제인 오스틴 작품의 누구와 어떤 점들이 닮았는지 끝도 없이 나열할 수 있지만, 사실 그게 영화에서 가장 중요한 문제는 아니다. 제인 오스틴 원작의 인물들이 서로 교차하면서 얼마간 비슷한 것처럼 영화의 주인공들도 그렇게 각자의 상황에 따라 오스틴의 주인공들의 성격을 나누어갖는다. 프루디는 『설득』을 맡았지만, 『맨스필드 파크』 속 패니의 알콜중독 아빠와 초라한 엄마처럼 프루디에게는 부끄러운 엄마가 있고, 소심한 패니가 그랬듯이 아슬아슬한 아마추어 연극배우 트레이에게 매료되지만 연극에 동참하기는 거부하는 은밀한 관찰자이다. 『에마』의 조슬린도 정돈된 삶이 흐트러지는 것을 견디지 못해 선뜻 그릭을 받아들이지 못하는 점에서는 열정을 억누르는 패니나 엘리너를 닮았다. 그렇게 보면 이 영화는 오스틴 원작의 '메타 모방'이기도 하다.

덕후들의 마지막 질문

실비아와 프루디의 (전)남편들을 포함해 여러 관계로 얽혀 있는 인물들을 등장시켜 여섯 작품을 이야기하지만, 영화는 조슬린과 그릭의 관계를 플롯의 중심으로 삼았다. 그것은 현명한 선택이었다. 느슨하게 펼쳐진 여러 주인공들의 플롯은 그리하여 조슬린의 『에마』를 향해 수렴된다. 그러고보니 자신의 주인공들을 짝지어주기에 바빴던 작가 제인 오스틴의 캐릭터는 아마도 에마에 가장 가까웠을 것 같다.

에마처럼 독신주의자였던 조슬린은 그릭을 실비아와 맺어주려던 중에 그릭을 사랑하게 된다. 하지만 영화는 게으르게 『에마』의 플롯을 반복하며 만족하지 않았다. 『이성과 감성』 모임에서 그릭은 마리 앤이 브랜든과 맺어지는 것이 싫다고 했다. 그러자 "나이 많은 여자가 젊은 남자랑 맺어지는 것은 더 싫겠네"라고 프루디는 씁쓸하게 답한다. 프루디 자신은 한참이나 어린 학생 트레이를 생각했겠지만 중년의 조슬린으로서는 젊은 그릭을 생각하지 않을 수 없었다. 하지만 나이어린 여자가 중년의 남자를 만나는 것보다 "더 싫은" 그 일을, 영화는 꿋꿋하게 해냈다.

평생 남을 짝지어주느라 어느덧 개를 키우는 중년 싱글이 된 '에마'는 상상력 풍부한 젊은 '나이틀리'를 만나 마침내 해피엔딩을 이루었다. 우리의 '에마'가 아직 중매쟁이였을 때, 실비아를 위해 이 젊은이의 재산을 미리 파악해두었던 것(가구든 집이든 덜컥 사들이는 성격의 그릭에게 "실례지만 당신 돈이 많아요?"라고 조슬린은 물었다)과 같은, 영화의 작은 익살들도 반갑다. 제인 오스틴은 '속물적'이라는 비난을 무릅쓰면서도 결혼에서 상대방의 재산을 중요한 가치로 인정하기(또는 고발하기)를 절대로 포기하지 않았기 때문이다.

오스틴의 패러디이자 논평이기도 하고 전복이기도 한 이러한 각색은 오스틴에 대한 그릭의 독특한 해석에 의해 지지를 받는다. 예컨대 커렌 조이 파울러의 원작에서 그릭은 『이성과 감성』을 반전이 있는 동화라고 주장해서 멤버들로부터 참신하다는 평가를 들었다. "옛날 옛적에 사랑하는 남편이 죽자 착한 계모는 못된 의붓딸이 지배하는 집에 살아야 했어요…"

그릭이 본 『이성과 감성』이었다. 영화 〈제인 오스틴 북 클럽〉에서는 이 예를 조금 더 그릭답게 SF 영화 〈스타워즈〉로 바꾸었다. 엉뚱하고 해맑은 그릭에게 『맨스필드 파크』는 〈스타워즈〉의 거꾸로 버전이다. "루크가 레아 공주를 사랑하게 됐지만 알고보니 레아가 누나였죠. 패니와 에드먼드는 원래 사촌인데 사랑하게 됐잖아요." 『맨스필드 파크』와 〈스타워즈〉라니! 물론 이 해석은 멤버들 중 누구의 지지도 받지 못했다. 그럼에도 오스틴이 소설에 대한 소실을 썼다고 지적했던 그릭의 통찰은 여전히 옳았다. 비평에 비평을 더하고 상상과 패러디를 더해 영화는 더욱 도톰하고 유머러스한 결을 갖게 되었다.

감정과 열정에 충실했던 마리앤을 레즈비언으로 설정하면서 영화가 펼친 비평적인 상상력도 흥미롭다. 알레그라가 『오만과 편견』의 샬롯은 레즈비언이었을 거라고 말했을 때, 소문난 오스틴 덕후라면 '올 것이 왔다'고 생각했을지 모른다. 오스틴의 성정체성은 어떤

학자들에게는 연구대상이다. 1995년 스탠퍼드 대학의 교수인 테리 캐슬은 언니 카산드라에게 쓴 오스틴의 편지에서 '무의식적인 동성애 영역'을 찾아낸 에세이를 발표했고, 당시 오스틴주의자들 사이에서는 상당한 소동이 일어났다.[2] 알레그라에게 실비아가 물었다.

"오스틴이 그녀를 레즈비언으로 여겼다는 말이니? 아니면 그녀가 레즈비언인데 오스틴이 몰랐다는 거니?"

실비아는 두번째 가능성이 더 마음에 들었는데, "주인공에게 자기도 모르는 비밀 생활이 있다는 건 매혹적"이었기 때문이다. 오스틴에 관한 우리의 매혹도 그럴 것이다. 일찍이 덜 유명할 때 세상을 뜬 이 조용한 작가에 대해 우리는 많은 것을 알지 못한다. 하지만 그래서 더 매혹적이라는 사실도 차마 부인할 수 없다.

한편 제인 오스틴 작품에서의 계급문제를 잊지 않고 지적하는 것도 소수자 정체성을 지닌 알레그라의 몫이었다. 알레그라는 에마가 해리엇의 진짜 신분이 상인의 사생아인 것을 알고 나서 교구 목사 엘튼도 해리엇에게는 너무 과분한 상대였다며, 그에게는 농부 마틴 정도가 제격이라고 서둘러 입장을 바꾼 에마를 꼬집었다.

『에마』를 메인 플롯으로 시작한 이야기를 영화는 『설득』을 모티프로 한 여러 개의 서브플롯으로 행복하게 마무리했다. 그들은 마지막 북 클럽은 해변에서 모이기로 했다. 앤이 루이자로부터 웬트워스를 되돌려 받는 곳이 라임이었기 때문이다. 이 결말의 가장 큰 수혜자는 원래 『설득』 담당자였던 프루디, 그리고 실수를 딛고 두번째

2. Belinda Luscombe, "Which Persuasion?," *Time*, August 14, 1995, p.73: 1995년 테리 캐슬의 에세이에 관한 기사, 커렌 조이 파울러, 앞의 책, 345쪽.

사랑의 기회를 얻은 실비아의 전남편 대니얼이었다. 제인 오스틴이 자신의 남성주인공들에게 늘 해명의 기회를 주는 것이 반갑고 고맙다고 말하며, 버나데트는 대니얼에게 "진심어린 편지 한장의 힘을 믿어보자구" 말해주었다. 『오만과 편견』의 버나데트는 틀림없이 엘리자베스에게 사과하는 다아시의 편지를 떠올렸을 것이다. 그리고 『설득』에서 앤에게 쓴 웬트워스 대령의 편지도.

〈제인 오스틴 북 클럽〉의 이 모든 각색과 비평의 근간은 하나의 질문으로 귀결된다. "제인이라면, 이럴 때 어떻게 했을까?" 원작에서 마지막 공식 모임 『설득』은 다시 실비아네 집에서였다. 이날 알레그라는 "오스틴에게 물어봐요"가 적힌 게임용 작은 공을 가져왔다. 실비아의 생일선물로 알레그라가 직접 만든 것이었다. "여행을 가야 할까요?"라고 묻는 버나데트에게 '오스틴'(공에서 나온 문구)은 "모든 사람들이 죽은 이파리를 향한 당신의 열정을 공유하고 있진 않다"고 답했다. 조슬린의 해석은 이랬다. "가을에 가래요."
영화에서는 누군가 이렇게 말한다. "제인 오스틴을 아는 사람이라면, 조강지처를 버리는 일은 절대로 하지 않지." 마찬가지로, 제인 오스틴을 아는 사람이라면(엘리자 드 풔이드가 아닌 이상), 남편을 버리고 고등학생 제자와 바람이 나지도 않을 것이다. 마지막에 트레이를 만나러 간 프루디가 신호등에서 "제인이라면 어떻게 했을까?"라는 문장을 보고 곧 "Do Not Walk(정지하세요)"라는 답을 얻었던 것처럼. 프루디는 거기서 멈춰 남편 딘에게로 달려갔다.

파울러의 원작에서 『이성과 감성』을 뒤집어진 동화로 보았던 그 릭은 주인공뿐 아니라 주변 인물들까지도 섬세히 다루는 오스틴의 글쓰기 방식이 디킨스 같기도 하고 현대의 시트콤 같다고도 말했다. 물론 여기에는 그릭에게 호의적이었던 실비아조차도 반대했다("하 지만, 「엘리너 쇼」라니!").

　어쨌거나 자상한 오스틴을 따라, 〈제인 오스틴 북 클럽〉은 자신의 모든 인물들에게 제인 오스틴 작품의 주인공다운 생명력을 골고루 불어넣었다. 그래서 '에마' 조슬린은 '젊은 나이틀리' 그릭을 만나 고 '패니' 실비아는 다른 여자에게 빼앗겼던 사랑을 되찾는다. '마 리앤' 알레그라는 침착하고 실력 있는(게다가 역시 젊은) 의사선생님의 연인이 되고, '앤' 프루디는 상처받고 냉랭해진 남편에게 두번째 사 랑을 구한다. 마지막으로, '엘리자베스' 버나데트는 스페인어를 쓰 는 일곱번째 '다아시'를 만나 사랑을 완결한다. 이렇게 해서 영화 〈제 인 오스틴 북 클럽〉은 제인 오스틴을 아는 인물들이라면 절대로 하 지 않을 행동과 마치 했을 것 같은 행동들을 상상함과 동시에 제인 오스틴 자신이라면 썼을 것 같은 글쓰기 방식까지도 성공적으로 모 방해냈다. 오늘날 우리가 시트콤을 보고 안도하고 즐거워하듯이, 그 옛날 오스틴의 독자들도 그랬을 것이다.

11장

저항과 타협의 로맨틱 코미디
〈브리짓 존스의 일기〉와 『오만과 편견』

8:55am.

BBC의 〈오만과 편견〉을 보는 동안 편한 옷으로 갈아입기 전에 잠깐 담배를 사러 갔다 오는 길이다. (…) 〈오만과 편견〉에 중독된 이 나라 사람들이 좋다. 나도 알고 있다. 내가 그 프로에 열중하는 것은 미스터 다아시가 엘리자베스와 사랑하는 사이가 되어주었으면 하는, 단순한 인간적인 바람 때문이다.[1]

-『브리짓 존스의 일기』에서

---

1. 헬렌 필딩, 『브리짓 존스의 일기』, 임지현 옮김, 문학사상, 2015(1999), 308쪽.

|브리짓 존스의 일기, Bridget Jones's Diary, 2001|

-감독: 샤론 맥과이어 Sharon Maguire

-원작: 제인 오스틴, 『오만과 편견』(1813); 헬렌 필딩, 『브리짓 존스의 일기』(1996)

-각본: 헬렌 필딩, 리처드 커티스, 앤드류 데이비스

-출연: 르네 젤위거(브리짓), 콜린 퍼스(다아시), 휴 그랜트(다니엘), 짐 브로드벤트(브리짓 아빠), 젬마 존스(브리짓 엄마), 셜리 헨더슨(쥬드), 샐리 필립스(샤저), 제임스 컬리스(톰), 셀리아 아임리(우나), 제임스 폴크너(제프리), 엠비스 데이비츠(나타샤), 패트릭 바로우(줄리안)

영국, 프랑스, 미국, 97min.

출판사 홍보팀에서 일하는 30대 초반의 브리짓 존스(르네 젤위거)는 올해도 크리스마스를 함께 지낼 애인을 두지 못했다. 매년 열리는 크리스마스 칠면조 커리 파티를 피할 길도 없고 근사한 남자친구를 동반해 참견쟁이들 입을 막아줄 재주도 없어서 브리짓은 우울하다. 게다가 엄마가 자꾸 브리짓이 어릴 때 함께 발가벗고 놀았다는 이혼남 마크 다아시(콜린 퍼스)를 브리짓과 맺어주려고 해서 불편하기 짝이 없는데, 그 와중에 마크 다아시는 사슴이 그려진 괴상한 스웨터를 입고 나타나 신경을 긁어댄다.

한편 새해에는 브리짓에게도 희망이 생겼다. 직장 상사인 다니엘 클리버(휴 그랜트)가 사내 메일로 브리짓을 유혹했고, 둘은 곧 연인이 되었다. 그런데 이들이 있는 곳에 심심찮게 다아시가 나타난다. 다아시와 다니엘은 케임브리지 동기로 한때 친한 친구였다지만 지금은 앙숙처럼 보인다. 다니엘은 다아시가 자신의 약혼자를 가로챘다고 했지만, 다니엘의 집에서 빼빼마른 뉴욕 여자 라라를 발견한 브리짓은 다니엘의 실체를 알게 된다. 다니엘과 라라는 약혼한 사이였다. 브리짓은 다니엘을 보기 좋게 망신주고 출판사를 나와서 TV 리포터가 된다. 그는 인권변호사인 다아시의 도움으로 스타기자로 성공했고 결국 사랑도 얻었다. 살을 빼고 담배를 끊겠다는 새해 계획은 또다시 실패해서 브리짓은 여전히 살집이 있고 실수투성이지만 그에게는 이제 자신을 있는 모습 그대로 사랑해주는 귀족적인 남자 다아시가 있다.

제인 오스틴과 20세기 '젊은 여성 문학'

영문학자 조선정은 제인 오스틴의『오만과 편견』을 "여성에 의한, 여성을 위한, 여성의" 문학으로 읽었다. 여성작가가 여성의 삶에 관심을 갖고 여성의 행복과 자유를 옹호하는 관점으로 쓴 작품이라는 의미였다.[2] 그는 또 이렇게 썼다. "한 손에『아가씨를 위한 설교』(품행서)를, 다른 손에 프랜시스 버니의『이블라이나』(소설)를 올려놓고 읽으면서 여성이 되는 법을 배웠을 여성들에게 오스틴의 소설은 가부장적 규율과 남성중심 문화가 지배적인 사회에서 살아남기 위한 처세술과 연애술뿐만 아니라 저항과 타협의 기술을 가르치는 새로운 서사였을 것이다."[3]

---

2. 조선정,『제인 오스틴의 여성적 글쓰기』, 민음사, 2012, 56쪽.
3. 같은 책, 73쪽.

1990년대 후반 '칙릿'Chick-lit이라 불렸던 새로운 여성 문학 장르가 여성 독자들의 사랑을 받고 급부상한 이유도 이와 비슷했다. 비속어로 젊은 여성을 뜻하는 'chick'(속칭 '영계')과 문학literature을 의미하는 'lit'을 합성한 신조어로 사용되던 '칙릿'은 20~30대 싱글 여성의 직장 생존기와 연애를 소재로 한 소설들이었다가 곧 하나의 장르로 정착되었다. 칙릿은 대개 대도시에서 출판이나 패션, 저널리즘이나 광고홍보 등의 전문직에 종사하는 여성들의 이야기, 즉 고약한 직장 상사에 대한 미움이나 다이어트, 명품에 대한 욕망과 내적 투쟁을 벌이고 또 타협하면서 자기애와 연애와 직장 생존 모두에 성공하는 스토리의 작품들이다. 〈악마는 프라다를 입는다〉(2006)와 〈섹스 앤 더 시티〉(2008)가 영화로 만들어졌고, 한국에서도 드라마 〈스타일〉(2009)과 〈내 이름은 김삼순〉(2005), 〈여우야 뭐하니〉(2006) 〈달콤한 나의 도시〉(2008) 등이 동명의 소설들을 원작으로 제작되어 큰 인기를 끌었다. 칙chick이란 명칭에 담긴 여성비하가 못마땅하지만, 당시 새로운 세대의 여성작가들과 여성 서사, 그리고 이를 환영한 여성 독자와 관객들에게 이름을 부여하고 주목하게 했다는 점에서 숙고할 만한 가치가 있다. 여기서는 아쉬운 대로 '젊은 여성 문학'이라고 고쳐 쓰면서 불편함을 덜어내보기로 한다.

1990년대 '젊은 여성 문학'의 원조였던 헬렌 필딩의 『브리짓 존스의 일기』를 로맨틱 코미디로 만든 영화 〈브리짓 존스의 일기〉는 제인 오스틴을 장르영화의 틀 안에 성공적으로 안착시킨 작품이다. 우연한 마주침에서 출발해 티격태격하던 선남선녀가 온갖 방해와 우여곡절 끝에 커플이 된다는 로맨틱 코미디의 공식은 〈브리짓 존스의 일기〉에 이르러 주체적인 캐릭터의 등장과 함께 도약한다.

말괄량이 기질이 있지만 대체로 해맑은 성품으로 보상받는 보통의 로맨틱 코미디 여주인공들에 비해 '브리짓'류의 여성들에겐 적당한 자의식과 반항정신이 있고, '정치적으로 올바른'politically-correct 태도도 자주 보인다. 그러면서도 날씬한 몸과 모두가 부러워할 남성과의 연애와 섹스에 대한 환상을 포기하지도 않는다. 이를테면 그들은 젊고 날씬하고 예쁘고 유능하면서도 고분고분한 여성을 원하는 세상에 기꺼이 저항할 뿐 아니라, 잘난 남자들의 성적인 욕망에 종속되는 것도 거부한다. 하지만 여전히 젊어 보이고 날씬하고 예뻐지려고 애쓴다. 왜냐하면 자신감도 갖고 사랑하는 남성도 쟁취하기 위해서 그럴 필요가 있다고 스스로 판단하고 느끼기 때문이다. 따라서 그들에게 '주체성'이란 자신이 속한 사회와 문화에서 완벽하게 동떨어진 도도한 고립이 아니라 사회가 제시한 여러 모델들 중 자신의 욕망에 충실한 선택이다. 때로는 가장 가까운 이웃들의 속물성과 자기 자신의 모순까지도 인정해야 하지만, 주인공이 성장하고 자기애를 완성하는 과정에서 이러한 속물성과 모순 또한 자신을 이루는 세계의 일부임을 받아들이게 된다. 그들 앞에는 사랑과 직업 사이의 선택, 반성적인 자기 환멸과 자기애 사이의 선택이 있다. 그리고 이러한 선택들은 자주 갈등과 타협을 유발한다.

그러므로 헬렌 필딩의 첫 '젊은 여성 문학'이 제인 오스틴의 『오만과 편견』에 주목했던 것은 어쩌면 자연스러운 결과였다. 불합리한 결혼시장의 법칙과 요구에 당당히 저항하면서도 자신의 가치를 알아봐주는 남성을 만나 성공적으로 귀족사회에 편입한 엘리자베스의 이야기는 20세기 싱글 여성의 로맨스로 번안되어도 여전히 매력적일 것이었다. 마침 헬렌 필딩이 『브리짓 존스의 일기』를 집필하던 당시는 BBC에서 〈오만과 편견〉이 방영되어 큰 인기를 끌던 시기였다. 필딩은 마크 다아시 캐릭터를 〈오만과 편견〉의 미스터 다아시 역할을 했던 콜린 퍼스를 염두에 두고 썼다고 밝혔다. 헬렌 필딩은 이 드라마의 각본을 맡았던 앤드류 데이비스와 함께 영화 〈브리짓 존스의 일기〉 시나리오에도 직접 참여했다.

싱글 여성이 온전한 '나'로 살아남기

"삶의 한 부분이 제대로 굴러가면 다른 부분이 삐걱거리게 마련이라는 것은 세계 어디서나 보편적 진리다." 『오만과 편견』의 유명한 첫 문장("재산깨나 있는 남자에게 아내가 필요한 것은 누구나 아는 진리다.")을 영화 〈브리짓 존스의 일기〉는 이렇게 패러디했다. 멋쟁이 다니엘과 이제 막 연애를 시작해서 세상을 다 가진 것 같았는데, 엄마가 돌연 독립을 선언하고 집을 나와 분란이 생겼다. 재산깨나 있는 남자에게 재산이 아내를 대신할 수는 없듯이, 모든 것이 잘 될 수는 없고 삶의 어느 한 부분은 삐걱거리게 마련인 것처럼, 30대 싱글 여성 브리짓의 일상은 결핍의 연속이다.

샤론 맥과이어의 〈브리짓 존스의 일기〉에서 『오만과 편견』의 엘리자베스는 매년 초 다이어리에 체중감량과 금연과 성공적인 연애 계획을 세우는 브리짓 존스로 다시 태어났다. 브리짓은 중견 출판사

홍보팀 직원이고 결코 못생기지 않았지만, 몸무게는 60kg이 넘어 44사이즈는 꿈도 못 꾸고 술과 담배를 끊지 못해 자주 실수를 한다. 재산이 별로 없고 딸만 많은 집의 둘째 딸 엘리자베스나 흔히 말하는 결혼 적령기를 넘긴 전문직 여성 브리짓이나, 결혼과 연애시장에서 경쟁력이 없기는 마찬가지다.

영지를 지닌 귀족 미스터 다아시는 여기서는 실력 있는 인권변호사인 이혼남 마크 다아시다. 직업이 따로 필요했던 19세기 귀족을 오늘날의 변호사로 바꾸어 부유하고 차갑고 냉철한 이미지를 유지하되 그냥 잘나가는 변호사가 아니라 인권변호사라는 이미지를 덧붙였다. 이렇게 해서 까칠하지만 따뜻한 미스터 다아시의 성격이 마크에게 그대로 옮겨왔다. 바람둥이 위컴은 브리짓의 직장 상사 다니엘이다. 엄마를 꼬드긴 사기꾼 줄리안에게도 리디아와 도망한 위컴의 모습이 투영되어 있다.

'일과 사랑'이라는 현대 로맨틱 코미디의 갈등구조 외에 〈브리짓 존스의 일기〉가 '젊은 여성 문학'의 구조로부터 차용한 것은 '자기애'와 관련한 갈등이었다. 따라서 '일-사랑-자기애'는 브리짓이 결핍을 경험하는 영역이면서 궁극적으로는 타협의 현장이 된다. 그렇다면 브리짓은 어떻게 일과 사랑과 자기애에 모두 성공하게 될까? 성공은 하는 걸까?

브리짓이 가장 먼저 도전한 것은 자존감의 회복이었다. 사랑에 상처받은 브리짓은 스스로 출판사를 그만두고 나온다. 다니엘이 라라와 약혼했다고 말한 직후의 일이다. 이 시점에서 일과 사랑 모두에 실패했지만, 적어도 브리짓은 자신을 보호했다. 다니엘에게 독설을 퍼붓고 회사를 나서는 그 순간, 브리짓은 동료들의 지지를 받는 영웅이었다. 아울러 관객들에게도 가장 통쾌한 순간을 선물했다.

그런데 영화는 일과 사랑을 모두 포기하고 자기애를 선택한 브리짓에게 나머지도 선물한다. 브리짓은 작은 텔레비전 방송사에 기자로 들어가 생방송에서 엉덩이를 내보이는 실수를 한 덕에 이름과 존재를 알린다. 이후 인권변호사인 마크의 도움으로 독점 인터뷰에 성공해서 스타 기자가 된다. 두번째로 성공한 영역은 그래서 '일'이었다.

마지막으로, 사랑은 어떻게 성취되었는가? 뜻밖에도 마크는 그간의 신사다운 이미지를 벗고 다니엘을 실컷 패주었다. 결투 아닌 결투 끝에 브리짓과 마크는 다시 위기를 맞는다. 브리짓이 그를 오해했음을 알고 나서 마크를 찾아다니는데, 그는 곧 나타샤와 결혼하고 뉴욕의 법률회사로 이직해 떠날 예정이었다. 브리짓이 쓸쓸하게 돌아와 '브리짓 존스의 일기'를 다시 펼쳐든 연말, 마크가 불쑥 나타났다. 그리고 이제는 새로운 일기를 쓸 때라며, 새로 산 일기장을 내민다. 엉뚱하고 실망스러운 브리짓의 모습은 해가 바뀔 무렵까지 여전했지만 "있는 모습 그대로" 널 사랑한다는 마크의 고백노 아식 유효했다. 브리짓은 드디어 제 몸을 떠나기를 거부하는 자신의 뱃살과도 타협하기로 한다.

이렇게 해서—새로운 '젊은 여성 문학'의 도전으로서는 다소 실망스럽게도—브리짓이 선언했던 자기애는 마크 다아시의 인증을 거쳐 완성되었다. 브리짓이 기자로 성공한 것도 마크가 자신의 의뢰인을 독점 인터뷰하도록 손을 써준 덕분이므로, 세 가지 결핍의 요소인 일과 사랑과 자기애가 모두 마크의 역량에 의존한 결과였다고 볼 수 있다. 그것은 혹시 20세기 '오스틴 열풍'의 주역인 콜린 퍼스의 위상과 로맨틱 코미디 장르의 법칙을 지켜내기 위한 영화의 타협이었을까. 브리짓이 마크를 따라 뉴욕으로 가지 않고 마크가 더 좋은 직장을 포기하고 런던에 머물기로 한 것이 그나마 위안이다. 우리의 미스터 다아시는 여전히 (대기업의 하수인이 아닌) 인권변호사로 선의를 베풀며 살 것이다.

반면, 각색의 차원에서 본다면 이보다는 긍정적이고 흥미로운 관찰이 가능하다. 제인 오스틴 시대엔 가족 문제(리디아의 애정행각)에 있어 다아시의 도움이 절실했다면, 1인 가족과 핵가족의 시대를 살아가는, 21세기를 여는 여성주인공에게 설득력 있는 도움은 자신의 커리어와 관련된 것이었다. 헬렌 필딩의 원작에서 마크가 브리짓의 엄마와 줄리안의 문제에 적극 개입했던 사실은 영화 버전에서 생략되었다. 원작에서는 마크가 자신의 인맥과 경험을 동원해서 온 지구를 뒤져 줄리안을 찾아내고 그가 손해를 입힌 재산을 상당 부분 되찾아주거나 자신의 재산으로 충당해서 보전해주는 선행을 베풀었다. 미스터 다아시가 리디아와 위컴을 찾아내 결혼시켰던 상황을 현대적으로 각색한 것인데, 리디아가 그랬듯이 브리짓의 엄마도 가족들에게 그다지 미안해하지는 않는다. 하지만 샤론 맥과이어의 영화 〈브리짓 존스의 일기〉는 다아시의 도움이나 추적 없이, 엄마가 스스로 잘못을 뉘우치고 돌아오게끔 내용을 축소했다. 마크를 가족 전체의 구원자로 재현하지 않는 역설적인 방법으로, 영화가 브리짓을 가족과 계급의 구조로부터 오히려 자유롭게 한 셈이다. 브리짓의 표현대로라면 그것은 애초에 브리짓의 일상에서 제대로 굴러가지 않고 "삐 걱거리던" 어떤 부분이었다.

〈브리짓 존스의 일기〉가 놓친 것들

베넷 부인이기도 하고 리디아이기도 한 브리짓의 엄마에 대해서는 조금 더 할 말이 남아 있다. 오로지 딸 다섯을 시집보내는 데만 관심 있었던 엘리자베스의 엄마는 자신의 행복이 뒤늦게 아쉬워진, 하지만 여전히 철없는 브리짓의 엄마로 각색되었다.

사실, 여성으로서 존스 부인은 상당히 흥미롭고 입체적이다. 존스 부인은 황혼이혼과 노년기 여성의 자아 찾기에 대한 풍자적인 캐릭터로 보인다. 이 엄마는 은발의 신사 줄리안을 만나 홈쇼핑 채널의 쇼 호스트로 TV에 나오고, 급기야 그 남자와 열애를 선언했다. 하지만 자신의 독립선언과 별개로 여전히 딸의 결혼에는 전통적인 방식으로 집착하는 모순을 갖고 있다. 게다가 원작의 경우, 이 황혼의 독립선언은 줄리안의 사기 사건으로 씁쓸하게 마무리되면서 실패로 기록된다. 영화에서는 사기 사건까지는 다루지 않았지만, 줄리안의 바람기 때문에 엄마가 상처받았던 것은 분명하다. 영화 〈마요네즈〉(1999)의 엄마 김혜자가 생각나기도 하고 〈좋지 아니한가〉(2007)의 엄마가 노래방 총각을 따라 가출했다가 에스프레소 머신을 껴안고 들어오던 장면이 생각나기도 하는 대목이다. 혹은 그리 멀리 가지 않아도, "너는 나처럼 살지 마라"고 늘상 넋두리를 하시지만 결정적인 순간에는 오랜 세월 내면화된 편견을 작동시키는 우리네 엄마들과 할머니들의 모습이기도 하다.

오로지 딸들의 결혼에만 집착했던 〈오만과 편견〉의 베넷 부인이 오늘날 살아있다면 세상물정 모르는 이런 엉뚱하고 천진한 여인일 거라고 영화는 상상했다. 세상이 변해서 자신도 뭔가 주체적인 길을 찾아야 할 것 같고 갑자기 지난 30여 년 세월이 억울해지는데, 정작 자신의 딸은 결혼을 못할까봐 전전긍긍해서 딸을 괴롭힌다. 갈팡질팡하는 브리짓 엄마의 자아 찾기는 일의 성패와 상관없이 그 자체로 중년을 넘어선 여성의 불안과 모순된 정체성을 보여주는 흥미로운 사건이었다. 그런데 영화는 줄리안의 존재를 도중에 삭제하고 브리짓 엄마를 눈물 흘리며 집으로 돌아오게 만들었다. 브리짓 편에서는 완벽한 해피엔딩을 이루고, 앞서 살펴보았듯이, 가족으로부터 독립된 브리짓의 주체성이 강화되는 결과를 얻을 수 있었을지 모르지만, 영화가 놓친 점도 있다. 이로써 존스 부인은 끝까지 '철이 없을' 자유를 박탈당한 채, 어쩌면 오스틴도 필딩도 아쉬워할 만큼 납작해졌기 때문이다.

존스 부인의 최후를 다룬 방식이 이처럼 긍정과 부정의 의미를 함께 지니고 있는 반면, 조금 더 심각한 문제도 있다. 영화 〈브리짓 존스의 일기〉는 인종적인 편견을 노출하는 장면을 여럿 남겼다. 예컨대 다아시의 전처가 일본인이라며, 존스 부인은 "잔인한 인종"이라고 직접적으로 말한다. 존스 부인의 속물적인 천박함을 드러내는 표현이라고 보기에도 심하게 노골적인 데다가, 브리짓도 여기에 딱히 반발하지 않는다. 후에 오해에 의한 편견이었다는 점이 밝혀지기는 하지만 문제는 단지 이런 직접적인 한두 차례의 묘사뿐이 아니라는 점이다. 영화에는 중국인의 이미지를 차용해서 우스꽝스러움을 표현하는 장면도 있다. 브리짓이 회사에서 술에 취해 책상 위에 올라가 춤을 출 때, 그는 토끼 귀 머리띠에 차이나 칼라의 실크 블라우스를 입고 한 손에 담배를 들고 있다. 도덕성이 의심되는 인물들인 다니엘의 약혼자('빼빼마른') 라라나 엄마의 '제비족' 줄리안은 각각 미국인이거나 포르투갈인이다.

영국인으로서 제인 오스틴은 사촌언니를 통해 관찰한 프랑스적인 자유분방함을 인물의 성격에 담았고, 이를 수용한 영화 〈레이디 수잔〉이 그것을 미국적인 것과 병행해서 재현한 바 있지만, 이처럼 노골적인 경멸과 조롱의 의미는 아니었다. 결국 21세기의 『오만과 편견』으로서 〈브리짓 존스의 일기〉는 여성에 대한 편견을 주제로 하되 그 외연을 사회적 약자나 타자들의 국가와 제3세계에 대한 편견의 문제로까지 확대하지는 못했다. 어쩌면 그것은 아직 대중문화로서 충분히 '글로벌화'하지 못한 2000년대 초반 영국 영화의 감수성이 드러낸 한계일지도 모르겠다. 지금이었다면 또다른 감수성이 동원되었을까.

〈브리짓 존스의 일기〉가 나온 이후 〈브리짓 존스의 일기: 열정과 애정〉(2004), 〈브리짓 존스의 베이비〉(2016)가 속편으로 제작되었다. 모두 헬렌 필딩이 각색에 참여했고, 이중 〈브리짓 존스의 베이비〉는 15년 만에 샤론 맥과이어가 다시 연출을 맡았다.

12장

영국발-발리우드-뮤지컬
〈신부와 편견〉

| 신부와 편견 Bride and Prejudice, 2016 |

-감독: 거린더 차다 Gurinder Chadha

-원작: 제인 오스틴, 『오만과 편견』

-각본: 거린더 차다, 폴 마에다 버지스

-출연: 아이쉬와라 라이(라리타 박시), 마틴 핸더슨(윌 다아시), 네이븐 앤드루스(발라지), 다니엘 길리스(조니 위컴), 남라타 쉬로카(자야), 나드리야 바바(박시 부인), 아누팜 커(박시 씨), 마샤 메이슨(캐서린 다아시), 인디라 바마(키란), 니틴 가냐트라(콜리)

영국, 미국, 111min.

'황금사원'으로 유명한 인도의 암리차르에서 농장을 운영하는 박시 씨(아누팜 커)네는 딸이 넷 있다. 자야(남라타 쉬로카)와 라리타(아이쉬와라 라이), 마야와 라키가 그들이다. 어느날 런던 사는 발라지(네이븐 앤드루스)라는 청년이 이곳을 방문한다. 친구의 결혼식에 참석하기 위해서였는데, 그는 여동생 키란(인디라 바마)과 친구인 다아시(마틴 핸더슨)와 함께 2주간 인도에 머물 예정이다. 변호사인 발라지는 첫째인 자야를 보고 곧 사랑에 빠진다. 발라지와 동행한 친구 다아시는 미국인으로 호텔 재벌 집안의 외아들이다. 그는 둘째 라리타의 아름다움에 반하지만 만날 때마다 삐걱거리느라 둘은 좀처럼 다정한 사이로 발전하지 못한다.

인도를 떠나기 전 발라지는 자야와 라리타를 바닷가 여행에 초대하는데, 라리타는 여기서 조니 위컴이라는 매력적인 배낭여행객을 만나 호감을 갖게 된다. 한편 미국에 사는 부유한 친척 콜리(니틴 가나트라)가 신붓감을 구하러 암리차르에 왔다가 라리타에게 청혼했으나 거절당한다. 콜리는 곧 라리타의 단짝 찬드라에게 청혼하고, 둘은 미국으로 떠난다. 얼마 후 찬드라와 콜리가 보낸 초대장으로 자야와 라리타, 그리고 그들의 철없는 동생 라키와 모친 박시 부인은 캘리포니아를 방문한다. 찬드라의 결혼식 덕에 그들은 다아시와 위컴과 재회할 기회를 얻는다.

쉽게 짐작할 수 있는 것처럼, 박시 가문은 베넷 가이고, 자야는 제인, 라리타는 엘리자베스다. 마야는 메리, 라키는 리디아로, 자매들 중 키티는 생략되었다. 영국의 귀족 다아시는 미국인 호텔 재벌이

되었고, 빙리는 런던의 변호사 발라지가 되었다. 원작에서 사망한 다아시의 모친은 원작의 캐서린 영부인의 이름을 빌려와 호텔기업 '왕회장님'으로 환생했다. 캐서린 다아시 여사는 재벌답게 다아시의 결혼에 적극적으로 간여하고 싶어 한다. 베넷 가의 상속자였던 콜린스는 재미 인디언 사업가 콜리, 집사의 아들이었던 위컴은 유모의 아들 조니 위컴이며, 찬드라는 샬롯이 원형이다. 거린더 차다의 〈신부와 편견〉은 문화적인 환경과 대중의 정서를 고려한 각색이 돋보이는 작품이다.

다문화 뮤지컬로 다시 태어난 『오만과 편견』

"발리우드 뮤지컬은 영화계의 스위스 칼"이라고, 저명한 영화평론가 로저 에버트Roger Ebert는 말했다. 코미디, 가족 드라마, 노래, 춤, 모험과 소극, 잘생긴 주인공과 악당, 딸의 결혼에 목매는 엄마와 혼기 찬 딸… 모든 것이 한 작품에 다 들어 있다. 그래서 인도의 관객들은 극장 앞에서 뭘 볼까 고민할 필요가 없다. 어떤 선택을 해도 영화로 보고 싶은 모든 것이 들어 있는 작품을 만날 것이므로. 하지만 제인 오스틴과 발리우드라니?!

이 뜻밖의 조합을 이뤄낸 것은 〈슈팅 라이크 베컴〉Bend It Like Beckham(2002)의 감독 거린더 차다였다. 인도계 영국인인 거린더 차다는 자신의 작품 속에 서구사회에서의 아시아인이라는 이중의 정체성을 자주 담아왔다. 그는 일본계 미국인인 폴 마에다 버지스와 결혼해서 남녀 쌍둥이 자녀를 두었는데, 버지스는 〈신부와 편견〉의 공동

각본가이기도 하다. 영국인이면서 인도인인 감독과 미국인이면서 일본인인 작가, 그리고 그들의 자녀인 동갑내기 아들과 딸. 여러 정체성과 문화에 열려 있는 거린더 차다의 개인적이고 공동체적인 환경은 제인 오스틴이라는 영국문학의 거장을 인도 거리의 합창과 군무의 세계로 초대하는 데 전혀 거리낌이 없는 토대가 되었을 것이다.

따지고보면 본디 '발리우드'는 서로 다른 두 문화의 연결과 연상을 전제로 출발했다. 뭄바이의 옛 지명인 '봄베이'의 영화산업을 할리우드에 빗대면서 '발리우드'라는 말이 사용되기 시작했다가, 이것이 곧 장르를 칭하는 용어로 굳어졌다. 심각한 이야기가 흐르던 중 갑자기 사람들이 튀어나와 노래를 부르고 춤을 추다가 또 아무 일도 없었다는 듯 극이 진행되기도 하면서, 인도 영화 특유의 형식과 정서를 담아낸다. 발리우드 영화는 보통 세 시간 이상의 러닝타임이 기본인데, 노래와 춤으로 자주 방해받는 중에도 이야기를 충실히 전달하려면 영화가 길어지는 건 어쩌면 당연한 일이기 때문이다.

복합적인 정체성을 지닌 〈신부와 편견〉은 완전히 '발리우드 스타일'도 아니라는 데 이 작품의 독특한 매력이 있다. 〈신부와 편견〉의 공간은 세 나라, 네 도시로 넓게 펼쳐져 있다. 인도의 북서부 암리차르에서 시작한 이야기는 서부 연안의 휴양지 고아를 거쳐 다시 암리차르, 발라지가 있는 런던, 다아시의 공간인 미국의 로스앤젤레스를 경유한 후 암리차르에서 마무리된다. 영화는 시작-중간-끝을 장식하는 세 번의 결혼식으로 플롯의 거점을 삼았는데, 결혼식과 축하 파티 장면들은 원작에서의 무도회와 사교계를 재현하기 위한 훌륭한 알리바이가 된다.

흥미롭게도, 암리차르의 저잣거리와 결혼식 파티 등에서 발리우드 뮤지컬 풍으로 시작된 음악과 춤은 고아의 야외무대에서는 실제 유명가수 아샨티^{Ashanti}의 등장과 함께 알앤비가 되고, 할리우드에 가면 가운을 입은 합창단에 의해 흑인 성가대 풍으로까지 바뀐다. 전반적으로는 〈맘마미아〉(2008)나 〈라라랜드〉(2016)처럼 대중적으로 익숙하고 '글로벌'한 뮤지컬의 분위기를 표방했다. "아내 없인, 인생도 없다"며 거들먹거리던 콜리의 대사를 차용한 노래와 춤이 대표적이다. 네 자매가 라리타를 신붓감으로 찍은 콜리를 비웃고 라리타를 놀리면서 부르는 이 노래는 희극적이고 풍자적이라는 점에서 오스틴스럽기도 하고 오늘날 여느 대형 뮤지컬에서 흥을 돋우는 코믹한 춤과 노래의 분위기 그대로이기도 하다.

러닝타임이 두 시간을 넘지 않아 전체적으로 압축적인 점도 발리우드에 친숙하지 않은 이방인 대중들까지 고려한 흔적이다. 고전을 각색한 작품의 특권이기도 했을 것이다. 오스틴의 원작이 워낙 유명해서, 원작에서 특징적인 대사와 상황을 차용하는 것만으로 캐릭터와 의미전달이 어렵지 않게 완성될 수 있는 장점이 있었을 텐데, 〈신부와 편견〉은 이 점을 최대한 잘 이용했다. 영국 태생 내러티브에 인도적이고 미국적이면서 또 영국적이기도 한 음악과 춤, 동양적이면서도 서양적인 이 모든 것들을 가장 잘 어울리게 조합해낸 다문화 뮤지컬 〈신부와 편견〉 덕에 우리는 2백년 역사상 가장 경쾌하고 사랑스럽고, 눈과 귀가 즐거운 버전의 『오만과 편견』을 만났다. 그리하여 콜린스의 멍청함도 메리의 눈치 없음과 위컴의 간교함이나 리디아의 가벼움도, 심지어 여인의 일생과 한 가문의 존폐가 달린 심각한 선택도 어떻게든 결국은 해결될 거라고 낙관할 뿐 아니라, 그 넓은 공간을 누비는 동안 반복되는 플롯 상의 우연에도 기꺼이 한쪽 눈을 감는 것이다. 발리우드 영화와 뮤지컬 특유의 마법이 허용하는 한 유지되는 축제이자 너그러움이다.

인도인 신부^{Bride}의 프라이드^{Pride}

그렇다면, 왜 인도였을까? 감독이 인도계 영국인이라는 점을 잠시 미뤄두고 생각해보자. 다문화 배경을 가진 이 작품에서 주인공이 인도의 딸이라는 것은 어떤 의미가 있었을까?

날리니 나타라얀^{Nalini Natarajan}은 2000년에 이렇게 말했다.

> 인도에서 오스틴이 인기 있는 이유에 대한 '상식적인' 견해는 오스틴 소설의 배경을 새로이 부상하는 인도 중산층의 맥락으로 옮겨서 해석할 수 있다는 점이다.[1]

거린더 차다 감독도 『오만과 편견』의 주제가 현대 인도의 상황과 맞물리기 때문에 발리우드판 〈오만과 편견〉을 만들고 싶었다고 말했다. 인도가 여전히 계급사회이고 약 2백여 년 동안 영국의 식민지였던 탓에 영국문학의 정서가 낯설지 않은 것도 물론 중요한 요인이었을 것이다.

---

1. Nalini Natarajan, "Reluctant Janeites: Daughterly Value in Jane Austen and Sarat Chandra Chatterjee's Swami," in You-me Park and Rajeswari Sunder Rajan, eds., *The Postcolonial Jane Austen* (London and New York: Routledge, 2000), p.141. 커 렌 조이 파울러, 『제인 오스틴 북 클럽』, 한은경 옮김, 민음사, 2006, 348쪽에서 재인용.

영화를 통해 유추할 수 있는 내용은 조금 더 구체적이다. 발라지와 콜리가 각각 영국과 미국에 살지만 인도에서 신붓감을 구하고 싶어 했던 상황을 생각해보자. 콜리는 미국에 사는 인도인 여성들이 뿌리를 잊고 자유분방하게 살 뿐 아니라 "심지어 레즈비언이 되는" 경우까지 있다며, 인도에서 인도여인을 만나 미국에 데려가고 싶다고 말한다. 그나마 콜리는 자신이 직접 선택하겠다고 생각한 경우지만, 첫 결혼식 장면의 발라지의 친구는 정혼에 의해 간택된 신부와 결혼을 한 경우였다.

요컨대 21세기에도 인도에선 여전히 정혼의 관습이 유효하고, 라리타의 부모들과 친구들이 걱정하는 것처럼, 넉넉한 지참금이 없는 여성들은 혼처를 찾기 어려운 것도 여전하다. 그런데 이민자들의 세계에서는 돈보다 '전통적인' 인도여성의 가치가 더 인정받는 경향이 있어서, 미국이나 영국에 일찍이 정착한 인도인들의 경우 지참금 없이 신부를 데려가는 일이 낯설지 않기도 하다. 이 경우 결혼이란 제인 오스틴 시대에 그랬듯이 여전히 패밀리 비즈니스이며, 경제적인 거래와 무관하지 않다. 발라지와 콜리를 각각 영국과 미국의 이민자로 설정한 이유도, 그들이 아직 인도의 정체성을 지닌 여성들을 원한다는 의미였을 텐데, 그렇게 생각하면 라리타가 왜 고아의 고급 호텔을 사들이려는 다아시에게 "이건 인도의 진짜 모습이 아니"라고 날을 세우며 예민하게 구는지 충분히 이해가 된다. 콜리가 인도를 비하하고 미국을 예찬했을 때도 라리타는 발끈한다. '엘리자베스'가 갑자기 '인도의 잔다르크'가 된 것이 아니라, 인도인으로서의 자부심(프라이드)과 정체성이 21세기 인도 버전 〈오만과 편견〉의 여주인공에게 요구되는 지성과 미덕으로 해석되었기 때문이다.

고아 여행을 예로 들자면, 여기서 라리타는 위컴을 처음 만난다. 위컴과 다아시는 모두 미국인이지만 인도라는 공간과 문화에 대해 서로 다른 방식으로 접근하는 사람들이었다. (그것이 인도의 참모습과 무관함에도 불구하고) 덜컥 호텔을 사들여 인도 관광산업에 진출하려는 거만한 재벌 다아시에 비해, 배낭을 짊어지고 구석구석 여행을 다니는 위컴은 라리타에게 '진짜 인도'를 즐길 줄 아는 소탈한 매력으로 다가왔다. 라리타는 다아시와 이 점에 대해 논쟁을 벌이는데, 나중에 미국에서 다아시의 모친 캐서린 여사를 만난 후에야 다아시가 자신의 말 때문에 큰 손해를 무릅쓰고 거액의 호텔 거래를 취소했다는 사실을 알게 된다. 그리고 이 '인도적인 가치'를 인정하는 다아시의 진정성은 다아시가 발라지와 자야의 결혼식에서 인도 남성들 틈에서 전통음악을 연주할 때, 라리타의 '프라이드'를 완벽하게 뒷받침하는 것으로 최종 확인된다.

'오만과 편견'의 관점에서 보자면, 라리타의 프라이드가 지켜지는 것은 곧 다아시의 편견이 벗겨지는 과정과 무관하지 않다. 오스틴의 원작에서 미스터 다아시에게도 엘리자베스 가족에 대한 편견이 있었던 것처럼, 다아시는 초반에 "시끄럽고 혼잡하고 정신없는" 인도에 대한 거부감과 편견을 표현한다. 그런데 이 편견은 그가 결국 공동체적인 어우러짐과 가족애를 받아들이면서 사라진다. 그것은 그의 '오만함'이 취소되는 의미이기도 했다.

두번째로 라리타의 프라이드가 확인되는 영역은 결혼이라는 '거래'에서 라리타가 일관하는 태도로, 원작의 문제의식을 그대로 이어

받은 경우다. 정략결혼에 가까운 중매로, 조건만 보고 알지도 못하는 사람과 결혼하는 행태를 비판했던 다아시가 정작 모친이 정해준 짝과 결혼할 거라는 말을 듣고 라리타는 다아시에 대한 편견을 확증한다. 결국엔 위컴이 악의적으로 전달한 거짓말로 드러났지만, 당시로서는 그 점이 다아시의 매력을 형편없이 깎아내렸다는 점은 분명하다. 라리타가 그만큼 그 문제를 중요하게 여겼음을 보여주는 지점이기도 한데, 오스틴의 원작이 그랬듯이, 라리타는 같은 이유로 콜리의 청혼을 거절한다.

하지만 고집스럽지 않은 정체성과 대중영화의 타협

영화 〈신부와 편견〉의 전략은 잘 되는 대중영화의 모범사례와도 같다. 이 영화는 미국인 다아시에게는 화려하면서도 소탈한 '인도적인' 아름다움과 미덕을 수용하게 하고, 현대의 인도 관객과 국제영화시장에는 인도와 미국과 영국의 다양한 대중문화의 즐길 거리를 부담스럽지 않게 조합해서 제공한다. 〈신부와 편견〉은 개봉 직후 영국과 미국에서 박스오피스 1위를 차지했고, 유럽과 아프리카 등 세계 각지에서 폭발적인 반응을 일으켰다. 개봉 8주 동안 영국에서 벌어들인 수입만 천만 달러가 넘었다.

마지막으로, 이런 다중전략은 플롯 각색상의 타협이 있었기에 더 잘 통할 수 있었다. 이 작품이 인도 배우들과 함께한 작업이며, 가장 먼저는 인도의 관객들을 고려한 발리우드 뮤지컬이라는 점은 어쩔 수 없이 영화의 결말에도 영향을 미쳤다. 〈신부와 편견〉에서 막내 라키(리디아)는 위컴과 달아나지 못하고 결혼하지도 못한다. 다아시가 혼자 백방으로 뛰어 '뒷수습'을 한 건 아니고, 라리타와 둘이서 놀이공원을 뒤져 도주 직전에 라키를 구출해낸다. 부모의 품으로 돌아온 라키는 눈물을 흘리며 후회한다. 오스틴의 리디아는 후회와는 거리가 먼 캐릭터였지만 말이다. 아마도 종교적이고 문화적인 이유로 인도의 관객들이 거부감을 가질 수 있는 부분이 이렇게 각색된 것인데, 발리우드 영화로서, 모두가 해피한 엔딩을 만들려면 박시 가에 도덕적으로 심각한 결함을 남겨서는 안 됐을 것이다. 대신 〈신부와 편견〉은 다아시에게 쫓겨 위컴이 극장으로 숨어들어간 장면에서 패러디와 익살로 이 영화가 '발리우드 영화'임을 알리면서 넉살좋은 웃음을 남겼다. 마침 상영되던 영화에서는 주인공들이 격투를 하고 있었다. 다아시와 위컴이 스크린 앞에 뛰어들어 주먹질을 하는 모습은 정확하게 영화의 장면과 싱크를 이루는 동작으로 연출되었다. '발리우드다운' 결말에 양해를 구하는, 영화의 애교처럼 보이기도 한다. 패러디를 즐겼던 오스틴도 기뻐했을 장면이다.

참, "내 사전에 키스신은 없다"는 주연배우 아이쉬와라 라이의 고집으로, 미스 월드 출신이며 타임지 표지를 장식한 세기의 미녀와 가벼운 포옹으로 만족해야 했다는 다아시, 마틴 핸더슨의 안타까운 사연도 남아 있다.

13장

엘리자베스는 왜 전사여야 했나?

〈오만과 편견 그리고 좀비〉

한번 뇌를 먹어본 좀비가 더 많은 뇌를 원하게 된다는 건 누구나 인정하는 진리다.

특히 산송장 무리들이 네더필드 파크를 습격하여 하인 열여덟 명을 학살하고 잡아먹은 최근 사건을 보면 분명한 사실이다.[1]

— 『오만과 편견 그리고 좀비』의 첫 두 문장

---

1. 세스 그레이엄 -스미스, 『오만과 편견 그리고 좀비』, 최인자 옮김, 해냄, 2014(2009). 이하 『오만과 편견 그리고 좀비』 인용은 같은 책이며 쪽수만 표기함.

| 오만과 편견 그리고 좀비 Pride and Prejudice and Zombies, 2016 |

-감독: 버 스티어스 Burr Steers

-원작: 제인 오스틴, 『오만과 편견』, 세스 그레이엄-스미스 『오만과 편견 그리고 좀비』(2009)

-각본: 버 스티어스

-출연: 릴리 제임스(엘리자베스), 샘 라일리(다아시), 잭 휴스턴(위컴), 더글러스 부스(빙리), 맷 스미스(콜린스), 벨라 헤스콧(제인), 찰스 댄스(베넷 씨), 레나 헤디(캐서린 영부인), 수키 워터하우스(키티), 헤르미온느 코필드(카산드라), 에마 그린웰(캐롤라인), 아이슬링 로프투스(샬롯), 샐리 필립스(베넷 부인), 엘리 벰버(리디아), 밀리 브레디(메리), 모르피드 클락(조지아나)

미국, 107min.

최고의 좀비 퇴치사로 알려진 대령 다아시(샘 라일리)는 런던으로부터 공무집행차 하트퍼드셔에 왔다. 좀비에 물린 사람이 있다는 정보를 입수했기 때문이다. 다아시는 페더스톤 부인의 집에서 카드놀이와 사교모임을 하던 사람들 가운데 좀비 감염자를 색출하고 제거한다. 그에게는 시체를 감별하는 '송장파리'가 있었다.

때는 18세기 영국. 무역으로 이 나라는 큰 부를 이루었지만, 무역선들은 몹쓸 역병도 함께 들여왔다. 이 역병에 감염된 사람들은 좀비가 되어 산 사람의 뇌를 탐한다. 좀비에게 물리면 곧바로 감염되는데, 이미 수백만 명이 희생되었고, 엄청난 수의 좀비 군단이 영국 전역을 위협하고 있다. 그 때문에 조지왕(조지 3세)이 광기를 일으켰다는 설도 들려온다. 런던 사람들은 곧 대성벽을 쌓고 주변에 운하를 만들었다. 운하와 성벽 사이에는 '중간지대'가 있고, 운하를 가로지르는 다리를 통해 런던은 다른 지역과 연결되어 있다. 좀비 떼의 공격이 심해지고 갈수록 위협적인 상황이 되자, 사람들은 '힝햄 브릿지'라 불리는 다리 하나만 남겨두고 나머지 다리들을 모두 폭파해 버렸다.

힝햄 브릿지 건너편 하트퍼드셔의 롱본에 사는 베넷 씨에게는 무예가 뛰어난 다섯 딸, 제인, 엘리자베스, 메리, 키티, 리디아가 있다. 베넷 씨의 남다른 교육관으로, 엘리자베스와 제인은 일찍이 중국의 소림사로 유학을 다녀왔는데, 다섯 자매가 대열을 갖춰 대항하면 어떤 좀비도 그들을 당해낼 수 없다. 어느날 이웃 네더필드에 빙리라는 부유한 청년이 세를 들어온다. 베넷 부인은 딸들 중 하나를 빙리에게 시집보낼 생각에 들떠 있다. 부인의 바람대로 제인이 가장 먼저 빙리의 마음을 사로잡았다. 그 유명한 다아시 대령도 빙리와 함께 왔는데, 엘리자베스의 미모가 별 볼일 없다며 무시하던 다아시는 엘리자베스가 좀비 떼와 싸우는 모습을 보고 그에게 반한다. 한편 엘리자베스는 마을에 부임해온 위컴 중위에게 매력을 느낀다. 엘리자베스는 다아시와 함께 자랐다는 위컴의 말만 듣고, 다아시가 형편없는 사람이라고 믿게 된다. 그 와중에 좀비들은 점차 세력을 이루어 전략적으로 공격해오고, '좀비계시록'에 예언된 네 명의 신사들이 나타나면서, 런던은 물론 영국 전체가 점점 종말의 기운에 휩싸인다.

교양과 '지성'으로 충분하지 않다!

진정으로 교양 있는 여성이라는 평가를 받으려면. (…) 적어도 음악, 노래, 그림, 춤, 그리고 몇 가지 외국어를 완벽하게 알아야 해요. 그리고 이 모든 것 외에도 걸음걸이의 맵시, 목소리의 높낮이, 말하는 태도와 표현에 품위랄까, 그런 게 있어야죠…[2]

『오만과 편견』에서 캐롤라인 빙리는 교양 있는 여성을 여섯 명 정도밖에 알지 못한다는 다아시를 거들어 이렇게 말했다. 다아시는 여기에 "다방면에 걸친 독서를 통해 지성을 계발함으로써 더 실속 있는 내면도 갖춰야" 한다고 덧붙인다.

『오만과 편견』을 패러디한 세스 그레이엄-스미스Seth Grahame-Smith 의 소설 『오만과 편견 그리고 좀비』에 이르면 다아시의 대사는 이렇게 바뀐다.

여성이라면 적어도 음악과 노래, 그림, 춤, 언어 몇 가지를 완벽하게 할 줄 알아야 하죠. 또한 교토의 무술 고수들의 전투 기술과 현대 전술, 유럽식 무기 다루는 법을 배워야만 하고요. 이외에도 몸짓, 걸음걸이, 목소리의 어조, 말하는 태도와 표현, 어휘 등에 뛰어난 면이 있어야만 합니다. 그렇지 않다면 제대로 교양을 갖추지 못한 것이죠. 교양 있는 여성은 이 모든 자질을 반드시 갖추고 거기에다 폭넓은 독서를 통해 정신을 함양하

---

2. 제인 오스틴, 『오만과 편견』, 유지관 · 전승회 옮김, 민음사, 2015, 58쪽.

여 좀더 본질적인 면까지 갖춰야 하는 법입니다. (41쪽, 강조는 인용자)

엘리자베스는 즉각 반발한다. 여자는 대단히 훈련이 잘 되었거나 대단히 세련되었거나 둘 중 하나일 수밖에 없는데, 특히 "이런 시절에는" 그 두 가지를 겸비하는 사치를 누릴 만한 여유가 없다고 주장한다. 엘리자베스의 부친 베넷 씨는 제인과 엘리자베스에게 책이나 음악보다 "몹쓸 병에 걸린 자들"로부터 자기 자신을 보호하는 데 많은 시간을 쏟는 편이 현명하다고 가르쳤다.

'이런 시절'이란 어떤 시절이던가? 땅에서는 끊임없이 좀비들이 기어나와 사람들의 뇌를 파먹고 다니고, 런던이 그들에게 함락되기라도 한다면 곧 온 나라가 좀비 세상이 되어 멸망할 지경에 처해 있는 때가 아닌가. 이런 시절에 한가하게 책을 읽는 것보다 더 중요한 것은 스스로 몸을 지키는 것이고 '전사'가 되어 가족과 이웃과 국왕을 지키는 것이었다. 최신식 유럽 무기인 총기류를 잘 다루는 일도 중요했지만, 팔다리를 잘라 무력화하고 머리를 날려버려야 비로소 '완전히 죽는' 산송장들과 싸워 이기려면 동양의 무술이 최고였다. 칼을 잘 쓰는 일본에서 무술을 배워오면 가장 좋았겠지만, 그럴 만한 형편이 되는 상류층이 아닌 경우에는 그런대로 소림사 무술과 권법이 훌륭한 대안이 되었다. 그래서 『오만과 편견 그리고 좀비』의 귀족들과 신사계급 무사들은 프랑스어 대신 일본어와 중국어를 말한다.

오만과 편견… 그런데 좀비 영화?

버 스티어스 감독의 〈오만과 편견 그리고 좀비〉는 2009년의 동명소설을 원작으로 만들어졌다. 2016년 개봉했다가 국내 극장에서 (아마도 비웃음과 편견 속에) 조용히 자취를 감춘 이 영화는 원작 소설이 그렇듯이, 제인 오스틴 팬덤으로 생각하면 전혀 우스꽝스럽지도 뜬금없지도 않다. 후에 다시 언급하겠지만, 오스틴에 관한 역사적 안내서와 비평서는 물론이고 뱀파이어 버전이나 에로 버전의 오스틴 소설 등 일종의 '팬픽'까지 써내는 '제인아이트'Janeites(제인 추종자)들의 활동은 익히 알려져 있다.

백인 남성이자 영화 프로듀서이기도 하고『공포영화 서바이벌 핸드북』(2013),『뱀파이어 헌터, 에이브러햄 링컨』(2010) 같은 기발한 책들을 저술해낸 이 작가가 중년의 백인 여성들이 대다수로 알려진 그룹에 속해 스스로를 '제인아이트'로 규정하고 활동 중인지는 확인할 수 없으나, 이런 작품의 등장이 꽤 오랜 역사적 배경과 든든한 지지층을 갖는다는 것만은 분명하다. 세스 그레이엄-스미스의 책은 출간 즉시 선풍적인 인기를 끌면서 인터넷 서점 아마존과『뉴욕 타임스』,『USA투데이』의 베스트셀러에 등극했다.

거대한 농담 같은 이야기

소설『오만과 편견 그리고 좀비』는 마치 제인 오스틴의 원작을 한

쪽에 펼쳐놓고 그대로 옮겨쓴 책 같다. 그렇게 문장을 바꿔 쓰거나 좀비와 관련한 서술을 틈새에 끼워 넣어가며 작업하는 작가의 모습을 상상하게 되는 작품이다. 기발한 생각 아닌가, 하고 혼자 키득거리며 한줄 한줄 써나갔을 것이다. 그만큼 원작에서 중요한 장면들과 유명한 대사와 서술이 거의 그대로 다시 등장한다. 좀비 떼가 출연해서 유혈사태가 벌어지고 인물들의 캐릭터를 '전사'로 바꾸었는데도 내러티브 전체 구성이 전혀 흐트러지지 않고 오히려 새로운 의미들을 자아내니 놀랍기도 하다.

영화 〈오만과 편견 그리고 좀비〉는 여기에 묵시록적이고 판타지적인 요소를 강조하며 블록버스터를 향한 야심을 숨기지 않았다. 빛바랜 지도 이미지와 〈반지의 제왕〉에나 나올 법한, 그렇지만 그레이엄-스미스의 소설에는 없는 '중간지대'가 등장하는 것이 우연은 아닐 것이다. 꼼꼼히 들여다보면 팬덤 현상 말고도 〈오만과 편견 그리고 좀비〉를 작품 자체로 평가할 수 있는 흥미로운 요소들이 적지 않다.

소설과 영화에서 베넷 씨가 왜 딸들에게 세련된 자태와 교양보다 무예를 강조했는지부터 다시 생각해보자. 남성중심 귀족사회에서 가진 것이 충분하지 않고 비혼을 선택했던 작가 제인 오스틴과 그가 창조해낸 베넷 씨네 다섯 딸들에게 자신을 지켜내는 데 가장 중요한 힘은 무엇이었을까. 혹시 '프라이드'이고 그것이 "지성에 의해 통제된-자아 존중감"이었다면, 좀비들과 역병에 의해 위협받는 세상에서 무술과 총기 사용능력은 물리적으로 스스로를 지킬 수 있는 힘이면서 타인의 생명까지 살리는 최고의 미덕이 아니겠냐고, 영화는 사뭇 진지한 얼굴로 너스레를 떤다. 그러니 최고의 좀비 퇴치사인 다아시가 탄탄한 근육과 날렵한 칼솜씨와 최신 무기를 장착한 엘리자베스에게 매력을 느끼는 것은 어쩌면 당연한 일 아니겠는가.

일단 이 농담을 받아들이고 나면 놀랍게도 마치 원래 그런 뜻이었다는 듯, 다른 많은 디테일들이 제대로 장단을 맞추고 있음을 알게 될 것이다. 가장 대표적인 장면은 다아시가 엘리자베스에게 청혼하는 장면이다. 우리가 잘 알고 있듯이, 구혼자의 태도라고 하기에는 어이없고 오만하게도 다아시는 엘리자베스의 심기를 불편하게 한다. "신분과 재산 문제 같은, 당신의 숱한 결함에도 불구하고 나의 이성적 판단에 거스르는 감정에 의해 (…) 당신을 사랑한다고 고백하지 아니할 수 없다"는 투의 다아시의 말이 엘리자베스에게 상처가 된 것은 물론이다. 게다가 이미 제인 문제로 큰 타격을 입은 엘리자베스는 그에 못지않은 공격으로 다아시에게 모욕을 준다. 로맨틱할 리 없는 이 청혼 장면을 영화는 다아시와 엘리자베스가 대결하는 물리적인 '싸움'으로 묘사했다. 서로 죽이고 싶어 하면서도 단칼에 옷깃이 찢어진 서로의 가슴팍에 시선이 가고, 증오의 에너지에도 마법처럼 끌린다는 설정이 이상하게 실득력이 있다. 말 그대로 '죽도록 사랑한다'고나 할까. 말로 사람을 죽이는 것이 곧 살인이고 폭력이라고 말했던 성서와 예수의 가르침을 곧이곧대로 믿는 것도 같다.

한편 다아시의 이모이자 엘리자베스의 자존심에 손상을 입히는 또다른 인물 캐서린 영부인도 전설의 여전사였다. 그에게는 가죽 안대로 가린 한쪽 눈이 전사의 표식으로 남아 있다. 엘리자베스가 교토가 아닌 소림사에서 유학했다는 사실을 비웃던 캐서린 영부인은

"세상에, 집에 닌자 하나 없다고?!"라고 말하며 베넷 가를 또다시 무시한다. 여기서 닌자는 경호원이면서 대련상대이자 무술 스승이기도 하다. 오스틴의 원작에서 엘리자베스네 집에 없었던 존재는 닌자가 아니라 가정교사였다. 엘리자베스는 후에 다아시와 약혼했느냐고 추궁하러 온 영부인과 말싸움 대신 결투로 승부를 내는 순간에도 캐서린 영부인을 대신한 부인의 호위무사와 대결해서 간단히 승리를 거둔다.

비와 감기와 좀비 역병의 상관관계를 설명하는 부분도 재치있다. 제인이 네더필드에 초대받아 가던 날 비가 와서 감기에 걸렸던 장면을 기억하는가. 이 장면은 비가 와서 땅이 물러지면 좀비 출몰이 잦다는 설정으로 간단히 변경된다. 그래서 실제로 제인은 비를 만난 덕에 물러진 땅에서 올라온 좀비와 싸웠고, 감기에도 걸린다. 좀비에 물린 자국은 없지만 부상으로 피가 흐르는 상처가 있었는데, 다아시는 그 때문에 그것이 단순한 감기가 아닐 수도 있다고 생각한다. 이제 좀비 퇴치사 다아시는 제인을 의심하게 되는데, 이것은 그가 자기 친구 빙리로부터 제인을 떼어놓는 일에 그럴 듯한 또 하나의 동기가 된다. 영화에서 제인은 네더필드에서 돌아온 후에도 한참이나 진한 다크서클에 창백한 분장으로 마치 '좀비 직전의 상태'처럼 카메라에 담긴다.

예쁘고 교양 있는 여성들을 전사로 바꾸고 좀비만 출현시켰을 뿐인데, 많은 것이 알레고리처럼 엮여 다양한 비유를 생산해내는 효과를 이밖에도 여러 촘촘한 각색 작업을 통해 발견할 수 있다. 그렇다면 영화는 왜 제인 오스틴의 말랑말랑한 로맨스 소설에 굳이 이런 비유를 시도했던 걸까? 혹시 어떠한 의도가 있었을까? 이를테면, 왜 하필 공포이고 판타지이며, 마침내 좀비물이었을까?

좀비의 사회학

2016년 영화 〈부산행〉은 천백만 관객을 동원하면서 한국형 좀비물의 가능성을 열어 보였다. 이어진 〈창궐〉(2018)이야 기대만큼 큰 호응을 얻지는 못했으나 넷플릭스 드라마 〈킹덤〉의 열기는 2020년에도 여전하다. 할리우드 B급 공포영화의 하위 장르로 마니아층의 전유물이었던 좀비물이 한국에서도 대중적으로 큰 관심을 끌게 된 것은 이 장르가 사회비판적인 메시지를 담기에 유용하다는 점과 무관하지 않다.

조지 로메로^{George A. Romero}의 〈살아있는 시체들의 밤〉^{Night of the Living Dead, 1968}이 그 시작이었다. 좀비는 본디 부두교 주술사들의 약물에 의해 의식도 없고 영혼도 없이 농장의 노예로 살아가는 존재를 뜻했지만, 조지 로메로의 영화에 이르러 무덤에서 기어나온 시체들이 되었다. 그들은 본능에 따라 사람을 잡아먹고, 좀비에 물린 사람들을 좀비가 되게 한다. 〈살아있는 시체들의 밤〉은 자주 1960년대 미국 상황에 대한 비판으로 읽힌다. 이 작품은 인종 갈등과 베트남전, 냉전시대 핵에 대한 공포와 불안한 사회 분위기가 집약된 텍스트였다. 로메로의 영화는 좀비를 피해 달아난 작은 오두막에서 좀비보다 더 추악하게 행동하는 인간들을 적나라하게 보여준다. 60년대 영화로서는 이례적으로 가장 '인간적인' 모습의 주인공으로 흑인을 선택했다. 이후 로메로 감독은 후속작을 두 편 더 만드는데, 1978년 제작된 〈시체들의 새벽〉Dawn of the Dead은 인간들이 서로 아귀다툼을 하며 좀비보다 더 좀비 같아지는 장소로 대형 쇼핑몰을 선택했다. 자본의 유혹과 소비주의에 빠진 인간의 모습을 들여다보게 하려는 의도가 명백하다.

〈오만과 편견 그리고 좀비〉의 좀비들은 전통적인 좀비 공식에서 더 나아간 유형이다. 언제부턴가 좀비들이 시체답게 흐느적거리거나 철컥거리는 대신 '뛰기' 시작했는데, 〈오만과 편견 그리고 좀비〉의 그들은 심지어 '생각'이라는 것이 있고, 머리를 쓴다. 그들 중 일부는 당장 좀비가 되지 않고 병이 진행하듯 서서히 좀비가 되어간다. 그들은 스스로 좀비 역병에 감염되었음을 자각하고 있을 뿐만 아니라 뇌에 대한 식욕을 참을 수 있는 자제력도 있다. 또한 어느 정도는 이성적인 지도력을 갖추고 있어서 '귀족좀비'라 불린다. 이는 오스틴 시대에 대한 훌륭한 풍자가 된다.

그러니 "메뚜기 떼야. 그들에게는 리더십이 없"다고 단언했던 오래된 좀비 퇴치사 캐서린 영부인의 말은 틀렸다. 모르는 소리, 그들도 진화하고 있었다. 더욱이 좀비계시록에 예언된 네 명의 신사들까지 등장한 마당이 아닌가. 예언에 따르면 이들이 적그리스도를 리더로 만나 그의 통제 하에 들어가면 세상의 종말이 올 것이었다.

영화는 스스로 '적그리스도'를 자처하는 인물로 악당 조지 위컴을 내세웠다. 그는 좀비를 사냥하다가 우연히 알게 됐다는 '중간지대'의 한 교회로 엘리자베스를 안내한다. 거기는 아직 인간의 뇌를 먹어보지 않아 완전히 좀비가 되지는 않은 반-좀비들이 돼지의 뇌로 연명하고 있었다. 신심(?)이 깊은 좀비들이다. 그들은 마침 "나사로야 나오너라"라고 외쳐 죽은 자를 무덤에서 불러냈던 예수 그리스도의 기적을 묵상하고 있는데, 그 교회의 이름은 '성 나사로 교회'다. 성경의 나사로가 좀비의 시조였다니, 참으로 기발하게 좀비스럽지 아니한가!

위컴은 '귀족좀비'들을 회유해서 좀비들의 공격을 통제할 수 있다고 주장했다. 이 일을 위해 그는 캐서린 영부인의 재정 지원을 요청하는데, 당연하게도 위컴의 실체를 알고 있는 다아시에게는 가당치도 않은 일이었다. 하지만 다아시는 위컴에 대해 자신이 알고 있는 것마저도 전부가 아니었다는 사실을 곧 깨닫는다. 위컴과 다아시가 맞붙어 대결하는 동안 위컴이 감염자였다는 사실이 밝혀지기 때문이다. 위컴은 자신이 런던을 무너뜨렸으며, 오로지 분노의 힘으로 뇌에 대한 식욕을 참을 수 있었고, 그간 자기가 행한 모든 악행은 모두 다아시가 원인이었다고 말하며 다아시에게 최후의 칼을 겨눈다. 헌데 바로 그 순간 위컴의 팔이 잘려나가고, '백마 탄 기사(!)' 엘리사베스가 모습을 드러낸다.

결국 권력과 재산과 욕망에 눈이 먼 인간세계를 위협하는 좀비 떼의 출현은 상당히 지능적이고 조직적이고—심지어 귀족적이고—충분히 "예견(예언)된" 파멸을 의미한다. 요컨대 그것은 땅(어쩌면 인류의 존재기반)이 물러지면 언제든지 출몰할 수 있는 잠재적인 사회악에 대한 풍자일 것이다.

그런 의미에서 세스 그레이엄-스미스의 원작에서 샬롯이 좀비에 감염된 정황을 영화가 생략한 것은 큰 손실이다. 당대 여성의 현실에 대한 중요한 풍자와 논평이 하나 제거된 셈이기 때문이다. 원작에서처럼 엘리자베스가 콜린스를 거절한 후 콜린스는 곧바로 엘리자베스의 가장 친한 친구인 샬롯에게 청혼을 하고 그들은 약혼을 한다. 엘리자베스는 샬롯에게 크게 실망을 했는데, 샬롯이 엘리자베스를 찾아와 비밀을 알려준다. 샬롯은 감염되었고 곧 좀비가 될 것이었다. 단 몇 달이라도 결혼한 신부로서 행복한 삶을 누리고 싶고, 적당한 때에 남편의 손에 '명예롭게' 목이 잘려 생을 마감하고 싶다고 샬롯은 말한다. 천하의 전사 엘리자베스도 가장 사랑하는 친구의 '소박한' 소망을 저버리고 그의 목을 단칼에 쳐낼 수는 없었다. 후에 캐서린 영부인의 저택이 있는 로징스에 샬롯과 콜린스의 목사관을 방문한 엘리자베스는 이미 좀비의 모습으로 변한 샬롯을 볼 수 있었다.

원작에서도 그랬듯이, 엘리자베스는 여기서도 샬롯을 비난할 수 없다. 샬롯처럼 나이도 많고 재산도 없어 당대 결혼시장에서 경쟁력 없는 여성이라면, 게다가 어차피 좀비에게 감염되기까지 했다면, 누구라도 그와 같은 선택을 할 수밖에 없었기 때문이다. 다만 애정 없는 결혼을 선택한 그를 이미 '좀비 상태'로 묘사함으로써, 소설 『오만과 편견 그리고 좀비』는 당대 사회의 여성의 모습을 안타깝게 풍자했다. 부두교 주술사들에 의해 농장의 노예가 된 '살아 있는 시체들'은 이렇게 결혼과 함께 뇌와 영혼을 빼앗긴 18세기 여성들의 형편과 만난다.

그런데 소설의 샬롯은 어떻게 식욕을 참을 수 있었을까? 아이러니하게도, 그것은 죽기 전 마지막 몇 달이라도 '인간답게' 살고 싶은 욕망 때문이었다고 우리는 한동안 믿게 된다. 하지만 진실은 갓 결혼한 목사 콜린스를 위한 캐서린 영부인의 '배려'였다. 전설의 좀비 퇴치사가 샬롯을 몰라봤을 리 없지만, 영부인은 샬롯을 자주 성으로 초대해 차를 마실 때 약물을 타서 병의 진행을 늦추게 했다. 엘리자베스는 영부인에게 그것은 차라리 샬롯에게 잔인한 일이었다고 비난한다. 영화에서 위컴이 다아시에 대한 분노와 세계를 지배하겠다는 묵시록적인 야망으로 인육과 인간 뇌에 대한 욕망을 참을 수 있었다는 점을 기억하면, 비록 착각이었을망정, 그저 인간답게 살고 싶다는 여성 좀비 샬롯의 '소박한' 욕망은 슬프고도 애잔하기까지 하다.

소설이 그리고 있는 위컴의 최후에 대해서도 이야기하지 않을 수가 없다. 좀비가 되는 영화와 달리, 세스 그레이엄-스미스의 소설에서 위컴은 장애인이 된다. 대외적으로는 마차 사고를 당하는 설정이지만, 사실은 다아시가 그렇게 만들었다. 더이상 돌아다니면서 노름빚을 지거나 사생아를 만드는 짓을 하지 못하게 해야 한다고 다아시는 생각했다. 그래서 위컴과 리디아의 동의하에 그를 두들겨패서 평생 누워 지내야 하는 상태로 만든다. 그리고 생활비를 대주고 장애인을 위한 신학교 '세인트 나사렛'에 보내주겠다고 약속한다(그리하여 난봉꾼 위컴은 목사가 될 예정이다!). 누가 봐도 말도 안 되는 결혼이지만 베넷 부인은 기뻐서 어쩔 줄을 모르고 가족들은 모두 잘 되었다고 안도한다. 엘리자베스만이 유일하게 탄식한다.

두 사람이 정말로 결혼하게 되었구나! 정말 기분이 이상해! 이런 일로 우리가 감사해야 하다니! 행복할 가능성이 없는데도 결혼은 해야만 하고, 남자가 몸이 불구인데도 기뻐해야 한다니. 오, 리디아! (312쪽)

좀비가 되어 영혼 없이 사는 것이나 난봉꾼 남자의 몸을 불편하게 만들어 곁에 둔다는 선택이 '정상적'인 삶의 범주에 편입되는 아이러니로 오스틴의 풍자가 새롭게 해석되었다. 하지만 오스틴이라면, 이런 각색에 전적으로 동의했을지는 잘 모르겠다. 평생 그의 곁에 묶여 배변을 처리해야 하는 고통은 고스란히 어린 리디아의 몫으로 남기 때문이다.

죽거나 죽이거나: 좀비가 되기를 거부한 여전사들

소설 『오만과 편견 그리고 좀비』의 샬롯을 생각하자면, 콜린스와 다아시의 청혼을 연거푸 거절한 엘리자베스는 '영혼 없는' 좀비가 되기를 거부한 여성이다. 더욱이 전사로서 베넷 가 다섯 자매와 그의 운명은 좀비와 싸워 세계를 구할 영웅이라는 점에서도 전복적이다. 인간의 욕망과 현대사회 비판을 기본으로 하는 좀비영화에 제인 오스틴의 여전사들이 개입하면서 생긴 일이다. 엘리자베스가 다아시를 구했을 뿐 아니라, 당대 기준으로 '천생 여자'였던 제인도 죽기 직전의 빙리를 구출해낸다. 이들은 백년 동안 잠자거나 탑에 하염없이 갇혀 있다가 왕자님에게 극적으로 구출되는 존재가 아니라, 무시무시한 좀비들로부터 왕자님을 구하는 백마 탄 공주님들이었던 것이다.

영화가 결말에서 공포의 애꾸눈 캐서린 영부인을 엘리자베스의 편에 세운 것도 인상적이다. 엘리자베스가 자신의 무사를 해치우자, 캐서린 영부인은 이렇게 말한다.

"어느 쪽을 높이 사야 할지 모르겠군. 전사로서의 실력인지 여자로서의 결의인지."

오스틴의 원작이나 세스 그레이엄-스미스의 좀비소설과 달리, 캐서린 영부인은 둘 다 높이 사기로 한 듯 보인다. 제인이 엘리자베스와 함께 전투에 참여할 수 있도록 남은 가족들을 세상에서 가장 안전한 로징스로 모시겠다고 그는 약속한다.

이어서 마지막 전투가 끝이 나고 다리가 폭파된 후 어느 정도 시간이 흘렀다. 젊은 여성들이 총기를 손질하는 모습을 바라보는 캐서린 영부인의 모습과 함께 새로운 장면이 시작된다. 영부인은 가족들을 지켜주겠다는 약속을 충실히 지켰을 뿐 아니라 여성 전사들을 후예로 키우는 일에 남은 생을 바치기로 한 것처럼 보인다. 여기서 그는 이전에 무시하고 경멸하던 베넷 가의 부인과 나란히 앉아 말을 섞고 있다. 이렇게 해서 영화 〈오만과 편견 그리고 좀비〉는 여성의 힘으로 여성들을 지키고 스스로 여성 전사들을 키워내는, 세상에서 가장 과격하고 전투적인 『오만과 편견』이 되었다.

2백년 전의 원작이 지성과 미모의 힘으로 자존감을 지키고 귀족 사회에 성공적으로 편입한 여성들의 이야기라면, 현대의 묵시록적인 이야기에서 그녀들은 왕자님을 구해내고 지구를 구할 정도는 되어야 하지 않겠느냐고, 너스레를 떠는 것도 같다. 조 라이트의 영화 〈오만과 편견〉을 좋아하고 제인 오스틴의 『오만과 편견』을 여러 번

읽어 대사와 장면들을 잘 기억하고 있거나, 갓 '제인아이트'가 되기로 결심한 사람이라면 특별히 즐거워할 만한 영민한 작품이다. 단, 블록버스터 영화의 관습과 문법에도 너그러워야 한다.

14장

'프라다'를 버리고 그들이 얻은 것

〈프롬 프라다 투 나다〉와 『이성과 감성』

| 프롬 프라다 투 나다 From Prada to Nada, 2011 |

−감독: 엔젤 그라시아 Angel Gracia

−원작: 제인 오스틴, 『이성과 감성』

−출연: 카밀라 벨(노라 도밍게즈), 알렉사 베가(메리 도밍게즈), 에이프릴 바울비(올리비아), 윌머 발더라마(브루노), 니콜라스 디아고스토(에드워드 패라스), 아드리아나 바라자(오렐리아 히메네즈), 칼라 소우자(루시)

멕시코, 미국, 107min.

비버리힐스에 사는 노라(카밀라 벨)와 메리(알렉사 베가)는 심장마비로 아빠가 갑자기 돌아가시자, 살던 저택에서 쫓겨날 처지가 되었다. 자매의 아버지는 유산은커녕 빚만 잔뜩 남긴 채 사망했는데, 알고보니 숨겨놓은 아들까지 있었다. 장례식에 나타난 이복 오빠 게이브와 올케 올리비아는 부친의 집을 사겠다고 나선다. 리모델링해서 비싼 값에 팔겠다는 계획이었다. 얼마간 그 집에서 오빠네 부부에게 얹혀살던 노라와 메리는 올리비아에게 무시당하자 자존심이 상해 집을 나오기로 한다. 둘은 이스트 LA의 멕시칸 동네에 사는 오렐리아 이모네로 거처를 옮긴다. 노라는 다니던 법대를 휴학하고 직장을 찾기로 했고, 메리는 새 BMW와 프라다 백을 중고로 팔아야 했다.

살던 곳에서 불과 15분 남짓 걸리는 지역으로 이동했을 뿐이지만, 한 번도 자신들을 멕시코인이라고 생각해본 적 없는 두 자매에게 멕시코인들이 모여 살며 스페인어를 쓰는 이스트 LA는 외국보다 낯설었다. 얼마 지나지 않아 메리는 문학수업의 조교수 로드리고에게 반해, 언젠가 그와 결혼해서 집을 되찾겠다는 계획을 세운다. 이모네 옆집에 사는 아티스트 브루노(윌머 발데라마)는 이런 메리에게 호감을 보이지만 메리는 그가 안중에도 없다. 한편 올리비아의 남동생 에드워드 패라스(니콜라스 디아고스토)는 대형 로펌의 변호사인데 노라를 사랑하여 그녀를 어시스턴트로 고용한다. 사랑이나 연애보다 미래 계획이 중요했던 노라는 자신의 감정에 혼란스러워하며 에드워드를 밀어내는데, 비버리힐스의 저택으로부터 에드워드와 루시의 약혼 파티 초대장이 날아든다.

오스틴의 『이성과 감성』의 혈통을 자처한 이 영화에서, 에드워드는 모든 것을 갖췄지만 신중함과 줏대가 없고, 루시와 패니(올리비아) 캐릭터는 지나치게 납작하다. 성가신 엄마와 존재감 약한 막내딸은 일찌감치 플롯에서 제거해두었으니 이모네 얹혀살아야 할 가족이 단출해진 것은 그런대로 편리했다. 다만 (관절염이 의심되거나 플란넬 조끼라도 입었어야 할) 브랜든 대령(브루노)이 너무 젊고 건강해서 스스로도 치명적인 약점이라고 느꼈던 걸까. 브랜든에게 영화는 은밀히 후견 중인 양녀 대신 뭐든지 뚝딱 고쳐내는 실용적인 재주와 예술적인 감성, 그리고 벽화를 가르치며 거느리는 동네 꼬맹이들을 붙여주었다. 물론 이 젊은이의 재주와 다정한 감성은 마리앤(메리)이 사고로 목과 다리에 깁스를 하고 나서야 그의 눈에 제대로 들어오는 미덕이다.

이민자들의 도시, LA

"이 동네 사람들은 유대인이었다가, 일본인이었다가, 멕시코인이 됐대."

이스트 LA에 들어온 첫날, 학구적인 노라는 이 지역의 역사를 찾아 읽으며 이렇게 말했다. 노라와 메리에게 비버리힐스를 떠나는 일은 마치 국경을 넘는 일과 같았다. 이스트 LA 인구의 97%는 히스패닉 인종으로, 이 지역은 미국에서 인종 다양성이 가장 적은 지역 중 하나로 알려져 있다. 특히 영화 제작 당시인 2010년 인구조사에 따르면, 멕시코인이 85.4%였다. 버스에서 만난 여인들은 노라가 영어를 사용하자 깜짝 놀란다.

"세상에, LA에 살면서 스페인어를 못하다니!"

〈프롬 프라다 투 나다〉에서 노라와 메리는 멕시코계 미국인이다. 그들이 이스트 LA에 와본 것은 10년 만이다. 오렐리아 이모는 콩 한 쪽이라도 나눠먹는 것이 가족이라며 갈 곳 없어진 자매를 환대했다. 이모는 여기서 불법체류민들을 거둬 가내수공업을 운영하고 있었다. 어느 집에 '뉴 페이스'가 나타나면 짐 나르는 것을 앞장서서 거들고, 밤새 이웃의 자동차와 문턱을 손봐주는 잔정이 살아 있는 동네였다. 미국에 살지만 이들은 멕시코 독립기념일에 함께 모여 댄스 파티를 즐기며 동시에 소리를 지르는 전통을 지킨다. 따라서 노라와 메리가 이곳으로 이사 왔다는 것은 엘리너와 마리앤이 친척 존 미들턴 경의 도움을 받아 데본 주로 이사한 것과는 다른 맥락으로 번역되고 해석된다. 그것은 단지 살림 규모를 줄여 절약하고 새로운 이웃을 만나는 문제가 아니라 '정체성의 문제'였다.

'프라다'에서 '프리다'로: 뿌리를 찾아서

'센스'와 '센서빌리티'의 운율처럼, 각운을 맞추어 신경쓴 영화의 제목 〈프롬 프라다 투 나다〉에서, 프라다는 명품 브랜드이고 스페인어인 '나다'^{Nada}는 영어로는 '낫씽'^{Nothing}이다. 명품을 좋아하던 메리가 모든 것을 잃게 되는 부정의 의미가 가장 먼저 와닿는다. 그러나 그뿐만은 아니다. 영어 '낫씽'이 아니라 스페인어 '나다'를 제목 끝에 넣은 것은 미국인임을 강조하며 영어만 사용하던 메리가 스페인어를 사용하게 되고, 점차 멕시칸으로서의 정체성을 받아들이는 긍정의 의미도 포함되어 있다. 예컨대 메리는 자신의 몰락한 형편은 물론이고 떠들썩한 친척들과 거칠고 사나워 보이는 이웃들을 인정하고, 궁극적으로는 브루노의 애정을 받아들이게 될 것이었다.

인종과 민족 정체성은 '이성'을 맡고 있는 언니 노라나 오빠 게이브에게도 마찬가지로 중요했다. 영화에서 에드워드가 노라에게 사랑을 고백한 것은 멕시코 독립기념일 파티에서였다. 이때 늘 입던 셔츠와 바지차림 대신 노라는 멕시코 전통의상을 입었는데, 에드워드는 노라를 보고 멕시코의 화가 프리다 칼로^{Frida Kahlo, 1907~1954}를 떠올리며 칭찬한다. 비버리힐스의 단정한 법학도로서 영화 시작부터 줄곧 책과 뿔테 안경 뒤에 숨겨두었던 노라의 매력이 멕시코의 예술가 이미지를 입고 모습을 드러냈다.

노라의 꿈이 이루어지는 방식도 인상적이다. 변호사가 되고 싶었던 노라는 마지막에 에드워드와 결혼하고 자신의 집에 무료변호 상담실을 오픈한다. 다른 곳이 아닌 이스트 LA를 신혼집으로 선택하고 그곳에 사무실을 마련했다는 것은 그들이 이 지역 이민자들을 돕게 될 미래를 암시한다. 이스트 LA로 이사 와서 버스로 출근하던 첫날 노라는 부당하게 해고당한 노동자를 만났는데, 취직 후 첫 프로젝트로 에드워드와 둘이서 그들을 변호하면서 둘은 급속히 가까워지기도 했다. 오스틴의 에드워드가 패라스 가문 상속자의 신분에서 내려와 변변찮은 수입의 성직자로 만족해야 했던 것처럼, LA의 대형 법률회사 변호사였던 에드워드도 이스트 LA의 인권변호사가 될 예정이었다. 단, 여기서 우리의 '엘리너(노라)'는 '패라스 부인'으로만 만족하며 살지는 않을 것이다.

〈프롬 프라다 투 나다〉는 게이브에게도 '뿌리'와 가족을 되찾아주는 해피엔딩을 선물했다. 아버지가 결혼 초기에 바람을 피워 낳은 아들은 아버지 장례식에서 처음으로 자매들을 만난다. 게이브는 평생 어머니로부터 "네 아버지는 널 버렸어"라는 말을 듣고 자랐다. 그러니 그에게는 아버지의 저택과 그가 남긴 배 다른 두 동생에게 애정이나 연민이 생길 이유도 딱히 없었다. 메리가 부치지 않은 아버지의 편지 뭉치를 유품으로 전해주기 전까지는 그랬다. 아버지의 편지를 받고 난 후 게이브는 쌀쌀하고 예의 없는 '백인' 올리비아와 헤어지고 동생들과 비로소 진짜 가족이 되었다. 어쩌면 게이브도 이스트 LA에 터를 잡고 살게 되지 않을까.

이성과 감성이라는 보편적인 테마와 약속과 신의를 지키는 문제를 이민자로서의 민족 정체성과 미국인의 실용성을 적당히 버무린 인물들로 환원해서 마무리한 것이 잘한 일인지는 잘 모르겠다. 다만 오스틴에게서 아이러니와 풍자를 제거하면 이런 가볍고 발랄한 로맨틱 코미디가 되는구나 생각하고 깜짝 놀라는 척할 뿐.

15장

하이틴 무비 스타 '에마'
〈클루리스〉와 『에마』

| 클루리스 Clueless, 1995 |

−감독: 에이미 해커링 Amy Heckerling

−원작: 제인 오스틴, 『에마』

−출연: 알리시아 실버스톤(셰어 호로위츠), 스테이시 대쉬(디온), 브리트니 머피(타이), 폴 러드(조쉬), 도널드 파이슨(머레이), 엘리사 도노반(엠버), 브레킨 메이어(트래비스), 제레미 시스토(엘튼), 댄 헤다야(멜 호로위츠), 윌리스 숀(홀 선생), 트윙크 카플란(가이스트 선생), 저스틴 월커(크리스찬), 데이다 라이내어스(루시)

미국, 97min.

비버리힐스의 사립학교에 다니는 열여섯살 셰어 호로위츠(알리시아 실버스톤)는 어릴 때 엄마가 돌아가셔서 아빠와 함께 살고 있다. 셰어의 아빠는 시간당 5백 불을 받는, 수백억대 소송 전문 변호사다. 부잣집 외동딸답게 마음껏 쇼핑을 할 수 있고, 운전은 못해도 사륜구동 듀얼 에어백 지프차를 소유하고 있으며, 단짝친구 디온(스테이시 대쉬)이 있고 학교에서 인기도 많아서, 셰어는 남자친구 없이도 충분히 바쁘고 행복하다. 어느날 셰어는 토론수업의 홀(월리스 숀) 선생이 점수에 인색한 이유가 외롭고 불행해서라고 확신하고, 미스터 홀 짝지어주기 프로젝트에 돌입한다. 외모를 꾸미는 일에는 통 관심이 없고 오로지 환경과 사회봉사에만 집착하는 가이스트(트웡크 카플란) 선생이 제격이었다. 둘을 맺어주는 데 성공한 셰어는 큰 보람을 느끼고 디온과 함께 새로운 목표를 찾아 나서는데, 마침 전학 온 타이(브리트니 머피)가 눈에 들어온다.

타이에게 관심을 보이는 '루저' 트래비스(브레킨 메이어)에게서 타이를 떼어놓고 '킹카' 엘튼(제레미 시스토)과 타이를 맺어주느라 셰어는 전보다 더 바빠졌다. 그런데 정작 엘튼은 타이를 무시하고 셰어에게 추근대며 접근한다. 설상가상으로 타이의 새로운 상대를 찾다가 자신이 좋아하게 된 전학생 크리스찬은 알고보니 게이였고, 타이는 셰어의 의붓오빠인 조쉬(폴 러드)를 사귈 수 있도록 도와달라고 셰어에게 부탁한다. 조쉬는 셰어를 어린아이 취급하는 얄미운 '공부벌레'였다. 환경전문 변호사를 희망하는 법대생으로, 셰어 아빠의 소송을 도우며 일을 배우고 있다. 조쉬를 좋아한다는 타이의 말에 과민 반응하는 스스로에게 놀라면서, 셰어는 그제야 자신이 조쉬를 사랑한다는 사실을 깨닫는다. 마치 에마가 나이틀리를 향해 그랬던 것처럼.

괜찮은 남자들은 다 변호사!

〈브리짓 존스의 일기〉의 다아시, 〈신부와 편견〉의 발라지(빙리), 〈프롬 프라다 투 나다〉의 에드워드는 모두 변호사였다. 〈클루리스〉의 조쉬도 변호사 지망생이다. 이쯤 되니 슬슬 궁금해진다. 제인 오스틴의 현대적인 각색 버전에서 남자들은 왜 다 변호사일까?

오스틴 당시에 변호사는 목사나 군인보다도 처지는 신랑감이었다. 신분과 재산이 변변찮은 젊은이들에게 그나마 안정적인 생활의 기반을 제공하는 정도였다. 반면, 높은 교육수준과 냉철하고 지적인 이미지에 고소득을 보장받는 대형 로펌의 변호사들은 현대의 귀족계층이다. 한국사회에서 의사와 변호사 자녀들이 흔히 '금수저'라고 불리는 것도 그들이 누리는 귀족적인 지위를 빗댄 표현이다. 다만 심심찮게 타고난 거짓말쟁이 취급을 받거나[1] 차갑고 날카로운 이미지를 '편견'으로 달고 다니는 까닭에 오스틴의 주인공이 될 변호사들은 특별히 '인권'이라는 완충지대 또는 알리바이를 장착하고 있어야 한다, '브리짓'의 다아시와 '노라'의 에드워드가 그랬던 것처럼 말이다.

---

1. 어느 정도인가 하면, 매년 11월에 영국에서 열리는 '세계 거짓말 대회'에 정치인과 변호사는 참가 자격이 없다. 원래 거짓말을 잘하므로 그들과 겨룰 자가 없기 때문이라는 것이 주최 측의 변이다. '세계 거짓말 대회'는 당대의 유명한 허풍쟁이 월 리촌을 기리기 위해 19세기에 시작됐다. 3대 거짓말쟁이가 변호사, 정치인, 성직자라는 오래된 농담도 있다.

〈클루리스〉의 조쉬도 회사법보다는 환경법에 관심이 많다. 그는 소송 전문 변호사인 셰어의 아버지를 도우면서 변호사가 될 준비를 하느라 어머니와 셰어 아버지가 이혼한 후에도 이 집에 자주 드나든다. 조쉬의 어머니는 현재 네번째 남편과 살고 있으므로 호로위츠 씨는 두번째 또는 세번째 남편이었을 것이다. 따라서 조쉬가 변호사 지망생인 것은 단지 그가 '말을 잘하고 논리적이며 냉철한데 착한 구석도 있다'는 설정에 그치지 않는다. 한때 아들이었지만 현재는 일반적인 아들이 아닌, 그래서 한때 남매였지만 엄격하게 말하면 남매는 아닌 애매모호한 가족관계로 그들은 느슨하게 서로 묶여 있다. 우드하우스 가문과 나이틀리의 오랜 인연에 잘 어울리는 각색이었다. 조쉬가 법학 전공이고 대학생이어서 (조쉬가 보기에는) 철부지 고등학생 셰어와 자주 논리적인 공방이나 말싸움을 벌이면서도 살짝 도덕적 우위를 점하는 것도 에마의 나이틀리와 닮았다. 그 와중에 호로위츠 씨는 조쉬를 무척 아끼고 은근히 셰어와 맺어주고 싶어 하는 눈치다. 나이틀리가 우드하우스 씨를 모시고 하이버리에 살기로 했던 것처럼 조쉬는 비버리힐스에 남을 가능성이 많은 신랑감이기도 하다.

하이틴 무비: 21세의 에마가 고등학교로 간 사연

현대적으로 적합하게, 그리고 다행스럽게도 조쉬는 셰어와 16살이나 차이 나는 어르신은 아니다. 단지 착실하게 미래를 준비하고 "대학생스럽게" 느리고 촌티나는 음악을 틀어놓는 20대 청년 공부벌레일 뿐이다. 언니가 결혼한 7년 전부터 집안 살림과 홀로 된 아버지를 살뜰히 챙겨온 21세의 에마는 고등학생이면서도 아빠의 예방접종일과 비타민C를 챙기는 16세 셰어의 단단한 성격에 잘 녹아들었다. 이성애를 전제로, 1995년 미국의 틴에이저에게 이성을 사귀어본 적이 없고 아직 사귈 생각도 없는, 연애를 시작하기 직전의 나이로 21살은 비현실적이었던가 싶기도 하다.

〈클루리스〉를 만든 에이미 해커링 감독에게는 조금 더 현실적인 이유도 있었을 것이다. 뉴욕대에서 영화와 텔레비전을 전공하고 영화로 석사학위를 받은 에이미 해커링이 장편 극영화로 데뷔한 것은 1982년 〈리치몬드 연애소동〉Fast Times in Ridgemont High이었다. 캘리포니아 남부 고등학생들의 성장담인 이 영화는 섹스와 마약과 로큰롤에 빠진 10대 문화를 담아서 당대에 큰 인기를 끌었다. 80, 90년대 '책받침스타' 피비 케이츠Phoebe Cates와 제니퍼 제이슨 리Jannifer Jason Leigh의 십대 시절을 볼 수 있는 작품이기도 하다. 이 작품으로 해커링 감독은 단번에 스타 감독의 대열에 오른다. 이후 연출한 작품들이 큰 주목을 끌지 못한 채 10년 이상 지난 시점에서 에이미 해커링은 자신이 가장 잘할 수 있는 영역으로 돌아오기로 한다. 1995년 〈클루리스〉는 그렇게 해커링의 '전공'인 하이틴 무비의 향수가 담긴 작품이 되었다. 여기에 제인 오스틴의 원작이라는 무게를 얹어주면 훨씬 더 근사해 보일 것이었다.

과연 〈클루리스〉는 큰 성공을 거두어서 파라마운드사에 약 5천 6백만 달러의 수입을 안겨주었다. 동명의 TV시트콤으로 1996년부터 1999년, 시즌3까지 방영되었고 책으로 출간되기도 했다. 이수룩

한 타이 역할의 브리트니 머피^{Brittany Murphy}가 이 작품을 통해 데뷔했고, 〈앤트맨〉(2015)의 폴 러드^{Paul Rudd}가 셰어의 말마따나 "자세히 보니 알렉 볼드윈 같기도 하고 포레스트 검프를 닮기도 한" 풋풋한 모습으로 출연했다. 셰어 역할을 맡아 최고의 매력을 선보인 알리시아 실버스톤^{Alicia Silverstone}은 지금까지도 십대 시절의 이 작품으로 가장 유명하다.

〈클루리스〉는 큰돈을 벌어들이고 스타와 아류작들을 생산해낸 문화상품이면서 그 자체로 90년대의 문화현상이었다. 영화에서 셰어와 게이인 크리스찬의 패션은 당대 유행했던 엉덩이 바지 힙합 패션을 단번에 촌스럽고 과한 것으로 밀어내면서, 유행의 흐름을 바꾸는 촉매가 되었다.

20세기의 귀족, 셰어 호로위츠의 '타고난' 당당함

그런데 만약 〈클루리스〉를 정말 가벼운 하이틴 연애 성장소설일 뿐이라고 생각한다면 뭔가 더 읽어낼 실마리^{clue}를 놓치는 일일 것이다. "샴푸 광고인 줄 알았죠? 비버리힐스에 사는 평범한 고등학생, 제 일상이에요"라고 넉살좋게 말하는 영화 초반 셰어의 보이스 오버 내레이션처럼, 영화 전체가 고급 브랜드의 신상 카달로그 같은 인상을 주지만, 영화 속 셰어는 다른 십대들과 미묘하게 다르다. 그러니 자신이 '평범하다'는 셰어의 주장을 곧이곧대로 믿을 일은 아니다. 믿어준다고 좋아할 것 같지도 않고.

예컨대 셰어는 타이의 표현에 의하면 "마약을 하지 않는 유일한 친구"이고, 아직까지 처녀성을 지키고 있는 비버리힐스의 희귀종이며, 홀 선생처럼 불행해 보이거나 가이스트 선생과 타이처럼 더 멋있어질 방법을 몰라 찌질한 상태로 남아 있는 사람들을 보면 돕고 싶어 견딜 수 없는 인물이다. 그런데 중요한 것은 셰어의 이런 '반듯함'은 도덕성에 대한 높은 기준이나 확고한 신념 때문이 아니라는 점이다.

셰어는 가끔 파티에서 대마초를 즐겁게 피우지만, 일상에서 마약에 취한 상태로 있는 건 참을 수 없다. '이 사람이다' 싶은 상대를 만나면 언제든 밤을 함께 보낼 생각이 있지만, 처녀인 것이 부끄러워 쉽게 처녀성을 던져버리는 건 좀 아니라고 생각할 뿐이다. 조쉬가 정곡을 찔러 이기적이라고 말했듯이, 남을 돕는 것도 결국은 자기만족을 위해, 재미있어서 하는 일일 때가 많다. 하지만 이 모든 일은 셰어에게 '자연스럽게' 몸에 밴 태도로, 악의 없는 천성이다.

홀 선생의 토론수업에서 셰어는 아이티 난민을 받아들이는 문제에 '찬성' 쪽을 맡았다. 셰어는 뜬금없이 아빠의 생일에 갑자기 나타난 초대받지 않은 손님들 때문에 난감했던 일을 이야기했다. 자리를 재배치하고 원래 초대받은 손님들에게 양해를 구하고 모자라는 음식이 없는지 살펴야 해서, 몹시 당황했던 경험이었다. 셰어의 해맑은 결론은 이랬다. "하지만… 손님은 많을수록 좋잖아요?" 셰어는 전혀 의도하지 않은 중에 난민을 손님으로 받아들여야 한다는, '정치적인—심지어 정치적으로 올바른—주장'을 하고 있는 것이다. 셰어는 이 자리에서 선생과 상대 토론자의 입을 떡 벌어지게 하는 데는 성공했지만 그에게 돌아온 학점은 C였다. 그런데 토론이 싱대

방을 설득하는 일이라면, 진짜 설득은 학점이 나온 후에 시작된다. 셰어는 딱히 논리적이라고 할 수는 없지만 상대방을 설득할 수 있는 정확한 포인트가 사람마다 다르다는 것을 본능적으로 알고 있었다. 그런 의미에서 셰어는 토론수업 바깥에서 (논리로 설명되지 않는) 토론의 본질을 보여주었고, 그 결과 원하는 대로 학점도 올려 받을 수 있었다.

매번 이런 식이다. 어울리지 않는 중에 '이상하게 말이 되는' 셰어의 논리와 태도는 정말 아이러니하게도, 가끔 속물적이라는 말을 듣기도 하고, 직언이나 직진이 아닌 우회하는 방식으로 원하는 것을 얻어내던 제인 오스틴의 인물들과 그의 아이러니를 닮았다. 전략적인 가벼움과 풍자 속에 은근한 보수성을 담아내는 모순도 그렇다. 정형화된 방식의 사극이 아니어도 가능하고, 그래서 더 빛이 나는 각색이다. "재산이 있는 여자라면 혼자 살아도 괜찮아"라고 주장하며 비혼을 선언했던 19세기 에마의 당당함과 그를 다른 여성들로부터 구별짓게 했던 품성과 혈통에 기반한 선행은 1990년대 중반에 가벼움의 외양을 입고 대중문화의 한복판에 툭, 던져졌다. 그러니까, 여전히 귀엽고 미워할 수 없는 방식으로.

"물론, 대중문화는 'Clueless' 하지."

에이미 해커링의 〈클루리스〉는 1995년 7월 7일 미국에서 처음 상영되었다. 두 달 후인 1995년 9월 24일에는 콜린 퍼스 주연의 BBC 〈오만과 편견〉이 방영을 시작했고, 비슷한 시기인 9월 27일 북미에서 로저 미첼의 〈설득〉이 극장영화 버전으로 개봉한다. 이로부터 얼마 후 더글러스 맥그라스의 〈에마〉가 제작되기도 했다. 〈에마〉의 미국 개봉일은 1996년 8월 30일이다. 그리고 이후 BBC 〈오만과 편견〉의 성공에 힘입어 벌어진 일들은 우리가 익히 알고 있는 바와 같다.

물론 이 모든 일이 전적으로 한두 작품의 성공이 이끌어낸 결과는 아니다. '제인 오스틴의 시대'가 다시 열렸다고 보아도 좋을 1990년대 중반은 대중문화와 소위 '고급문화' 담론이 치열하게 각축을 벌이던 '모더니즘'의 시기를 지나 '포스트모던' 담론의 시기였다. 대세는 대중문화의 피상성과 가벼움은 그 자체로 의미가 있으며, 애써 권위를 주장할 필요조차 없다는 입장이었지만, 그런 태도 자체가 대중문화의 정치적인 음모라는 의견도 만만치 않게 제기되곤 했다.

〈클루리스〉는 셰어의 대사를 통해 스스로 자신을 옹호하고 당대 대중문화의 피상성을 지지하면서 논평을 더한다. 셰어가 강도를 만난 밤에 조쉬에게 도움을 청하자, 여자친구 헤더와 함께 있던 조쉬가 셰어를 데리러 왔다. 차 안에서 조쉬와 논쟁을 벌이던 헤더가 말했다. "햄릿도 그렇게 말했잖아, 너 자신에게 충실하라." 그러자 갑자기 뒷자리에서 셰어가 끼어든다. "어? 그건 햄릿이 한 말이 아니에요." 햄릿이 한 말 정도는 기억한다고 헤더가 귀찮은 듯 반응하자, 셰어는 "멜 깁슨이 나오는 영화에서는 그런 말 않던데요. 폴로니우스가 말하던데."

셰어가 옳았다. 셰어가 셰익스피어를 읽었을 것 같지는 않지만, 대중영화에서 습득한 셰어의 지식은 조쉬와 지적인 논쟁이 가능할 만큼 똑똑한 헤디를 분명히 앞서 있었다. 운진대를 붙잡고 있는 조쉬는 그저 귀엽고 어이없다는 듯이 허허 웃는다. 다시 한번 셰어는 자신의 방식으로 이겼다. 영화도 그렇다. 조쉬의 따뜻한 시선과 함께, 그의 웃음이 그대로 관객들을 향한 설득이 되기 때문이다.

하이틴 무비 〈클루리스〉는 요컨대 '나 가볍고 철없고 평범해'라고 대놓고 말하지만 사실은 결코 평범하고 싶지 않은 텍스트의 도도한 욕망이 결을 따라 읽히는 작품이다. 그런데 그 점이 묘하게 제인 오스틴의 원작과 잘 어울려서, 왜 제인 오스틴이 오늘날에도 여전히 '통하는' 작가인지, 비밀을 알려주는 것 같기도 하다. 1990년대 중반 BBC 〈오만과 편견〉과 콜린 퍼스 신드롬으로 더욱 널리 퍼진 '오스틴 현상'의 한켠에는 포스트모던 문화담론을 등에 업은 영화 〈클루리스〉가 있었다. 제인 오스틴을 상품으로 소비하고 소유하는 대중문화에 대해 전통적인 '제인아이트'들은 자주 경멸과 무시의 시선을 보낸다고 하지만, 누가 뭐래든 전혀 기죽지 않고, 해커링의 〈클루리스〉와 그의 팬들은 천진하고 해맑게 물을 것이다.

"어? 영화에서는 그렇게 말하지 않던데?"

16장

제인 오스틴 팬덤의 끝판왕

〈오스틴랜드〉

노블리 씨가 진짜였다면 얼마나 좋을까? 선 채로 손바닥으로 가슴을 누르며 호흡을 고르고 있자니 기절할 것만 같았다.

제인은 자화상에다 대고 속삭였다.

"이건 내 인생 최고의 치료제야."

—『오스틴랜드』에서[1]

---

1. 섀넌 헤일, 『오스틴랜드』, 오정아 옮김, 노블마인, 2008, 272쪽.

| 오스틴랜드 Austenland, 2013 |

-감독: 제루샤 헤스 Jerusha Hess

-원작: 섀넌 헤일(2007)

-출연: 케리 러셀(제인 헤이스), 제이 제이 페일드(미스터 헨리 노블리), 제니퍼 쿨리지(미스 엘리자베스 차밍), 브렛 맥켄지(마틴), 제임스 칼리스(클로넬 앤드루스), 조지아 킹(레이디 아멜리아 하트라이트), 제인 세이모어(미세스 와틀스브룩)

미국, 영국 97min.

　　뉴욕 잡지사의 그래픽 디자이너이자 30대 싱글 여성인 제인 헤이스(케리 러셀)는 리젠시 스타일 장식으로 인형의 집처럼 꾸민 방에 살고 있다. 제인의 오스틴 사랑은 역사가 꽤 깊은데, 열세살에 『오만과 편견』의 세 장을 외웠을 정도다. 최근 애인이랑 헤어지고 직장에서 한때 사귀었던 남자에게 희롱당하면서 제인은 상처를 받았고, 위로가 필요했다. 그런데 마침 TV에 '펨브룩 파크' 여행상품 광고가 나온다. 리젠시 복장을 입은 여성이 당신이 오스틴의 광팬이라는 것을 증명해 보이라고 부추기고, 여행사 직원은 그곳에 다녀온 사람들은 모두 결말이 행복해졌다고 말한다. 둘째가라면 서러울 오스틴의 광팬이자 행복해지고 싶었던 제인은 먼 길을 떠나 영국에 도착한다.

　　펨브룩 파크는 생각보다 멋졌고 생각보다 '리얼'했다. 와틀스브룩 부인(제인 세이모어)이 운영하는 이 18세기 공간에서 제인은 '제인 어스트와일'이라는 이름으로 불렸다. 제인은 그곳에서 미스 엘리자베스 차밍(제니퍼 쿨리지)을 만나 친구가 된다. 제인과 엘리자베스, 진짜 반

가짜 반인 그들의 이름이었다. 오래지 않아 제인은 미스터 다아시 역할의 헨리 노블리(제이제이 페일드)와 마굿간지기 마틴(브렛 맥켄지)에게 동시에 끌린다. 헨리는 '허구'였고 마틴은 '진짜'였다. 진짜와 가짜가 뒤섞인 세상에서, 그저 제인 오스틴이 좋아서, 또 행복해지고 싶어서 값비싼 여행을 떠났던 '오스틴 덕후' 제인은 펨브룩의 규칙과 계약으로 정해진 틀을 거부하고 이제부터 자신의 이야기를 직접 쓰겠다고 선언한다.

말로만 듣던, '제인아이트'의 세계

〈오스틴랜드〉의 주인공 제인 헤이스는 한마디로 말하자면 '제인아이트'였다. 자기가 생각해도 좀 별스럽고 유난해서 친한 친구 몰리 외에는 누구에게도 자기 방을 공개하기도 어려웠던, 비밀스럽고 소심한 제인 추종자. 그런데 그 소심함이야말로 진정한 제인아이트들이 공유하는 중요한 성향이라고, 데보라 예피Deborah Yaffe는 말한다.

예피는 2013년 제인 오스틴 팬덤 현상을 기술한 책 『제인아이트 사이에서』Among the Janeites를 펴냈다. 예피의 책은 콜린 퍼스의 '젖은 셔츠' 이전부터 이미 제인 오스틴의 팬이었던 자신의 경험으로 이야기를 시작한다. 11세부터 제인 오스틴 책에 빠져들었던 예피는 최연소 제인아이트로 제5회 JASNAJane Austen Society of North America(북미제인오스틴협회)2 컨퍼런스에 참가했고, 커렌 조이 파울러의 『제인 오스

2. 북미제인오스틴협회는 1979년 창립되었다. 백여 명의 모임으로 시작된 이 협회는 1995년 BBC 드라마가 콜린 퍼스(미스터 다아시)를 전세계적인 스타로 만들어놓은 이후, 3500명이 된다. 2500명이던 전해에 비해서 3분의 1이 증가한 숫자였다. 현재는 아르헨티나, 오

틴 북 클럽』을 읽고 친구들과 북 클럽을 만들기도 했다. 점차 자기가 유별나다는 것을 깨닫던 중 예피는 인터넷 사이트 "팸벌리 공화국"을 발견하고 나서 드디어 모든 것이 '내 집처럼' 편안해졌다고 말했다. 홈페이지 안내문을 읽자마자 그는 큰 위로를 받았는데, 거기에는 "제인 오스틴과 관련해서 당신이 과하게 집착하는 것이 아니라고 믿도록 프로그래밍된 당신의 천국"이라고 적혀 있었다.

예피의 책에는 이런 사례들이 가득하다. 22명이나 되는 그의 인터뷰이 중 첫 장을 장식한 바론다 브래들리^Baronda Bradley는 옷장에 2천 점이 넘는 리젠시 복장과 소품을 갖추고 있다. 그는 매년 JASNA에 참가할 때, 집을 나서는 순간부터 컨퍼런스 장소에 머물다 집에 돌아오는 시점까지 리젠시 복장을 고집한다. 컴퓨터와 네트워크 시스템 기업 시스코^Cisco의 공동 설립자인 샌디 러너^Sandy Lerner는 '초턴 하우스'가 호텔과 골프 리조트로 팔리기 직전에 이 저택을 구해낸 인물로, 제인아이트 최고의 영웅이다. 125년 임대 계약과 저택 수리비로 그가 지불한 돈이 이미 천만 달러에 달한다. 러너는 그곳에 초창기 영미문학계의 여성 작가들을 연구하는 도서관을 설립해서 매년 백만 달러 이상을 지불했으며, 자신이 쓴 오스틴 관련 책을 익명으로 비공식 출판했다. 비공식 익명 출판이라니, 참으로 제인아이트다운 결정이었다. 『오만과 편견』의 속편 격인 러너의 『세컨드 임프레션』^Second Impression(『오만과 편견』의 초고 제목은 '첫인상'^First Impression이었다)은 제인아이트들 사이에서만 조심스럽게 판매된다. 러너는 필명으로 '아바 파머'^Ava Farmer를 사용했는데, 이는 'A Virginia Farmer'의

스트레일리아, 브라질, 일본과 네덜란드 등 세계 각지에서 오스틴협회가 활동중이다.

줄임말로, 유기농사업자이기도 한 자신을 가리킨다. 이는 'A Lady'라고 썼던 제인 오스틴 생전의 필명과 당시 관습을 패러디한 것이기도 하다. 사업가로서 그의 성공과 유명세에 어울리지 않게 아는 사람들만 아는, 그러니까 아는 사람들은 다 알게 되어 있는 이름이었다.

제인아이트들의 비밀스러움과 소심함은 일찍이 러디야드 키플링 Rudyard Kipling에게도 제인 오스틴의 실제 존재만큼이나 매혹적인 소재였다. 『정글북』The Jungle Book, 1894의 작가인 그는 1924년 「제인아이트」 The Janeites라는 단편소설을 발표했다. 1920년을 배경으로, 제1차 세계대전 참전용사인 세 남자가 나오는 단편에서 한 남자는 자신이 어떻게 비밀스러운 제인아이트 그룹에 속하게 됐는지 열심히 이야기한다. 부대의 유일한 생존자였던 그는 제인 오스틴과 그를 사랑하는 이들 덕분에 고통과 전쟁의 충격에서 벗어나고 안정을 유지할 수 있었다고 고백한다. 제목 덕분에 키플링의 이 단편소설은 '제인아이트'라는 용어의 기원으로 흔히 언급되는데, 사실 이 용어는 1894년 영국의 문학비평가 조지 세인츠버리George Saintsbury, 1845-1933가 고안한 것으로 알려져 있다. 소심한 추종자들의 역사는 생각보다 깊고 방대하다.

팬덤에도 계급이 있다(?)

역사와 전통을 자랑하는 제인아이트들이 보기에 미스터 다아시의 등신상을 모시고 사는 〈오스틴랜드〉의 제인 헤이스는 '콜린 퍼스 이후의' 제인아이트로 약간 무시당할 법한 캐릭터다. 섀넌 헤일의 원작은 이 점을 조금 더 강조한다. 부유하고 연로한 대고모님이 방문하던 날, 제인은 서둘러 자신의 BBC 〈오만과 편견〉 DVD를 베란다 화분 뒤로 숨겨놓지만, 곧 대고모님에게 들키고 만다. 환상에 빠져 사는 한심한 노처녀로 보였을 거라고 당시에는 제인 스스로도 자괴감을 느꼈는데, 뜻밖에도 대고모님은 반 년 후 세상을 떠나면서 한 번 만났을 뿐인 이 친척에게 유산을 남겼다. 펨브룩 파크 3주 휴가이용권과 일등항공권이었고, 환불은 불가했다. 대고모님도 제인아이트였던 걸까.

원작에서 제인이 펨브룩 행을 결심한 것은 뜻밖에 주어진 이 유산 때문이었다. 따라서 재방문 가능성이 제로인 뉴욕의 월급쟁이를 펨브룩의 18세기 계급 질서는 가혹하게 맞이했다. 반면 영화에서는 여행 패키지 상품 가격에 따라 계급이 달라지는 설정이었다. 고맙지만 당황스러운 유산 대신 제루샤 헤스 감독의 제인은 그동안 모아둔 전재산을 들고 런던 행 비행기에 올랐으므로, 현실의 제인이 구입할 수 있는 이용권은 '기본 구리 패키지'에 불과했다.

공항에서 만난 '백금 엘리트 패키지' 고객 엘리자베스 차밍 양이—마치 데보라 예피의 책에서 막 튀어나온 듯—핑크색 여행가방 더미를 1800년대산 고급 세단에 싣고 떠나는 데 반해, 우리의 제인이 2인승 마차 뒤에 짐짝처럼 실려간 것은 따라서 당연한 출발이었다. 펨브룩의 안주인인 와틀스브룩 부인과의 첫 만남에서 제인은 구리 패키지 고객은 여러 활동에서 제외될 수 있다는 설명을 듣는다.

와틀스브룩 부인은 제인에게 '제인 어스트와일 양'이라는 새 이름을 주었다. '어스트와일'erstwhile은 '옛날의'라는 뜻의 고어이므로, 제인 어스트와일은 다름 아닌 '옛날의 제인'인 셈이다. 차밍 양은 막대한 차밍가의 상속녀였지만, 어스트와일 양은 펨브룩 파크의 사람들에게 무일푼의 고아로 소개된다. 와틀스브룩 부인의 눈에 불쌍해 보여서 받아주었다는 서른두살의 이 아가씨는 『맨스필드 파크』의 패니 프라이스 노처녀 버전쯤 될 예정이다. 3주간의 체류기간 마지막 즈음에 이들은 연극 공연을 하는데, 여기서 등장인물들이 위태한 애정행각을 시도한다는 점에서도 영화는 『맨스필드 파크』와 닮았다.

그밖에도 영화 〈오스틴랜드〉는 여러 영리한 방식을 동원해서 제인 오스틴의 다른 작품들을 두어 개의 서브플롯 안에 새겨두었다. 차밍 양만큼은 아니지만 제인보다야 확실히 비싼 패키지를 구입했을 뿐 아니라 재방문 고객이기도 한 아멜리아 하트라이트 양은 제인에게 펨브룩에 뒤늦게 나타난 조지 이스트와 작년 여름 약혼했었다고 고백했다. 『이성과 감성』의 루시를 연상시키는 하트라이트 양은 다른 한편으로는 『설득』의 앤 같기도 하다. 조지 이스트가 변변찮은 선원이라는 이유로 헤어졌으나, 이제 조지 이스트는 서인도제도에서 돈을 벌어 버젓한 선장이 되어 돌아왔기 때문이다. 마치 웬트워스가 그랬듯이.

차밍 양으로 말하자면, 그는 일찌감치 백작의 차남인 앤드루스 대령을 짝으로 점찍었다. 반면 각자에게 배정된 사랑과 짝짓기 구도안에서 '구리 등급' 제인은 배제되어 있었다. 하지만 그렇기 때문에 누구와도 맺어질 수 있는 어정쩡한 위치이기도 했다.

가짜와 진짜의 아이러니

　"뭘 원하죠?"

　"뭔가, 진짜요."[3]

　영화에서 미스터 다아시에 버금가게 냉소적인 노블리 씨의 물음에 제인이 답했다. 모든 것이 가짜라는 것을 알고 들어온 펨브룩 파크에서 제인은 한편으로 매료되고 또 한편으로는 위축되면서 진짜를 찾아 한적한 곳을 겉돌고 있었고, 그러다가 마틴을 만났다. 현대문물이 금지되어 있었지만, '배우가 아니라' 파크에 일꾼으로 고용되었을 뿐인 마틴은 마구간 옆 자신의 숙소에서 몰래 금지된 것들을 즐기고 있었다. 마틴이 부르는 노래와 색소폰에 이끌려 제인이 그곳에 들렀을 때, 때마침 태어나준 망아지도 그들의 로맨스를 부추겼다.

　제인이 보기에 자신과 늘 티격태격하는 노블리 '다아시'는 가짜였고, 마틴은 진짜였다. 하지만 곧 제인은 엘리자베스가 다아시에게 끌리듯이, 노블리의 '연기'에 이끌리는 것 또한 부인할 수 없다. 진짜 같은 가짜(노블리)와 진짜라고 의심 없이 믿어지는 진짜(마틴) 사이에서 우왕좌왕하다가 마침내 제인은 가짜를 뿌리치기로 하고 다시현실의 제인이 되어 펨브룩을 나선다. 하지만 그 마지막 날, 와틀스

---

3. 원작에서의 표현은 아래와 같다.
　"저는 지금 진지하게 묻는 겁니다. 원하시는 게 뭡니까?"
　목소리는 여전히 화가 나 있었다.
　"뭔가, 진짜인 걸 원해요." (293쪽)

브룩은 제인이 그곳에서 3주 동안 완전히 속았음을 확인해주었다. 마틴이 다름 아닌 제인의 로맨스 상대로 배정된 짝이었다고, 부인은 폭로한다. 마틴도 결국 가짜이고 배우였다는 얘기다. 그는 애초부터 맘 편히 즐길 수 없는 성향의 제인 같은 고객을 파악하고 와틀스브룩 부인이 심어둔 인물이었다. 제인아이트들에게 온라인의 "팸벌리 왕국"이 그렇듯이, '펨브룩 파크'에서도 모든 것이 경우의 수로 계산되어 프로그래밍되어 있었던 셈이다.

제루샤 헤스의 영화 〈오스틴랜드〉에는 이처럼 세계가 몇 겹으로 중첩되어 있어, 관객과 인물들은 쉼 없이 무엇이 진짜이고 가짜인지 묻게 된다. 우선 뉴욕의 전문직이며 30대 백인 싱글 여성으로 전형적인 제인아이트인 제인이 처한 현실이 있다. 반면 뉴욕을 떠난 제인이 만난 것은 18세기 영국을 재현한 테마파크의 현실이다. 두 현실을 지켜보는 21세기의 관객은 거리를 두고 두 세계를 오가는 인물들을 관찰한다. 제인이 그랬듯이 미스터 노블리가 진짜인지 마틴이 진짜인지 의심하고 경계하면서.

진짜인 줄 알았던 관계가 프로그래밍된 역할극이었고, 연극 같고 가짜인 줄 알았던 감정이 진실한 사랑이었음을 깨닫게 되면서 제인은 뉴욕의 자기 방을 '탈-오스틴'de-Austen하기 시작한다. 갔다 오면 정신을 차리게 될 거라는, 친구 몰리의 말이 맞았던 걸까. 하지만 우리의 '현실'이란 또 그렇게 단순하지 않다고, 〈오스틴랜드〉는 말한다.

오스틴 '랜드': 가짜여도, 가벼워도 괜찮아

본명이 '헨리'인 노블리는 결국 제인의 뉴욕으로 날아왔다.

"내가 진짜예요. 당신을 행복하게 해주고 싶은데 난 안 될까요? (…) 제인, 당신이 나의 꿈이에요, 판타지."

가짜로 꾸며진 세계에서 제인은 '진짜'를 찾았고, 헨리는 '판타지'(말 그대로 환상의 여인)를 만났다. 아이러니하게도 누군가의 꿈이 누군가에게는 현실이다. 헨리(노블리)를 맡은 배우 제이 제이 페일드는 영화 〈노생거 사원〉에서 캐서린 몰랜드의 연인 헨리 틸니이기도 했다.

노블리가 원래부터 펨브룩에 소속된 배우는 아니고 파크의 직원도 아니며, 방학 동안 고모인 와틀스브룩의 일을 도우러 온 역사학자이자 교수라는 점, 그가 수년 전 결혼에 실패하고 사랑에 대해 냉소적으로 생각하게 됐다는 설명이야 조금 장황하긴 하다. 하지만 그래서 그가 보다 합당하게 '다아시'로서의 자격을 얻는 것도 사실이다. 〈오스틴랜드〉가 진짜 '오스틴스러움'을 획득하려면 제인의 편견이 해소되어야 하고, 그는 천생 '노블'한 귀족이어야 할 터이므로. 『에마』의 나이틀리가 하트필드에 살기로 했듯이, 제인이 런던에 남는 대신 헨리가 제인을 따라 뉴욕으로 건너왔다는 점도 의미심장하다.

하지만 이 모든 사려 깊은 각색들에 더해, 나에게 영화 〈오스틴랜드〉에서 가장 흥미로운 지점은 뜻밖에도 모든 비장한 현실과 '진실'들이 무게를 왕창 덜어낸 에필로그였다. 붉은 화면 위에 'The End'

가 선언되고 엔딩 크레디트가 흐르기 직전, 영화는 시끌벅적한 테마파크를 보여준다. 엄격한 리젠시의 규율 따위는 온데간데없고, 디즈니랜드 같은 활기찬 분위기가 화면을 화사하게 채운다. 여기서 제인과 헨리는 현대적인 옷차림인데, 심지어 헨리는 역사와 전통을 자랑하는 원조 제인아이트라면 틀림없이 눈살을 찌푸리고 말 "I Love Darcy" 티셔츠를 입고 있다. 마틴은 마차 대신 패트롤카를 타고 다니며 여전히 여기저기 추파를 던지고, 놀이기구와 색색의 간식거리와 풍선이 사람들 사이를 빼곡히 채우고 있다, 아니면 사람들이 그것들 사이를 채우고 있거나.

이 분위기를 주도하는 것은 내가 보기에 여전히 핑크색 드레스를 고수한 채 역시 핑크색 리젠시 복장의 앤드루스 대령을 대동하고 사뿐히 걸어 다니는 엘리자베스 차밍 양이다. 에필로그가 시작할 때 "Welcome to Austen Land!!"를 외치는 것도 차밍 양이고(샌디 러너가 초턴 하우스를 구매했듯이, 혹시 펨브룩을 사들여 오스틴랜드를 만든 사람은 차밍 양이 아닐까?) "이게 바로 내가 꿈꾸던 세상이야!!"라고 외치며 가장 행복해 하는 사람도 차밍 양이다. 비록 그의 짝꿍 앤드루스 대령은 게이일 가능성이 농후하지만 돈 많고 속이 훤히 들여다보여 투명하다 못해 천박해 보일 만큼 외로운 중년의 엘리자베스는 자기 나름의 방식으로 행복하다. 그 와중에 늙고 병들었지만 돈은 많을 것이 틀림없는 남편의 휠체어를 내팽개치고, 무대에 선 이스트 선장에게 열광해서 돌진하는 젊은 아멜리아 하트라이트마저도 밉지 않다.

영화의 제목이 '오스틴 파크'나 '오스틴 애비Abbey'가 아닌, '오스틴랜드'인 까닭을 이제야 알겠다. 어쩌면 에필로그에 이르기까지 영화가 진짜 하고 싶은 이야기가 무엇이었는지도. 영화는 비로소 제인 오스틴의 단정한 플롯에서 한껏 자유로워졌다. 그리하여 리젠시 시대에 대한 해박한 지식과 엄격한 규율, 지불액에 따른 차등 체험은 물론이고 소수정예의 비밀스럽고 엘리트스러운 교류가 둘러놓은 담장 따위는 테마파크 '오스틴랜드'에서는 더이상 필요없게 되었다. 실상 누군가에게는 영화 몇 편이 오스틴을 대변하거나 전문가연하는 마니아들을 마구 생산해내는 현실이 불편하고, 이 위대한 작가가 상업적으로 이용당하는 것이 싫고, 콜린 퍼스의 젖은 셔츠로부터 작가를 보호해서 문학의 울타리에 제인 오스틴을 고이 모셔두고 싶을지 모르겠으나, 그렇다고 해서 제인 오스틴을 사랑하는 많은 사람들이 꾸는 여러 색상의 꿈들이 무시당해야 할 이유는 없다.

이제 우리가 목격한 앞의 두어 가지 현실에 하나의 현실이 더해진다. 2백년이 넘도록 제인 오스틴을 다양한 모습으로 소비하고 향유하는, 과거와 오늘의 제인아이트들이 경험하는 현실이다. 곧 그것은 역동적이고 개방적이고 '팬시'하게 변화하는 현실이기도 하다. 이렇게 해서 제루샤 헤스의 〈오스틴랜드〉는 오늘날 문학사의 거장 제인 오스틴을 즐기고 소비하는 대중적인 방식에 대한 가볍고 유쾌한 논평이 되었다.

| 리젠시 시대 체험 |

현실에서 펨브룩 파크와 가장 유사한 경험은 바스에서 가능하다. 바스의 제인 오스틴 센터에서는 2000년부터 매년 9월이면 '제인 오스틴 페스티벌'을 개최한다. 일주일 이상 무도회, 역사 강연과 드라마 공연과 퍼레이드 등이 진행되는데,

해마다 수천 명의 오스틴 팬들이 이곳을 찾는다. 평소에도 제인 오스틴 센터에서는 리젠시 복장의 스태프들이 방문객들을 맞이한다. 전시관에는 의상과 다과, 글쓰기와 카드게임 등 다양한 소품들이 있어, 직접 입고 쓰고 맛볼 수 있다.

제인 오스틴의 묘가 있는 윈체스터 대성당에서도 리젠시 시대 티타임 문화를 체험할 수 있는 투어 코스를 운영하고 있다.

바스의 제인 오스틴 센터. 왼쪽 위부터 차례로 리젠시 시대 옷을 입어볼 수 있는 곳, 깃털 펜과 잉크로 글씨를 쓸 수 있는 책상, 홍차와 함께 즐겨 먹던 '바스 올리버' 비스킷.

에필로그

제인 오스틴이 말년을 보냈던 초턴에서 멀지 않은 곳에 윈체스터 대성당이 있다. 오스틴은 병을 치료하기 위해 윈체스터에 갔다가 끝내 집으로 돌아오지 못했다. 그는 성당 뒤편 칼리지 스트리트의 노란 집에서 두 달 정도 머물다가 1817년 7월 18일 오전 4시 30분에 사망했고, 며칠 후 윈체스터 대성당에 묻혔다.

제인 오스틴의 장례식은 초라했다. 임종을 지켰던 카산드라마저 가지 못해서, 장례식에 참석한 사람은 오빠들을 포함한 네 사람에 불과했다고 알려져 있다. 그나마 아침 미사가 시작되기 전 새벽 시간에 서둘러 장례를 치러야 했다.

동판은 1870년 오스틴의 조카 에드워드의 주도 하에 제작되었

제인 오스틴의 묘가 있는 윈체스터 대싱팅(좌).
긴 건축물의 입구로부터 중간지점 왼쪽 벽에 있는 오스틴의 무덤의 동판 묘비(우)

다. 장례를 치를 당시 오스틴의 오빠들이 새긴 원래의 비석은 복도 바닥에 깔려 있고, 동판 위쪽으로는 제인 오스틴에게 헌정된 스테인드글라스가 있다. 윈체스터 대성당은 리처드 1세의 즉위식(1194), 헨리 4세의 결혼식(1401), 메리 여왕의 결혼식(1554)이 열렸던 곳이다.

　오스틴의 오빠들이 쓴 비문은 "스티븐턴의 목사 조지 오스틴의 막내딸 제인 오스틴, 오랜 병고 끝에 41세의 나이로 세상을 떠나다…"로 시작한다. 최초의 이 비문에는 오스틴의 성품과 신심은 기록되어 있으나, 그의 작품들은 물론이고 그가 작가였다는 언급은 없다. 윈체스터 거주자도 아니었고 이곳에 연고도 없고 무명에 가까운 이 비혼 여성이 어떻게 대성당 안뜰에서 안식할 수 있게 되었는지는 아직도 미스터리로 남아 있다. 언젠가부터 사람들이 꽃을 들고 이 무덤을 찾아오기 시작했고, 점점 방문객이 늘어나면서 성당 문시

윈체스터 대성당으로부터 불과 5분 남짓 떨어진 칼리지 스트리트에 있는 집.
제인 오스틴이 생의 마지막을 보낸 곳으로, 오스틴은 여기서 카산드라와 함께 두 달 정도 머물렀다.
일반인 거주 주택이므로, 내부가 공개되지는 않는다.

기는 그래서 이 여인이 도대체 누구인지, 비로소 궁금해했다는 기록
이 있을 뿐이다. 그로부터 오래지 않아 오스틴의 무덤은 이름난 수
도승들과 왕, 귀족과 성인들의 무덤들을 제치고 세계 각지에서 수많
은 사람들이 윈체스터를 찾아오게 하는 최고의 명소가 되었다.

『이성과 감성』을 썼다는 'A Lady'가 누구인지, 대성당 북편 통로
에 묻힌 이 목사 딸이 누구인지, 최초의 독자들과 무덤을 찾은 사람
들은 궁금했지만, 오늘날 영국인들은 영국 화폐 중 가장 요긴하게
쓰이는 10파운드짜리 지폐에서 매일같이 제인의 얼굴을 만날 수 있
다. 화폐의 다른 한쪽 면에는 엘리자베스 여왕이 있으니, 10파운드
는 양면 인물이 다 여성인 보기 드문 지폐가 되었다. 영국은 2017

세인 오스틴 서거 200주년이던 2017년 9월부터
영국의 10파운드 지폐에는 제인 오스틴의 초상이 사용되고 있다.

년 9월부터 플라스틱 소재의 새 지폐를 사용하기 시작했는데, 이전
의 10파운드 지폐에는 찰스 다윈이 있었고, 새 지폐 5파운드짜리에
는 윈스턴 처칠이 새겨졌다. 사망 2백년 만에 제인 오스틴은 무려 다
윈을 밀어내고 처칠의 액면가 두 배를 차지하게 되었다. 남성중심의
과학과 정치가 문화예술, 특히 여성의 서사에 자리를 내어준 상징적
인 사건이 아니었을까.

원고를 마치고 나니, 이 긴 프로젝트가 정말 내 손을 떠나는구나
싶어 허전해진다. 오스틴-영화책에 관한 한, 어린 시절 읽었던 어
느 시의 구절처럼 "책상 위에는 늘 써야 할 편지가 남아" 있는 듯한
미완의 상태와 묵직한 설렘이 지난 수년간 나를 견디게 했던 것도
같고.

책을 쓴다는 것은 병에 담은 편지를 어디론가 띄워 보내는 것 같
은 건가. 꼭 가야 할 곳으로 갔으면 좋겠다.

제인 오스틴 무비 클럽

초판 1쇄 발행 2021년 1월 30일

지은이 최은
펴낸이 안병률
펴낸곳 북인더갭
등록 제396-2010-000040호
주소 10364 경기도 고양시 일산동구 고봉로 20-32, B동 617호
전화 031-901-8268
팩스 031-901-8280
홈페이지 www.bookinthegap.com
이메일 mokdong70@hanmail.net

ⓒ 최은 2021
ISBN 979-11-85359-36-6 03840

＊ 이 도서는 한국출판문화산업진흥원의 '2020년 출판콘텐츠 창작 지원' 사업의
  일환으로 국민체육진흥기금을 지원받아 제작되었습니다.
＊ 이 책의 전부 또는 일부를 다시 사용하려면
  반드시 저작권자와 북인더갭 모두의 동의를 받아야 합니다.
＊ 책값은 표지 뒷면에 표시되어 있습니다.